ジョディ・エレン・マルパス
寺下朋子 訳

愛の迷路にさまよって

二見文庫

THE BRIT
by
Jodi Ellen Malpas

Original Title: THE BRIT
This translation published by arrangement
with Jodi Ellen Malpas.
Japanese translation rights arranged
with Alliance Rights Agency
through Japan UNI Agency, Inc.

愛の迷路にさまよって

登場人物紹介

ダニー・ブラック	マフィアのトップ。イギリス生まれ
ローズ	弁護士に同行する謎の女性
ブラッド	ダニーのいとこであり右腕
リンゴ	ダニーの部下
アーニー	ダニーの養父のいとこ
エスター	ブラック家の家政婦
ペリー・アダムズ	弁護士。次期マイアミ市長候補
テランス	アダムズの部下
ジェプソン	バイロンズ・リーチ・マリーナのオーナー
ノックス	ルーマニア人マフィア
スピットル	FBI捜査官
ヴォロージャ	ロシア人マフィアのボス
マリウス・ディミトリ	ルーマニア人マフィアのボス
カルロ・ブラック	ダニーの養父。故人

プロローグ

1

ダニー
二十年まえ　ロンドン

においがした。ベーコンだ。脂（あぶら）の乗った分厚いベーコン。ぼくは、毎日通いつめているハンバーガー屋の裏の大きなゴミ箱をあさった。胃がよけいにキリキリしてきた。命がかかっているかのように、必死に湿ったフライドポテトやパンをかき分けた。厚紙の箱をどかすと、強いにおいに汚れた顔を包まれ、ぼくは思わず天を仰ぎかけた。でもやめた。天に神様がいるなら、ぼくは浮浪者みたいにゴミ箱をあさったりしていないはずだ。

ベーコンがこんなにおいしそうに見えたことはなかった。しかもぼくの見つけたベーコンには、溶けたチーズがたっぷりかかっていた。よだれが出て、おなかが大きな音で鳴った。ぼくはそれを口に入れてとりつかれたみたいに嚙むと、あっというまに呑み込んだ。もっとゆっくり味わえばよかった。次にいつ、あんな天国みたいなベーコンにお目にかかれるかわかったものじゃないのだから。そもそも、ふつうベーコンチーズバーガーからベーコンを抜いて捨てたりするか？ 運がよかったのだ。

両手をはらい、ゴミ箱の縁から飛び下りた。あばら骨に鋭い痛みが走り、かすかに顔をしかめた。ぼくはTシャツをめくり上げて痛むところを調べた。Tシャツは、二枚しか持っていないうちの一枚で、ぼくみたいなやせっぽちの十歳の体にも三サイズ分ぐらい小さかった。

「あの野郎」醜い紫やら黄色やら黒やら青やらのまじったあざを見て毒づいた。ぼくはとんでもない馬鹿だった。あいつは、自分を信じろと言った。あいつの言うとおりにし、あいつのためにビールを手に入れたらぼくを叩かないと、そう言った。だがぼくがビールの缶を差し出すと、やつは受け取ってそれでぼくを殴った。痛くはなかった。叩かれているときに痛みを感じたことはなかった。そのあとだ。あいつから逃げて何も感じない状態を脱したとき、痛みが訪れるのだ。痛めつけられても黙っていると、よけいにやつを怒らせる。それはわかっていたが、ぼくはずいぶんまえに気づいたのだ。あいつを怒らせていると思うと満足できることに。あいつに何かを懇願したことはない。痛みを見せたこともない。一度もだ。はじめてキッチンのテーブルに顔を押しつけられて、うしろからイチモツをぶち込まれたときでさえも。

ぼくはしっかりした足取りで、大通りに向かって路地を歩いた。刺すような寒さにも、もうびくともしなくなっていた。ぼくは強くなった。ゆっくりと苦しめられることに慣れた。それがぼくの悲しき人生だった。Tシャツ一枚、それも片側が破れかけてがりがりの体がのぞいている恰好で氷点下一度の十二月の路地を歩きながら、ぼくは何も感じなかった。

路地を出かかったとき、名前を呼ばれた。その声を聞いた瞬間に走って逃げだしてもおかしくなかったが、ぼくは振り返って通りの先の豪邸(ごうてい)に住むペドロを見た。ぼくより恵まれているいつもの五人の取り巻きを引き連れていた。珍しいことではなかった。ペドロはイタリア人で、両親は大通りでレストランを経営していた。ぼくはよくそこのゴミ箱をあさりに行っていたのだが、はじめて行ったときにペドロに見つかった。その日以来、ペドロはぼくの人生をみじめにすること――というか、さらにみじめにすること――を自分の使命にした。

六人はぼくを囲み、ぼくはひとりひとりに目を向けていった。怖くはなかった。それよりも、彼らの清潔な服と真新しいスニーカーに圧倒されていた。全員イタリア人だった。確か従兄弟同士だったと思う。だがリーダーはペドロで、体も縦にも横にもずば抜けて大きかった。

「やあ貧乏人、なんかうまいもの見つかったか？」ペドロは、ぼくが這（は）い出てきたばかりのゴミ箱を顎（あご）で指して言った。これまでも何度も同じ質問をぼくに繰り返してきたのに、従兄弟たちははじめて聞くかのようにクスクス笑いはじめた。ぼくは答えなかった。どう答えようと結果は変わらないし、逃げたりしたら、次に鉢合わせしたときにもっと面倒なことになるにきまってる。だから、この日二度目となるが、心を閉ざし、ペドロが近づいてくるのを待った。ペドロは意地悪く笑いながらぼくに顔を近づけてにおいをかぐと、鼻にしわを寄せて言った。「どうなんだ？」

「ベーコンだ」とぼくは無表情に答えた。「おまえのところのゴミ箱のパスタよりうまかった」

　ペドロは一瞬虚を突かれたが、すぐに立ち直り、いっそう嫌味な顔になった。殴られるのをわかっていながら、ぼくはその顔を楽しんだ。「切ってやれ」彼は、すぐ隣にいたひょろりと背の高い少年を肘でつついた。確か骸骨（ボーニー）とか呼ばれている少年だ。

ぼくはひそかに笑った。あんなやつ、目じゃない。

ボーニーはしゃれたジーンズから飛び出しナイフを取り出して刃を調べた。ふつうならひるむところだろうが、ぼくはひるまなかった。ぼくは何があっても動揺しなかった。「早くやれよ」ぼくは一歩近づいて彼をあおった。彼は唇をゆがめて、腕をまえに突き出した。ぼくは目を閉じたが、それ以外は身動きひとつせずに、ナイフの刃が頬に食い込んでから数センチ下に動くのを感じた。

少年たちは興奮して沸き立ち、ぼくは目を開けて、温かい液体が頬を流れて口の端に達するのを感じた。舌を出して血を舐め、なじみ深い銅みたいな味を味わった。

「おまえ、病気だな」とペドロが吐き出すように言った。

「舐めてみるか？」ぼくは指で頬の血をなぞると、その指を彼のほうに差し出した。

ぼくの顔を殴ろうとまえに詰め寄ったペドロの目に浮かぶ怒りを見て、ぼくはわくわくした。やりあう準備はできていた。いつだってそうだ。家では耐えることを強いられていたから、この馬鹿が仕掛けてきたら喜んで応じるつもりだった。

ペドロは拳をうしろに引いたが、甲高いタイヤの音にその手を止めた。ぼくたちはいっせいに音のするほうを振り向いた。ぼろぼろのメルセデスがこちらに向かって突進していた。ペドロと取り巻きたちは道の両側に分かれた。ぼくはといえば、その場に立ちつくして、さらに二台のメルセデスが路地に入ってくるのを見つめていた。あとから来た二台は新しかった。一方は古いメルセデスのうしろから、もう一方は路地の反対側から入ってきて、一台目の退路を断った。

ぼくはあとずさりして物陰に隠れ、あとから来た二台からスーツ姿の大男がそれぞれ三人ずつ降りてくるのを見守った。十二月だというのに全員がサングラスをかけていた。そして全員が真顔だ。陰険な顔をした胡散くさい男たち。ひとりが一台の後部ドアを開けると、新たにひとりの男が降りてきた。ほかの男たちとはちがい、クリーム色の麻のスーツを着ていた。男はゆっくり上着のしわを伸ばすと、髪に指を通した。重要人物らしかった。力があり、恐れを知らず、尊敬されている。十歳のぼくでも、彼がそうなったのは実力があるからだとわかった。ただのごろつきではない。ぼくは一瞬のうちにその男に魅入られた。

男は古いメルセデスまで歩き、運転席のドアを開けた。慈悲を乞う声が聞こえた。続いて大きな音がした。銃声だ。

ぼくは茫然として何度か瞬きを繰り返した。クリーム色のスーツの男は何事もなかったかのように古いメルセデスのドアを閉めて自分の車に戻った。古いメルセデスを見ると、そこらじゅうに血が飛び散っていて、力の抜けた体がハンドルにぐったりとおいかぶさっていた。

「後始末を頼む」クリーム色のスーツの男はそう言うと、ズボンの膝をつまんで車に乗ろうとした。

そのときぼくは見た。道の反対側の金網フェンスの向こうに男がいて、路地を見下ろす高い塀(へい)にのぼろうとしていた。その手には銃が握られていた。危険人物に見えた。ぴかぴかの真新しいメルセデスに乗っているスーツ姿の男たちの仲間にしては、みすぼらしくて汚かった。ぼくは自分でも気づかぬうちに叫んでいた。「ねえ、ミスター、ねえ！」

クリーム色のスーツの男は動きを止め、ほかの男たちとともにぼくのほうを見た。青い目がぼくを見て輝いた。ぼくは子供だったが、悪人は見ればそうとわかった。ほぼ毎日見ていたからだ。だがそのときぼくを見つめていたのは、それとは別の種類の脅威(きょうい)だった。どうちがうのか、幼いぼくにははっきりとはわからなかったが、とにかくちがった。

ぼくは手を上げて塀を指した。「銃を持ってる」塀を振り返ると、男はクリーム色のスーツの男に銃を向けていた。銃声が一発響いた。一発だけだ。撃ったのは、ぼくたちのはるか頭上にいる男ではなかった。男は、クソのつまった袋みたいにまっさかさまに落ち、大きな音をたててコンクリートの地面に激突した。ぼくは、首を妙な角度に曲げて倒れている男の体を見つめた。男の目は開いたままで、そこにはぼくが見慣れている邪悪さが浮かんでいた。ぼくが毎日見るのと同じ種類の邪悪さだった。

男を見つめているうちに誰かの影が差した。顔を上げて見ると、クリーム色のスーツの男だった。近くで見るといっそう大きく、いっそう恐ろしかった。「名前は？」と男は尋ねた。映画館にもぐり込んだときに聞くのと同じ、アメリカ英語のアクセントだった。

「ダニー」知らない相手と話すのは得意じゃなかったが、有無を言わさぬ雰囲気が彼にはあった。

「その顔は誰にやられた？」男はぼくの頰を顎で示しながら、片手をポケットに入れた。もう一方の手にはまだ銃を持ったままだった。

ぼくは頰に手を当てた。手のひらに血が広がるのがわかった。「なんでもありません。痛くないし」

「タフな坊やだな」彼の太い眉が上がり、ぼくは肩をすくめた。「だが、質問の答えになっていない」

「そのへんの子たちです」

太い眉がわずかに寄り、邪悪な目が明るく輝いた。「今度そいつらが同じことをしようとしたら殺せ。二度目のチャンスはない。覚えておくんだぞ。ためらうな。何も訊くな。ただやるのだ」

ぼくは血で飾られた車のほうをちらりと見ながらうなずいた。男は汚らしいぼくの姿を見下ろして顔をしかめた。ピストルを持った手を伸ばし、銃口でぼくのTシャツの生地を持ち上げたが、ぼくはそれを止めようとしなかった。ひるみもしなければ動きもしなかった。「これもそいつらにやられたのか？」

「ちがいます」

「誰だ？」

「義理の父さんです」

男の青い目が鋭くぼくの目を見つめた。「殴られるのか？」ぼくはうなずいた。「なぜだ？」

実のところ、ぼくにはわからなかった。ただ嫌われていた。まえからだ。ぼくはまた、やせた肩をすくめた。

「母さんは？」

「ぼくが八歳のときにいなくなりました」

男は鼻を鳴らして一歩下がった。ぼくの惨めな状況を理解しようとしているみたいだった。「今度義理の父親が手を触れたら、そいつも殺せ」

ぼくはその考えが気に入って微笑んだ。そんなことできっこなかった——継父はぼくより五倍は体が大きかった——が、うなずいた。「はい、ミスター」

はっきりとはわからなかったが、男の口の端に笑みが浮かんだ気がした。「ほら」男はぴかぴか光るマネークリップに挟まった札束を取り出すと、五十ポンド札を一枚引き抜いた。ぼくは目を丸くした。五十ポンド札を見たのははじめてだった。二十ポンド札だって見たことなかった。「何か食べるものときれいな服を買うんだ」

「ありがとうございます、ミスター」ぼくは彼の手から紙幣を取ると、両手で顔のまえに掲げた。圧倒されていた。それははたから見ても明らかだったらしく、男はくすりと笑ってもう一枚抜き出した。

そして手を伸ばし、ぼくの頬を拭いた。五十ポンド紙幣でだ！「血だらけだな」そう言って、血のついた紙幣をぼくの手に押しつけた。「さあ、行け」

ぼくは二枚の五十ポンド紙幣を持ち、それから目を離さずに路地を走った。今にも誰かに奪われるんじゃないかと怖かった。走れ、ダニー。走るんだ！

聞き慣れたおんぼろのニッサンの音が前方から聞こえ、ぼくは足を止めた。継父が車を停めて飛び降りてくると、いつもの恐ろしい形相（ぎょうそう）でぼくに向かってきた。口より先に手が出る。いつだってそうだ。彼は、すでに傷ついているぼくの頰を殴った。傷がさらに裂けるのが聞こえたが、ぼくはひるまなかった。「どこでそいつを手に入れた？」ぼくの手から紙幣を奪いながら言った。

ぼくはいつもに似ず、継父に飛び掛かって紙幣を取り返そうとした。「ぼくのだ！返してよ」

あの金のために争いたくなかったし、金を欲しがっているところを継父に見せたくもなかったが……でも、ぼくのものだった。けっして使う気はなかったが、継父の手に渡ったが最後、その日のうちに酒かクスリか女に使われてしまう。顎を殴られて視界がぼやけたところに、伸びすぎた髪をつかまれて車のほうに引っ張られた。「さっさと乗りやがれ、クソガキが」

「すまないが」

継父はぼくをつかんだまま振り向いた。「なんだ？」

クリーム色のスーツの男がいつのまにかそばにいた。その目にさっき浮かんでいた邪悪な光が、さらに強烈になって戻っていた。「これがきみの義理の父親か？」ぼくは、髪をつかまれたまま、できる範囲でうなずいた。男は軽くうなずくと、継父に向かって言った。「その子に金を返せ」

継父は馬鹿にしたように笑った。「うるせえ」

それ以上何も言わず、二度目のチャンスも警告も与えず、男は銃を上げて継父の眉間に銃弾を撃ち込んだ。継父は地面に倒れ、ぼくの頭もうしろに引っ張られて髪が少し抜けた。それで終わりだった。二度目のチャンスはなく、継父は死んだ。

消えた。

クリーム色のスーツの男はまえに進み出てしゃがみ、死んだ継父の手から五十ポンド紙幣を取ってぼくに渡した。「チャンスは一度きりだ」簡潔なことばだった。「ほかに家族はいるのか?」ぼくは紙幣を受け取り、首を振った。「いいえ、サー」

彼は唇をねじ曲げながらゆっくり立ち上がった。何か考えているようだった。「五十ポンド札二枚じゃたいしたことはできない。そうじゃないか?」

そのとき、ぼくは世界一裕福な子供になった気がしていた。だが、百ポンドでそう多くのことができるわけじゃないのは知っていた。「そうだと思います、ミスター。もっとくれますか?」ぼくはずうずうしい笑みを浮かべ、男も笑みを返した。

「車に乗れ」

ぼくは目を見開いた。「あなたの車に?」

「そう、わたしの車に。乗るんだ」

「なぜ?」

「いっしょにわたしの家に来るんだ」そう言うと男は背を向けて歩き出し、ぼくはあとを追った。

「でも、ミスター……」

「ほかに行くところがあるのか?」男はそのまま歩き続け、真新しいメルセデスまで戻ると、銃を部下のひとりに渡した。

「いいえ」

男は車に乗り込むと、ドアを開けたまま、外に立っているぼくを見た。「殴られても、きみはひるみもしなかったね」

ぼくは肩をすくめた。「慣れてるから。それに――」この初対面の男に強い印象を与えようとするかのように、自分がやせた胸をふくらませているのを自覚した。「ひるんだとしても、あいつにはそう見られたくなかった」

男は微笑んだ。彼がこんなふうに満面の笑みを見せるのはめったにないことなのだろう――そんな気がした。「チャンスは一度しかやらないぞ」

ぼくは車に乗った。

プロローグ　2

ローズ　十年まえ　マイアミ

耐えがたい痛みだった。わたしはその痛みを逃がそうと、全身をねじり、こわばらせた。おなかを押さえ、甲高い悲鳴をあげながら身をよじると、破れたTシャツからむき出しになっている背中がコンクリートの床をこすった。ぼさぼさに伸びたダークブラウンの髪は汗で濡れ、顔に張りついていた。息ができなかった。今にも気を失いそうだった。そのほうがよかったのだろう。底なし沼のような痛みから逃れるには意識を失うしかない気がした。あるいは死ぬしか。でもわたしは死にたくなかった。ようやく生きる目的ができたのだから。

自分がどのくらいそこにいたのかわからなかった。何時間もなのか、何日もなのか、ずっとなのか。自分の人生が苦悩に満ちた大きな穴みたいに思われた。

いつ終わるのだろう？

横向きになって体を丸め、できるだけ小さく縮こまった。わたしはひとりぼっちだった。十五歳の子供で、そしてひとりぼっちだった。

ずっとそうだった。なぜ今になって、そのことが体の痛み同様に耐えられなくなったのだろう。わたしは泣き、叫んだ。痛みが波となって次から次へと押し寄せた。止められなかった。抑えられなかった。波に翻弄されるしかなかった。

「馬鹿め」

男の声が闇を貫き、わたしの痛みは恐怖に変わった。あわてて体を起こし、ごつごつしたレンガの壁に背中が当たるまでにじり下がった。なぜかはわからない。どうせ彼から逃げることはできないのだから。

彼の高価なドレスシューズのコンクリートを歩く音が次第に大きくなった。彼が近づくと恐怖が増した。彼はかがむと、縮こまっているわたしの姿を視界におさめた。

そして、にっこり微笑んだ。「連れて帰るよ、ローズ」彼が立ち上がって指を鳴らすと、魔法のように男が五人現われた。ふたたび痛みの波が訪れ、わたしは背中を弓なりにして手足をばたつかせながら、ふたりの男に持ち上げられた。

「あちこちから出血してやがる」ひとりが、宇宙一醜い生き物を見るようにわたしを見て言った。わたしは黙って彼らの嫌悪を受け入れた。今のわたしの状態は、このふたりのうちのどちらかによるものかもしれない——そう考えると皮肉だった。わたしはしゃれた車の後部席に文字どおり投げ込まれ、車は、わたしが逃げ出したばかりの場所に向かった。恐怖が募り、痛みと拮抗しはじめた。

着くと、わたしは車椅子で個室に運ばれた。ベッドに寝かされ、機械につながれた。看護師がわたしにおおいかぶさるように立ち、わたしを運んできた男たちが、二度と逃げ出さないようにとドアのまえに立った。逃げたくてももう逃げられなかった。恐怖で動けず、痛みに支配されていた。

そのとき聞こえた。

ビー。

ビー。

ビー。

顔を横に向け、光る線が定期的にゆっくりと跳ね上がるのを見つめた。

「心拍は弱いですが確認できます」看護師が、部屋の入り口に立った彼を振り返って言った。

彼の目は、わたしが危ないところで死を免れたのを語っていた。自分でもわかっていた。でも、この悪夢のあとは？ 生き続ける意味はあるのだろうか？ そもそもこの悪夢はいつか終わるのだろうか？

「さあ、いきんで」これまでで最大の陣痛（じんつう）が訪れると、看護師が言った。わたしは頭をのけぞらせて悲鳴をあげながら、痛みが消えることを祈った。

二回いきんだのち、小さな体がわたしの胸に置かれた。目を向けると、血にまみれた小さな頭が見えた。すぐにパニックに襲われた。赤ちゃんが泣き声をあげていない。

「男の子です」赤ちゃんの顔をぞんざいに拭きながら看護師が言った。

「生きてるのか、それは？」彼がドアのまえから尋ねた。

〝それ〟。わたしの息子は〝それ〟なのだ。ドアのまえの男にとって、名前のない生命の塊（かたまり）なのだ。その同じものが、わたしにとってはすべてだった。

看護師がすべすべしたお尻を叩くと、わたしの息子は泣き声をあげた。全世界に自分の到来を知らせるかのように大きな声で泣いた。わたしはほっと息をついて頭をベッドに下ろし、看護師はへその緒（お）を切って息子をわたしの胸に乗せた。

わたしからの唯一の贈り物を息子が吸った十五分は、わたしの人生で最高の十五分間だった。

そして息子はわたしの腕から引き離された。「いや！」わたしは取り返そうと体を起こしたが、看護師は息子を毛布でしっかりくるんで、ドアのまえの悪魔に渡した。

「お願いだから、やめて」次に何が起きるかわかっていても泣かずにはいられなかった。ショックで心が張り裂けた。

「取り決めをしただろう、ローズ」彼は赤ちゃんを腕に抱きながら言った。「おまえにはこの子を育てることはできない。おまえと路上暮らしをしたら、この子はどんな人生を送ることになる？」

取り決め？　この男は取り決めなんかしない。彼は命じるだけだ。それに従わなければ殺される。

「わたしにはその子しかいないの」内臓がねじれるような激しい痛みがふたたび体を突き抜けた。わたしは空（から）になったおなかを押さえながら悲鳴を上げた。この苦しみは何？　悲しみなの？

「出血しています」看護師にあわてた様子は見られなかった。彼と同じく、落ち着いた声だった。体から熱い液体が流れ出て、お尻の下のベッドが濡れるのがわかった。

「輸血が必要です」

「また妊娠できるか？」ドアのまえから彼が尋ねた。

「無理でしょう」看護師はそっけなく言った。なんて冷たいのだろう。

一瞬のうちに体から生命とエネルギーが抜けていく気がした。急にまぶたが重く感じられ、音がゆがんで聞こえるようになった。「お願いだから、その子をわたしから取り上げないで」わたしはか細い声で言った。

「この子は幸せに暮らせる。両親はこの子をかわいがって、おまえでは与えられないものをなんでも与えるだろう。その代わり、おまえは生きることができるのだ」彼は看護師に顔を向けた。「輸血しろ」そのことばではじめて、看護師がわたしの処置をする手を止めていたことに気づいた。彼がわたしを生かしておくよう指示するのを待っていたの？

それまでわたしが感じてきた痛みは、ほんとうの痛みではなかった。目のまえで赤ちゃんを連れ去られることこそが耐えがたい痛みだった。その日わたしが最後に見たのは、息子の小さな手が邪悪な男の指を握るところだった。いつもあの不気味な蛇(へび)の指輪をはめている小指。指輪は息子の手ほどの大きさがあり、エメラルドの蛇の目は、痛みと同じくらいわたしの目をくらませた。

1

ダニー

現在 マイアミ

彼の部屋に向かう廊下が何マイルも続くかに思える。大理石の床を歩くおれの靴音があたりに響く。家全体に死のにおいが漂(ただよ)っている。これまでさんざん嗅(か)いできたにおいだが、今回に限っては歓迎できない。死ぬのはおれではないのに、まるで死刑室に向かう通路を歩いている気分だ。

頑丈(がんじょう)な木の両開き扉の両側に立つふたりの男は、暗い顔をしている。あたり一面に悲しみが漂っている。

おれがドアの外で足を止めると、ふたりの用心棒は厳粛(げんしゅく)な面持ちで短くうなずく。ドアは開けない。おれが指示するまで——おれの心の準備ができるまで——は開けるべきでないと心得ているのだ。心の準備はできているのだろうか？

「エスターがついているのか？」そう尋ねると、用心棒はうなずく。おれはうなずき返し、ドアのまえで深く息を吸う。ドアが開かれ、おれは室内に足を踏み入れながら、スーツの上着のまえを合わせ、糸くずがついていないか確かめる。わざとそうしているのだ。別のことに注意をそらして、巨大な四柱式ベッドに目を向けて見たくないものを見るのをあとに引き延ばしたいから。悲しみで喉が詰まるが、それを表に出すわけにはいかない。そんなことをすれば彼を怒らせることになる。

エスターが室内を動きまわる音で目を上げると、彼女は尿が溜まったカテーテルの袋を空にしているところだった。それだけで胸が痛くなる。彼は誇り高い。悪名高く、この世界のだれもが恐れる伝説の男だ。その名を聞くだけで人は震えあがる。彼の存在は、ほかの人間では考えられないような恐怖を呼び起こすのだ。彼は無敵だと、おれはずっと思っていた。何度となく命を狙われたが、そのつど、暗殺者たちの鼻先で笑いながらかわしてきた。その彼が今、癌（がん）に冒（おか）されてただ死ぬのを待っている。簡単なことすら自分ではできなくなっている。

おれは、ついにベッドに目を向ける。おれのヒーローであり父親である伝説のカルロ・ブラックは、文字どおり病にむしばまれ、かつての彼の半分ほどに縮んでいる。

息遣い(いきづか)が荒い。死が音をたてて近づいている。長くはないだろう。

おれはベッドをまわって椅子に座り、やせ衰えた手を取る。「司祭を呼んでくれ」彼の腰のところで丁寧にベッドカバーを折り返しているエスターに言う。

「ええ、ミスター・ブラック」彼女はおれを見て笑みを浮かべ、おれはその無言の同情を受け入れたくなくて目をそらす。

「早く」と短く言い足す。

彼女は部屋を出ていったあとも、彼の息遣いはどんどん荒く大きくなっていく。

「もういいよ、父さん」おれは静かに言いながら身を乗り出し、マットレスに肘をついて両手で彼の片手を包む。

この二日間、父は目を開けなかった。それが今、おれがここにいること、そして別れを告げるときであることがわかっているかのように、まぶたを震わせている。おれを見ようとしている。おれがいるのがわかっている。おれはつないだ手に唇をつけ、彼にもう一度おれを見る力が戻ることを静かに願う。ついにガラスのような青い目が開き、おれはそれまで自分が息を止めていたことに気づく。その目はとっくに明るさを失い、白目部分は黄ばんでいる。

彼は虚(うつ)ろな目でおれを見る。「おい」かすれた声でそう言ったあと、やせ細った体をひくつかせながら浅く咳をする。

「何も言うな」弱った彼を見て心が張り裂ける思いでおれは言う。

「いつからわたしに指図するようになった？」

「父さんがおれを撃てなくなってからだ」おれが答えると彼は笑う。歓迎すべきその笑い声は、やがて咳とあえぎ声に変わる。「静かに寝てるんだ」

「黙れ」彼は弱々しくおれの手を握る。「別れを言いに来たのか？」

おれはもう一度唾を呑んで、おれに求められている表情を保とうと努める。「ああ。それに餞別も用意してある」

「なんだ？」

「父さんのくたばりかけのペニスを天に昇らせるケツだよ」

「アースじゃない、アスだ、このイギリス野郎め。長くここにいるのに……相変わらず……バッキンガム宮殿から……出てきたみたいな……」

「黙れ、ケツ野郎」おれはアメリカ英語で言う。

また彼が笑う。笑い声はさっきより大きく、その分さらに咳がつらそうだ。笑わせるべきではないのだろうが、これがおれたちだ。ずっとこうだった。彼が愛の鞭を振るい、おれはそれを受け入れる。彼がおれにしてきたことは何もかも、おれへの愛ゆえのことだった。この混乱した世界で、おれを愛してくれたのは彼だけだ。

彼はおれを見上げ、めったに見せないあの満面の笑みを浮かべる。おれにしか見せたことがない顔だ。「誰も信用するな」と言う。言われるまでもないことだ。おれが信用する人間はたったふたり。彼が死にかけている今、残るのはブラッドだけだ。だがブラッドは、父のようにおれを愛してはいない。「ためらわずに殺せ」彼はささやく。

「ためらったことなどない」それは彼も知っている。彼がそう教えたのだから。

彼は時間をかけて肺を空気で満たそうとする。「チャンスは一度きりだ。覚えているか？」

「もちろん」

「それから……ポーカーを……覚えろ」

おれは笑う。声は楽しそうに響くが、目には涙があふれている。この感覚はなじみのないものだ。おれは八歳の頃から泣いたことがない。おれのポーカーのお粗末さは、ずっと父の悩みの種だった。彼の腕はプロ級で、負け知らずだ。彼と勝負したがる者はいないが、断れる者もいない。頭に銃弾を撃ち込まれたいというなら話は別だが。

「父さんでも教え込めないぐらいだから、おれはもう救いようがないってことだ」こきた。

れはほんとうだ。おれが勝つのは、対戦相手が気の毒にも目に見えない銃を頭に突きつけられているからにすぎない。おれは長いこと、父の評判によって押し上げられてきた。

「そうだな」彼は弱々しく笑った。「いいか、これからはおまえがわたしの世界を支配するのだ」彼はおれの手を自分の口に近づけて甲の関節にキスをすると、自分の小指から蛇の指輪をはずそうとする。蛇のエメラルドの目も、今はくすんで生気を失って見える。

「おれがやるよ」身を乗り出し、彼に手を貸して金とエメラルドの指輪をはずす。指輪はたやすくはずれ、おれはそれを自分の小指にはめるが見はしない。自分の指にはまっているところを見たくない。ずっとそう思ってきた。見ると、これが現実だと思い知らされるから。

「誇りを持たせてくれ」彼は目を閉じて息を吸う。最期の息を吸うかのように。

「そうする」おれはそう約束すると、枕に額を近づける。「安らかに眠ってくれ、ミスター」

部屋のドアを閉めたところで、父のいとこのアーニーおじと鉢合わせする。なぜ

〝おじ〟と呼ぶのかさっぱりわからないが、父がそう呼べと言い、おれはいつも父の言うことに従ってきた。アーニーは父とは正反対で、株で合法的に富を築いた、正直で立派な市民だ。倫理観も道徳観も対照的なふたりがなぜこれほど気が合うのか、おれには謎だった。おそらく、アーニーが父にとって唯一のまだ生きている親戚だからだろう。ふたりは気の置けない仲だが、それは、仕事の話はしないと互いに了解しているからにすぎない。父の稼業を考えれば、アーニーが父に対して持つ敬意と愛情は的外れ（まとはずれ）と言えるだろうが、ふたりがベランダでキューバ葉巻やブランデーを楽しみながら笑い合っている姿は、おれにとって懐かしい思い出となっている。

「遅かったよ」

彼の肩ががっくり落ち、たるんだ頬も同時に下がる。彼の顔のあらゆるくぼみに死が刻み込まれている。「気の毒に。おまえはあの野蛮人を心から愛していたからな」

おれは小さく微笑み、アーニーはおれの肩に腕を回して抱く。

「親父さんがいつもわたしになんと言っていたか知ってるか？」

「あなたのことを、聖人みたいに役立たずだと言っていたとか？」

アーニーおじは笑っておれを離し、内ポケットから封筒を引っ張り出す。「役立たずだって？　その聖人は親父さんの命を何度となく助けたんだぞ」

おれは微笑みながら、過去の二回の出来事を思い返す。一度目はニューヨークでのことだ。小物のギャングが、父を亡き者にすれば自分が権力の梯子を一気に駆けのぼれると考えた。そいつがピストルを取り出すのにアーニーおじが気づき、父は危ないところで弾をよけた。そいつは父の手下に時間をかけて拷問された。十二歳だったおれは、笑みを浮かべながらそのさまを見守った。男は、おれに目をかけてくれたただひとりの人間を殺そうとしたのだ。処刑まえに電気椅子につながれて苦しむのは当然のことだった。最後に電気椅子のスイッチを入れたのはおれだった。

二度目はコスタリカだった。おれは十五歳だった。その頃父と寝ていた女が、睡眠中の父の胸にナイフを突き立てようとした。アーニーがそれを阻止した。あとで、女はKGBの手先だったことがわかる。その後彼女がどうなったか、おれはけっして訊かなかった。

おれには関係ないことだ。

「これを」アーニーは封筒を渡す。「おまえに渡してほしいと親父さんに頼まれたんだ」

おれは、爆弾を受け取るみたいにおそるおそる受け取る。「なんだ？」

「遺書だ。まったく、とんでもない男だよ」アーニーはそう言ってウィンクすると、おれの横を抜けて父の部屋に向かう。「葬式についての希望も詳しく書いてある。そう簡単にはいかなさそうだがね」

おれは封筒から目を上げてアーニーを見る。「なぜ？」

「大聖堂で葬式をしてほしいと書いてある。おまえは出席できないかもな。誓いのことばを述べている最中に敵を殺すのは趣味がいいとは言えないからね」

おれはわずか数カ月まえの祭壇(さいだん)での殺しを思い出して小さく笑う。そう、確かに趣味がいいとは言えない。だが幼女に手を出すのも趣味がいいとは言えない。教会で誓いのことばを述べていたあのアイルランド人は小児性愛者だった。まるでけだものだ。

アーニーは父の部屋に入っていき、おれは執務室に向かいながら封筒を開ける。ざっと目を通し、おれをへこましそうな部分を読む。どうやら父は派手な葬式が望みらしい。讃美歌まで細かく指定している。そのリストを読んでおれは首を振る。一番上にあるのが『われ夜明けを見る』。おれのための讃美歌だ。〝つねにわれとともにあって、われに倣(なら)え〟

「そうするよ、父さん」父の執務室のドアを開け、だだっ広い部屋を見る。父に代わって采配(さいはい)を振るようになって六カ月だが、そのあいだ一度も彼のデスクに座る気になれなかった。座ればすべてが決定的になってしまう気がしていた。だが父は亡くなった。小指を見ると、蛇の目が輝きを取り戻している。まるで生きておれを監視しているかのようだ。おれが、父にとって正しいことをするように。父に倣うように。心配は無用だ。おれには生まれ持った才能があり、父ははじめて会った日からそれを見抜いていた。

「ダニー？」

振り向くと、戸口にブラッドが立っている。おれの表情を見たとたん、顔をゆがめる。「五分まえだ」おれは伝え、彼の視線がおれの小指で止まる。おれは指輪を回し、その摩擦で肌に生じた熱に慰めを感じる。

「残念だ、ダニー」

おれはうなずき、父のデスクの向こう側に体を運んで椅子を引き出す。父の王座だ。贅沢(ぜいたく)な革の椅子に腰を下ろした瞬間、おれの心は落ち着く。父に囲まれている気がする。抱きしめられているみたいだ。「みんなを集めろ」ブラッドはうなずいて、部下たちを集めるために出ていく。おれには悲しんでいる暇はない。六カ月まえ、父が病の床に伏したことが知れたとたんに周囲が騒がしくなった。父に代わっておれが父の容体を気にしながら組織の指揮をとるとなれば、鎧(よろい)に穴が開くだろう――そう考えた連中がちょっかいを出してきた。大きな勘違(かんちが)いだ。おれはこの六カ月で、それまでの六年よりも多くの人間を殺した。おれは容赦しない。

父のデスクの一番上の引き出しを開け、名入り便箋の上に斜めに置いてある純金のレターオープナーを見て笑みを浮かべる。いまだに笑える。地下社会でもっとも恐れられる男が、美しい金の文房具を使って脅迫状を送るとは。おれは遺書のはいった封筒を引き出しのなかに置き、指輪をはずしてその上に乗せる。それから、レターオープナーを手に取り、人差し指でその刃を先端までなぞる。それから指の腹に食い込ませ、血が一滴盛り上がるのを見つめる。

ドアをノックする音がして、おれは指の血を舐めながら目を上げる。ブラッドが父の部下十人を連れてはいってくる。

おれの部下ではない。

おれが父のデスクのまえに座っているのを見て、全員が頭を下げて敬意を示す。

「ペリー・アダムズは？」おれはすぐに仕事にはいる。「やつはどこだ？」

「一時間まえにリンゴがやつを起こしに行った」とブラッドが答える。「もう来るだろう」

よりによってリンゴとは。いい作戦だ。ふざけて言ってるわけじゃない。「目を覚まして目のまえにリンゴのあの奇怪な顔があったら、悪夢を見てるのかと思うかもな〕リンゴはとりわけ優秀な部下だ。そして誰よりも醜い。あばただらけの肌に、一度も笑ったことがないにちがいない薄くて冷徹(れいてつ)そうな唇。それに、丸坊主の頭に負けない巨大な鼻。彼なら大人の男でも泣かせることができる。ペリー・アダムズは今ごろ泣きわめいていることだろう。こめかみに銃を突きつけられて。

「本気でやらないと、もっとひどい悪夢を見ることになるだろうな」ブラッドはそう言いながら腰を下ろす。父の執務室で腰を下ろすのは、おれ以外ではブラッドだけだ。

いや、父のではない。おれの執務室だ。

「ウィンスタブル・マリーナの明け渡し期限はいつだ?」とおれは尋ねる。

「来月には開発業者がはいる。次の引き渡しが済んだら撤退しよう」

おれはじっくり考える。時間がない。ウィンスタブルが使えなくなるのに、バイロンズ・リーチ・マリーナの買い取りの話がまだ固まっていない。どうしても手に入れないと、組織の運営に大きな痛手となる。完全に止まってしまうかもしれない。切り札となるのが、バイロンズ・リーチのオーナーの顧問(こもん)弁護士であるペリー・アダムズだ。彼はマイアミ市長選に出馬しており、それがおれにとってはこのうえなく魅力的だ。そのため、彼の選挙活動に資金提供している。人格は人を政治に深く関わらせるが、金はそれ以上だ。おれには、その金がうなるほどある。おれはマリーナを手に入れ、ペリー・アダムズはマイアミ市長の座を手に入れる。ごく単純な取引だ。少なくともアダムズはそう思っている。権力を握ったら、彼はおれのあやつり人形になる。表に立つのはアダムズだが、その実おれがマイアミを牛耳るのだ。

だが、目下彼がすべきなのは、おれが確実にマリーナを買い取れるように取り計らうことだけだ。そんなに難しいとは思えないのだが、どうやらそうでもないらしい。

「なぜこんなに時間がかかってるんだ？」

「知るか」ブラッドがため息をついて答えるのと同時に、ドアが開いて当のペリー・アダムズがよろけながら現われる。そのこめかみには銃が突きつけられ、リンゴの指がいつでもおれの指示に従えるように引き金にかかっている。ペリー・アダムズの額は緊張の汗で光っている。愉快だ。高慢なことで知られている男だが、弁護士とはそんなものだろう。オーダーメイドのスーツから完璧を装った家庭にいたるまで、彼にとってはイメージがすべてだ。その彼が、今、ボクサーショーツ一枚という姿でクソを漏らしそうなほどびくついている。

「おはよう」おれは明るく声をかけ、震えている彼をまえに、椅子の背にもたれる。「おれに伝えるニュースがあるだろう」質問ではなく事実のように言う。

「もう二、三週間欲しい」落ち着かない様子で裸足の足の一方からもう一方へと体重を移動させながら彼は言う。「バイロンズ・リーチのオーナーのジェプソンが、家族でドバイに行ってるのだ。仕事で。間際になって決まったことで、わたしも彼らが発(た)ったあとに知った。きみの太っ腹な申し出は伝えてある。書類の準備もできている。いつでも進められる状態になっているのだ。あとはサインをもらうだけだ」

「あんたには、あのマリーナのために五百万、選挙運動のために一千万を渡したんだぞ。あんたはあと一息でマイアミ市長だ。なのに、おれはまだマリーナを手に入れていない。二週間まえに決着がついているはずだったのに」

「あと二、三週間だ」彼は小声で言いながら、こめかみに銃を突きつけているリンゴのほうをちらりと見る。

「一週間だ」おれは手を振って言う。「連れていけ」

リンゴは銃口をアダムズのこめかみから下に滑(すべ)らせて頬骨をぴしゃりと叩き、アダムズは膝から崩れ落ちる。

「一週間だ」部屋から引きずり出されていくアダムズに向かってもう一度言う。彼がいなくなると、おれは立ち上がって上着を直す。「監視しろ」部下たちに命じてドアに向かう。おれはアダムズを信用していない。今までもずっと。

部下のひとりがつぶやくのが聞こえ、おれはドアのハンドルにかけた手を止める。

内容は聞こえなかったが、つぶやくという行為自体が問題だ。ゆっくり振り向いてペップを見つめる。おれはまえからペップが嫌いだ。何十年も父の下で働いてきた男だが、向こうもおれのことが嫌いなのを隠そうとしない。父のまえでは別だったが。ペップは挑むようにおれの目を見つめる。馬鹿めが。「なんだ？」

彼は、肩をそびやかして仲間のまえで強いところを見せようとする。「おれは人でなしの命令は受けない」

おれは承知したかのようにうなずいてデスクに戻る。室内が静まり返り、緊張がみなぎる。「おまえはおれが嫌いだな、ペップ？」おれは彼と向かって言う。「大丈夫、親父は死んだ。親父が拾ってきた息子をどう思っているか、言えばいい」

ペップはおれの手のレターオープナーをちらりと見て、何も答えない。おれはその純金の刃をさりげなく自分の手のひらに打ちつけながら、彼のまえに戻る。ペップはあとずさりする。「ダニー、おれは別に――」

〝チャンスは一度きりだ〟。おれはペーパーナイフをひと振りし、謝ろうとしているペップの喉を切る。目を丸くして喉をつかむ彼の指のあいだから血が噴き出す。意外にも、ペップはなかなか倒れない。おれは彼が死ぬのを待つのに飽きて、ナイフで心臓をひと突きし、そのナイフをひねってから引き抜く。ペップは膝をつき、体を数回ひきつらせたあと、顔から床に倒れる。「カーペットを汚しやがって」おれはしゃがんで、ナイフの刃を彼の上着で拭く。「ほかに何か言いたい者はいるか？」顔を上げてひとりずつ全員を見渡す。誰も答えない。「だろうな」立ち上がり、ナイフをブラッドに渡して部屋を出ながら言う。「アダムズから目を離すなよ」廊下でエスターとすれちがい、おれは彼女が抱えているタオルに視線を落とす。「アンバーをおれの部屋に呼べ」不要なストレスが股間にかかっているのを感じて命じる。それをやわらげる方法はひとつしかない。人を殺しても、おれのなかで燃えている怒りはびくともしなかった。なぜ父は死ななければならなかったのだ？　この混乱した世界でおれを愛してくれた唯一の人間なのに。

速足で角を曲がり、自分の部屋に向かうが、父の部屋のドアが開いているのを見てわずかに歩みを緩める。父の愛人のシャノンが出てくる。涙ぐんでいるが、悲しみの涙ではない。不安の涙だ。彼女は歩いてくるおれに気づくが、おれは足を止めない。「ダニー」彼女があとを追ってくる。おれは歩き続け、彼女は哀れな犬みたいについてくる。最期の日々のあいだ、彼女がいることで父は痛みから気を紛らせることができた。その意味では役に立ったので、おれは彼女を追い払わずにいた。だが父が亡くなり、次に何が起きるかおれにはわかる。金目当ての淫売が何を考えているかはお見通しだ。

彼女の手がスーツの上着を引っ張っておれの足を止める。おれは彼女を見下ろして冷たく言う。「なんだ？」

彼女はおずおずと微笑む。「わかってるでしょ、ずっとあなたのことを思ってたの」わかっていた。彼女がおれを見る目には欲望がこもっていた。父もそれを見逃さなかった。「残念だが興味はないね」そっけなく言って彼女の手を振り払う。「荷物をまとめて出ていけ」

「カルロはそんなこと望まなかったはずだわ」彼女はあせってうしろから叫ぶ。

おれは立ち止まり、振り向いて彼女を壁に押しつける。怒りで血が煮えたぎり、今にも血管が破れそうだ。「親父が何を望むかをおまえが言うな。知った風な口を聞くんじゃない。何も知らないくせに。親父と寝ていた、ただそれだけじゃないか」厳しい真実を突きつけられ、彼女の顔がゆがむ。それがひどく腹立たしい。いったい何を期待していたのだ？　死ぬまで守ってもらうことか？　父は先が読める人間だった。最期の日々に父に馬乗りになった見返りとして郊外に家を買ってもらうことか？

父は女を愛さなかった。女というものの良さを認めながらも、愛しはしなかった。そして、自分がいなくなったらシャノンも追い出せと何度も念を押していた。おれ同様父もわかっていたのだ。彼女がただでいい思いをし、守ってもらうことを目当てに父とベッドをともにしていたことを。「夢の国での時間はおしまいだ、シャノン。さっさと出ていけ」おれは彼女を離す。彼女の目に浮かぶ恐怖は、さっきとは別の理由で彼女を涙ぐませている。

おれは自分の部屋に着くと、ネクタイをもぎ取りながら浴室に向かい、シャワーを出してから服を脱ぐ。スーツは洗面台の横に放っておけば、あとでエスターが取りに来る。鏡のなかから見返している男はいつもと変わらないように見える。さっぱりして身だしなみが整っている。唯一ふだんとちがうのは、青い目の奥に隠れる絶望だ。おれだけに見える絶望。ほかの誰にも見せるわけにはいかない。父の死がどれだけ重く心にのしかかっているかは隠さなければならない。それがおれの弱みとなるからだ。ひとりで耐えなければならない。

だが大丈夫だ。なんとか乗り越えられる。おれはなんだって乗り越えられる。昔の癖はなかなか抜けないものだ。

おれは時間をかけて肩をほぐし、頭を回してこわばった筋肉を緩める。両手で顔をこすっていると、部屋のドアが閉まる音が聞こえ、おれはため息をつく。ほどなくして、アンバーが浴室のドア枠にもたれて立つ。赤い唇をかみ、おれの裸を見ながら、両脇に下ろした手を落ち着きなく動かしている。「呼んでくれたのね」満足げに言い、髪留めをはずして波打つブロンドの髪を肩まで下ろす。

「根元をなんとかしたほうがいいぞ」おれは振り返ってそっけなく言う。彼女の髪は天然のブロンドではなく、今日は特にそれが目立つ。それもまた腹立たしい。

アンバーはほんの一瞬たじろぐ。「どこにわたしが欲しい？」

「ペニスだ」大股で近づき、彼女の胸を手で押してベッドまであとずさりさせる。

「おまえもそれが望みだろう？」イエスというひとことが欲しくて尋ねる。

「ええ」ためらうことなく彼女は答える。

「かがめ」彼女をうしろ向きにしてマットレスに顔から押しつける。スカートを上げ、Tバックを横にずらす。彼女の準備ができているかどうかは確かめない。おれを見るだけで濡れるのはわかっている。おれはドレッサーの上のコンドームをつかんで装着し、彼女の尻をかき分ける。

「前戯なしなの？」息を切らしながら彼女が言う。

おれはいきなり彼女のなかにはいり、激しく突く。彼女は叫び声をあげる。おれは彼女の腰を抱いたまま息を吸う。気持ちを奮い立たせる忍耐も元気もない。自分を解き放ちたくて、おれの世界ではこれが――必要に応じて女を抱くことが――そのための唯一の手段だった。解放に向け、繰り返し激しく腰を動かし、頭をのけぞらせる。

「ダニー！」彼女が叫び、おれは歯ぎしりをする。

「黙れ！」彼女の顔をシーツに押しつけ、おれの乱暴な動きに従わせる。脳内で生まれた快感の波がつま先まで達し、おれは絶頂に近づく。うめきながら、腰を回すように動かす。「ああ、いいぞ」おれは彼女の丸い尻を広げて、自分の動きに合わせてペニスが彼女を突くさまを見下ろす。解放は簡単に訪れるが、長くは続かないだろう。おれにはわかっている。

精を出し尽くすと、すぐに彼女から出る。彼女はそのままうつぶせに崩れ落ちるが、すぐにあおむけになって何か言いかける。なぜわたしを放っておいたの？――そう訊きたいのだろう。答えはおれの顔を見ればわかるはずだ。「出ていけ」おれはそう言い捨てると、無言のままただ信じられないという顔をしている彼女をベッドに残して浴室に戻る。

浴室を満たす蒸気が肌にまとわりつくが、おれを温めてくれはしない。

「お父さんのこと、残念だわ」アンバーが言う。

残念だなんて思っていやしない。そう思う人間はそんなにいないはずだ。この半年父の代行をしてきたが、カルロ・ブラックの死期が近いことにひそかに安堵する声を何度も聞いた。

愚か者どもめが。

父はいなくなったかもしれないが、今度はおれがいる。おれだけが。〝天使の顔の殺し屋〟。おれがそう呼ばれるようになったのは、ハグがうまいからじゃない。連中にそれがわからないなら、次に何が起きるかもわかりはしないだろう。

おれはウィンスタブル・マリーナの海岸に立って海を眺める。おれたちは何十年もに渡ってこのマリーナを借りてきた。オーナーは何も訊かなかったし、予告なしにやってくることもなかった。ただ月々の賃料を受け取るだけで、それ以上干渉してこなかった。だがそのオーナーが死ぬと、息子はさっさとマリーナを開発業者に売ってしまった。父親が死ぬまえから話がついていたのか、おれにはその取引を阻止することができなかった。開発業者の倍の額を払ってここを使い続けることも考えた。おれとおれのビジネスの邪魔をした息子の膝に銃弾を撃ち込むことも考えた。だが、気が変わった。ここに、恵まれない学生を対象としたカレッジをつくる計画があるのを知ったからだ。感傷的だと言われてもかまわない。恵まれない子供たちを支援することには大賛成だ。そんなところに、バイロンズ・リーチ・マリーナのことを知った。

ウィンスタブルの二倍の広さがあり、ウィンスタブルよりレーダーに引っ掛かりにくい。そこを買い取る話は難なく進むはずだった。ペリー・アダムズめ。あと数週間でビジネスの拠点をここウィンスタブルから動かさなければならないというのに。バイロンズ・リーチを早くおれのものにするのが、アダムズの身のためだ。

海は穏やかで、波は静かに砂浜に押し寄せている。水の輪が次々と水面に浮き上がっては泡となり消えていく。おれはここが好きだ。手放さなければならないのは残念だが、このおれが何かに愛着を持ってはいけないことは自分でもわかっている。

ブラッドの電話が鳴り、おれは彼を振り返る。「ヴォロージャだ」ブラッドはそう言ってから電話に出る。「もしもし」ブラッドはおれの目を見つめたまま携帯電話のスピーカーをオンにする。

ロシア人マフィアのトップの、ロシア語訛り(なま)りの英語が聞こえてくる。「受け渡し日を繰り上げて、注文数を倍に増やしたい」

おれは首を振ってから、ふたたび海に目を戻す。おれが魔法で小脇から何か取り出すとでも思っているのだろうか？

「無理だ」ブラッドがにべもなく言う。「理由なしに三日と決まったわけじゃない。その日じゃなければ全部なしだ」

「〝英国人〟はどこだ？」

「ここにいる」おれは海を見たまま言う。「何が問題なんだ？」

「セルビア人だ」低い声でゆっくりと、嚙みしめるようにヴォロージャが言う。「連中がマイアミで取引をしようとしていると情報屋から聞いた」

「ありえない」おれは笑いそうになる。「この一帯千マイルの範囲で密売人はおれだけだ」これは間違いない。ほかのやつらは父がすべて殺したから。

「連中があんたから買っているならありえないことじゃない」

「おれはセルビア人とは取引しない。おれが嘘をついていると疑っているのか？」ブラッドを見ると、おれと同様眉を吊り上げている。誰かがひっかきまわしている。おれは何があろうともセルビア人とは関わりを持たない。取引相手は厳選する。強姦魔に等しいセルビア人マフィアなどもってのほかだ。「三日にするのか、しないのか？」

「三日だ」とヴォロージャは言う。「先に半額送金する。残りは品をチェックしてからだ」

「わかった」侮辱されているとはまったく感じない。ロシア人とは何度となく取引をしてきた。つねに、あらかじめ決めたとおりに行なってきた。だが、父がいつも言っていたように、誰をも信じてはいけないし、誰かに信じてもらえなくても驚いてはいけない。ロシア人とセルビア人は敵同士であり、十年以上に渡って銃撃戦を繰り広げてきた。もはやなんのために戦っているのかもわかっていないにちがいないが、おれにはどうでもいいことだ。気が済むまで殺し合えばいい。おかげでこっちのビジネスは滞りなく進む。おれは笑みを浮かべ、かかとに体重をかけて息を吐く。

「セルビア人は買ってるよ」うしろからブラッドが言う。「誰かがおれたちのなわばりにはいり込もうとしているんだろうか？」おれよりも彼のほうが心配しているようだ。

「マイアミに誰にも気づかれずに荷物を運び入れるなら、ここかバイロンズ・リーチしかない。ここにはおれたちがいるし、バイロンズは年中無休で監視されている。おれに気づかれずにこの街にはいり込めるものは何ひとつないよ」

2

ローズ

彼はうめき声をあげ、荒い息を吐きながら、不器用にわたしのなかにはいってくる。おなかがわたしのお尻に当たる。「ああ、ペリー。いいわ。お願い。もっと。もっと強くして」自分の声が聞こえる。もっともらしく聞こえるし、快感におぼれているように見えるだろう。実際は何も感じていない。今では、不潔とすら感じない。目を閉じて、この豪華なホテルの部屋から、そしてこの瞬間――自分ではどうにもできない、自分のことが嫌いになるこの瞬間――から逃げ出したいと願う。でも、この闇のなかで、わたしはもうひとつだけの、自分が属する場所にいることに気づく。彼のそばだ。わたしは自分のなかの葛藤に毎日悩まされる。チェスの駒でないときでも、囚人であることには変わりないからだ。たとえ多くのプレゼントをもらい、贅沢な暮らしをして女神のように扱われているとしてもだ。あやつり人形。サンドバッグ。彼の望みどおりに動く奴隷。地獄を味わうにしても天国を味わうにしても、自分ではけっして決められない。そんな自分の人生における残酷な瞬間のすべてが嫌いだ。例外は、たまにある解放される瞬間だ。武器として利用されていなくて、彼が自分の仕事に気を取られている瞬間だ。彼から隠れ、ひとりで過ごせる贅沢な時間を存分に楽しめる瞬間。そんなときはネットフリックスで古いドラマを一気見して、自分が自分であることも、この見捨てられた世界にとらわれていることも、なかったことにする。バスタブに浸かり、バスローブでのんびりしながらジャンクフードを食べる。心の壁を取り払い、脳のスイッチを切る。一時的にしろ、自分の好きな自分でいられる。めったにない、貴重な時間だ。この時間のために、そして、自分のねじれた心に汚されないよう奥深くにしまい込んだ記憶のために、わたしは生きている。だがそんな束の間の心安らかな時間も、すぐに過ぎ去ってしまうと思うと輝きを失う。まるで死刑執行猶予だ。わたしがわたしじゃなかったらどうなっていたかの想像にすぎない。でもわたしはわたし。ゆがめられ、傷つけられ、とらわれている。希望も救いもない。

ペリーのおなかがヒップに当たるリズミカルな動きをよそに、わたしはぼんやりとベッドのヘッドボードを見つめる。

彼が達する瞬間がわかる。首を絞められた猫みたいな声をあげ、わたしはそれを合図に自分も達したふりをして叫ぶ。彼の体がわたしの背中の上にどさりと重なり、わたしはマットレスに押しつけられる。「きみはまるで女神だ」彼が耳元でささやきながら、子供が甘えるように首筋に鼻をすり寄せてくる。わたしは身震いを抑え、軽く笑いながら身をよじって彼から逃れる。

「トイレに行ってくる」わたしがそう言うと、彼はベッドにあおむけになる。まだ息が荒く、汗をかいている。

わたしは立ち上がり、ホテルの部屋の浴室にはいる。ドアを閉めてシャワーを出す。鏡に映る裸の自分は見ない。自分という女と向き合いたくないから。

「おかげでストレスから解放されたよ」彼はそう声を掛けたあと小さく笑う。なんてちょろいのだろう。「きみはびっくりするほど元気をくれる」

わたしは彼に、上品で完璧で健全な奥さんにはできないことを——あるいはしようとしないことを——している。

「あのバーできみを見つけたのは運命だったんだな」

そう、運命だった。ただし偶然は働いていない。「見つけてくれてうれしいわ」

シャワーの下に入り、まえに乗り出してガラスに指を当て、その指を横に動かしてつるつるした表面に線を描く。ガラス一面をおおっていた水蒸気の膜の完全性が損なわれる。だめになる。わたしのように。

「きみがわたしにとってどれだけ特別な存在か、わかってほしい、ローズ」寝室から聞こえるくぐもった声に、わたしは皮肉な笑みを浮かべる。

わたしは彼にとって特別な存在。そして彼は、わたし自身にも特別だと感じてほしいのだ。だからわたしはこれからも彼とベッドをともにする。けれども、ここにいるのは特別だと感じるためではない。おとりとして、彼を誘惑するためにここにいるのだ。彼の奥さんが、マイアミ市長の座を狙う夫の選挙戦に協力するために世界じゅうを飛びまわって慈善活動をしているあいだに。奥さんは、スーツが似合う、感じのいいきちんとした女性だ。その微笑みはけっして揺らがない。

彼女にはすべてがある。

わたしには何ひとつない。

体を洗い終え、タオルで拭く。部屋でペリーが話しているのが聞こえる。電話? わたしはドアに近づき、部屋をのぞいて耳を澄ます。

「あのマリーナを彼のものにしないとわたしは殺される。それに、彼の汚れた金がなければ選挙運動ができない。言いたくはないが、わたしには金がない。彼が必要だ」

ベッドにどさりと腰を下ろし、汗ばんだ額を手で拭く。見たところ、もうストレスから解放された状態は終わってしまったようだ。「〝ブリット〟の言いなりになるのは理想的とは言えないが、逆らうことはできない。そういうことだ。あと六日のうちにバイロンズ・リーチを彼のものにできなければ、千五百万ドル返さなければならない。だがその金はもう使ってしまった。どんなことをしてでも、ジェプソンを帰国させるんだ。契約書にサインさせるためにな」彼は電話を切り、わたしは下唇を嚙みながらそっとドアを閉める。〝ブリット〟？　マリーナ？　ペリーの選挙運動にダニー・ブラックが資金提供しているの？　ブラックには会ったことがない。会いたいと思わないが。悪評が立っている男だ。面白半分に人殺しをする危険な男。カルロ・ブラックの息子である彼は、詳細は不明だが病気で父親が療養しているあいだ、マフィアのファミリーを率いているらしい。この頃のわたしはめったなことでは驚かなくなっているが、好感度の高い立派な弁護士ペリー・アダムズがダニー・ブラックのような男と手を組んでいるとは意外だ。

浴室に向かってくる彼の足音に、あわてて鏡のまえに戻って歯ブラシを口に突っ込む。浴室のドアが開く。わたしは鏡のなかの彼を見る。明るい笑みで隠そうとしているが、動揺しているのが見てとれる。

「ローズ」そう言ってわたしの背後に立って肩に顎を乗せる。「行かなきゃならないんだ」

わたしは口をとがらせて落胆したふりをする。この豪華なスイートは、彼が性欲まみれの下等動物みたいにわたしを抱くときを除けば、わたしひとりで自由に使うことができる。だが、実際はひとりではない。けっして自由にはなれないのだ。「いつ会えるの？」そう尋ねる。それこそわたしがするべきことだから。

「今夜じゅうにまた来るよ」

顎がこわばる。「最高」彼に向き直り、頬にキスをする。「楽しみにしてるわ」

ペリーは浴室を出ていき、その数秒後、スイートのドアが閉まる音が聞こえてくる。今こそ、あのめったにない貴重な瞬間をとらえるときだ。バスタブに湯をため、ルームサービスで好きなものをおなかいっぱい食べ、チャンネルを次々に変えてぼんやりテレビを見るのだ。だが……。

わたしは寝室のデスクのまえに座り、ランプのうしろに隠してあったカメラを取り出す。それから彼に電話をかける。

「ローズ」彼の声を聞くと、舌がもつれて喉が詰まる。

「新しい動画を撮ったわ」

「動画は山ほどある。おれが欲しいのは情報だ。もう二週間もそこにいるのに、手にはいったのは彼がおまえをファックしている動画だけだ。そんなものを使えばおまえの正体がばれるじゃないか。彼と外に出ろ。人前に出るんだ」

「彼はすごく用心している。人に見られる危険はおかさないわ」

「なんとか方法を考えろ」

「わたしには――」スイートのドアをノックする音がして、わたしは椅子に座ったまま振り向く。「戻ってきたみたい」

「ドアを開けろ、ローズ。おれがルームサービスを頼んだのだ」

わたしは木のドアを見つめる。恐怖が彼に伝わらないよう、静かに鼻から息を吐く。ルームサービス？　へえ。

わたしを買ってからというもの、彼がわたしのためにルームサービスを頼んでくれたことなど一度もない。何か意図でもない限り、わたしに何かをしてくれることはない。それは絶対に変わらないだろう。わたしは立ち上がってタオルを体に巻くと、戸口に向かい、ドアを開ける。ワゴンに載った皿や銀器ががたがたと音をたてる。「ありがとう」わたしは電話に向かって言い、ルームサービスを運んできた男を見る。男の目を見つめたとき、男が拳を引く。わたしが背中を向けたのと同時に拳が背中を殴る。肺から空気が抜け、わたしは体をふたつに折る。痛みをこらえるためというよりは反射的にそうする。十年間、わたしは電話の向こうの男のなすがままになってきた。あざに切り傷。痛みが絶えたことはなかった。体の痛みについては、どこまで耐えられるか自分でもわからない。心の痛みについては、もう考えることすらできなくなっている。あるのは絶望だけだ。

わたしは体を起こしてそのまま続ける。それがわたしに求められることだから。感謝だかなんだか、とにかくありえない感情を持つことが。「彼が電話で話しているのを聞いたわ」わたしは電話に向かって言う。「〝ブリット〟とマリーナの話だった。ブラックがペリーの選挙運動に出資しているみたい」

「そう来ないとな。その調子で続けろ」彼は電話を切り、彼の部下は向きを変え、ワゴンを置いたまま去っていく。

わたしは皿にかぶせてあったふたを取る。

そして少年の写真を見つめる。わたしの息子。公園で自転車に乗っている。これが、彼の言うことをきいた見返りだ。だがそのとき彼が見える。黒いスーツ姿の男がはっきり見える。あの子はひとりじゃない。あの子は安全なんかじゃない。あの子の身が安全だなどというのは幻想にすぎない。彼がわたしを支配しているのだということを思い出させるための幻想だ。わたしが彼に従っているあいだは、息子は安全なのだ。自分が地獄にいる理由を忘れるな。そう言われている気がする。

わたしは床に座り込み、膝を抱えて痛みを——心の痛みをこらえる。

3

ダニー

父の遺書を読むのに一週間かかる。読む気になるのにそれだけかかるのだ。今でも気力は戻っていないが、ボトル半分のスコッチがあと押ししてくれた。

棺(ひつぎ)は家の玄関と同じオーク材のものにすること。ふたの内側には執務室のドアにあるのと同じ渦巻(うずまき)の模様を彫(ほ)ること。死んでからも執務室のドアを見つめたいから。家にいるのと同じ、くつろいだ気分でいたいそうだ。

そして、大聖堂に運び込むこと。ブラッド、リンゴ、アーニーおじ、そしておれの手で。先頭はおれだ。主の祈りを唱えるのは二回。一度目は式の最初に、二度目は最後に行なうこと。二度とも、参列者全員が一字一句漏らすことなく唱えること。唱えない者がいれば、おれがそいつの頭に銃弾を撃ち込む。父の声が聞こえる気がする。

「チャンスは一度きりだ」父が恋しい。

どうやら、おれはまえもって参列者に警告しておかなければならないようだ。アーニーおじがこの皮肉に微笑みでもしたら、おれは二発の銃弾を撃ち込まなければならなくなる。一発は負傷した膝に、もう一発はこめかみに。だがアーニーもすでに遺書を読んでいる。そう考えておれはひとり笑う。

さらに、父はおれが皆のまえで二言三言話すのを望んでいる。そして、葬式後には教会に十万ドル寄付することも。それから、連邦捜査局(FBI)の捜査官が現われたら十字架で心臓を一突きすること。おれはページをめくって続きを読む。埋葬は大聖堂の墓地を希望しており、墓石の周囲には百本のスパティフィラム（英語では平和のユリと呼ばれる）を飾ってほしいと書かれている。迷惑千万な話だ。あの墓地ではもう五十年以上埋葬は行なわれていないのに。

だがさらに読み続けると、すでに司祭とのあいだで話がついていることがわかる。

父にはさまざまな面があったが、なかでも特筆すべきなのはその用意周到さだ。あらゆるものをおれに遺(のこ)している。帝国。資産。

悪評。

そのすべてが、今おれのものだ。

ブラッドがはいってきて、おれは遺書をデスクに置いて目を上げる。「もう一週間だ」わかりきったことを言いながら、ブラッドはおれの向かいの椅子に座る。殺しに飢えているように見える。おれの右腕は、その危険さにかけてはおれにひけをとらない。この世でおれが信頼できるのは、彼ひとりになった。最初の日からずっとおれのそばにいてくれた、頼りになる男だ。おれにとって、唯一生き残っている家族——父の亡くなった妹の息子なのでいとこに当たる——だ。忠実が何を意味するかわからなかった子供のころからずっと、忠実な友人だった。おれが五歳年長の少年を殴ったときも、罪をかぶってくれた。警察はカルロ・ブラックの息子をとらえたら絶対に解放しない——そうわかっていたからだ。いい友人だ。

「実質——」おれはタグ・ホイヤーの腕時計を見て言う。「やつに残されている時間はあと一分だ」

「ペリー・アダムズが一分でベガスからマイアミに帰って来られるとは思えないね」

ブラッドはデスクの上に写真の束を放る。おれはそれを取って最初の二枚を見る。あの腐れ野郎がポーカーテーブルで笑っている。冷血な殺人者を満足させなければならないことを忘れたのだろうか？　積み上がったチップをまえに、頭をのけぞらせている。「お楽しみのようだな」おれは写真を置いて王座の背もたれにもたれ、上唇をなでながら考える。

「やつはおれからの電話を避けている」ブラッドが、アダムズの悪行リストに新たな項目を追加する。「どういうつもりだ?」

「さあな」なぜこんな愚かなことができるのだ? アダムズはこれまで、バイロンズ・リーチをおれのものにすることで市長選の運動資金を得ようと躍起になって動いてきた。それが突然、おれのことなど歯牙にもかけなくなるとはどういうことだ?

「おれたちにはあのマリーナが必要だ」ふだんわかりきったことを言われるのを嫌うブラッドがそんなことを言うものだから、おれは怪訝な顔になる。ブラッドは目玉をくるりと回してさらに言う。「ジェプソンと直接話そう」

「弁護士を入れずに土地を買うのは違法だ。それに、アダムズには権力の座についてほしい。千五百万をつぎ込んでいるというのに、今のところ、やつに対して殺意を覚える以外なんの成果もあがっていない」デスクに拳を叩き込みたいが、控える。いらだちを表に出してはいけない。写真を見ながら尋ねる。「いつ撮った写真だ?」

「二、三時間まえだ。やつはまだここにいる。〈アリア〉の警備担当者がそう言っている」

おれは立ち上がり、上着を直す。「ジェット機を用意しろ」

4

ローズ

　ドレスはわたしの趣味に合わないが、彼の好みだ。短くて露出の多いストラップレスのドレス。彼の奥さんは着ないであろう、いや、着られないであろう代物(しろもの)だ。わたしの体に心地よくフィットするデザインというにはほど遠い。百七十五センチという長身のわたしには、丈の短いドレスは平均的な身長の女性以上に似合わないのだ。といっても、わたしは心地よく過ごすためにここにいるわけではないが。ただここにいる。派手な赤いドレス姿で。こんなドレスは嫌いだ。自分は娼婦だと宣伝しているようなものだ。まあ、実際娼婦以外の何ものでもないのだけれど。

　それでも、燃えるような赤は確かにわたしそのものだ。そう自分に言い聞かせよう。それが、自分ではどうにもできないことを受け入れる手段なのだ。わたしの人生すべてが自分ではどうにもできないことだらけだが、この赤はちがう。自分で選ぶとしても、この色を選んだだろう。日に灼けた肌とダークブラウンの髪によく合い、わたしのために作られた色かと思うほどだ。実際そうなのかもしれない。ペリー・アダムズは、わたしのためなら金に糸目をつけない。でもわたしは彼の金は欲しくない。彼のプレゼントも気遣いも、わたしを突く汗ばんだ体も欲しくない。ここにいたくない。ノックスが欲しいものを手に入れ次第、わたしはここを出る。少なくともペリー・アダムズのまえから消える。次のターゲットが誰になるかはわからない。わたしをアメリカに連れてきた今、ノックスのターゲット候補は無限にいる。

「なんてきれいなんだ、ローズ」

鏡を見てダイヤのイヤリングをつけながら、彼を喜ばせる笑みを作る。「ありがとう」振り返り、〈アリア・ホテル〉の彼のスイートルームのドレッサーに背中を預ける。彼はトレードマークのネイビーのスーツを着ている。彼はそれを〝パワースーツ〟と呼んでいる。

彼が近づいてくる。わたしは触れられても震えないよう、見えないバリアをすばやく張る。彼の指先が腕に触れる。「わたしの仕事中にきみひとりで外出するのはどうなんだろう」

ペリー・アダムズは馬鹿ではない。ほかの野心家たちとのギャンブルのためのベガス旅行に同行させたものの、この部屋を一歩出れば、わたしといっしょにいるところを誰にも見られないように気を配っている。それでも、わたしをしっかりそばに置いておきたいのだ。昼は法廷で争い、夜はマイアミ市長の座を狙う日々。その終わりに、わたしを抱いてさらに強くなった気分にひたりたいのだ。わたしがここにいるのは、おそらく彼の所有欲が強いせいだろう。彼はわたしをマイアミに帰したくないのだ。マイアミではわたしを見張る者がいないから。わたしが二十五歳という自分の年齢に近い誰か――独身の男――と出会うかもしれないから。馬鹿馬鹿しい。もし足におもりをつけられて溺れているように感じているとしたら、新しい出会いを想像して楽しむこともあるかもしれない。だがわたしはとっくにこの人生を受け入れている。美しさを保ち、言われたことをする。それ以外の選択肢はない。それが、生きて機能するための唯一の道であり、唯一わたしにわかることだ。わたしの人生はわたしのものではないが、少なくとも、わたしは息をしている。そして息子は安全だ。

「愛している」ペリーが胸を押しつけ、首筋にキスしながらささやく。「数週間まえにきみに出会うまで、自分の人生にきみが必要だなどと考えたこともなかった。堂々といっしょにいられないのがつらいよ。だがわかってくれるだろう、ローズ？」

「わかるわ」わたしは目を閉じ、彼はわたしの首筋を吸って濡れたキスを繰り返す。

「ゲームに遅れちゃ大変よ」ペリー・アダムズについて学んだことがひとつあるとしたら、時間に厳しいということだ。あと十分でカジノのフロアに着かなければならない。

「わたしのことをわかってくれているんだね。うれしいよ」

あなたを知るのがわたしの仕事だから。心のなかでそう思いながら言う。「当然よ」そして無理やり笑みを作る。愛しているというわりには、彼はわたしのことをよくわかっていない。笑みが作り物なのにも、オーガズムが芝居なのにも気づいていない。わたしの人生そのものが作りものであるのを彼が知る由はない。わたしが風に吹かれる根なし草であることも。その風は目に見えない強い力――悪魔だ。

「支度ができたら、テランスが下まできみに付き添う」ペリーは体を離すとわたしの手を取ってキスをする。「階段は使うんじゃないよ」そう言って眉を上げ、わたしの背中に手をまわしてあざができているところをなでる。

「おっちょこちょいなだけ」軽く微笑む。「なんでもないから」

「派手な転び方をしたものだ。一週間経つのにまだ青黒いままじゃないか」もう一度キスをしてから、彼はかかってきた電話に出ながらスイートルームから出ていく。

「新たな出資者ができたのだ」電話に向かって言う彼のことばにわたしははっとする。そうなの？　「ブラックに返す金を出してくれる。ブラックは勝手に騒がしておけばいい」

　ペリーに新しい支援者？　彼が消えたとたんにわたしは自分の携帯電話を捜して周囲を見まわす。このニュースを伝えなきゃ。だがテランスが咳ばらいをしてわたしの注意を惹き、わたしの足元のハイヒールを身振りで示す。あとにしよう。電話はあとでかけよう。

　ヒールを履き、わたしは百八十センチ近くの長身になる。ペリー・アダムズは火遊びをしている。どうやら火はわたしだけではないようだ。ブラックは勝手に騒がしておけばいいですって？

　下の階におりると、バーまでエスコートされ、シャンパンのグラスを手渡される。いいシャンパンだ。遠くのブラックジャックのテーブルで大勢の注目を浴びているペリーが見える。見るからに政治家という男たちばかりだ。ペリーはその状況を楽しみ、笑みを浮かべている。背中を叩かれ、幸運を祈るハグを受けている。下馬評では、この数週間の運動が大成功を収めており、彼の勝利はほぼ確実だとされている。マイアミは彼を愛している。だがブラックを勝手に騒がしておくことにするなら、今度は誰が金を出してくれるのだろう？

「遠くまで行くな。アダムズは終わったらあんたに会いたがるだろうからな」テランスが低い声で言い、わたしは彼を見上げる。彼はにらんではいないが、かといって親しみを込めているわけでもない。わたしを嫌っている。それはおたがいさまだ。ボスの浮気を傍観している部下たちが、きまって女のほうばかりをなじるのは興味深い。いつだって、ボスの自制心の欠如や結婚の誓いへの冒瀆（ぼうとく）は不問に付される。

テランスは人ごみのなかに姿を消し、わたしはひとり残される。自由に歩きまわり、ほかの場所を見に行くこともできる。だがそれはわたしの仕事には含まれない。人前に出ることは有益とは言えない。ペリーといっしょにいるところを見られれば、彼の権力争いを危険にさらすか、彼を怒らせることになるからだ。けれども、目立たないように歩きまわり、観察することならできる。何か手に入れなければならない。ペリーに新しい出資者ができたという情報は手に入れたが、それだけではまだ足りない。さっさと手に入れて、ペリーから離れなければならない。ノックスはいつまでわたしにペリーにぞっこんの愛人役を演じさせるつもりだろう？　ペリー・アダムズには虫酸（むしず）が走る。ノックスのために写真も動画も撮った。漏れ聞いたことも伝えた。

ペリーのいるテーブルのほうにゆっくり歩く。だがすぐに、テランスが手首をつかんで止める。「近づきすぎるな」わたしはため息をつき、あたりを見まわす。周囲はにぎわっている。〈アリア〉のカジノフロアは、耳がどうかなりそうなほど騒がしい。

それが、不意に静まりかえる。

不意にピンが落ちる音まで聞こえるほどになる。

不意に誰かが一時停止ボタンを押したかのようだ。

誰もが黙る。誰もが動きを止める。誰もが同じ方向を見る。

そして、誰もが見るからに緊張する。

わたしはグラスを唇に当てたまま眉をひそめ、皆の視線をたどって何が人々の注意を惹きつけているかを見る。背筋が伸び、グラスがわずかに下がる。

その男は四方を用心棒に守られている。わたしは唾を呑んで、スーツを着た長身の姿を見つめる。彼の肉体は危険を感じさせる。オーラは警告を発している。鋭く危険なアイスブルーの目が周囲を見まわし、人々は彼に道を開ける。まるで海が割れるように。まるでキリストの帰還のように。その顔は……。

「クソッ」テランスがわたしの横で毒づき、わたしはそちらを見る。彼はあわてて上着から携帯電話を取り出し、電話をかける。「〝ブリット〟が現われた」電話の向こうの誰かに伝える。

〝ブリット〟？　わたしは皆の注目を集めている男にすばやく視線を戻す。〝天使の顔の殺し屋〟？　ダニー・ブラック？　男の正体がわかった今、まわりの人々と同じように恐怖に震えるべきなのだろう。だがわたしはそうはしない。恐怖を覚えることはもうとっくにやめていた。そして、今目のまえにいるあの男に恐怖を感じないのだから、今後もいっさい恐怖というものを感じることはないだろう。ダニー・ブラックの噂は聞いている。その影響力、権力、非情さ、残酷なビジネスの進め方、すべて聞いている。

だが、ハンサムだとは知らなかった。

わたしはグラスを見下ろし、シャンパンがグラスのなかで揺れているのに気づく。突然怖くなって震えているわけではない。彼の存在に、ほかの人々といっしょに震えるべきなのだろうが、わたしは心を奪われている。震えているのはそのためだ。

息を吐き、まつ毛のあいだから見上げる。彼はペリーに近づく。ペリーが誰よりも震えているのが見て取れる。

ブラックは足を止め、片手をポケットに入れたまま、もう一方をわたしのセックス相手に差し出す。ペリーはまるで、車のヘッドライトに照らされたうさぎみたいだ。ダニー・ブラックは勝手に騒がしておけ――そう言ってなかった？　わたしはひそかに笑う。テランスの注意がそれているすきに、ふたりの話を聞こうと近づく。どんな会話が交わされるのだろう? ノックスにとって重要な情報を得られれば、息子の写真だけではなくもっといい褒美をもらえるかもしれない。

「これは驚きだ」ブラックの手を握ってあたりを見まわしながらペリーが言う。

「うれしい驚きか?」ブラックは冷めた調子で言う。冷めすぎている。危険なほどに。

「もちろん」ペリーは彼を脇に連れていき、ふたりはしばらく話し合う。ペリーは明らかに怯えており、ブラックは無表情だ。この種の人々のそばで長く過ごしてきたわたしには、自分が何を見ているかわかる。命の危険に怯える男と、相手の命を奪うことに一瞬のためらいも持たない男だ。わたしはばれないように少しずつ近づき、聞き耳を立てる。

「待ちきれなくてね」ブラックが険しい顔で言う。

ペリーはひるむ。わたしは握手したままのふたりの手を見る。残忍な力でつかまれているせいで、ペリーの手は血が通わず白くなっている。「申し訳ないが、もうきみとの取引は続けられない」ペリーが言う。堂々と見せようとしてるがわたしにはわかる。わかるのだ。「やましいことはしたくないのだ。ほかに選択肢はない。金は全額返す」それを聞き、ブラックは手を離して手のひらを上に向ける。「いやいや」ペリーは手を小さく振って血を通わせようとしながら言う。「今ここでは無理だ」

「今くれ」

「千五百万をポケットに入れて持ち歩いてはいない」

「聞こえなかったようだな」殺気だったまなざしがペリーによく見えるよう、ブラックは上体をかすかにまえにかがめる。「今くれ」

「い……今は持っていない。今ここには」

ブラックは何か考え込むかのようにうなずき、体を起こしてその威圧的な長身を最大限に伸ばす。ペリーをどれほど細かく切り刻んでやろうか考えているにちがいない。「じゃあ勝負しよう」

「なんだって？」ペリーがぎょっとした様子で言う。

ブラックはポーカーテーブルを身振りで示す。部下のひとりがにやにや笑っている。

「勝負だ」満面の笑みを浮かべ、先に行くようにとペリーに示す。「正真正銘の賭けだ。あんたが勝てば借金はチャラだ。今後の取引もなし。おれが勝ったら……」彼はまた体をかがめ、ペリーの耳に口を押しつける。

わたしの愛人は青ざめる。負けたら死ぬのだ。

「だが、きみはギャンブルが下手だと評判じゃないか」ペリーはつぶやくように言う。

その顔には恐怖が刻み込まれている。生々しい真の恐怖が。ペリー・アダムズがあんな顔をするとは、わたしだってこの目で見ていなければ信じられなかっただろう。下位の者に対して尊大で、つねに高慢で、つねに自身満々の強欲な弁護士。そんな彼だが今はちがう。

「なら何も心配することはない」ブラックはテーブルまで行って座る。ペリーのほうは、まっすぐ歩くのもやっといった態(てい)でブラックに続き、ふたりの周囲に野次馬が集まる。わたしもそこに加わり、ペリーとその部下たちの注意がそれているのを最大限に利用する。わたしみたいな取るに足らない娼婦よりも大きな問題に直面しているのだ。彼らは今、わたしみたいな取るに足らない娼婦よりも大きな問題に直面しているのだ。そのとき、ペリーが人ごみのなかにわたしを発見し、離れろと警告するかと思いきや小さく微笑んでくる。まるで、大丈夫だ、心配するなとでもいうように。

わたしは心配していない。魅了されている。

カジノの支配人が現われ、ダニー・ブラックとその部下たちに気遣いを見せて歓迎する。大金が賭けに投じられるからではなさそうな気配をわたしは感じる。

よく見えるよう、テーブルの反対側にまわる。彼のことがよく見えるように。額にくっきりとしわが刻まれている。目の下から唇の上まで傷痕が走り、まなざしは突き刺すように鋭い。

そして見るものの心をとらえる。

わたしがこれまで見てきたなかで、もっとも危険な男だ。

そのとき、自分を見つめる視線を感じたかのように彼が顔を上げる。目が合い、わたしは一歩あとずさるが、死んだ体が生き返るような感覚を味わう。テランスが、腕をもげそうになるほど強く引っ張る。わたしはぼんやりと彼を見る。「近づくなと言ったはずだ」うなるように言うが、彼が無理やりわたしを引きずっていけば注目を集めてしまうことは、彼にもわたしにもわかっている。だから彼はわたしから離れ、ペリーのほうに向かう。ダニー・ブラックが現われたことでペリーの陣営に大混乱が起きており、それを見てわたしは笑わずにはいられない。

わたしはテーブルに視線を戻す。彼はまだわたしを見ている。人差し指と中指でチップをもてあそびながら、目はわたしの顔を見つめている。体が燃えあがる。彼は目のまえに置かれたカードに手を伸ばし、無表情な顔をゆっくりとわたしからそむける。わたしは唾を呑む。彼の目線がそれたことがわたしに不可解な作用を及ぼす。温かいまなざしだったというわけではない。むしろ、これまで見たことのないほど冷たい目だ。殺人者の目。

脚の力が抜け、わたしは近くのスツールに腰を下ろしてゲームが始まるのを見つめる。ペリーは始終、落ち着きなくブラックに視線を向けている。軽い会話を試みたり、ジョークを言ってみたりして、石のように冷たい殺人者の心をとかそうとしているが、うまくいっていない。ダニー・ブラックは表情ひとつ変えず、無言のままゲームを進める。

ゲームのあいだじゅうブラックの表情は変わらない一方で、ペリーはブラックがアクションを起こすたびに不安を募らせる。ゲームはペリーの圧勝だが、ディーラーがブラックのチップをペリーのほうに押しやると、その都度ペリーの緊張は増し、汗ばんだ額のてかりがひどくなる。野次馬は黙ってゲームを見守るが、ふたりが持ち札を表にするときだけはざわめきが起きる。札が表に返されて〝ブリット〟が負けるたびに息を呑む音が広がる。そのたびにブラックは酒を飲み、ペリーは額を拭く。

そして、ブラックの負けを見ているあいだ、わたしは彼から目を離さない。離せない。

ゲームが終わると、ブラックは自分の側から相手側に移動したチップの山に動じる様子もなく立ち上がって、自分の飲み物を手にする。ペリーもあわてて立ち上がり、野次馬が散り散りになるなかブラックのそばに急ぐ。勝ったばかりだというのに、まだ命があることを喜んでいるようには見えない。

「これでいいか？　貸し借りはなしだな？」ペリーが言う。

ブラックが動きを止め、酒をあおってペリーと向き合い、わたしの好奇心はさらに強まる。「貸し借りなしだと？」彼はグラスをペリーに向けながら言う。

ペリーはテーブルを振り返る。「わたしが勝った」

「そりゃあそうだ。おれはポーカーが下手だからな」ブラックはうなるように言ってペリーに近づく。「このままおれから逃げられると思ってるのか？　なんの結果も出ていないのに？」その声には痛烈な毒がこもっている。「あんたはまだおれに千五百万借りがある」一語一語をはっきり短く発音するイギリス訛りに、わたしは身震いする。脅しているような口調で、楽しい約束について語るかのように話す。「おれは今さらに一千万失った。その一千万が二千万になった」ブラックは、自分のチップがペリーの側に寄せられたままのテーブルを指差す。「これは迷惑料ということにしよう。大迷惑だよ。なにしろ、果たすべき責任をあんたに思い出させるためにわざわざベガスまで飛んできたんだからな」彼の目がいっそう厳しくなる。「これであんたへの貸しは三千五百万になった。三千五百万、持ってるか？」

ペリーは目を見開く。「いや、まったく無茶苦茶だ」

「そうだろうと思ったよ」ブラックはトレーからもう一杯酒を取る。「おれはあのマリーナが欲しいのだ、ペリー。そして、おれのほうからいいと言うまでは、誰ひとりおれから逃げることはできない」

ペリーはほんの一瞬だけ目を閉じる。自分の置かれている状況にショックを受けている。ダニー・ブラックと関わるなんて、いったいどういうつもりだったのだろう？ペリー・アダムズは立派な弁護士だ。少なくとも立派な弁護士だった。「マリーナだな」彼はごくりと唾を呑んで言う。「きみのものになる。頼む、もう少し時間をくれ」

〝ブリット〟は微笑む。邪悪と呼んでもいい作り物の笑み。「ああ、時間をやろう」そう言ってさりげなく酒をひと口飲む彼をまえに、ペリーは見るからにほっとした様子で息を吐く。なぜほっとできるのだろう？　何か裏があることぐらい、わたしにだってわかるのに。

「助かるよ」ペリーが微笑み、わたしは、なんて馬鹿なのと叫びたいのを我慢するのがやっとだ。わたしがここにいるのはそのせいだ。彼がとんでもない馬鹿だからだ。

〝ブリット〟がペリーの肩を叩く。「気にするな」そして、殺気を帯びた目でわたしの体を見ながら、わたしを親指で差す。じっと見つめられて体がうずく。鉄のような彼の視線は、わたしを怖がらせると同時に興奮させる。彼の不機嫌さに命を吹き込まれたかのように、彼の顔の傷痕が脈打つ。まるで裸を見られているような気分になる。こんなことははじめてだ。「誰だ、彼女は?」低くなめらかなアクセントだ。

わたしは動きを止めたまま、割れそうなほど強くグラスを握る。わたしを振り返るペリーの顔から安堵は消えている。「彼女?」わたしのことなど知らないかのようにわたしを見る。わたしは傷つかない。実際、彼はわたしのことを知らないのだから。

「知らない女だ」

「じゃあ、おれが連れていっても問題ないな」ブラックはわたしの目を見つめたまま言う。その視線はわたしのドレスを突き抜けて皮膚に届く。だがわたしの体は冷たくならない。熱くほてる。

〝ブリット〟が近づいてくる。心はあとずさりしろと命じるが、わたしは動かない。動けない。彼の視線に体が麻痺(まひ)している。

彼が目のまえまで来ると、文字どおり胸を突き合わせる形になる。心が乱れ、体がこわばる。それでも怖くはない。ただ、危険で美しい殺し屋をまえにして、純粋な畏怖(いふ)を覚えている。顎を上げて彼の目を見つめる。唇の片端、ちょうど傷痕が終わるあたりがかすかに上がるのが見える。この世のものではないような唇だ。何千人もの死を命じてきた唇。あの唇にキスされたら、女は昇天するほどの悦びを得られるのではないだろうか。

わたしは顎をさらに上げ、彼の唇の端はさらに上がる。わたしの考えが読めるのだ。自分に惹かれているのを感じたのだ。思いを露呈してしまったことに動揺し、わたしは歯を食いしばる。

わたしを連れていきたいというの？　なぜ？　わたしは彼から離れたここで、黙って座っていただけだ。ペリー・アダムズと寝ていることも、ブラックにとって利用価値があることも、おくびにも出していない。それに……。

テランスのほうを見ると、鼻の穴を広げている。彼のせいだ。彼がわたしの腕をつかんで脅しているのを、ダニー・ブラックは見逃さなかったのだ。馬鹿な男。ブラックのところには行けない。命を賭けられない。でも、ダニー・ブラックを拒むなど正気の沙汰ではない。

ブラックはわたしの目を見つめたまま手首をつかむ。あざができるほど強い力だが、わたしは慣れている。ひるみもしなければ、痛そうな顔もしない。見事な唇に浮かぶうすら笑いから察するに、彼はわたしの無反応を楽しんでいるようだ。「来い」わたしを引っ張っていこうとする。

ペリーが突然目のまえに立つ。彼のほかにも男が四人、同じ動きをする。四人ともブラックの部下だ。みな、腰に手をやっている。高価なスーツの上着の下に、武器を隠し持っているのだ。

〝ブリット〟は首を傾ける。「知らない女なんだろう？」

「いや」ペリーは周囲に目をやりながら小声で言う。「知っている」

ブラックはペリーに顔を近づける。「マリーナだ。それが手にはいるまでは、おれが彼女を知ることにする」

ブラックの部下のひとりがペリーを引っ張って道を空けさせ、わたしはブラックに引っ張られてそこを進む。彼の手はまだしっかりとわたしの手首をつかんでいるものの、さっきほど強い力ではない。部下によってあらゆる方向から守られながら、エレベーターのまえに着く。わたしは抵抗しない。なぜなのか自分でもよくわからない。おそらく、自分ではどうにもできない力と戦うべきではないことを身をもって体験しているからだろう。わたしにとって、ダニー・ブラックは間違いなく自分ではどうにもできない力だ。誰にとってもそうだろう。

エレベーターに乗るとき、彼の手がわたしの手首から手に移動し、わたしはそこに目をやる。それから、彼の視線を感じて目を上げる。冷たいブルーの石のような目が、皮膚の下まで見透かしているみたいだ。「抵抗しないのか？」彼が尋ねる。わたしに直接話しかけるのはこれがはじめてだ。そのイギリス訛りにも、おなかのなかのうずきはおさまらない。わたしは病気なんだわ。そうにちがいない。この野獣に惹かれるのは、破滅的な人生を歩んできたせいだとしか思えない。自分にひどく腹が立つ。わたしはずっと、人を惹きつけ、欺くことに力を注いできた。今、自分が彼に惹かれていることがばれないよう彼を欺くことに力を注いでいる。なんて厄介なことになっているのだろう。

わたしは彼から視線を引きはがし、目のまえに立つ男の背中を見つめながらエレベーターでホテルの最上階に運ばれる。彼の部下に囲まれたままエレベーターを降りる。実に慎重な動きだ。全員が自分の持ち場を了解している。わたしの以外の全員が。わたしはどうすればいいのだろう?

安全なスイートルームにはいると、そこではじめて部下たちは離れる。メインリビングの先の部屋で、わたしはブラックとふたりきりになる。彼がキャビネットまで行き、酒を注ぐのを見つめる。氷がグラスに当たる音。グラスに液体が注がれる音。彼がグラスを回すと、スコッチに溶ける氷がチリンと、うっとりするような音をたてる。彼は彼はわたしに向き直る。部屋のまばゆい照明のもとで見る彼は、ただ危険なほどハンサムなだけではない。死ぬほどハンサムだ。黒い髪と薄いブルーの瞳は対照的だが完壁な組み合わせだ。灼けた肌には黒いひげが顔を出しており、それが傷痕を際立たせ、より深く見せている。目は死んだようだ。冷たく、死んだような目。だが、その冷たさの奥に熱が感じられる。白熱する炎が感じられる。

グラスを回し続けながら、なにげない様子で近づいてくる。その目はわたしの目から離れない。そして彼はわたしの目のまえまで来る。わたしは彼に負けないぐらい冷静でいようと心に決め、歯を食いしばる。彼は酒をひと口飲み、わたしはその引き締まった喉から思わず目をそむける。だがわたしの視線が動いた先はほんの少し上の彼の目で、彼は口のなかで氷を転がしながらわたしをじっと見つめている。熱さと冷たさ。火と氷。まったくちがうふたつのものが完全に一体となっている。彼は火であり、同時に氷でもある。

彼は氷を噛みくだき、その音が静けさのなかで大きく響く。「きみを見ると、かつて知っていた誰かを思い出す」低く、通る声で彼が言う。

「誰?」

彼の手がすばやく動き、気づいたときにはその手がわたしの頰を強く叩いていた。頭が大きく揺れ、わたしは記憶にある限りはじめて、叩かれたことに痛みを感じる。声を上げないから、彼にはわからないだろう。たじろぎもしないし、ひりひりする頰を手で押さえたりもしない。ただ、彼の顔に意味ありげな笑みが浮かぶのを見つめる。その笑みはほんものだ。実際に自分の目で見なければ、この険しい顔にこんな笑みが浮かぶとは思いもよらないだろう。そして、自分の目で見たことのある人はそう多くないはずだ——なぜかわたしはそう感じる。

彼はわずかにうなずき、また酒を飲む。「おれを叩け」まともな頭の持ち主ならけっして無視できないような威厳のこもった口調で彼は命じる。わたしは空虚なだけでなく、まともな頭の持ち主でもないのだろう。

わたしは首を振る。彼はわたしの耳元に唇を近づけてささやく。「叩け」声は静かだが、命令するその調子は先ほどと変わらない。同時に、これまでささやかれたなかでももっとも官能的に聞こえる命令でもある。

「なぜ?」わたしは目を閉じて、耳に吹き込まれる彼の息をかすかに感じながら小声で尋ねる。彼の吐く息すべてがわたしの心にしみいり、あらゆる感覚に火をつけるように感じられる。わたしはひどく敏感になっている。かつてないほど強く、生きていることを実感するが、それはなんともおかしなことだ。相手は全身に死をまとっているような男なのだから。

ブラックは顔を離し、火のように熱くほてるわたしの頰に指で線を描く。「おれがそうしろと言うからだ」一歩下がって絶妙な距離を置くと、グラスを上げる。「やれ」

理由はわからないが、わたしをだましているとは思えない。わたしが叩いたからといって、わたしをあざだらけになるまで叩くとは思えない。わたしを測っているのだ。そこでわたしは、これまで絶対にしようと思わなかったことをする。男を叩くこと、それも、報復としてひどく痛めつけられることを心配せずに叩くということを。彼に負けないほどすばやく腕を動かして、強く、正確に叩く。一生分のストレスがこれで解消されるような気がする。何百万回もの我慢は、この一回のためにあった——そんな気がする。それがわたしにとって必要なことであるのを、わたし自身よりも彼のほうがわかっているかのようだ。

わたしの手は大きな音をたてて彼の肌に当たり、わたしは爆発のような衝撃を覚える。痛みのせいではない。彼に触れたせいだ。彼はびくともしない。まるでレンガの塀を叩くようなもので、彼の反応は、彼に叩かれたときのわたしの反応とまったく同じだ。

つまり、無反応。

わたしは手を引っ込め、しばらく彼と見つめ合う。それから、彼はわたしから一瞬も目を離さないままグラスの酒を飲み干す。「以前知っていた人物にそっくりだ」そうつぶやく。

なぞなぞのようなそのことばにわたしはいらつく。だが、自分の得意なことをする。感情を隠すのだ。それでも好奇心を抑えることはできない。「なぜそんなにマリーナが欲しいの？」

「きみには関係ないことだ」

「あなたは保険としてわたしをとらえた。だからわたしにも関係あるんじゃないかしら」これほどの大胆さがどこから湧いてきたのかわからない。わざと彼を挑発している。

彼の目が、その奥に地獄を隠しているかのように光る。実際そうなのだろう。「おれは、自分が寝ている娼婦に仕事の話などしない」

わたしは大きく息を呑むのをなんとかこらえる。「寝てないわ」そう言うが、そのことばは彼を笑わせるだけだ。〝娼婦〟ということばのほうに反論しなかったことに、彼も気づいているだろう。娼婦――わたしを語るのにふさわしいことばだ。

「それを変えたいか？」

「いいえ」

「嘘つきめ」一瞬のうちに彼の手が喉にかかったかと思うと、わたしは壁に押しつけられ、彼の見事な唇がわたしの唇に軽く触れる。彼を引き寄せて唇を味わいたいのを我慢するのは、これまで自分の人生に必要になるとは思っていなかったほどの意志の力を要する。わたしの首にかかる彼の手にはさほど力は込められていない。呼吸の妨げにはならない。

なのに息ができない。

彼が腰を押しつけ、ズボンのなかの状態がわたしにもわかるようにする。「きみの魅力的なあそこにこいつを突っ込んだら、ペリーはどう思うだろうな」

なんて男。

彼のそこは硬く、脈打っている。

わたしの安定しているはずの心が一瞬動揺し、たった今彼が言ったことを思い出そうとする。ペリーがどう思うか？　打ちのめされるだろう。彼はわたしを自分のものだと思っている。でもそうではない。そしてわたしはダニー・ブラックのものにもなれない。何があろうとも。どれだけ彼に惹かれても。わたしは混乱している。彼は無慈悲で残酷だ。わたしは男に惹かれたことはない。自分から求めて男に抱かれたいと思ったことは一度もない。つねに、必要に迫られて、あるいは強要されてのことだった。でも今は……今は逆だ。これまで出会ったあらゆる男のなかでも、もっとも恐れるべき相手だというのに。でも、今わたしが恐れるのは、息子のことだけだ。どうしたら自分が生き延びるか、どうしたら息子が生き延びるか、わたしにわかるのはそれだけだ。わたしは生き延びる。

わたしは無意識のうちにブラックに反応している。彼に見える外面だけでなく、自分で感じられる内面でもだ。でもわたしは感じない。感情というものをどう処理すればいいのかわからないのだ。隠そうとしているのだが、彼に押さえられている喉がごくりと唾を呑んでいるのを彼が気づいているのは間違いない。

彼はようやく手を離すと、頼んでもいないのにわたしとのあいだに間を置く。それからゆっくりと笑みを浮かべてから背を向けて出ていく。彼が出ていったことに、残されたわたしは気持ちがくじける。わたしが彼なら、この状況で出ていくことは絶対にできないだろう。彼はわたしを麻痺させる。ふたりのあいだに流れていたエネルギーは……。

やめよう。

わたしは室内を見まわす。どうする？　すぐに答えが浮かぶ。バッグを開け、携帯電話を取り出す。ペリーに新しい出資者ができたらしいこと、ブラックが彼を脅して言うことを聞かせようとしていることをノックスに知らせるのだ。それに、ペリーがマリーナをブラックのものにするまで、保険としてわたしがブラックにとらえられていることも。

携帯電話に登録された連絡先から〝ママ〟を探し出すが、通話ボタンを押すまえに携帯電話を奪われる。見上げるとブラックが画面をにらんでおり、わたしの心臓は早鐘を打ちはじめる。

「ママ？ きみのことを心配しそうなのか？」

「いいえ」わたしは正直に答える。

彼はしばらくわたしの電話を調べ、そのあいだも時折わたしに目をやる。わたしは表情を変えない。不安はない。彼は何も見つけられないはずだ。だが彼は携帯電話をポケットに滑り込ませ、そのとたんにわたしはひどく不安になる。

「電話を取り上げる気？」そんなことは許さない。「わたしは囚人なの？」

彼が近づき、息がわたしにかかる。胃がぐるぐる回る気がする。わたしは唾を呑み込む。あとずさりする。だが、彼はふたたび距離を縮め、その顔が次第に近づいてくる。

「やめて」わたしは首を振る。

ブラックはすぐに動きを止め、なんとも判断のつかないまなざしでわたしを見つめる。そして、背を向けて離れる。わたしは大きく息を吐く。ふだんはつねに落ち着いているのに、今は神経がぼろぼろだ。「きみはおれの客だ」ドアのハンドルに手をかけ、部屋を出ていく。「そう呼んだほうが情け深く聞こえるだろう？」

彼の姿が見えなくなったとたん、わたしはベッドに座り込む。

なんなの？　いったい何が起きているの？

5

ダニー

こんなのは計画にはいっていなかった。チャンスは一度きりのはずであり、彼の愛人をとらえるのは二度目のチャンスを与えることにほかならない。父を失った心痛がそうさせたのだ。それと、あのマリーナが欲しいという事実、アダムズに権力を持たせたいという事実が。アダムズには、これまでおれをこけにしてきたやつら全員を足したよりもチャンスを与えてきた。おれにはどうしてもあのマリーナが必要なのだ。

テラスの椅子にもたれて座り、彼女のことは考えずに仕事に集中しようとする。名前すら知らないのだ。ポーカーのテーブルについた瞬間、視線を感じた。大勢の視線を感じるのは珍しいことではないが、今回の視線には恐怖はこもっていなかった。肌が冷たくならず、燃えるように熱くなった。感じたのは恐怖ではなく、おれを——おれだけを——惹きつける魅力だった。そして視線のもとをたどったとき、おれはさらに惹きつけられた。

視線のもと、すなわち彼女を見たとき。

「仕事に集中しろ」自分に言い聞かせる。ペリー・アダムズはおれの手から逃れようとしている。だが、その理由は、彼が言ったようにやましいことをしたくないからではないだろう。そんな気がする。あの愚かな男は、おれがあっさりあきらめると思っているのだろうか？　あのとき、ポーカーテーブルを挟んでやつを撃ってやればよかった。そうしていただろう。別のものに注意を惹かれなかったら。

別のもの、すなわち彼女に。

彼女は品のいい長い脚で滑るように優雅に動いた。強制された動きでも、練習しつくされた動きでもなく、自然で魅力的だった。まるで水に浮いているかのようで、彼女が明らかに何か重いものを抱えていることを考えれば皮肉な話だ。無表情ではあるが、その顔がたたえる冷酷な美しさに、おれは自分がしていたことをいったん止めて、見入ってしまった。テーブルに視線を戻すには意志の力を必要とした。こんなことははじめてだった。ペリーの部下が彼女の腕を乱暴につかむという失態を演じたが、彼女はそよとも動じなかった。離れたところからでも、繊細な彼女の皮膚に男の太い指がきつく食い込むのが見えた。だが彼女はまったく意に介さないようだった。

それが、おれに目を奪われていたせいだけじゃないのはわかっている。おれは負けるとわかっていてペリーとのゲームを始めた。負けたらペリーの妻をとらえるつもりだった。彼を正気に戻すために、カンボジアでのチャリティイベントから帰国する妻をつかまえるべく部下を待機させていた。だが、やつが彼女に向けるまなざしを見た瞬間、おれは計画を変更した。ペリーは妻以外の女を愛している。その思いが一方通行なのは、知らない女だとペリーが言ったときの彼女の無反応な様子からして間違いない。氷のプリンセスだ。それでも、役に立つだろう。チェスの駒になる。欲しいものを手に入れる手段となる。

自分の決断を祝して、さらに酒を仰ぐ。

テラスの引き戸が開く。目を上げると、ブラッドがテラスに出てくる。引き戸を閉め、煙草を差し出す。「撃ち殺されるのを覚悟であえて訊くが、どういうつもりだ?」

おれは微笑む。この地球上でおれが殺すのをためらう相手がいるとしたら、それはブラッドだけだ。「マリーナがどうしても必要だ。それに、あの馬鹿を権力の座につかせたい」

「だけど女は? ルールはわかっているだろう? 判断を鈍らせるようなものは一切

持ち込まないって。ドラッグと美女は判断を鈍らせる」

「愛着を持ったり依存したりしなきゃ大丈夫だ」

ブラッドはちらりとこちらを見る。何も言わないが、言いたいことはよくわかる。

「で、どうする?」

「アダムズを見張る。これまでやましいことをしていた人間が急にそれをやめようなんて考えるわけがない。まして、やつはおれの金を受け取ってるんだからな」おれは煙草に火をつけて大きく吸ってから、煙草を見つめたまま煙を吐く。やめなければ。命が惜しけりゃ煙草はやめろという父の声が聞こえる気がする。「やつを監視しろ。アダムズがマイアミに戻るときにおれたちも戻る。来週荷物が到着するから準備をしないとな」

ブラッドは二本の指で煙草をもてあそびながらうなずく。「少し寝ろ、ダニー。ひどいざまだ」

寝る? もう六カ月、まともに寝ていない。夜じゅう父の様子を見守る日々を過ごしてきた。もう、見守るべき父はいない。だがおれはいまだに眠れていない。死んだ心に痛みを感じ、それが腹立たしくてひそかにうなる。生きていると実感できるような感情をおれにもたらしてくれるのは父だけだ。心臓は乱れることなく鼓動している。

それはこれまでと変わらない。だが、心は何も感じない。

思いは彼女に戻る。彼女を壁に押しつけたときは、鼓動が乱れた。

椅子に深く沈み込み、煙草を口にやって燃える先端を見つめながら深く吸う。真っ暗なおれの世界のなかで、赤く光るその先端だけが唯一の色に思われる。続いてもうひとつの色が頭に浮かぶ。彼女の赤いドレス。オリーブ色の肌とその赤は、これまで見たなかでも最高のコンビネーションだった。生きているかのようにつややかに輝くダークブラウンの髪。バラのつぼみのような唇。高い頬骨。だが目はどうだ？　あの濃いブルーの目は死んでいた。腕をつかんだペリーの部下に対する反応を見たとき、おれはそれを確信した。たとえポーカーが得意だったとしても、彼女のせいで負けていただろう。彼女に言ったことはほんとうだ。かつて、彼女に似た人物を知っていた。

おれ自身だ。

彼女の電話をポケットから取り出し、画面をタッチする。画像はない。待ち受け画面は出荷時のままだ。待ち受けに写真を使わない人間などいるか？　誰にだって愛する者がいる。子供、恋人、母親。愛する者がいないのは彼女だけだ。

そしておれだ。

画面はパスコードを求めてくる。部下にロック解除を命じなければならない。煙草の吸殻を投げ捨てると、おれは立ち上がって電話をポケットに戻しかける。だがそのとき着信音が鳴り、手を止める。画面を見ると、〝ママ〟からのテキストメッセージが現われる。

〝調子はどう？〟

左にスワイプすると、返信するか消去するかの選択を求められ、おれは返信する。

〝上々。そっちは？〟

簡潔にし、キスの絵文字はつけない。向こうもつけてきていないから。すぐに返事が来る。

〝上々。できるときに電話して〟

「そうさせよう」そうひとりごちながら、電話をポケットに戻し、室内に戻る。ラウンジを抜けて寝室に行くが、彼女はおれが出ていったときにいた場所にいない。だが心配にはならない。脱出王フーディーニでもなければ、このスイートから抜け出せるわけはないのだ。浴室に向かうと、蛇口から水が出ている音が聞こえる。ノックをせずにそのままなかにはいる。

彼女は鏡のまえですばやく目を上げる。長い髪をポニーテールにしようとしているところだ。日に灼けた首があらわになっている。おれはそこに目が釘付けになる。

「プライバシーが欲しいんだけど」彼女は振り返って言う。ヒールは脱いでおり、ドレスと同じ赤に塗られている足の爪が見える。なぜそんなつまらないところに目が行くのか、自分でも理解不能だ。

彼女を無視して、ズボンのまえを開けながらトイレに向かう。ゆっくりペニスを引き出す。彼女の視線がそこに向かう。彼女が息を呑むのが聞こえる。

おれは片手を壁に当て、もう一方でペニスを支えながら小便をする。見られているのを意識しながら、さりげなく、時間をかける。終わると、ペニスを拭き、水を流し、彼女と向き合う。手はまだペニスを支えたままで、彼女の目もそこを見つめたままだ。

おれは自身をさらけ出し、それを見つめる彼女を見守る。彼女の浅い息遣いが聞こえる。この女は高い壁を築いているが、たとえ背を向けたくても向けられないはずだ。

そして彼女は背を向けたいと思っていない。おれは生まれてはじめて、愉快な気分になる。面白そうだ、彼女をからかうのは。そして苦しめるのは。

おれが太いペニスをさすりながらまえに進み出ると、彼女は背後の洗面台に両手をつく。その興奮した様子を見ておれの興奮も高まる。手のなかでペニスが硬くなる。

彼女のまえに立つと、おれは一瞬の躊躇（ちゅうちょ）も感じることなく彼女の片手を取って硬くなったペニスを握らせる。彼女が大きく息を吸う。おれも同じことをする。だが何も言わず、ただペニスをさする彼女の手を見つめる。おれの体は、今すぐにでも彼女をうしろ向きにして腰を曲げさせ、激しく突きたいと願っている。

彼女の口が半開きになる。舌が出てきて下唇を舐める。おれへの不快感を示そうしているはずなのに、今の彼女は高ぶっているようにしか見えない。おれのものにできる。彼女もおれを止めたりしないだろう。彼女は喜ぶはずだ。おれも同様だ。

だがここに連れてきたのは、彼女を楽しませるためではない。自分が楽しむためでもない。楽しむ？　おれは、たんに欲望を満たす以上の楽しみを味わうのだろうか？

「気持ちいいか？」そうささやくと、彼女はおれを見つめたままわずかに目を細める。彼女の指がさらに強くおれを握り、おれは思わず口を半開きにして浅い呼吸をする。

「どうかしら。あなたは？」下唇を舐めながら彼女が応酬する。

だめだ。おれは彼女の手を払いのけてペニスをしまい、そうすることが自分にとっていかにつらいかを無視しながらあとずさりする。彼女のうしろの洗面台が、彼女をそちらに向け、腰をかがめさせろと誘う。その誘いを拒まなければというプレッシャーに全身の筋肉がこわばる。彼女の目はおれを欲しいとせがんでいるが、彼女自身はちがう。

楽しくなりそうだ。「おれのベッドで寝ろ」無表情だった彼女の顔が一瞬変わり、かすかに目が丸くなるさまをおれは楽しむ。「裸でな」とつけ足す。

「あなたは？」

「きみのすぐ隣で寝る」

彼女は、おれのその宣言を聞いたショックをなんとか押し隠す。うまく隠している。

「わたしに触れないのね」

「誰が触れたいって言った？」おれは笑みを浮かべながら彼女を上から下までじっくり見る。

彼女の目に痛みが浮かんでいて、おれは一瞬面食らう。だがそれも、彼女がふたたび口を開くまでだ。「よかった。あなたみたいな人でなしの殺し屋には、たとえ命がかかっているとしても触れられたくないもの」

人でなし。

血が燃えたぎるように熱くなり、気づいたときには彼女の首をつかみ、唇をゆがめながら顔を突き合わせている。「それは聞き捨てならないな」おれは舌を出し、彼女の唇の隙間をゆっくりと舐める。やわらかい胸がおれの硬い胸に押しつけられる。

「実際、きみの命はおれにかかっているからな」乱暴に唇を重ね、キスをする。舌は入れず、ただ、強く乱暴に唇を押しつける。彼女があえぐ。痛みではなく欲望のあえぎだ。彼女がおれを受け入れようとするのを感じたとたんに、おれは唇を離す。そうするには相当の努力が必要で、その事実がおれには受け入れがたい。

おれはあえぐ彼女のポニーテールをつかんで引っ張り、彼女は頭をのけぞらせる。

「こんなに簡単に落ちるんじゃ面白くない」

「クソッたれ」彼女が頭を戻そうとするので、おれは、ふたたび乱暴に髪を引っ張る。するとと彼女は微笑む。おれは満足して微笑み返す。そのとき気づく。おれが彼女にとって厄介なだけじゃない。

彼女もおれにとって厄介な相手なのだ。

彼女の魅力に抵抗するのは実に厄介だ。

6

ローズ

とんでもない状況に陥ってしまった。とんでもないのはいつものことだが、今は最悪だ。とにかく最悪。わたしはダニー・ブラックの客となった。彼をだましたくてもだませないし、だましたいとも思わない。そんなことをすれば何もかも台無しだ。すべてを危険にさらすことになる。

わたしには電話がない。本来ならペリー・アダムズといっしょにいるはずであり、ノックスはわたしからの連絡を待っているだろう。

考えられる結果はひとつしかない。

大混乱だ。

恐怖で胃がひっくり返りそうだ。罰を受けるだろう。殴られるのはいい。慣れている。でも、あの子の写真が見られなくなるのは？　写真があるからこそわたしは生きていけるのだ。写真は、自分がなぜこの地獄であえて生き続けるのかを思い出させてくれる。あれが見られなくなったらどうすればいいのだろう？　あの子の顔を見て、前回の写真からどれだけ成長しているか、その変化に驚く。そんな恩恵に浴す機会はそう頻繁(ひんぱん)にあるわけではないが、いずれやってくると思えばこそなんとか頑張れる。

「わたしったら、何をしてしまったの？」自分のことだけ見ていればよかった。近づかなければよかった。わたしはのろのろとドレスを脱ぐ。

ダニー・ブラックの体は、服を着ていても威圧的だ。脱いだらどんなだろう？

ショーツを脱ぎ、すぐそばの椅子にドレスといっしょに乗せる。それから、意を決して大きなベッドにもぐり込む。皮肉に思わずにはいられない。今まで、そして今もしているあらゆることのなかでもとりわけ困難なのが、このベッドにはいることだなんて。巨大なこのベッドなら、まったく触れ合わずにひと晩過ごすこともできるだろう。だが、彼がそれを不可能にするであろうことはわかっている。これまでわたしが経験したことのないやり方でわたしを苦しめるだろう。これまでもさんざん残酷な罰を受けてきたわたしが経験したことのないやり方で。

長い夜になりそうだ。

でも生き延びられる。それこそわたしの一番得意なことだから。セックスも同じだ。セックス。彼とのセックスはいったいどんな感じだろう……。

だめ。ダニー・ブラックとのセックスは、耐えるだけの価値があるのは確かだが、危険をおかしてまで試す価値はない。わたしは彼をだますつもりだから。

「何考えてるのよ」すぐに、自分にそう言い聞かせる。あの男は人殺しなのだ。わたしったら、頭がどうかしている。

ドアが開いて彼が入ってくる。わたしは上掛けを引っ張り上げる。目を閉じて彼の見事な姿を視界から追い出す。彼がいかに魅力的か、自分がいかに彼に惹かれているか。それを思うとよけいに彼が憎くなる。彼自身はまだ知らないが、彼はわたしの死刑執行状に署名したも同然なのだ。

「目を開けろ」その命令口調は、無視してはいけない種類のものだ。だからわたしは最善を尽くす。言われたことをするのだ。もっとも、噂によると相手がダニー・ブラックの場合、言われたことをするという本来簡単であるはずのことが難しいらしいのだが。

彼は無表情で、長く太い指をシャツのボタンにかけている。わたしの目のまえで脱ぐつもりなのだ。ますます彼が憎くなる。彼の肌が少しずつあらわになるたびに、わたしの肺から空気が抜けていく。彼の手がズボンまで達するときには、わたしはついに息を詰めている。彼の体はありえないほどがっしりしている。腿はありえないほど太い。脚はありえないほど長く、引き締まっている。見事な体だ。途方もない傑作だ。わたしは深く息を吸う。

この体と並んで寝なければならないなんて。

彼が憎い。

彼はベッドまで来ると上掛けを引きはがし、わたしの裸の体をあらわにする。これまで、わたしの体がわたしのものであったことはない。だから、体を隠そうとするのを彼が期待していたとしたら、がっかりさせることになる。だが、彼の顔には落胆のかけらもうかがえない。それだけではない。何もうかがえない。賞賛すら。なんの感情も見られない。わたしが持つわずかな力も通用しないということだ。わたしの唯一の武器は体であり、その体が、彼にはなんの影響も及ぼさないらしい。

彼はなめらかな動きでベッドに入り、あおむけになる。わたしとのあいだに三十センチほどの間をあけているが、わたしにはそれが一ミリに感じられる。わたしは興奮している。それが耐えられない。正気とはいいがたい、自分でもどうしようもできない不思議な気持ちだ。でもなぜ？　感情が現われたことを喜ぶべきだ。自分の感情が完全に死んでいるわけではないことを知って喜ぶべきだ。でも、今のわたしに起きている反応は、反応すべきではない相手に対するものだ。用心すべきだという思いと欲望とが、心のなかで激しくせめぎ合う。

わたしは彼に背を向けて横向きになり、壁を見つめる。が、突然壁が見えなくなる。ただ闇が見えるだけだ。彼が照明を消したのだ。

わたしはひどく緊張しており、とてもではないが寝られそうにない。彼とひとつのベッドにはいりながら寝るなんて無理な話だ。いつまでここにいなければならないのだろう。いつになったらもといた場所に戻されるのだろう。いつになったらノックスはわたしを見つけるのだろう？

わたしの下のマットレスが沈み、そのはずみで体が動く。彼が動いているのだ。わたしは息を詰めて待つ……何を？

彼はわたしに触れるだろうか？　わたしの上に乗るだろうか？　無理強いするだろうか？　そして、そうなったらわたしは抵抗するだろうか？

彼の素足がわたしの素足に軽く触れる。足先だけだが、ただ触れ合ったというだけにとどまらない。業火のような猛烈な感覚だ。わたしのこわばった体はあっというまにもろく、砕けそうになる。彼が片足をわたしの足に滑らせ、わたしは足をどかしたくてたまらないのにどかさない。それが、自分に期待されていることをするというわたしに染み付いた習性のせいなのか、彼の肌に触れているのが好きだからなのかはわからない。その業火が、その熱さが好きだ。そう気づいて、思わず足を引く。頭は混乱している。わたしが逆らうか惹かれるかを選べるこの地球上の人々のなかで、ダニー・ブラックはリストの最後のひとりとなるべきだ。だが、それに従うべきというわたしの直感は変わりつつある。それでわたしの命は救われるかもしれない。ブラックが先にわたしを殺さない限り。

「おれに触れられるのが嫌いか?」穏やかだが厳しい声に、わたしは目を固く閉じて枕に顔を押しつける。

ええ、大嫌いよ。好きだから。

「ええ」

「嘘つきめ」彼がそう言うのはこれがはじめてではない。「じゃあ、ここに手を置いたら――」手のひらがわたしのむき出しのヒップに置かれ、わたしは枕に押しつけた目をさらにきつく閉じて必死に耐える。「これも嫌いか?」

「手をどけて」わたしが吐き出すように言うと、彼は手を離す。わたしは驚く。同時にがっかりする。

「きみを見ると誰かを思い出すと言ったのを覚えているか？」落ち着いた静かな口調で尋ねられると、怒りがしぼみ、わたしはゆっくりと彼のほうを向く。はっきりとではないが彼が見える。わたしを見ている。暗がりのなかでその目が光っている。「ええ」

「その人物は救われた」彼は唐突にわたしをあおむけにしておおいかぶさる。だが押さえつけはせず、ただ、わたしが頭の上に伸ばしている腕に手のひらを乗せる。彼の体の重みは威圧的であると同時に心を浮き立たせる。彼の裸体が余すところなくわたしに触れている。うっとりしているのは体だけではない。頭もだ。「きみは救われていない」鼻をわたしの鼻に触れんばかりに近づけて彼が言う。「まだ」そう言い足して腰を動かし、さらにわたしを動揺させる。「名前はなんていうんだ？」

「ローズ」わたしはささやくように答え、彼が微笑むのを感じる。

「少し寝るんだ、ローズ」彼はわたしの唇の端にキスをする。「おれに抵抗を続けるにはエネルギーが要るからな」

そう言うと、彼はわたしの体から下りる。

そしてわたしは、早くも彼の重みを懐かしんでいる。

7

ダニー

〝きみは救われていない。まだ〟

だからなんだ？　おれは彼女を救うつもりなのか？　彼女の隣に横たわり、彼女を見ながらおれは首を振る。彼女は、できるだけおれから離れたところで、こちらに背を向けて体を丸めている。ちょっと肩をついたらベッドから転がり落ちそうだ。

彼女のダークブラウンの髪が真っ白い枕の上に広がっている。結んでいるゴムがゆるんで髪の先まで移動しており、今にもほどけそうだ。おれは深く考えずに手を伸ばし、ゴムをはずす。彼女の肩がかすかに上がり、おれはほくそ笑む。起きているのに眠っているふりをしているのだ。おれのなかにあるはずのない少年っぽい気質が、今さらのようにどこからともなく現われる。彼女の脇の下まで引き上げられている上掛けをゆっくりとめくり、背中をあらわにする。ブラインド越しに差し込む朝の光はかすんでいて室内はほの暗いが、そんななかでもひどいあざが見える。朝のぼんやりした頭に怒りが湧いてくる。黒いあざが、ヒップのふたつのくぼみのすぐ上に横に伸びている。黄色でも紫でもなく真っ黒だ。できたばかりのあざなのだ。

おれは手を伸ばし、彼女の腰のそのあざを指先でそっとなでる。彼女が体をこわばらせ、おれは彼女の後頭部を見る。誰にやられたのだろう？　いや、おれが気にすることではない。ただの生意気な娼婦だ。殴られたとは限らないし……。

急いで手を引き、上体を起こしてベッドから脚を下ろす。ジムで解消しなければならない……このもやもやを。

おれが立ち上がるのと同時に、サイドテーブルの電話が光る。今は午前六時だ。

電話を取りながらボクサーショーツを穿く。「やあ、ペリー。おはよう」

「頼むから彼女を傷つけないでくれ」いきなり要点にはいる。人目がない分、恥ずかしがって感情を隠すこともしない。「彼女は繊細なんだ」

おれは笑いをこらえる。繊細だと？　そう見えるかもしれないが、今おれのベッドに横たわっている女はとてつもなく強い。まるで戦士だ。それなのに、あのあざは？

アダムズがつけたのだろうか？　世間は彼を、羨望に値する完璧な家庭人と見なしているが、そうではないのをおれは知っている。彼は抜け目ないビジネスマンであり、欲しいものを手に入れるためなら闇に足を踏み入れることもいとわない。だからおれともつきあいがあるわけだ。だが、女を殴ったりするだろうか？　そうは思えない。

「おれに指図するな、ペリー。こう考えたらどうだ。おれはあんたのためを思ってやってるんだって」

「どういうことだ？」

「あんたは市長になりたい。おれはあんたに市長になってほしい。女をうしろに従えてあちこちを歩いてまわるとはどういうつもりだ、ペリー？　間違いなくすべて台無しになるぞ」

「用心している」

「そうか？　それならなぜ彼女はおれのところにいる？」

アダムズはしばらく無言だった。電話をかけてきたことを後悔しているのと同時に、なぜこんなことになってしまったのか悩んでいるのだろう。「彼女は、その……夢を見る」と彼は言う。「なんの夢かは知らないが、そのせいで眠りが浅いのだ」

眠りが浅い？　「ゆうべおれのベッドではよく眠っていたぞ」おれはそう言いながらドアを開ける。振り返ると、彼女は起き上がってベッドに座っている。乱れたシーツが腰をおおっている。眠そうな目でおれを見る。「その大事な彼女だが、おれがベッドに押しつけて穴という穴を攻めたあとでも返してほしいか?」ローズの表情は揺らがないが、アダムズは息を吞む。おれみたいな残酷な男なら、実際にそうしかねないと思っているのだ。だがおれはそんなことはしない。世間がおれに対して持っている印象のなかで、そこだけは間違っている。本人の意志を無視して女をものにしたことはない。おれは堕落しているがモンスターではない。「そういえば、ちょっと気が変わった」とおれは言う。「マリーナの件は時間をかけてくれていい。ほかにやることができたもんでね」電話を切って部屋を出るが、木のドアがふたりを隔てるまで、おれの目は彼女を見つめたまま離れない。

おれはホテルのジムに着くが、先に部下に人払いをさせる。わざわざ出ていってくれと言う必要もないことがほとんどだ。たいていの人は、おれをひと目見るなり今日燃やすべきカロリーは充分に燃やしたという気になり、そそくさと出ていく。だが、ときにはそうじゃないやつもいる。たとえば、今ベンチプレスをやっている大男だ。これ見よがしに、バーの両端に五十キロのおもりを足してトレーニングを再開する。おれも、これ見よがしにブラッドのホルスターからグロックを引き出して男の頭に狙いをつける。「おれはひとりでトレーニングすることにしていてね」

哀れな男は集中力を失って、持ち上げかけていたバーベルを危うく分厚い胸の上に落としそうになる。大きな体に似合わない素早さで出ていき、背後でドアを閉める。

「これでいい」ブラッドに銃を返し、Tシャツを頭から脱ぐ。邪魔がはいらないよう、部下たちが入り口を固める。「いっしょにやるか?」ブラッドに訊きながら、おれは大男が足したばかりの五十キロのおもりをはずす。おれは力があるが、それを証明する必要などない。

ブラッドは自分のスーツを指し示して言う。「五時にもうやった。こういうときだから、今日はおまえはやらないだろうと思って」

おれはベンチにあおむけになってバーベルをつかむと、肘を伸ばして持ち上げる。

「こういうときっていうのは?」おれはバーベルをゆっくり下ろし、筋肉がすぐに張りつめるのを感じる。

ブラッドはそばに立って、おれが安定したなめらかな動きで十五回バーベルを上げ下げするのを見下ろす。「若い女がベッドにいるときだ」

「セックスはしていない」

「なぜだ?」ブラッドは間を置かずに尋ね、おれは不意をつかれる。

バーベルを台に戻してひと息つく。「楽しむために彼女を手元に置いているわけじゃないからな」

「それにしても、ちょっとぐらい楽しんだって罰は当たらないだろう」

「その気はない」

「おれが信じると思うか？」

「信じろ」

「信じなかったら？」

「おまえの眉間に弾をぶち込む」ブラッドがくすくす笑い、おれはまたバーベルをつかむ。おれがさらに十五回バーベルを上下させるあいだも、彼の笑いは止まらない。

「はじめてじゃないか、おまえが自分で何をしているかわかってないのは」おかしそうに言うから、おれはやつの顔を殴りたくなる。

「自分のしていることはちゃんとわかってる。マリーナを手に入れ、アダムズを権力の座につかせるのに必要なことすべてだ。それがおれのやっていることで、女はそのために必要なんだ。女連れで街を動きまわって選挙運動を危険にさらすとは、アダムズは何を考えているのだ」

「おまえを避けようとしていることはどうなんだ？　女はそのための切り札なんじゃ

ないのか？　やっぱり、おまえは自分のしていることがわかっていない」

「わかってるって」

「だいたい、女と寝ないことで何が変わるんだ？」

「黙れ」おれはいらだって言うが、まったく同じことを考える。これはゲームなのだ。彼女を相手に、やらずにはいられないゲームだ。どんな女もおれと寝たがる。何が狙いかはおれにはどうでもいいことだ。金か力か保護か。だが、おれはそのどれも与えない。対してローズは、おれと寝たくないことを証明しようと躍起になっている。それが、ほかの何よりもおれに火をつける。

「彼女がおまえを拒絶してるんだな」ブラッドが静かに言う。生きている人間でただひとり、おれのことがよくわかっている。おれがけっして、女の意志を無視してセックスしたりしないのを知っている。

「口では拒絶しているが体はちがう」

「気をつけろよ、ダニー」ブラッドには、おれがやっているゲームがいかに危険かわかっているのだ。女は、われわれの危険な世界をさらに危険なものにするだけだ。その理由は数あるが、とりわけ大きいのが、男が女にほんのわずかでも慈悲を見せれば、いとも簡単に女のターゲットになってしまうことだ。そのいい例がアダムズだ。今、彼はその代償を払っている。

「彼女はおとりなんだ。それだけだよ」おれはそう言ってトレーニングを続ける。

それから一時間、おれは何度もサンドバッグをパンチし、十キロ分走り、また自分が自分らしく感じられるようになるまでウェイトトレーニングをする。終わると、タオルをつかんで汗で濡れた胸を拭きながら。部下たちに囲まれてペントハウスに戻る。寝室に足を踏み入れるとシャワーの音が聞こえ、おれはひとりで微笑んでから浴室に向かう。なかは蒸気に満ちていて視界がぼやけるが、彼女の姿は見える。そう、確かに見える。

自分が息を呑んだような気がするが、ちがう。そうじゃない。激しいトレーニングで高くなった心拍数がもとに戻ろうとしているだけだ。だが、今シャワーを浴びている裸体に一見の価値があることは認めないわけにはいかない。濡れた、引き締まった体。おれはドア枠に肩で寄りかかり、濡れた髪に手を滑らせる彼女を見つめる。波打つ長い髪はあざを隠しているが、背骨の下の小さなくぼみは隠しきれていない。右と左にひとつずつ。完璧なまでに左右対称だ。おれの目はそのまま小さなお尻から脚へと――長い長い脚へと――移動する。彼女は目を閉じ、顔をシャワーに向けて上げている。それからわずかに向きを変える。温かい湯の下に、やわらかくて色の濃い乳首が見える。彼女は鼻歌を歌っている。まるで幸せであるかのように。見れば見るほどおれは彼女に惹かれていく。

彼女は手を伸ばしてシャワーを止め、髪を一方の肩のまえにまとめて水気を絞る。水滴をすべて拭いて、もっとよく体を見せてくれ——おれはそう言いたくてたまらない。

彼女がおれに気づく。鼻歌が止まる。タオルをひっつかんで体を隠すのかと思うが、彼女はそうはしない。気を取られているのだ。おれは自分の汗に濡れた胸を見下ろしてほくそ笑む。うっとりしているのはおれだけではないらしい。

おれはドア枠から離れ、シャワーの横の壁掛け式タオルウォーマーからタオルを取り、洗面台に近づいて尻を乗せる。

彼女は恥ずかしげな様子も見せず大胆におれと向き合う。濡れたままの裸体でただ立っている。その長身でほっそりした体を、おれは隅(すみ)から隅まで時間をかけてじっくりと見つめる。きちんと手入れしてあり、腿のあいだの茂みも完璧に整えられている。予想どおりだ。外見は完璧だ。だが内面は混乱しているのがおれには感じられる。彼女が今見せているのは、アダムズに見せるのと同じ、外面だけだ。彼女は若く美しい。

おれのまえで自分を抑えられないのも無理はない。なにしろおれは、彼女のベッドの相手である頭の薄い中年男とは正反対なのだから。

おれを長いこと見つめて伝えたいことを伝えたあと、彼女は自分の手の届く範囲に重ねてあるタオルに目を向ける。どれでも一枚手に取ることができるが、彼女はそうしようとしない。もうひとつ、別のことを伝えようとしているのだ。ほっそりした足が大理石の床を踏んで、期待どおりの優美さで美しい体をおれのほうに近づける。その歩みに合わせておれのペニスは脈打つ。彼女はおれのまえで立ち止まるが、おれの手からタオルを取ろうとしない。おれが包んでやるのを待っている。おれはそんな彼女を愉快に思うが、表情には出さず真顔を保つ。彼女はおれを憎みながら同時におれを求めている。

彼女が唇を舐め、おれのペニスは感電したみたいにショーツのなかでひきつる。

「うしろを向け」彼女はうしろを向き、両腕を少し上げ、肩に顎を乗せておれを振り返る。おれは彼女をタオルで包むと、その背中に胸を押しつけ、肩に歯を軽く滑らせながら鼻から息を吸う。「おれと同じにおいがする」おれのボディソープを使ったのだ。彼女の体からだとすばらしくいい香りになる。

「何も持っていないからあなたのを借りたのよ」彼女は緊張している。そうならないよう最大限に努めてはいるが。それから、わずかに腰を回しておれの下腹部に尻を押しつける。おれはこらえきれずに息を漏らす。

「ありがとう」そう言って彼女はおれから離れて歩いていく。おれは弱気になってシンクにつかまり、息を吐きながら元気すぎるペニスに落ち着けと言い聞かせる。今誰かに心を読まれたら大変だ。冷たくて無慈悲な殺人者が、ただの女に振り回されているのだから。いったいなんなんだ、この女は？

すばやく顔をさすってから、彼女を追って寝室に行く。彼女は体を揺らしながら黒いレースのTバックを引き上げている。おれは歯を食いしばり、唾を呑む。おれはいったい何をやってるんだ？

彼女に近づき手をつかんで引っ張りながら、裸のままの彼女を連れて部屋を出る。予想に反して彼女は抵抗しない。小さな布で大事な場所を隠しているだけだというのに、おとなしく従う。

おれが彼女を引っ張って執務室に向かうのを、部下たちは顔を上げて見る。

「はいれ」部下たちに命じ、ドアに向き合うデスクの横に彼女を立たせる。まるで見世物だ。両手を体の脇に下ろし、濡れた髪は肩に広がっている。完璧な胸が呼吸に合わせて上下する。落ち着いた、動揺のかけらも見られない呼吸。

部下たち全員がはいってくる。最後にはいったブラッドがドアを閉める。誰ひとり彼女を見ない。それが腹立たしい。おれが気にすると思っているのか？　女なんておれにとってはクソみたいなものなのを、みんなよくわかっているはずなのに。おれは彼女の手に彼女の携帯電話を押しつける。「彼に電話しろ。おれがシャワーを浴びているところだと言うんだ」

彼女は上目づかいにおれを見上げる。「それから？」

「彼のもとに帰りたいと泣きつくんだ。帰りたいから、おれに借りている金を全部返してくれと言え」

彼女はわずかに眉をひそめる。ブラッドは大いにひそめていることだろう。彼は、おれが金を求めているわけではないのを知っている。欲しいのは結果だ。おれはデスクの上の銃を取り、安全装置をはずしてから銃口を彼女の額に押し当てる。「やれ」

彼女は瞬きひとつせず、それがおれをさらに怒らせる。なぜ怖がらないのだ？　部下たちの目に裸をさらされているというのに、なぜ心が崩壊しないのだ？　アダムズは彼女を心から愛している。それは疑いの余地はない。彼女を傷つけたりしないだろう。彼はそういう男ではない。それなら、何が彼女をここまで強くさせているのだ？　そしてあのあざはどうしてできたのだ？　「泣け」おれは命じる。

「わたしは泣かない」急に鋼鉄のように厳しくなった目が、突き刺すようにおれを見る。「誰のためであろうと泣かない」

望みどおりの効果が得られるなら彼女の顔を平手打ちするところだ。彼女は泣かない。まるで鉄だ。おれは銃口を彼女の口まで下ろして唇のあいだにねじ入れる。もう一方の手は彼女の喉をつかんでいる。「説得力があるな」

次に彼女がすることに、おれは感心すると同時に激しい怒りを覚える。おれのペニスは悲鳴をあげ、頭は今にも爆発しそうになる。彼女は顔を引き、誘うようにゆっくりと銃を口から抜く。そしておれの目を見つめながら、先端にキスをする。おれのうしろで落ち着きなく足を動かす音が聞こえる。部下たち全員が、硬くなったペニスに静まれと言い聞かせているのだろう。

おれがしているみたいに。

みだらな笑みを口の端に浮かべながら、彼女は携帯電話に電話番号を入れて耳に当てる。おれはそれを奪い取り、ふたたび彼女の額に銃口を向けながらスピーカーをオンにする。

「もしもし?」アダムズのかすれた声には疲れがにじんでいる。

「ペリー、わたしよ」彼女はおれを見つめたまま言う。「あまり時間がないの。彼は今、シャワーを浴びてるところ」台本でも読んでいるかのようにすらすらとことばが出る。取りたくてたまらない役のオーディションを受けているかのようだ。おれでも信じてしまいそうなほど、せっぱつまった調子がよく出ている。上出来だ。

「ローズ、ハニー。何をされた？　手を出されたのか？　あの人でなし。殺してやる。約束するよ、わたしが殺してやる」

おれはブラッドを振り返る。アダムズが激しい怒りにまかせて短く放ったことばに、おれの血が煮えたぎる。まず、よりによっておれを〝人でなし〟と呼んだ。次に、おれを殺すと言った。自ら首を吊ったも同然だ。欲しいものを手に入れた暁には、やつのはらわたを残らずえぐり出して、マイアミのおれの家の番犬にくれてやる。このふたつだけでも充分腹立たしいが、やつが彼女をハニーと呼んだことには、手のなかの銃が震える。彼女にも気づかれたにちがいない。

「ここから助け出して」彼女の目はまだおれの目を見つめている。そこにはなんの感情も現われていないが、声は別だ。「彼の欲しいものを手に入れさせるか、お金を返すかして。お願い、ペリー。あの男はまるでけだものよ」

彼女のことば選びに引っかかっておれは首を傾ける。けだものだと？　彼女はひそかに微笑む。隠しているつもりだろうが隠しきれていない。

「ローズ」あきらめたようなアダムズの声に、おれはおやと思う。「きみを巻き込んでしまってすまない。できる限りのことはしている。わたしの知り合いが助けてくれることになっているんだ。彼がうまく処理してくれるはずだ」

知り合い。ふたたびブラッドを振り返ると、彼はわかったというようにうなずく、アダムズには別の協力者がいるのだ。誰だかわからないが、彼にとってはそいつの協力のほうがおれよりもありがたいわけだ。おれもかなりのことをしているのだが。一千万ドルの価値のあることを。そいつは彼に何を約束し、彼はそいつに何を約束したのだろうか？ いやそれよりも、いったい誰なんだ？

ローズに目を戻すと、彼女の無表情が一瞬揺らぐ。傷ついたのか、不安なのか、おれにはわからない。

「ひとつだけ、きみに約束できることがある」アダムズはさらに言う。

「何？」かすかな声で彼女が尋ねる。

そのとおり。なんなのだ？

「ダニー・ブラックは死んだも同然だ」

彼女の目が見開かれる。おれはどうするかといえば……にやりとする。おれを殺すというのか？ やつにできることはそれしかないのか？ ブラッドがうんざりしたようにため息をもらす。ローズの鼓動が激しくなるのが聞こえる気がする。

「どうやって?」意外にも彼女はそう訊く。なるほど。おれのむごたらしい死の詳細を知りたいというわけか。

「とにかくわたしを信じてくれ。そこで持ちこたえるのだ、ハニー。すぐに決着をつけて、わたしのもとに戻れるようにするから」

おれは銃口を彼女の額から離し、鼻のまえで円を描くように動かす。会話を終わらせろという合図だ。必要なことは聞いた。アダムズがおれを裏切ろうとしていることはよくわかった。そんなことは絶対にさせない。

「もう切らなきゃ。シャワーが止まるのが聞こえたから」

「わかった。通話履歴(りれき)を消すのを忘れないようにな。彼は抜け目ない男だ。誰のことも信じない」

「わかったわ」

「愛してるよ」アダムズが甘い声で言う。そのことばはおれも信じる。馬鹿めが。

「わたしも愛してる」ローズがはっきり言う。それも信じてしまいそうだ。

彼女の死んだような目を見つめていなければ。

おれは電話を切る。「〝そこで持ちこたえるのだ、ハニー〟」静かにそう言ってから、銃口を彼女の裸の胸の真ん中に上から下へと走らせる。その動きに合わせて胸がへこむ。乳首がぴんと立つ。

おれは意地の悪い笑みを浮かべる。

感想を聞こうと部下を振り向くが、誰もこっちを見ていない。全員がローズを見つめている。おれが咳ばらいをすると、彼らは彼女から視線を引きはがしておれを見る。おれはローズを振り返る。彼女のブルーの目が暗くなる。それから、わずかに胸を突き出し、腿を開いて、部下たちの目をさらに楽しませようとする。

なんのつもりだ？　おれのなかのスイッチがはいり、体がかっと熱くなる。彼女を乱暴につかみ、ドアに向かう。驚いた部下たちが、目を伏せて道を空ける。ブラッドはどうだ？　あきれたように首を振っている。おれは彼に向かってうなり、部屋を出る。視界の隅にローズの揺れる胸と、そこに当たる濡れた髪を見ながら、寝室に戻る。

クソッ。

なかにはいり、発砲しないうちにと銃をベッドに放る。そして、彼女を壁に押しつける。彼女の後頭部が音をたてて漆喰の壁にぶつかる。彼女は病んでいるかのように、満足げな笑みを浮かべる。おれは今にも爆発しそうだ。「やつは誰と通じてるんだ？」怒りのあまり息を切らしながら、彼女の顔に向かって言う。

「知らないわ」彼女が息を吸い、それに合わせて胸が持ち上がる。「わたしのまえで仕事の話はしないから」

「嘘をついているなら——」

「ついてない」

「どうやって信じればいい?」

「わたしが彼を守りたがっていると思う? わたしにとって彼の存在価値は、毎週買ってくれる靴と、彼が好きで連れて行ってくれるすてきなホテルの部屋ぐらいなものよ」

彼女の顔は石のように冷たい。それと似たような顔を、おれは毎日鏡のなかに見る。

「彼はきみをおれに差し出した。それを知ってどんな気分だ?」

「今夜もあなたといっしょに寝るのだと知るのと同じ気分」

おれの口元がゆるむ。またしても正面切っての対決だ。刺激的である一方で腹立たしくもある。この女はおれをいらだたせる。なぜか? おれに挑んでくるからだ。飛べと言われてどれだけ飛べばいいかと尋ねてくるような弱い女が、おれに挑んでいる。このダニー・ブラックに。自殺願望でもあるのだろうか?

そう尋ねようとしたとき、彼女の目がおれの唇を見つめる。そしてそれに応えるように、おれの目も彼女の唇を見つめる。今、ここで彼女を自分のものにできる。あざができるほど激しく犯すことができる。おれの名を叫ばせることもできる。なんの心配もなくそうできる。彼女はおれを止めないだろうから。

おれの唇がゆっくりと彼女の唇に近づく。軽く触れ合う。彼女がうめく。「欲しいんだろう？　おれのでかいペニスで突いてほしいはずだ」そうだと認めてくれとおれのペニスは懇願する。おれは彼女の唇の境目を舐め、腰を彼女の腰にぴったりとつける。

彼女はうっとりしたように言う。「それより殺してほしい」

「そうするかもしれないぞ」

「あなたにはわたしが必要なはずよ」

そのとおりだ。そのうえ、別の理由からも彼女を必要としはじめている。仕事とは関係のない理由からも。舌を出して彼女の舌の先をかすめる。そしてうめく。彼女がそっとささやく。「続けて」おれを刺激する。おれに許可を与えているのか？　おれの下唇を噛んで引っ張る。「殺して」

クソッたれめ。

おれは彼女の口に唇を重ねる。彼女の恐怖を味わえるかと期待するが、そこにあるのはセックスの味だけだ。おれを酔わせ、頭を空っぽにする。「クソッ」おれがそうささやくと、彼女はおれの唇に向かって微笑む。

ドアが開く。ブラッドがはいってきて、おれは危ないところから引き戻される。完璧なタイミングだ。ブラッドの視線がおれたちからベッドに移る。おれの銃はそこにある。おれの手のなかではない。おれの腰のホルスターでもない。

おれはローズを押しのけて、腹心の部下の疑わしげな目にさらされながら、冷静になろうとする。「アダムズが〈ハッカサン〉にディナーの予約を入れているのが確認できた」とブラッドが言う。

「同席するのは？」

「弁護士や行政官だ」

「だが……」いつもの仕事と変わらないということか？　なんていう男だ。おれはローズを見る。彼女は身動きひとつせず、おれの目を見つめている。そして裸のままだ。おれは体をおおえと、彼女の胸にタオルを押しつける。「どうやら今夜はきみとおれのはじめてのデートになるようだ、ハニー」そう言い残してシャワーを浴びに向かう。

8

ローズ

わたしたちのはじめてのデート。というより、ペリーにとって苦しみの第一ラウンドと言ったほうがふさわしい。見ものとなるだろう。

わたしはブラックを刺激している。そのことに満足感を覚えずにはいられない。人を支配するというのは気分のいいものだ。それがひねくれた精神的な支配だとしても。

朝会ったきり、ブラックとは会っていない。部下たちとともに執務室に閉じこもっているのだろう。ただし、わたしが逃げないよう、部下のひとりに寝室のドアの外を見張らせている。それがわかったのは、実際に逃げようとして、誰もいないのを確かめるためにドアの外をうかがったからだ。見張りがいた。その男はわたしに微笑みかけた。わかっていると言わんばかりの満面の笑み。わたしは、飲み物が欲しいのだとか適当なことを言った。寝室に、完璧にそろったミニバーがあるのに。男にはお見通しだった。

わたしは焦りはじめている。ここにいるはずではないのだ。ペリー・アダムズといっしょにいることになっている。アダムズには新しい出資者がいる。それをノックスに伝えなければならない。自分の居場所も伝えなければならない。だが、今はつねに監視がついているから、くしゃみひとつしてもブラックにばれてしまう。さらに悪いことに、わたしは彼に嘘をついている。真っ赤な嘘を。彼はわたしを、お金目当てでアダムズにひっついている娼婦だと思っている。ほんとうにそうならいいのに。

結末が次第にはっきりしてきている。

わたしは死ぬのだ。

問題は、誰の手で殺されるかだ。ノックスか、それともブラックか。

体に巻いたタオルを触りながら、息子のことと自分が生きる理由についてだけを考え、ブラックがわたしに裸で部下たちのまえを歩かせたこと、そして明らかにそれを後悔していたことは考えまいとする。

彼が後悔しているのを知ったときわたしは喜びを覚えたが、それがわたしには衝撃だった。同時に、恐怖だった。彼は、自分以外の男がわたしの裸を見ることに耐えられなかった。自分以外の男がわたしに触れるとなったらどうだろう？　暴力を振るうとなったら？　わたしは暗い笑みを浮かべる。またしても喜びを感じる。だめよ、ローズ。喜びという感情に慣れてはいけない。それは、ごくまれに、息子の姿を見られたときにだけ感じるものなのだ。そしていつもそのすぐあとに、現実を思い知って心が張り裂ける。

ここから逃げなければ殺される。感情はほとんど残っていないが、生存本能は残っている。わたしは生きたい。自分は生涯とらわれの身でも、それによって息子が自由の身でいられるのだ。一瞬、自分で禁じている領域に心がさまよいかけ、あわててわれに返る。感情を持ってはいけない。持ってもしかたない。何も変わらないのだから。この状況から抜け出すことだけを考えなければ。でも今夜はデートがある。それに、もうひとつ問題がある。

わたしは床に置いてある赤いドレスを見る。今手元にある服はこれ一着だ。別のものを着たいと思う自分が嫌になる。自分で選んだもの、いかにもわたしらしいものを着たい。誰かに言われるのでなく、自分が着たいと思ったものを着たい。最後にそんな服を着たのはいつのことだろう？　考えてみれば、一度もない。子供のころはぼろしか手にはいらず、それを着るのが嫌でたまらなかった。大人になってからは、体を強調するような服を着させられるようになったが、それも自分から着たいと思ったことはない。それでも着てきた。それがわたしのすべきことで、そうするしかなかったからだ。パジャマ姿でくつろぐことのできるひとりの時間が、もっとも自分らしくいられるひとときだ。その時間を大事にしている。めったにないことだから大事にしなければならない。

ため息をついて立ち上がり、タオルを持って浴室に向かう。ヘアドライヤーがあるので、髪を乾かしはじめる。化粧品も香水も、何もない。あったらいいのにと思っている自分に、またしても嫌気がさす。自分をよく見せたい。彼のためではなく、自分のために。そのほうが、ダニー・ブラックに対抗するときに自分を強いと感じられる。

またため息が出る。

頭を下に向け、あらゆる方向からドライヤーをかける。このみじめな人生のなかでひとつだけわたしが恵まれているのは、この波打つ豊かな髪であり、適当に乾かすだけでなめらかで扱いやすくなる。つやを出すのに使えるヘアケア用品が置かれているのはすでに確認済みだ。男性用――つまり彼のものだ。わたしは彼のボディソープを使い、彼のシャンプーを使っている。

頭を戻して鏡を見たとき、わたしは凍りつく。彼が戸口に立って見ている。心の声を聞かれていないことに胸をなでおろす。彼はスーツを着ている。明るいグレーのスリーピース。オーダーメイドのデザイナー物だ。黒髪をより黒々と、そして青い目をより青く見せている。

ひげは剃ってあり、傷痕が目立っている。髪も整っており、怒りをたたえた厳しい顔に似合いすぎるほど似合っている。

わたしはしばらく茫然としたまま彼を見つめる。胸のタオルがゆるむのに気づき、われに返る。タオルが落ちるのを止めはせず床に落ちるのに任せつつ、ドライヤーのスイッチを切って髪を顔から払う。彼の表情はまったく変わらない。わたしの裸に免疫ができつつあるのかと思うところだが——免疫ができるほどよく見たかどうかはともかく——、わたしには、彼がわたしの大胆さに影響されずにいようと心に決めているのだと感じられる。わたしは彼を戸惑わせている。彼はそれを隠せずにいる。おそらくわたし以外の女は誰でも、欲望あるいは恐怖のどちらかに駆られて、彼を喜ばせようと躍起になるのだろう。だがわたしは恐怖には動じないし、欲望を抑えるためならなんだってするつもりだ。

彼は何も言わずにわたしに近づき、手首をつかんで浴室から出る。相変わらず紳士的な態度だ。寝室の、全身が映る鏡のまえで止まると、わたしを鏡に向き合わせ、自分はそのうしろに立つ。そしてわたしの肩に顎を乗せ、鏡に映るわたしの体をなんの遠慮もなく上から下まで見つめる。「デートには何を着るつもりだ？」

赤いドレスしか持っていないのを知っているくせに。「あなたが言うものならなんでも」淡々と答える。

彼はうなずく。「ベッドに広げてあるものを着ろ」

わたしは鏡越しに彼のうしろのベッドを見る。落ち着いたシルバーのサテンのドレスで、肩はクロス状のオフショルダーになっている。とてもわたしらしい。わたしが選ぶであろうものだ。男を誘うような思わせぶりなところはなく、エレガントで美しくて……彼らしい？　確かに彼らしい。〝ブリット〟は、わたしを娼婦からレディーに変えようとしているのだろうか？　忙しくめぐる頭を落ち着かせようと、下唇を嚙む。

「気に入らないか」彼の自信なさげな声を聞くのはこれがはじめてだ。

わたしの目は彼をとらえる。目にも自信のなさが浮かんでいる。モンスターが弱々しく見えて、少しだけ心がやわらぐ。わたしが気に入るか気に入らないか、ほんとうに知りたいのだろうか？「あなたは気に入ってるの？」

「おれがどう思うかは問題じゃない。きみが気に入ったかどうかを知りたいんだ」

わたしはひどく混乱する。なぜ知りたいの？「気に入ったわ」

彼がすばやくうなずいてうしろに下がると、新たに靴の箱と化粧品が詰まったかごも見えるようになる。「どんな化粧品を使うのかわからなかったら、全部そろえさせた」

どこからこんなものを手に入れたのだろう？　彼は親切にしようとしているの？「これまで女性にドレスを買ったことあるの？」

とたんに人格が変わったかのように、彼の顔は悪のベールに包まれる。「おれは、あとで自分が引き裂くことになるとわかっている服には金を使わない」彼は背を向けて歩み去る。「十五分後に出かけるから支度をしろ」ドアが音をたてて閉まる。

彼は厳重に守られている。それはよくわかったし、驚くようなことでもない。彼の死を望む人間がどれだけいるか。それを思うと身が震える。わたしもそのひとりだ。わたしたちはリムジンを降りてホテルの入り口に向かう。ホテルのスタッフがあわてて彼を出迎えに来て、微笑みながら何かご用はありませんかと尋ねる。ひとり知らない顔があったらしく、彼は手をしっかり握ってわたしを自分の横に引きつける。

自分がこれまでで一番美しく感じられるという事実をわたしは無視できない。ドレス、ディオールのストラップつきヒール、それに化粧。十センチのヒールを履いていてもまだ彼のほうがずっと高いというのがめったにないことで目新しい。わたしの髪はラフにまとめてあり、化粧も完璧だ。

頑張りすぎてしまった。でも生まれてはじめて、他人に求められたからでなく、自分で頑張りたいと思ったから頑張った。そう思った理由は考えたくない。それでも、ブラックがブランデー片手に待つ部屋に足を踏み入れた瞬間、彼が傍から見てわかるほど大きく息を吸うのが見えた。口に運んだグラスを持つ手が震えるのも見えた、そして、グレーのズボンのなかの動揺も。

それは、わたしがスリーピース姿の彼を見たときに示したのと同じ反応だった。称賛だ。

そして、わたし同様、彼もそれを隠そうとした。

「ミスター・ブラック。ようこそお越しくださいました」ホテルの男がわたしたちと並んで歩きながら言う。「ご入用のものがありましたら、なんなりとお申し付けください」

ブラックは男をちらりとも見ずに歩き続ける。それから突然足を止める。部下たちも、明らかに戸惑ったように足を止める。「そうだな……」空いている手を内ポケットに入れ、男に向き合う。「ヘリが要る。スタンバイさせておいてくれ」わたしの手を離し、千数百ドルありそうな札束をめくって男に渡してから、またわたしの手を握る。「食事のあとベガスを遊覧したくなるかもしれない」

「かしこまりました」

ヘリコプター？　こんなにこともなげに？　「ずいぶん気まぐれね」わたしは深く考えずに言い、彼はわたしを促してまた歩きはじめる。

「おれは気まぐれに何かをしたりしない」わたしの手を離し、腰に手をやりながら彼はきっぱり言う。大きな手が腰の幅いっぱいに広がり、なめらかな生地を通して感じられるその手の熱さにわたしは歯を食いしばる。彼はやさしく腰をなでる。そこにできているあざのことを覚えているのだろうか？　「気まぐれは死を招くからな」静かにそう言い足す。

「このドレスは気まぐれじゃなかったの？」

「気まぐれだ。おれは死ぬかもしれないな」驚いて彼を見るが、その顔はいたってまじめそのものだ。「先にどうぞ」ドアを開け、三人の部下を先に行かせてからわたしを通す。

すぐにペリーの姿が目にはいる。四人でテーブルに着いており、しきりに酒をあおっている。弱り切っている。ひどく弱り切っているようだ。ダニーの口を耳元に感じ、わたしはふらつく。「おれと同じくらい、きみも今夜を楽しみにしているといいんだがね」

「割れたガラスの上を歩くほうがましだわ」

彼は小さく笑い、わたしたちはわたしの〝愛人〟のすぐそばのテーブルに案内される。ロマンティックで親密な時間を過ごせるよう用意されたふたり用のテーブルだ。向かい合うのではなく、並んで座るようになっている。わたしが思っていた以上の見ものになりそうだ。ペリーの監視のもと、ダニー・ブラックはディナーのあいだずっとわたしを苦しめる気だ。ペリーの監視のもと、興奮しているのを隠してうんざりしているふりをするのはかなりの苦労を伴うだろう。

部下のひとりが示す席に座り、ドレスによく合う銀のバッグをテーブルに置く。ブラックが隣の席に着く。近い。近すぎる。部下たちが、遠すぎず、かつ、わたしたちがプライバシーを保てる距離を置いて立つ。別にこのディナーがプライベートなものだというわけではないが。プライベートだなんてとんでもない。

ペリーがわたしたちに気づいたことを、わたしは即座に知る。ブラックがわたしの肩に腕を回したからだ。彼の熱い口が頬に触れる。これだけ彼との距離が近くなると、わたしの体は震える。今もそうだ。ペリーのほうをうかがうと、ぎょっとしたようにこちらを見ている。わたしはブラックとの距離の近さに耐えるかのように目を閉じ、体の震えを恐怖のせいにしようとする。説得力はあるはずだ。実際、耐えようとしているのだから。テーブルの下で力を込めて腿を閉じているのがペリーに見えないのが幸いだ。

だが、わたしの脚に手を置くダニーにはわかる。頬に触れている彼の唇が邪悪な笑みを浮かべるのが感じられ、頬が熱くなって全身に炎が広がる気がする。ここに来てまだ数分なのに。ここでの一晩をどうやって乗り切ればいいのだろう?

「あなたの伝えたいことはわかったと思う」わたしは静かに言う。ウェイトレスがふたりのグラスにワインを注ぐ。

「いやそれどころか――」ブラックの大きな手が、贅沢なサテンの生地の上から乱暴にわたしの腿をつかむ。「まだ伝えはじめてもいない」

「テーブルの上でわたしをファックしておしまいにしたら?」愚かにもそう言ってから、わたしは自分のことばに落ち着きを失って体をもぞもぞと動かす。これまで性的な興奮など感じたことがない。感じるふりはしてきたし、いつもうまくいく。それなのに、今はそうではないふりをしなければならない。

興奮しちゃだめよ、ローズ。

だがあまりうまくいっていなさそうだ。周囲の人たちの目はごまかせているかもしれないが、わたしに触れ、わたしを感じているダニー・ブラックはちがう。彼はだませない。誰かに対して憎しみを覚え、同時に欲望を覚えるなんて。どうしてそんなことができるのだろう？

わたしを見下ろすブラックの顔はまったく揺らがない。「それをしたらきみは気に入るんじゃないか。そんな気がする」

「まさか」

自分のワイングラスを持つと、わたしの唇に近づけて口を開けさせる。きりっとした白ワインがわたしの喉を流れ落ち、ブラックはわたしににじり寄る。「ここについている」そう言って顔を近づけると、わたしの口の端から端へと舌を走らせる。ゆっくりと。やさしく。「まさか」わかっていると言いたげにわたしの真似をして言う。鼓動が激しくなり、わたしは体の欲求に屈した場合のメリットをひそかに考える。終わらせられる。今の自暴自棄な思いから逃れられる。大人になってからはじめて、わたしは恐怖を覚えている。それが気に食わない。だが自分に言い聞かせ続けているとおり、わたしは寝ろと言われた相手と寝るが、ダニー・ブラックと寝ろとは言われていない。そう言われていればと願っている自分に嫌気がさす。でも、言われていようといまいと関係ない。なぜなら、ダニー・ブラックは欲しいものをなんでも手に入れる人だから。彼を止めることはできない、それが怖い。彼を止めたいとも思わないだろうと考えると、いっそう怖くなる。だが、この二十四時間のあいだに強要する時間はいくらでもあったはずなのに、彼はしなかった。

「なぜわたしをファックしなかったの？」

彼はほんの数センチだけわたしの顔から離れる。「残念そうだな」

「このテーブルの上でやって、やめてとわたしが叫ぶ。ペリーを怒らせるのにこんなにいい方法はないんじゃない？」

「おれはいろいろなことをするが、レイプはしない」

「それだとまるでけだものだから？」

彼の手がすばやくわたしの顎をつかむ。目は、奥で嵐が起きているかのように暗く曇る。わたしのことばが気に障ったのだ。「それ以上続けたらどうなるか思い知らせてやる」

彼は本気ではない。わたしは、レンガの障壁が落ちてきてわたしを守ってくれるような気がする。「レイプはされたくないわ」つぶやくように言いながら、頭のなかでは人生でもっとも忌まわしい瞬間を思い出してしまう。思わず身をすくめて顔をそむけるが、すぐにまた顎をつかまれてもとに戻される。

急に迷いが生じたような目で、彼はわたしを見つめる。わたしの目に浮かぶものを読み取ろうと、じっと見つめる。読み取れただろうか？　理解できただろうか？

ブラックは手を離してわたしとのあいだに距離を置く。ワインを飲み、口を固く閉じてペリーのほうを見る。グラスを上げると、意地の悪い笑みを浮かべ、彼に向けて乾杯のしぐさをする。ブラックの顔には仮面が戻っている。「いい晩だな」そう言って、またわたしの肩に腕をまわして引き寄せる。「食事を楽しめよ、アダムズ。おれも楽しむから」

まるで地獄だ。火の燃えさかる、痛みに満ちた地獄。わたしにとって、演技は自然に身についた特技だ。命が懸かっているから。無意識のうちに、自分の気持ちやほんとうの感情を隠す。だがダニー・ブラックのまえではそれが自然にできない。努力を要し、おかげで次第に疲労が増す。前菜とメインを食べながら、彼が時折わたしの口元に料理を運んでくるのに耐える。彼が脚に手を触れるたびに、息を止める。その手が腿のあいだに滑り込んで、期待に満ちた秘所をさすると、わたしは救命具にしがみつくようにワイングラスにしがみつく。

　ブラックはそのどれをも見逃さず、微笑みながらわたしの指をグラスから引き離したり、安心させるように手をぎゅっと握ったりする。

　ペリーは全部見ている。わたしにはわかる。終始彼の視線が感じられる。そしてダニー・ブラックは、その一瞬一瞬を楽しんでいる。わたしは彼に口に入れられたものをすべて食べる。飲み込むたびに、胃が反乱を起こして食べたものを戻してこないよう祈る。

　皿が空になり、彼がフォークを皿の横に置く頃には、わたしは満腹で疲れ切っており、激しく感情的になっている。ダニーが見るからに楽しんでいるあいだ、わたしは性の地獄を引きずりまわされたような気分になっている。彼が部屋に連れ帰ってくれることをひそかに願う。部屋に帰って寝れば、この不慣れな感覚を忘れていつもの自分らしく目覚めることができるだろう。

「きみに食べさせるのは楽しいな」ブラックはわたしの手にそっと手を重ねて静かに言う。

　わたしは彼の目をのぞき込んでからあわてて視線をそらす。厳しい目に戻ってほしい。今の彼の目はやさしい。「なんで親切にしてくれるの？」

「きみがおれの魔力にどんどん引き込まれていくのを見せるのが、アダムズを侮辱する一番効果的なやり方だからだ。簡単に目的を達成できそうだな」ナプキンを空の皿に落とし、わたしの首に手をかけて、彼の呼気をわたしが吸えるぐらい近くに引き寄せる。「今キスをしたら、きみは抵抗するか？」

彼の真意がわからず、震える息を吸う。「抵抗したらわたしを殺す？」

彼はかすかに微笑む。「いいや」それからゆっくりわたしの唇に唇を重ねる。わたしは一瞬震える。彼も同じだ。彼は動かない。それ以上唇をむさぼろうとはしない。わたしを試しているのだ。わたしは抵抗しない。どうすればいいのかわからない。すぐそこにはペリーがいる。このキスを、このうえなくおぞましく感じるべきなのだろうが、本音を言えば、このうえなく情熱的だ。唇が触れ合っているだけなのに。彼の顔は厳しいが、唇はやわらかい。もっと先まで突き進みたがる舌を、わたしは必死になだめる。唇を触れ合うだけでなくもっと進めたくてたまらないが、彼のうめき声でわたしはわれに返る。

わたしはうろたえながら顔を離し、彼は微笑む。

「これでおれの伝えたいことは伝えた」わたしの手を取り、震える足で立ち上がるのを助ける。わたしは目を上げて店内を見る。

そして凍りつく。

店内は暗いが、彼のあの恐ろしい顔はどこにいてもわかる。

ノックス。

現われたのも一瞬なら、消えるのも一瞬だった。わたしは凍えるような寒さを覚え、必死に彼の姿を捜す。彼がここにいるなんて。ブラックといるところを見られた。ディナーでのわざとらしいふるまいも見られた。

ブラックはわたしを引っ張ってペリーのテーブルまで来て止まる。彼の腕がわたしの腰を抱いて引き寄せる。わたしは欲望が浮かんでいるのを見られるのが怖くて目を伏せる。見られるのが怖いのはペリーだけではない。自分からノックスが見えないからといって、ノックスからも自分が見えないと考えるほどわたしはおめでたくない。悪魔のような彼の存在をまだ感じるし、彼の脅しが頭のなかで渦巻いている。

「満足のいくディナーだったかね？」ブラックが言い、ペリーの同席者たちが何やら答える。だがペリーは無言だ。同席者たちのまえで、しかも公衆の面前で、ブラックに反応するわけにはいかないのだ。彼に反感を持つソーシャルメディアが、彼が市長として最適な候補であるかどうか日々監視しているなかで、危険をおかすことはできない。でも、彼が黙っているのは恐怖のため？　それとも虚勢を張っているのだろうか？

「デザートは部屋で楽しむつもりでね」ブラックはわたしの頬にキスをしてからわたしを連れてその場を去る。

「マダム！」誰かが声をかけてきて、ブラックは足を止める。部下がすかさずわたしたちを囲む。

振り返ると、わたしたちの担当だったウェイターが、立ちはだかる男たちにいささか驚いた様子でわたしのバッグを差し出している。「バッグをお忘れです」

ブラッドが受け取り、黙ってわたしに渡す。「ありがとう」わたしはそう言って、ブラックにエスコートされながら店を出る。

「楽しんだか、ローズ？」背骨の下をなでながら彼が尋ねる。

わたしはうなずく。彼に触れられているところが熱くて話す力が燃え尽きてしまったのと、ノックスが近くにいることの恐怖で、うなずくことしかできない。

エレベーターのまえに着いたとき、またカジノの支配人が近づいてくる。ブラックの部下たちにさえぎられ、安全な距離を置いたところから声をかける。「ヘリコプターはご入用ですか？」

「朝までスタンバイを続けてくれ」ブラックはそう答えてブラッドにうなずき、ブラッドは支配人にさらに紙幣を渡す。

わたしたちはエレベーターに乗り、ドアが閉まる。狭い空間は息が詰まるが、それは四人の大男たちに囲まれているからではない。息ができない。頭が働かない。気が張りつめている。

「ローズ？」

わたしは上目づかいに彼を見る。目の奥が痛む。彼は心配そうな顔をしており、それがさらに事態を悪くする。彼が眉をひそめ、わたしは急いで目をそらしながら、胸のあいだを汗が流れるのを感じる。しっかりしなきゃ。とにかくしっかりするのよ。

「シーフードを食べ過ぎたみたい」わたしはぼそぼそと言い、ドアが開くと詰めていた息を吐く。空気と空間がありがたい。

部屋に戻ると、わたしは急いで浴室に向かう。部下のひとりの声が聞こえるが何を言っているかまでは聞き取れず、ブラックが何か答えるのが聞こえる。気分が悪い。最悪だ。シンクに身を投げ出すようにして水を出し、冷たい水を顔にかける。すぐに安堵が訪れるが、それは冷水のおかげではなく、ブラックとのあいだに距離を置いたせいだ。こんなところは彼に見せられない。

だが、それも長くは続かない。なんとか気を落ち着けることができたところで、彼が浴室にはいってくる。ネクタイを引っ張り、上着のボタンをはずす。「デザートはどうだ？」

わたしはさらに彼のゲームにつきあう覚悟でゆっくり振り向く。リセットボタンが押されたのだ。ノックスに見つかるであろうことは予想すべきだった。わたしのあらゆる行動を把握しているのだ。わたしが自分で選んでやっていることも、強要されてやっていることも。「おなかがいっぱい」

彼の目がわたしの腿のあいだを見る。「ほんとうに？」

「ええ、とっても」わたしは彼の腕をかすめながら横を通り過ぎる。腕をつかまれて壁に押しつけられ、さらに苦しめられるにちがいない。だが意外にも、彼は何もしない。わたしは背中に手をまわし、ドレスのジッパーを下ろして床に落とす。ヒールを脱いでドレスの生地に埋もれさせたまま、髪のピンを抜きながらベッドに向かう。

ベッドにもぐり込み、横向きになって目を閉じ、このホラー映画がすっきり終わることを祈る。だがノックスが知っている。彼は何をするだろう？　わたしにはわかっている。もう、新しい写真は見られないのだろう。

ベッドのマットが沈むのを感じて目を開けると、半裸のブラックがわたしの目のまえでベッドの端に腰かけている。がっしりした胸。盛り上がった筋肉のあいだの影に目がくぎづけになる。「ノーということだな」わたしの顎の下に指をかけて上を向かせ、視線を合わせる。そして、額にそっとキスをする。「よく眠るんだ、ローズ」彼は出ていく。

そしてわたしの感情は崩壊する。

9

ダニー

おれは執務室に移動してグラスに酒を注ぐと、椅子に腰を下ろす。引き出しを開けて彼女の携帯電話を取り出し、画面をチェックする。何もない。

頭がずきずきする。電話を手のなかで回し、椅子の背に頭を預ける。いくら冷静になろうと努めても、時間を追うごとに彼女に惹かれていく。彼女の過去が知りたい。すべてを知りたい。

一方で、知りたくないという気持ちもある。

酒をあおり、胃に向かう焼けつくような感覚を楽しむ。ブラッドがはいってきて、上着を脱いで椅子に放ると、おれとともに一杯やる。「今夜の芝居はなかなかのものだったな」彼はグラスの内側全体にスコッチが行きわたるよう、グラスを回す。そしてグラスを上げて言う。「芝居だったとすればだが」

ブラッドは、おれみたいにあおるのではなく、ちびちびと飲む。おれほど酒を必要としていないのだろう。ブラッドはおれを見つめ、待つ。

「彼女には何かある」本心を打ち明ける。これまでしたのことのないことだ。だがそもそも、ブラッドに打ち明け話をする必要があったことは一度もない。おれのことはすべてお見通しだからだ。今もそうだ。ブラッドとは仕事以外の話をしたことがない。子供の頃からそうだった。おれたちの住む危険に満ちた世界では、少しでも感情を見せると無能と見なされる。おれもブラッドもそれが怖かったのだと思う。おれの父を師としてきた以上、ふたりともこういう考えになるのもうなずける。だがその父は亡くなった。今おれは、自分の胸のうちを打ち明けたい。父は誰も信じるなと言い続けたが、おれがブラッドを信頼していることは知っていた。

ブラッドは革の椅子に腰を下ろし、ひじ掛けにグラスを乗せる。「彼女には何かある、か」彼は考え込むように静かに言う。「あの信じがたいほど長い脚やきれいな肌、それにあらゆる男の淫夢で主役を張りそうな完璧な胸のことか？」

おれは試されているような気がしてブラッドを見る。「それもある」おれは認める。彼女はまるで女神だ。

「これまでだってきれいな女と寝てきたじゃないか。どこがちがうんだ？」

「彼女は似てるんだ」

「誰に？」

「おれに」

ブラッドは不意を突かれたらしく、厳しい顔に不安がよぎる。「おまえに？　どこが？」

「道に迷い、とらわれているみたいなところ」そこでまた酒を飲む。「死んでいるみたいなところだ」

ブラッドは警戒するような顔になる。それもそうだろう。カルロ・ブラックに見い出されるまえのおれのことを知る人間は少ない。実のところ父とブラッドのふたりだけだ。ブラッドの母親は父の妹で、父と同様、おれをわが子のように育ててくれた。ブラッドは母を尊敬し、母の言うことをよく聞く子で、おれたちはすぐに家族に、そして親友になった。

「彼女は有望な政治家の愛人だ。とらわれてなんかいない。金目当てでやつにくっついている娼婦だ。ほかの大勢と同じくね。おれには、彼女が死んでいるようには見えない」

ブラッドがローズに貼ったレッテルには怒りを覚えるが、それは無視して彼の分析を検討する。「ほかにもあるんだ」おれは立ち上がって部屋のなかを歩きながら言う。「背中にひどいあざができている。腎臓のあたりをげんこつで思い切り殴られたような痕だ」

「おまえが気にすることじゃない。彼女は理由があってここにいるんだぞ、ダニー。それを忘れるな」

おれは息を大きく吸って気を落ち着ける。しっかりしているところを見せてブラッドを安心させるためだが、実際はしっかりなどしていない。「段取りを教えてくれ」

「アダムズはあしたマイアミに帰る。選挙活動を再開するわけだが、どうやったらそんなことができるのか謎だね。銀行の口座が空っぽだというのに」

おれは用心深くブラッドを見る。「全然ないのか？」

「すっからかんだ」

「なのにもっと出してくれと言わなかった」空をバックに連なるベガスの高層ビルに目をやる。「誰が金を出しているのだろう？」

「誰にしろ、先におまえが出していたことを知っているか訊きたいな。知っているとしたら、おれたちが相手にしているのはこれまで考えもしなかったほど勇敢な連中ということになる」

「あるいは、アダムズが新しい出資者におれの支援を秘密にしてきたかだ」

「ロシア人だろうか？」

「ロシア人とは協定を結んでいる。彼らがそれを破るとは思えないな」

「ルーマニア人？」

「ルーマニア人マフィアは、前回アメリカに進出しようとしたときにほぼ全滅した。覚えてるか？」

ブラッドは微笑む。「ああ、覚えてる」

ルーマニア人の計画についてロシア人から情報がはいったとき、父はすぐさま行動に移った。ルーマニア人のもとに行き、問題の根源であるリーダーを殺した。名前はなんといったか？　そう、ディミトリだ。マリウス・ディミトリ。メンバーは散り散りになり、それ以来組織の再建は行なわれていない。おれは当時十五歳で、父はおれとブラッドを同行させた。おれはそこではじめて銃を持ち、はじめて使うこととなった。父に使えと言われたからではなく、ルーマニア人のひとりがブラッドを捕まえたからだ。そいつは大人ばかりを警戒し、車のなかにいたおれに気づかなかった。おれは喜んでそいつの脳みそをぶっ飛ばした。父は微笑んだ。ブラッドは、死に直面したショックでかすかに動揺しながら、この恩を返すとおれに誓った。そして実際に返している。十倍にして。

ブラッドはため息をつく。「じゃあメキシコ人か？」

「連中には資金がないし、根性もない」

「確信してるみたいだな」

「確信なんか何ひとつしてない。今挙がった連中を全部調べてくれ」それ以上言う必要はない。「荷物は？」

「金の半分は銀行にはいっている。来週の引き渡しに向けて準備が必要だ」

「荷物が届くのは――」

「引き渡しの前日だ」

「ロシア人が到着するまえに荷物を調べさせろ」

「了解。あした出発するか？」

「朝に」

「女は？」

「連れていく」デスクまで行き、彼女の携帯電話をブラッドのほうに滑らせる。「この中身を調べさせろ」おれは酒を飲み干して乱暴にグラスを置く。話は終わりだ。

翌朝、おれはベッドの脇に立って彼女を見つめる。まるで眠れる森の美女だ。心配事などなさそうな穏やかな寝顔。おれは、起こしたくないとまで思いかける。

思いかけるだけだ。

上掛けをはいで彼女の見事な裸体をあらわにしながら、乱暴に起こす。彼女は眠そうな目を何度かぱちくりさせた挙句、おれをにらむ。「支度をしろ。一時間後にここを出る」おれは朝のトレーニング後の汗を流すために浴室に向かう。

彼女が急いであとを追う。「どこに向かうの?」明らかにあわてている。おれはショーツを脱ぎ、シャワー室にはいる。彼女は裸体を隠そうともせず、シャワー室の仕切りの向こう側に立つ。

おれは上を見上げたまま言う。「おれの家だ」

彼女は驚いたように言う。「無理よ」

おれは傾けた頭にやった手を止める。昨夜のエレベーターのなかに続き、またしても彼女は落ち着きを失っている。バリアが少しずつ崩れている。「無理じゃないさ」

「ペリーがマリーナをあなたのものにしなかったり、お金を返さなかったりしたらどうするの? ずっとわたしを捕まえておくつもり?」

おれは小さくハミングしながら考えるふりをする。「ああ」と答えて洗髪に戻る。

「彼のもとに戻らなきゃ」

「なぜだ？」背筋を伸ばしながら訊く。「ローズ、きみはやつを愛しているわけじゃない。金目当てでもないだろう。やつはもう文無しなんだから」

彼女の表情が変わり、混乱と怒りが混じった顔になる。「あなたはなぜ、そのマリーナにこだわっているの？」

その質問には答えずに、シャワーの湯の下に立ってシャンプーをすすぐ。「おれを眺めてないで荷物をまとめろ」

「服がないのよ、この人でなし」

おれは弾丸みたいにシャワーから飛び出し、彼女をドアに押しつける。「おれのことは好きに呼んでいいが、人でなしだけはやめろ」

彼女がうめき、一瞬、妙な感情がおれに訪れる。罪悪感だ。そいつに襲われながら、彼女に顔を近づけて濃いブルーの瞳を見つめる。彼女があえいでいるのは恐怖のせいではない。彼女の乳首がおれの胸に当たり、存在を主張する。ふたりとも裸だ。

抑えた息を深くつく。「十分で支度するんだ」磁石（じしゃく）のようにおれを引きつける彼女の体から離れ、浴室のドアの内側にかけてあった自分の黒いドレスシャツをつかむ。

「これを着ろ」

おれが放ったシャツを受け取り、彼女は言う。「これだけ?」

おれは心のなかでうめきながら彼女の長い脚を見つめる。見事な脚だが、それがあらわになろうとなるまいと、おれが気にすることはない。タオルをつかんで腰に巻き、スイートルームを抜けてリンゴに命じる。「コンシェルジェに電話して、女物のジーンズを調達させろ。サイズは二だ」

リンゴはすぐに従い、おれは部屋に戻る。彼女はまだ浴室にいるが、上半身はおれの黒いシャツでおおわれている。いくらかほっとする。「じきにジーンズが届く」

「あなたはヒーローね」と彼女がつぶやく。

おれは彼女をにらむ。首を絞めてやろうか。絞めるのは簡単だ。彼女が皮肉な笑みを浮かべる。なんとも言えずセクシーだ。

クソ。

おれは彼女の腕をつかんで浴室から追い出すと、ドアを閉める。

クソッたれめ。

おれは木のドアに額をつける。

支度がすんでもおれの機嫌は悪いままだ。部屋の入り口でローズが部下たちといっしょに待っているのを見ると、さらに悪くなる。部下たちが彼女を見ているからではない。なんせ彼らは見ていないのだから。おれの機嫌が悪くなるのは、タイトなジーンズにおれの黒いシャツ、昨夜と同じ銀色のストラップつきヒールとそれに合うバッグという装いの彼女が完璧なまでに美しいからだ。髪は無造作にポニーテールにまとめている。化粧はしていない。

彼女はほんの一瞬おれを見てジーンズにTシャツというカジュアルないでたちなのを確認すると、ぷいとそっぽを向く。

おれは彼女の腕を取り、エレベーターのほうに押す。エレベーターのなかで、彼女はひとこともことばを発さないばかりかおれを見もしない。万力のように締めつけているおれの手が相当痛いはずだが、その手から逃れようともしない。おれを挑発するために抵抗してもよさそうなのに、なぜしないのだ？

ホテルを出ると、部下たちの先導で、おれたちを私設飛行場まで乗せるリムジンが待機している場所に向かう。リンゴがドアを開け、おれがローズを後部席に乗せようとしたそのとき、叫び声が聞こえる。

そして地獄が始まる。

「車に乗れ！」ブラッドが叫びながら銃を取り出し、躊躇なく発砲する。リムジンのルーフ越しに、男が倒れて脳みそがコンクリートに飛び散るのが見える。力が抜けたその手には銃が握られている。さらにもう一発。今度はブラッドが撃ったのではない。おれの耳のすぐ横を銃弾がかすめる。振り返ると、部下のひとりが体を大きく震わせてから、肩を押さえて悪態をつくのが見える。混乱は激しさを増し、通行人は悲鳴をあげ、おれの周囲に銃弾が飛び交う。部下たちがおれを守ろうと走りまわる。走ってくるブラッドと目が合う。「乗れ！」

おれは手を伸ばしてローズを……。

どこにいるんだ？

おれは頭をめぐらして、人々の頭のなかから彼女の姿を捜す。群衆の流れに運ばれるように人々がうごめいており、地面に伏せる者もいる。おれは車のドアを自分の体のまえで盾代わりにし、ブラッドは数フィート離れた後輪の陰にかがんで弾を装塡する。後部ウィンドウが割れて破片が彼に降り注ぎ、おれは身をすくめる。「クソッ」ブラッドは弾倉を押し上げ、車の陰から様子をうかがう。中腰になったかと思うとすぐにしゃがみ、危ういところで銃弾から逃れる。

おれは車内に手を伸ばしてグローブボックスを開け、グロックを取り出す。群衆のなかからブラッドの頭に狙いをつけている男を見つけ、引き金を引く間を与えずにそいつを撃つ。「こいつら、何者だ?」さらに周囲をうかがいながら言う。

「知るか」とブラッドが叫ぶ。「いいから車に乗れ」

「ローズはどこだ?」

「おまえの娼婦がどこにいようとどうでもいい。おれたちは襲撃されているんだぞ」

おれはわれを忘れ、古くからの親友の顔に銃をつきつける。「もう一度彼女を娼婦と呼んでみろ、おれがこの手で弾をぶち込んでやる」

ブラッドの目がすべてを語る。「わかった」おれを見つめたまま、コンパクトなヘッケラーを握っておれたちの横に立っている男に狙いを定めて撃つ。「彼女は車のなかだ」

ドアを開けると、銃撃など起きていないかのように静かにローズが座っている。だがその目は大きく見開かれている。怯えているのだ。それがわかっておれはほっとした。ロボットなのではないかと思いはじめていたのだ。「大丈夫か?」

彼女は唾を呑んでうなずき、おれに引っ張られるまま車から降りる。

「撃退したぞ」リンゴの叫び声が聞こえ、おれはゆっくりと立ち上がって銃撃の結果を見る。敵は五人で、全員死んでいる。「調べろ」それから防犯カメラを探して周囲を見まわす。「カメラのデータは消去させろ」部下たちがおれの指示に従うために散り散りに分かれる。ひとりがローズの銀のバッグを拾って渡す。ローズは礼を言うが、その声はかすれて震えている。

ブラッドの応答がないので振り返ると、彼は前方の何かをじっと見つめている。何を見ているのかとおれもそっちを見る。

銃だ。

おれの額に向けられている。なんだっていうんだ。

ローズの手がおれの手をぎゅっと握り、おれは大丈夫だというしるしに握り返す。大丈夫なわけがない。九ミリの銃口を見つめているのに。彼女の手を引っ張り、おれのうしろに隠れろと合図する。緊張で乱れる彼女の息遣いが聞こえる。うしろでブラッドが悪態をつくのも聞こえる。

「撃て」おれは口をゆがめ、目のまえの男の銃口に額を押しつけながら言う。「撃ってみろ」

「やめて」ローズが叫び、おれは体を引いて彼女を突き飛ばす。銃声が聞こえ、おれは瞬きをしながら自分の体が地面に倒れるのを待つ。だが倒れない。おれは立っている。代わりに目のまえの男が倒れる。おれは振り返り、両腕をまえに突き出しているブラッドを見る。「礼はいらない」ブラッドはそうつぶやくと、すばやく左に向きを変え、ふたたび引き金を引く。「ここから離れろ」

今度はおれも耳を貸す。ローズがいるからだろう。彼女の手をつかんで立ち上がらせてホテルに戻り、エレベーターに向かう。部下たちも銃をぶっぱなしながらついてくる。「乗れ」おれは彼女をエレベーターに乗せてから自分もうしろ向きに乗る。おれも部下たちも、こっちに向かってくる三人の男を阻止するために銃を構える。ドアが閉まり、金属のドアの向こう側に敵の銃弾が跳ね返るまで、銃を下ろさない。

「真昼間にベガスの真ん中で襲ってくるとはな」ブラッドが壁にもたれておれを見る。明らかにショックを受けている。「どこのどいつだ、そこまで大胆なのは？」

おれはローズをちらりと見る。おれが考えているのと同じことを彼女も考えているのだろうか？「ブラックは死んだも同然だ」おれはペリー・アダムズのことばを小さく繰り返すが、それに対する反応はない。だが、アダムズがローズの命を危険にさらすだろうか？そうは思えない。つまり、今アダムズと手を組んでいる連中は、彼がもともと組んでいた相手がおれだということを知っているというわけだ。そして、そいつらは真剣だというわけだ。連中の大胆さには度肝を抜かれる。

おれはそれ以上何も言わず、エレベーターのドアが開くとローズを引っ張る。ヘリコプターのローターが大きな音をたてて回転しており、ローズは目を丸くしておれを見る。「おれはけっして気まぐれで何かしたりしない」昨夜のことばを思い出させるように言ってから、ヘリコプターのドアに向かって走り、彼女を乗せる。

「し……知ってたの？　何かが起きるって」おれは彼女のベルトを締め、ブラッドは前の席に落ち着く。

彼女のベルトがしっかり締まっているのを確かめてから、おれは彼女の隣の席につく。ヘリコプターは離陸し、おれは横から見つめる彼女の視線を感じる。「おれは、つねに何か起きることを予期して準備しているんだ」

それは嘘だ。

彼女と出会うことは予期していなかった。

10

ローズ

逃げることもできた。あの混乱のなかで逃げていれば、ブラックは手遅れになるまで気づかなかっただろう。だがわたしは逃げなかった。あるいは、ダニー・ブラックの額に狙いを定めていた男がブラッドより先に引き金を引くよう祈ることもできた。だがそうはしなかった。あのときわたしは心から怯えていた。それがショックだった。ノックスはベガスにいる。彼がわたしを取り返そうとしたのだろうか？　そうだとしたら大失敗だ。絶対に失敗しない人なのに。彼はわたしの命にあそこまで無頓着なのだろうか？

自分でもわからないが、ダニー・ブラックが死ぬのが何よりも望ましい結末だったはずなのに、あのときはそれが最悪の結末に思えた。彼は、わたしをもう一度娼婦と呼んだら殺すと部下を脅した。わたしは、男たちがあちこちに向けて発砲しているあいだに逃げ込んだ車のドア越しにそれを聞いた。逃げなかったのはそのためだ。彼が部下に向かって怒鳴ったことばに驚いたからだ。その後彼はわたしを見つけ、続いて自分の顔に銃が突きつけられているのを見た。彼はわたしをうしろに引っ張ってわたしの盾になった。

これまで誰かに守ってもらったことはなかった。守られることを好きになりたくない。何かを好きになると、失ったときのつらさが増す。守られること——それはわたしにとって、失わずにすむものではない。

飛行中、わたしは今日の光景を繰り返し頭のなかで再現しながら、ダニーの行動に何か別の説明を見出そうと努めた。もちろん、ひとつはわたしが彼にとって利用価値があるということだ。ほんとうにわたしを必要としているのかもしれない。だが、そう考えるたびに、彼が友人に向かって叫んだことばがよみがえる。

〝もう一度彼女を娼婦と呼んでみろ、おれがこの手で弾をぶち込んでやる〟

彼は……わたしを……？

ヘリコプターからプライベートジェットに乗り換え、ダニーが隣のギャレーに部下を集めたときにも、頭のなかでは疑問がかけめぐっている。部下のほとんどが血まみれで、ひとりは肩に銃創を負っている。惨憺たる情景だが、彼らが現場に残してきたものとは比べものにならない。転がっていた死体のなかに見覚えのある顔はなかったが、それも珍しいことではない。ノックスにはあちこちに部下がいる。誰がこんなことをするのだろうとブラッドが言っていたが、誰なのか、わたしにははっきりわかる。彼は昨夜、わたしがダニーといっしょにレストランにいるのを見た。あそこでの芝居の一部始終を見ていたにちがいない。ノックスはわたしのことをよくわかっている。ペリーをだまして、ダニーに嫌悪感を持っていると信じ込ませることはできても、ノックスをだますことはできなかったはずだ。

ジェットが着陸するとすぐにリムジンに乗せられ、マイアミ郊外の邸宅に連れていかれる。常時警備がつく高さ三メートルの塀に囲まれたこの邸宅は、これまでわたしが見てきたものとはまるでちがう。エスターという女性がわたしたちを出迎える。魅力的だがけっして感情を表に出さず、ダニーが指示をすると、無表情のままわたしを広いスイートルームに案内する。巨大な邸宅のなかを歩いてそこに向かうあいだじゅう、わたしはただ茫然とし、混乱し、不安になる。

ベッドの端に座って両手の親指同士をくるくる回しながら、わたしは部屋を見まわして記憶にとどめる。立ち上がって壁一面のクローゼットに近づいてみると、なかは空っぽだ。凝った浴室には男性用の化粧品はひとつも置かれていない。ここは彼の部屋ではないのだ。

カーテンを開けると、大きな両開き窓からジャグジー、カウチ、暖炉がそろったテラスに出られるようになっている。その向こうには美しく手入れされた庭が望める。さまざまな形に刈り込まれた木が、花でいっぱいの花壇のあいだに規則正しく並び、石畳（いしだたみ）の小道はポール型の照明で縁どられている。ラベンダーに囲まれたガゼボに加え、右手には、どこまでも続くかに見える大きなプールもある。端まで泳いでいくと、そのまま崖から落ちそうに見える。楽園どころではない。天国だ。気分は地獄に落とされているも同然なのに。

わたしは窓を開けてテラスに出ると、目を閉じて暖かい日差しを肌に受け、めったにない平穏なひとときを楽しむ。右に目をやり、ガラス一枚で隔てられた隣のテラスをうかがう。隣の部屋のものだ。あれも客室だろうか？　わたしがいるこの部屋同様に。

そう、わたしは囚人ではなく客としてここにいるのだ。

「おれのことが心配か？」

振り向くと、グレーのショートパンツ一枚のダニーがテラスの入り口に立っている。

なぜ？　なぜ彼はいつも、上半身裸でわたしのまえに現われるの？「いいえ」わたしは歯を食いしばって答える。

彼はガラスの手すりまで歩くと、金属のレールに肘をついて庭を眺める。裸足の足首を交差させ、長身の体の上半身をまえに乗り出すと、背中の筋肉が強調される。

「なぜ逃げなかった？」

わたしははっとする。何度も自分に繰り返してきた問いだが、彼が同じ問いを発するとは思わなかった。「ショックだったからじゃないかしら」

彼は振り向いて微笑む。ほんものの笑み。彼がめったに見せないものだ。「ショック？　冗談だろ？　きみは鋼（はがね）なのに」

失礼な。

「どこに逃げるっていうのよ？」

「愛人のところだ」ふたたび庭園に目を戻して言う。「おれがやつの脳みそを吹っ飛ばせば、もうきみに愛人はいなくなるが」

それはちがう。そうなってもまだわたしには愛人がいるだろう。ペリー・アダムズではないかもしれないが、愛人はいる。ただ、それが誰なのか、なぜその男とベッドをともにすることになるのかはわたしにもわからないが。

ダニーはショートパンツのポケットから煙草の箱を出すと、わたしのほうに差し出す。これまでに煙草を吸ったことは一度もない。吸えばリラックスできると聞くが、わたしはリラックスなどしなくてもやってこられた。今、手を伸ばして一本引き出し、二本の指ではさむ。彼は自分のを厚い唇のあいだに差し込む。火をつけると彼のハンサムな顔が明るく輝く。彼は火をわたしのほうに近づけ、わたしはおそるおそる煙草をくわえ、吸う。

そして咳き込む。

むせてしまった。咳の音だけが大きく響く。その向こうから、彼が笑うのが聞こえる。

失われた幸せに満ちた豊かな音だ。わたしがむせて苦しむのを彼は喜んでいる。「おいで」自分に背中を向けるようわたしを立たせ、背中を軽く叩く。わたしは落ち着き、咳がやむ。ふたりは互いに接近している。彼の両手がわたしのウエストにかかる。わたしの指から煙草が落ち、わたしは彼は気づかれないようにしながら深く息を吸う。だが肩が大きく上下するので気づかれないわけにはいかない。わたしは彼に向き直り、その動きにつれて彼の手がわたしのウエストを横に滑る。軽くくわえた煙草の煙で、彼の顔がかすんで見える。目が輝き、傷痕が光っている。

「きみには煙草は合わない」わたしを離し、煙草を吸う。「少し寝ろ」煙草を落とし、背を向けて出ていく。

わたしはその背中を見つめ、少し……戸惑う。彼はまたしても、一瞬やさしさを見せた。そして、それに気づき、まずいと思ったかのようにいきなり態度を変えた。それともたんに、わたしをからかっているだけなのだろうか？

相反するさまざまな思いが頭を駆けめぐり、ほとんど眠れなかった。彼はわたしと寝なかった。どういうわけか、それはわたしを悩ませた。彼の気分の移り変わりもまたわたしを悩ませる。冷たく攻撃的になったかと思うと、思いやりがあるところを見せる。わたしには、自分がそのどちらをより嫌っているかわからない。前者の扱いのほうが慣れている。後者は、なじみのない、歓迎しがたい感情を引き起こす。

そのひとつが欲望で、それがとりわけ腹立たしい。

そしてそれ以上に腹立たしいのが……その欲望をどの人格の彼にも感じることだ。彼はわたしのなかに、ふつうとはちがう欲望を呼び起こすが、彼が呼び起こす何よりも大きな感情は、畏怖の念だ。彼は、自分の頭に銃を突きつけている男にわたしを突き出すことだってできた。わたしを置いてホテルに駆け込むことだってできた。〝きみは鋼なのに〟。あのことばは賛辞に聞こえた。

ベッドの端に裸で座ったまま、寝室のドアを見つめる。外のざわめきが聞こえる。人が通り過ぎる音、名前を呼ぶ声、携帯電話の着信音。彼はわたしを連れに来ていない。来るまで、わたしはここにこうして座っているべきなのだろうか？

その疑問について三十分ほど考えたのち、彼の黒いシャツとジーンズを身に着け、部屋を出てみる勇気を奮い起こす。ドアの取っ手に手をかけてひねり、用心しつつ廊下をのぞく。人の声はまだ聞こえるが、姿は見えない。ドアとドアのあいだの壁にかかる絵を見ながら、広い廊下を裸足で歩く。無地のクリーム色の壁にかかっている絵は、どれも鮮やかな色合いの抽象画だ。ドアはいくつも並んでいる。わたしの部屋のドアは木製の両開きドアで、彫刻が施されている。隣のドアも同じだ。ダニーの部屋だ。木のドアの隙間から彼のにおいが漂っている。わたしの隣は彼の部屋で、彼のテラスなのだ。

それ以外のドアは片開きで、どれも閉まっている。長い廊下の両側にドアが十二ずつ、その先は吹き抜けで、右に、一階に向かう大理石の階段が伸びている。金色の手すりが、高い天井から下がるクリスタルのシャンデリアの光を受けてきらきらと輝いている。わたしは温かいかかとで冷たい大理石を踏み、手を手すりにかけるが、あわててその手を引っ込める。この美しく光る手すりを汗ばんだ手のひらで汚したくない。階段を下りた先にはそびえるように立つ白い玄関ドアがあり、シュロの葉を挿した巨大な壺がドアの両側に置かれている。

階段を下りきると、わたしは聞こえてくる声を無意識のうちにたどって右に進み、開いている両開きドアのまえに着く。広い部屋だが、人でいっぱいで狭く見える。全員が立っている。そして、庭に通じるガラスドアのまえのデスクに、〝ブリット〟が座っている。〝天使の顔の殺し屋〟。デスクの上のものを指差して動かしている姿は、まるで、兵士たちに戦術を説明する王のようだ。わたしは部屋の入り口に立ち、王のようにふるまう彼を見つめ、彼のいかにも指揮官らしい声を聞く。その声は低くざらついていて……。

「荷物はここからはいってくる」彼がデスクの上の何かを示し、部下たちは近くににじり寄る。「ここにボートを浮かべて監視する。近づくものがいたら撃退するのだ。できれば警告なしで」

「沿岸警備隊が来たらどうする?」とブラッドが尋ねる。「いつも、来てほしくないときに限って現われる」

「その場合は注意をそらすんだ。リンゴがここにいる」ダニーは別の場所を指差して言う。「荷物を受け取るときと、ロシア人に引き渡すときの両方だ。リンゴのおんぼろボートのエンジンがそろそろイカれて爆発する頃だろう」

「修理しようと思ってたんだけどな」そう言っている男がリンゴなのだろう。わざと残念そうに首を振る。背が高くやせていて、異様な外見をした野獣みたいな男だ。

「そのまえにもう一度釣りに出かけるつもりだった」

「火傷はするなよ」ダニーがまじめな声でいい、男たちの数人が小さく笑う。「そのハンサムな顔を台無しにしてほしくない」

さらに笑う声が増え、わたしも笑いをこらえる。これまでも醜い男は見てきたが、リンゴほど醜いのはたぶんはじめてだ。あばただらけの肌は革みたいだし、鼻は小さなジェット機が止まれそうなほど大きい。たいして接点がなかったのでよくはわからないが、人柄もいいというわけではなさそうだ。気の毒に、いいところはほとんどない。おそらく唯一の強みは、遠距離から人を殺せることぐらいなのだろう。

リンゴは仲間の嘲笑を鼻であしらうが、それ以上何も言わずダニーに先を続けさせる。「かけられる時間はせいぜい一時間だ。そのあいだに荷物を下ろしてコンテナに移し、点検し、その場を離れなきゃならない。それから——」ダニーは顔を上げ、入り口にいるわたしに気づく。その目に怒りとしか言いようのないものが光る。デスクについた手が拳を握る。部下も全員振り向き、わたしを見る。

わたしは何も言わずにあとずさりし、来た道を戻る。これまでさまざまな怒りが彼の目に浮かぶのを見てきたが、これほど激しく燃える怒りは見たことがなかった。急いで階段をのぼろうとしたとき、誰かに名前を呼ばれる。彼ではない。女性の声がするほうを振り向くと、昨夜部屋に案内してくれた黒髪の女性、エスターがいる。

「おなかが空いているでしょう」そう言って右のほうを示す。「あなたの部屋に朝食を運ぶところだったけれど、ちょうどここにいるんだし……」

彼女に話しかけられるのはこれがはじめてだ。英国人だろうか？　とても魅力的だ。四十代後半ぐらいで、ほっそりとした体にきれいな肌をしている。服装は昨夜と同じくグレーのメイド服で、地味で平凡だ。わたしはどうしようかと、ダニーの執務室を振り返る。

「彼はあなたに食べてもらいたがっているわ」そう言われてわたしはふたたび彼女を見る。「キッチンはこっちよ」エスターは歩きはじめ、わたしは彼女に従うことにする。おそらく、ここに来てから彼女以外は女性を見かけていないからだろう。話し相手が必要だ。

キッチンは広く、ここにも庭に出られるガラスのドアがある。わたしはアイランド型のカウンターのまえに座る。エスターは無言のまま、あちこちを拭いたり食洗機から食器を出したりコーヒーをいれたりと動きまわる。気まずい沈黙が続く。

「どのぐらいここで働いているの？」あたりさわりのない会話をしようと尋ねてみる。

「ずいぶん長いわ」彼女は肩越しに振り返って答える。コーヒーメーカーからコーヒーが大きなしずくとなってポットに落ち、彼女はそのポットを回すようにゆする。〝ずいぶん長いわ〟。長すぎると言っているように聞こえる。

「あなたがこの家の一切を取り仕切っているの？」

「わたしは言われたことをするだけ」コーヒーをカップに注ぎ、渡す。わたしは小さな笑みとともに受け取る。「あなたもそうするといいわ」

わたしは何も言わないが、頭は忙しく回転する。誰もが、ダニー・ブラックにやれと言われたことをする。彼女のアドバイスを聞き入れるべきだろう。

「ベーグル？　それともトースト？」戸棚に手を伸ばしながら彼女が尋ねる。

「トーストをお願い」

彼女はトースターにパンを二枚入れてレバーを押し下げる。それからまた、わたしがここにいないかのように自分の用を始める。わたしはコーヒーのカップを回しながら考える。エスターはわたしのことや、わたしがなぜ彼女のボスの家に来ることになったのかに興味がないのだろうか？「よければ訊きたいんだけど――」

「もう行っていいぞ、エスター」ダニーの声がわたしの背後から響く。彼の声には、わたしが執務室から逃げたとき彼の目に浮かんでいたのと同じ怒りがこもっている。わたしは振り返らず、エスターが黙ったまま急いで出ていくのを見つめる。グレーと黒の斑点がはいった大理石のカウンターに目を落とし、斑点をうまくつなげて何かの形に見えないか一生懸命見つめる。彼が近づいてくるのがわかる。うなじの毛が逆立つ。緊張で体が震える。彼の手が首に触れる。だが、わたしはますます緊張する代わりにリラックスする。

「二度とおれの仕事の話を盗み聞きするな」

「わかったわ」わたしは謝らない。弁明しようともしない。そんなことをしても無駄だろう。

彼の手に力がこもる。「腹が減ってるか？」わたしはうなずく。「喉は？」わたしは黙ってコーヒーカップを持ち上げてみせ、彼の手の力はさらに少しだけ強まる。素直に言うことを聞いているのだから彼の態度もやわらぐはず――そう考えるのがふつうだろうが、わたしを捕まえている彼の手は次第に強くなっている。わたしにはその理由がわかる。わたしが悲鳴をあげるのを待っているのだ。何かしらの形でわたしが不快感をあらわにするのを待っているのだ。でもそれは叶わない。

「もっと強く」わたしは何も考えずに言うと、カップをカウンターに置いて、うなじにかけられた彼の手の上に自分の手を重ねる。「やるならちゃんとやって」わたしは手に力を込めて彼を挑発する。彼がさらに近づき、その下腹部がわたしの背中に押しつけられる。

彼はわたしの耳たぶを嚙み、こするように歯を動かす。わたしは目を閉じて、彼に触れられることで気持ちが揺らいではいけないと自分に言い聞かせる。

「コーヒーはどう?」だしぬけに言う。間の抜けた質問だが、苦肉の策だ。早いところ彼を遠ざけるのだ。後悔するような真似をしてしまうまえに。たとえば、彼に向き直ってズボンのジッパーを下ろすような真似を。

彼はわたしの耳に向かってやさしく静かに笑う。

またただ。

歯を向きだして怒る熊から、一転してかわいらしい子熊に変わる。

「もらおう」彼が離れ、わたしはゴムボールみたいにスツールから飛び下りて、自分を取り戻しながら安全なカウンターの反対側に移る。彼はスツールに座って片足をフットレストにかけ、カウンターに両肘をついてわたしが移動するのを見つめる。わたしは彼のコーヒーを注ぎながら、崖っぷちから自分を呼び戻す。そして、彼の執務室の入り口で聞いたことや聞かなかったことに関係ない話題をなんとかひねり出そうとする。沿岸警備隊を追い払うだの、荷物の引き渡しだの、注意をそらすだのといった話に関係ない話題を。

知ったばかりのそれらの情報に驚いてはいない。好奇心を刺激されるが、この世界では好奇心は命取りになる。ほんとうの意味で生きているとは言えないわたしでも、命は惜しい。「砂糖は?」彼のほうを振り向いて尋ねる。

「おれ自身が充分甘い」

わたしは鼻で笑うが謝らない。ダニー・ブラックが甘いなんてとんでもない。「どうぞ」コーヒーのカップを彼のほうに滑らせる。わたしがカップから手を離すまえに彼が手を重ねてきて、目を見つめながら、熱いセラミックにわたしの手を押しつける。彼の目には炎が燃えている。目の奥で、炎と氷が渦巻いている。わたしの視線は、開襟シャツの襟元からのぞく胸毛に下りる。それから、重なっているふたりの手に移る。わたしの体に伝わってくる熱はそこにあるようで、そこにはない。彼に触れ、彼のそばにいるとき、そこには実際は何もない。

「ありがとう」彼は手を離し、わたしを見つめながらカップを口に運ぶ。「何か焦げてるみたいだが」

わたしの五感は過敏になっているものの、嗅覚は彼のコロンに気を取られるあまり、言われるまでほかのにおいに気づかない。

そのとき煙が見える。

「大変！」わたしはトースターに駆け寄り、焦げているパンを飛び出させようとあちこちのレバーを押す。うまく行かない。わたしの朝食は焦げ続け、あたりはますます焦げくさくなる。パンを取り出すのに使えそうなものはないかとあたりを見まわす。使えそうなものはない。「もうっ」やけになって手で取り出す。火災報知器が鳴りだしたら大変だ。

焦げたトーストを皿に放り、炭と化したそれを見つめる。「料理の腕に期待してわたしを誘拐したわけじゃないといいんだけど」わたしはそう言って目を上げる。彼はコーヒーのカップを唇に当てたまま、動きを止めてわたしを見ている。その顔には何も浮かんでいない。愉快そうな表情も何も。互いに見つめ合う。沈黙が流れる。わたしの目は彼の顔を細部に渡って見つめ、彼の目も同じようにわたしを見つめる。彼の呼吸が深くなり、わたしの呼吸は張りつめる。彼の目に無数の罪が浮かんでいるのが見える。わたしの目には、わたしの人生の塵（ちり）が浮かんでいるのだろうか？

トースターのレバーが音をたてて上がり、わたしは飛び上がって彼から目を離す。気を取り直し、朝食を捨てようと皿を持ち上げる。

「皿を置け」

わたしは凍りついて彼を見上げる。「え？」

彼はゆっくりとカップを置き、カウンターのこちら側に来ると、わたしの手から皿を取って脇に置く。そして、トースターのレバーをふたたび押し下げる。「まだパンを追加していないけど」わたしはそう言ってエスターが置いていったパンのほうに手を伸ばす。だがパンに届くまえに彼が手首をつかんで止める。

そしてその手をトースターに近づける。たちまち手が熱くなる。同時にわたしの戸惑いが増す。彼は穴のあくほどわたしの目を見つめながら、わたしの手をゆっくりと下ろして熱い金属に触れさせる。わたしは何も感じない。わたしは鈍感になったのだろうか？　それとも馬鹿になったのか。わからない。わからないが、感じるべきもの――痛み――を感じない。

「引っ込めたいなら止めはしない」彼のことばで、わたしのなかで何かが始動する。警戒心だ。眠っていた神経が目覚めたかのように、突然痛みを感じる。それでも手を引っ込めない。歯を食いしばって彼の拷問に耐える。これまで経験してきた残酷さと比べればなんでもない。これまで受けてきた罰と比べれば。彼は罰しているのではなく、わたしを知ろうとしているのだ。

わたしも同じだ。

彼の目を見つめたまま、もう一方の手で彼の手を捜す。ダニーは自分から、大きな手をわたしの手に差し入れる。わたしは彼の手をトースターの上に近づける。彼は止めない。彼の手のひらを、自分の手に並べて金属に押し当てる。

彼の表情は変わらないが、目のなかに揺れていた火が大きな炎となる。わたしたちはともに歯を食いしばりながら拷問しあう。

彼は手を引っ込めようとしない。わたしも引っ込めようとしない。いったい、互いに何を証明しようとしているのだろう？

いきなり、もう充分だと言わんばかりにトースターのレバーが上がる。熱さが消える。ダニーがふたりの手をトースターから乱暴に離す。ふたりともあえいでいる。自分とわたしの手のひらを上に向けて、彼は同じ形のみみず腫れを見つめる。「おれたちは同じだ」そうささやくと、わたしの手を持ち上げてみみず腫れにキスをする。

やさしいほうのダニーだ。

わたしは不意にあることに気づく。その衝撃に体がぴくりと動くのが彼にも伝わったにちがいない。わたしの脳みそに爆弾が落ちるのが聞こえたかのように、炎のような目をわたしに向ける。

わたしを見ると誰かを思い出す――彼はそう言った。

誰かとは彼自身？

でも納得がいかない。彼はカルロ・ブラックの息子だ。裕福で力があり、恐れられている。わたしの目は彼の頰の傷痕に向く。今、それが光を放っているように見える。自らの存在を印象づけ、わたしの混乱する頭のなかに数々の疑問を湧き起こす。

「手当てをしよう」彼はわたしの思考に侵入して、わたしの質問を事前にさえぎる。わざとにちがいない。わたしは茫然として動くことができない。好奇心がわたしを麻痺させているのだ。だが突然足が床から離れ、麻痺状態から脱する。彼がわたしを抱き上げてシンクの隣のカウンターに座らせ、蛇口の水を出す。そしてその下にふたりの手をやり、手のひらを返す。わたしは、同じ色に火傷しているふたつの手のひらを見つめる。彼の男らしい手とわたしの華奢な手。「よく眠れたか？」わたしを見ずに彼が訊く。

わたしは質問をし返すことができずに、あいまいに返事する。彼の動きが、何も訊くなと警告しているのがわかるから。でも、それならなぜこんなふうにわたしの好奇心を刺激するのだろう?

ダニーは蛇口の水を止めると、タオルをつかんでわたしの手をそっと拭き、傷を調べる。手のひらの真ん中が赤くただれている。彼はわたしを見上げる。彼のジーンズのまえがわたしの膝をかすめる。

「包帯を巻こう」

「いらないわ」わたしは手を引っ込めてカウンターから下りようとするが、彼に止められ、また手をつかまれる。

「包帯を巻こう」彼は同じことを、今度は厳しい声で繰り返す。

わたしはこれ以上拒絶のことばが出てこないよう唇を軽く閉じる。彼はわたしの手を膝に置くと、キッチンの戸棚まで行って何かを取ってくる。小さな救急箱だ。彼は手首を取ってわたしをカウンターから下ろし、アイランド型のカウンターに連れていく。「座れ」不愛想なダニーに戻っている。

わたしはスツールに座り、彼が手当てするのを見つめる。まず火傷の部分に軟膏(なんこう)をすり込み、長く時間をかけて白い軟膏をしっかり浸透させてから、白い包帯を慎重に巻く。その仕事ぶりは見事で、じきにわたしの手は完璧に包帯におおわれる。

わたしは手を少し曲げてみてから言う。「ありがとう」彼はわたしを無視して、使ったものを救急箱にしまいはじめる。「あなたの手は?」心の奥のどこかに、彼の傷の手当てをしたいという思いが生まれている。

彼は救急箱を戸棚に押し込む。「おれの皮膚はきみより厚い」そう言ってドアに向かう。

「それで?」わたしが声をかけると、彼はドアの少しまえで足を止める。突然急ぎはじめたのはわたし? それとも彼のほう?

彼は振り向かずに言う。「それでとは?」

「それで、わたしは何をするの?」

「何をするかおれが言うまで待っていろ。そのあいだに家のなかを見てまわるといい。なんでも使ってくれ」二歩進んでからまた足を止める。相変わらず振り向きはしない。「だが逃げようとしたら、迷わず殺すからな」そう警告を残して、彼は出ていく。

11

ダニー

「連中は何ひとつ持ってなかった。身分証明書も何も」次の晩、敷地内の入り組んだ小道を歩きながらブラッドが言う。おれは終日執務室に閉じこもって受け渡しの計画を仕上げていた。頭のなかが計画でいっぱいで、息抜きがしたかった。ただ歩きたくなるときもある。足の感覚を味わい、外の空気を吸い、花壇をおおう色を見たくなる。そして、自分の世界には闇以外のものもあることを思い出すのだ。だがすぐに、か、何をしているのかを思い出す。

ときには、ただ肩の重荷を下ろしたくなることもある。

「リンゴが写真を撮った」ブラッドから携帯電話を受け取り、死んだ男たちの顔を見ていく。知った顔はひとつもない。「スピットルにシステムで照合させたが――」

「何も出なかった」おれはあとを引き継ぎ、電話を返す。

「何もだ」ブラッドは繰り返す。「スピットルは本気で頭にきている」

そりゃあそうだろう。ベガスのど真ん中での派手な銃撃戦。とんでもない頭痛の種だ。おれとスピットルの関係は、控えめに言っても冷ややかなものだ。だが、このFBI捜査官はおれに対し、人生を三度繰り返しても返しきれないほどの借りがある。

「スピットルのやつめ」ポケットに手を突っ込んでから顔をしかめ、手を出して水ぶくれを見る。

「どうしたんだ、その手は？」ブラッドが尋ねる。

「トースターと喧嘩した」おれたちはロックガーデンに着いた。岩の上から流れ落ちる水がプールに注ぎ込むようになっている。しばらく水を眺めながら考える。誰がおれの死を望んでいるかを探っても意味がない。そんな人間は山ほどいる。だが、おれを死んだも同然だと言明した人間はひとりだ。アダムズはほかの誰かと手を組んでいるが、おれとしては、やつにおれとの関係を断ち切らせるつもりはない。人間はせっぱつまるととんでもないことをするものだ。だがアダムズが、自分を守るためにあんなふうにおれに不意打ちをかけるだろうか？　それにそんな金があるのか？

「ヴォロージャと話した」とブラッドが続ける。「メキシコ人は鳴りをひそめているし、ルーマニア人はカルロのルーマニアでの解体ショー以来、解体されたままだ」

ブラッドがにこりともせずに言った冗談におれは笑う。「もっと詳しく調べさせろ。答えが欲しいんだ」

「あれを見ろよ」ブラッドが愉快そうに言う。彼の視線をたどると、芝生の向こうの小屋の外にローズがいる。木の壁に背中を押しつけ、彫像のようにかたまっている。彼女のまえでは……二頭のドーベルマンが吠えている。

おれはひそかに意地の悪い笑みを浮かべる。「キスがしたいだけだ」おれは声をかけ、隣でブラッドが笑う。「舌でね」

「最低」ローズは口を動かさずに吐き出すように言い、おれのメスの愛犬たちをよけいにうならせる。

おれはズボンのポケットに手を突っ込んで近づく。彼女の目は犬から離れない。

「大丈夫だって。口でちょっとつつくぐらいのものだから」おれはからかう。

「いつか、絶対にこの二頭をあなたにけしかけてやる」

おれはにっこり微笑んでみせるが、ブラッドは笑いをこらえようとするあまり鼻が鳴る。「それは賢明だな。そいつらはおれほど危険じゃないぞ」おれは口笛を吹き、ドーベルマンは聞き慣れたその音に注意を向ける。もっとも、おれが声をかけるまでは、脅威となりうる彼女から目を離さない。「つけ」と命じると、おれのもとに駆けてきて足元に座る。おれは微笑んで二頭に愛情を伝える。二頭は飛び上がっておれの顔を舐めようとする。おれは心のなかで笑って言う。よしよし、おれも愛してるぞ。「行け」穏やかに、だがきっぱりと命じると、犬は吠えながら庭の裏のほうに走っていく。ローズは木の小屋に背を押しつけたまま、ほっとしたように胸に手を当て、目を細くしておれを見る。おれの笑みは揺るがない。

「その手はどうしたんだ?」ブラッドがまえに進み出て、昨日おれが丁寧に巻いてやった包帯を指差す。

彼女はことばを濁して手を見下ろしてから肩をすくめる。「トースターと喧嘩したの」

おれは笑いをこらえながら、ブラッドが横からにらむのを感じる。ブラッドはため息をつく。「トースターがこの家の唯一の危険物ってことらしいな」そうつぶやいて家に向かう。

ローズが唇をすぼめる。「わたし、なんか変なこと言った?」

おれは首を振る。

「じゃあ、あなたはなぜ笑ってるの?」

おれは肩をすくめる。

彼女はいらだったようにため息をつく。「行かなきゃ」おれの横をすり抜けてブラッドについていく。「象牙の塔で退屈するのに忙しいから」

おれは黙って彼女を見送る。盛り上がったヒップはなかなかの見ものだ。おれが言い返さないので腹が立ったのか、彼女は不意に足を止めて振り返る。怒りでこわばっている顔が美しい。

「いつまでわたしをとどめておくつもり?」

おれはまた肩をすくめる。子供じみているが、彼女を怒らせるのがやめられない。

「腹の立つ人ね」

また肩をすくめる。

彼女は叫び、手を振り上げながらおれに突進する。手のひらが顔に向かってきて、おれは彼女の手首をつかむ。彼女の動きが止まり、怒りに燃える目がおれの目を見つめる。「きみが叩いたら、おれも叩き返すことになる」

そんなのはなんでもないと言いたいのだろう、彼女はおれの手を振りほどこうとする。「わたしを見て誰かを思い出すって言ってたわね」怒りに任せておれの顔に向かって言う。「誰なの?」

「きみをレイプしたのは――」おれは彼女に近づいて腰に手をやりながら言い返す。

「誰なんだ?」ディナーの席で彼女の顔に浮かんだ表情、声の調子でわかった。おれは徐々に彼女を理解しつつあり、彼女もおれを理解しつつある。誰であろうと、彼女をレイプしたやつを殺してやりたい。そう伝えるべきだろうか? これ以上ないほど残酷な殺し方をしてやりたいと?

「あなたは何もわかっていない」彼女が小さな声で言う。

「全部わかっている」

そのことばに彼女の呼吸が乱れる。体が震える。青い目が光る。茫然としたようなその目の奥に見えるのは……希望だろうか? おれが興味を惹かれているのに気づいて彼女は手を振り払い、顎をこわばらせながら少し下がっておれとのあいだに距離を置く。

「ローズ、苗字はなんていうんだ?」両手をポケットに戻して尋ねる。

「ほっといて」

「ローズ・ホットイテか? いい響きだ」彼女の脇をすり抜けて家に向かう。「きみに食べるものをやらなきゃな」

「わたしはあなたの飼い犬じゃないわ」

おれは足を止めずに下を向いて微笑む。彼女と話すと微笑まずにはいられないのだ。「エスターが何か用意してくれる」彼女が腹立たしげに息を吐くのが聞こえる。「トースターには近づくなよ」

「ダニー！」その声が緊迫しているように聞こえ、立ち止まる。体のなかで何かが暴れているみたいだ。彼女がおれの名前を口にした。いい兆候だ。おれは肩越しに振り返る。「キャシディ」彼女は裸足で芝の上を歩きながら静かに言う。おれに名前を告げることに緊張している。「ローズ・リリアン・キャシディよ」

おれは小さくうなずき、彼女が落ち着きなく下唇を嚙むのを見て楽しむ。美しい名前だ。美しい名前と美しい心を持つ美しい女。「何か食べるんだ、ローズ・リリアン・キャシディ」おれはやさしく命じてからその場を去る。彼女のことを頭から追いやりながら。

少なくとも、そうしようと精一杯努めながら。

執務室に着くと、ブラッドとリンゴが沿岸の地図を眺めている。ブラッドがピンをはずして海上の別の場所に挿している。「どうした？」おれはデスクをまわりながら尋ねる。

リンゴがその大きな鼻を上げて、ピンを元の位置に戻す。「いや、ここでなきゃだめだ。ここからなら、マリーナへの三つのルートが全部見える。荷物を受け取るときにしろロシア人に引き渡すときにしろ、沿岸警備隊が現われたら、ボートに火をつけてこっちに注意を向けさせる」

「海岸で荷下ろししているおれたちに注意を向けたらどうする？」

「そんなことにはならない」

「どうしてわかる？」

リンゴはその醜い顔をゆっくりブラッドに向ける。「おれが、絶対にそうさせないからだ」

おれは椅子に腰を下ろしてふたりのにらみ合いを見物する。リンゴのことはいろいろと知っている。死んだ母親が売春婦だったこと。酒にもドラッグにも絶対に手を出さないこと。女を大事にすること。そして何よりも、おれの父に尽くしたこと。そして今は同じようにおれに尽くすであろうこと。リンゴが〝絶対にそうさせない〟と言うのなら、そうなのだろう。「リンゴは最初の位置で待機する」おれは議論を終わらせ、革の表紙のメモ帳に書き込みをして破り取り、ブラッドに渡す。「この名前を調べてくれ」

ブラッドは疑わしげにおれを見つめながらメモを受け取るが、それを見もしない。

見なくてもわかっているのだ。「なぜ？」

「おれがそう命じているからだ」冷たく答えて、何も訊かないほうが賢明だと目で伝える。「彼女の携帯電話からは何か見つかったか？」

「何も」ブラッドはポケットから電話を取り出してデスクに置く。

おれは眉をひそめ、自分の携帯電話を取り出して、びくびくしながら電話の画面を見つめているであろう男の番号にかける。彼は出るだろう。間違いなく出るはずだ。

「ブラックか」その声にはあらゆる種類の警戒がこもっている。それも当然だろう。

「あんたに見てほしい電話がある。通話記録が欲しいんだ」

「おれには失いたくない仕事があるんだが」相手は小さな笑いとともに言う。「あんたほどの人間に、通話記録を調べられる部下がいないのか？」

「いるさ」おれは両足をデスクに乗せる。「あんただよ、スピットル」リンゴが微笑む。微笑んでも顔はこれっぽちもやわらぎはしないが。ブラッドが、封筒に入れるためにローズの電話をデスクから取り上げる。「それから、あんたの言う仕事ってのをまだやってられるのは、おれのおかげだからな」

「いつまであの写真をネタにおれを思いどおりにするつもりだ？」

「いつまでFBIで働くつもりだ？」おれは足を下ろし、暖炉の上の壁にかかったピカソの絵のまえに行く。耳と肩で電話をはさんで絵をはずすと、金庫が現われる。

「おれは来月で六十になる」とスピットルは言う。「もうすぐ引退だ。おれがいなくなったらゆする相手がいなくなるが、どうするんだ？」

おれはダイヤル錠を回して金庫を開け、セミオートピストルの下から封筒を取り出す。「だが、あんたは今はまだいる。この写真の効果は五年まえと変わらないよ」封筒から写真の一枚を出して、女のあそこに線状に置いたコカインを吸っているスピットルを見て微笑む。

「あの売春婦たちをおれのまえに送り込んだのはあんただ」

「売春婦じゃない。ハニートラップだ。まったく別ものだよ。世間はそんなこと知ったこっちゃないだろうが。それに、コカインのほうはおれは関与していない。ヤクには手を出さないことにしているからな」写真を戻して金庫を閉めると、ピカソの絵をもとに戻すようリンゴに手振りで命じる。「ＦＢＩの魔法で通話記録をなんとかしろ。手にはいったら連絡してくれ」電話を切り、携帯電話の端をくわえて考える。

ローズにはどんな事情があるのだろう？

12

ローズ

まるで、石から血を絞りだそうとするようなものだ。エスターの心にはいり込めない。彼女が無言で手際よく立ち働くのを見ながら、わたしはためらいつつクロワッサンの端をかじっている。キッチンにぎこちない空気が漂う。三度会話を試みたが、三度ともええ、いいえという短い返事が返ってきて終わってしまった。そこで、別の訊き方をすることにする。咳ばらいをしてクロワッサンを置く。「ダニーのお父さんの具合はどうなの？　病気だって聞いているけど」

エスターは動きを止め、脱走した双頭のけものをを見るような目で肩越しにわたしを振り返る。スツールの上で思わず背筋が伸びる。「ミスター・ブラックのお父さんは先週亡くなったわよ」まったく残念がっていない様子で言うと、まえを向いてコンロの掃除を続ける。「詮索しないほうがいいわ」

父親が先週亡くなった？　ダニーが暗い雰囲気なのはそのせいだろうと思いたいところだが、すぐに打ち消す。ダニー・ブラックはもともと暗い。以上。「詮索ってあなたのこと？　ダニーのこと？」皿からペストリーを取って尋ねる。

エスターはため息をついてわたしと向き合う。「どっちもよ。ご想像のとおり、あまり触れられたくない話題だから」

「話を聞いてあげることができるかも」静かに答えて、会話が途切れないよう努める。「彼の痛みをやわらげるために」わたしったら何を言ってるの？　そもそも、どうやって彼の痛みをやわらげるつもり？

「ミスター・ブラックはあなたの慰めには興味ないわ。興味があるのは……」途中でことばを切り、急いで背を向ける。話しすぎたのだ。「ミスター・ブラックは痛みを感じないから、心配しなくて大丈夫」

「心の痛みも体の痛みも？」さらに訊いてみる。

彼女はふたたびこちらに向き直り、わたしを塵にしてしまいそうな厳しい目で見る。もっとも、わたしは何も感じないが。「どっちも」わたしをにらんで身をすくませたあと、何事もなかったかのように仕事に戻る。「そろそろ部屋に戻ったら？」

「そうね」まるで、うるさく質問をしすぎた子供みたいだ。スツールから下りてクロワッサンの残りを皿から取り、キッチンを出る。「おしゃべりできて楽しかったわ、エスター」少々度がすぎるほどの皮肉を効かせて愛想よく言う。「すてきな夜を」

ダニーの執務室から声が聞こえるが、もう立ち聞きをするような馬鹿な真似はせず、そこ以外は静かな家のなかをクロワッサンを食べながら歩いて自分の部屋に向かう。ドアを閉め、二日間穿いたジーンズを脱いで部屋の隅の椅子に置く。浴室に向かいながらシャツのボタンをはずして脱ぎ、洗濯かごに入れる。浴室のドアの裏側から白の分厚いバスローブを取って羽織る。大理石のカウンターには、朝起きたときにそこにあった歯ブラシと歯磨き粉以外何もない。意志に反して長くここに留め置かれるならば、いろいろと必要なものが出てくる。まずは化粧品だ。ベガスでダニーにもらったシルバーのバッグを部屋から持ってきてシンクに戻る。コンパクトパウダーを出して水栓の横に置く。続いてリップバーム、ヴィクター&ロルフの香水のミニチュア瓶も置く。少しでも自分らしくいられるようにと、さらにカウンターを飾る品をバッグから取り出すうちに、わたしは眉をひそめ、携帯電話を取り出す。使い捨ての小さな電話。

ノックスだ。

ベガスでどうやってこれをわたしのバッグに入れたのかは訊くまい。訊いてもしかたない。わたしの理解が及ばないようなことをやってのける人なのだから。電話を見つめながら脈が速くなるのは止められない。ひっくり返して裏ぶたをはずし、ノックスのしわざだという証拠を探す。小さなチップがこちらを見返す。この電話で、わたしの居場所を突き止められるのだ。そしてそれがついているということは、彼の番号と、あらかじめ登録されているダミーの番号以外への通話やテキストの送信はするわけにはいかないということだ。

裏ぶたを戻し、電話の電源を入れる。ロック解除画面が現われる。暗証番号はわかっている。彼から渡される電話はすべて、同じ暗証番号が使われる。これも同じだろう。わたしの指が四桁の数字を入力すると、画面が明るくなる。

思ったとおり、偽の連絡先やあたりさわりのないテキストメッセージがはいっている。何かの間違いで第三者の手に渡ってしまったときのための対策だ。〝ママ〟の電話番号を探し出し、電話を耳に当てる。目を閉じて、自分のいるべき場所を思い知らせる声が聞こえてくるのを待つ。ベガスで起きたことをどう説明しよう？　彼はあそこにいてわたしを見ていた。ダニー・ブラックがわたしを連れ去ったときから知っていたのだ。

「ブラック邸の居心地はどうだ?」彼の厳しい声に、わたしは目を閉じて静かに息を吸う。

「彼を殺そうとしたの?」訊いた瞬間に自分を叱る。質問をしてはいけない。絶対に。

「なんだって?」彼の声に潜む悪意が深く切りつけてきて、わたしの心は、肋骨を激しく殴られたあとに差し出された写真に向く。

「ごめんなさい」わたしはそっと言って、シンクの上の鏡を見る。死んでいる。わたしの青い目は虚ろで死んでいる。

「何がわかった?」わたしは眉をひそめる。マリーナ、荷物、沿岸警備隊。それらのことばが頭のなかに響くのに、口からは出てこない。その理由がどうしてもわからない。自分が聞いたことをどうして彼に伝えられないのか。そう自問するのと同時に、彼の言うとおりにしなかったらどんな結果になるかを自分に思い出させる。「荷物がどうとか言っていた。なんの荷物かわからないけれど、受け渡しがあるのよ。沿岸警備隊が現われたらほかに注意をそらすと言ってたわ。それ以上のことはわからない」唇を通って出ることばひとつひとつが間違っている気がする。ひどく間違っている気がする。「アダムズは彼に多額のお金を出してもらってる。今は別の出資者がいるみたい。でもブラックには彼を手放す気はない」

ノックスは考え込むように言う。「その荷物だが、どこから来るんだ？」

わたしは考える。ちょっと待って。なぜ、荷物がなんなのかではなく、どこから来るかを訊くのだろう？　頭のなかで計算を始める。逆算して整理する。そこで得た結論に衝撃を受け、わたしは思わずシンクにつかまる。「あなたがアダムズの新しい出資者なのね」わたしは開いている浴室のドアから部屋のほうを見て言う。なんてこと。ペリーはとんでもない状況に陥っている。悪意に満ちた殺人者ふたりをバックにつけているとは。「マリーナを手に入れたいのね」その理由はわかっている。もちろん。女たちを密輸して真夜中の港で下船させるのには限界がある。わたしの頭はすばやく回転する。ブラックが買おうとしているマリーナは、彼の取引の隠れ蓑となる。位置的にも、マイアミに密輸品を運び込むのに完璧な場所だ。「あなたもアダムズが権力の座につくことを望んでいる」

「おまえは昔から頭が切れる。それを続けろ。荷物がいつブラックに届けられるかを突き止めるんだ。おそらくロシア人に売るつもりだろう。その日時が知りたい」

「何を売るの？」訊いた瞬間縮みあがる。言われたとおりにするのよ。

「おまえにはアメリカが合わないかもしれないな。おれの国に連れて帰ろうか」

わたしは息を吞む。いや。あそこには帰りたくない。いまだにとらわれの身かもしれないが、少なくとも自分の祖国に帰ってこられた。息子がいる国に。居心地云々ではなく、心理的な問題なのだ。ノックスにとって、わたしはアメリカでのほうが利用価値がある。ルーマニアには、もう彼が脅迫できる相手はいない。彼が得られる力に限界があるのだ。「わかったわ」敗北感を味わいながら答える。

「よし。じゃあ、仕事を始めろ」

「ここに置き去りにするの？」脳の回路がショートしている。

「おまえはそこにいるほうが役に立つ」

「アダムズは？　彼は、わたしがあなたのために働いていることを知ってるの？」あ、なんてこと。「わたしがここにいるのもあなたの計画の一部なのね？」ブラックをはめたのだ。「情報が欲しいなら、なぜベガスでブラックを襲ったの？　彼が死んだらわたしは情報を手に入れられない」

「揺さぶりをかけているだけだ。これからも続ける。ブラックがおれの送り込んだ娼婦に口を開けば好都合だ。時間と忍耐力の節約になる。だが、もし開かなかったとしてもおれの死活問題になるわけじゃない。ローズ、おまえの死活問題になるのだ。おまえがいてもいなくても、おれは最後には欲しいものを手に入れる。おまえも同じことが言えるか？」

わたしは答えない。

「言えるか？」

目を閉じ、ほんとうにいることを祈りながら天の神を仰ぐ。「いいえ」

「情報を手に入れろ。そのために必要なことならなんでもしろ。わかったか？」

わたしは鏡に背を向けて洗面台に寄りかかり、恐怖を覚えながら額に手をやる。

「ええ」静かにそう言って電話を切る。手をだらりと下ろし、浴室のドアを見る。ノックスが求めるものを手に入れなければ死んだも同然、手に入れても死んだも同然。どちらかだ。時間はない。

喉のつかえを呑み込み、浴室を見まわして携帯電話を隠す場所を探す。電源を切り、洗面台の引き出しを一度はずしてそのうしろに隠す。

立ち上がると、スイートのドアが開く音が聞こえる。わたしは息を殺し、あわてて鏡のほうを向いて髪をほどいて振る。手を使って何かに集中したくて、髪をまとめ直し、ふたたびくくる。自分の知る事実が恐ろしいほどの速さでひとつずつ頭のなかをめぐり、そのたびに自分の置かれた状況の深刻さが増す気がする。どれもが厳しく、恐ろしい事実だ。

「慣れてきたか？」ダニーのざらついた声は磁石のようにわたしを惹きつけるが、わたしは鏡のなかの自分から目を離さない。

「この牢獄（ろうごく）にってこと？」

「牢獄なら、とびきり贅沢な牢獄と呼べるな」

「好きに呼べばいいわ。わたしの意志に反しているんだから、やっぱりここは牢獄よ」髪をくり終え、わたしはさらにそちらに集中するためにポニーテールに手を加えて整える。

「おれのためにおしゃれをしているのか？」ユーモアのこもった彼の口調に一瞬手を止めたあと、わたしはポニーテールをほどいてまた一から始める。どうしよう？　どうやってこのおぞましいゲームを続けよう？　いつもやるとおりにやる——それが正しい答えなのだろう。でもダニー・ブラックはいつものターゲットとはちがう。身動きが取れないような状況に陥ったのはこれがはじめてではないが、これまでとちがって、今回はゲームのルールがあいまいだ。ノックスが求める情報を手に入れるのに必要なことからなんでもしろと言われている。何が必要になるのだろう？

そんなことを考えながらぼんやりと髪をまとめていると、彼に手首をつかまれてはっとする。鏡のなかでふたりの視線がぶつかる。触れ合っている肌が熱い。葛藤するさまざまな思いがわたしの体をとらえており、頭が爆発しそうだ。「お父さんのことお気の毒ね」深く考えずに言う。

「そう思うか？　きみは親を亡くしているのか？」

親はいない――うっかりそう言いそうになって、危ないところで思いとどまる。彼はわたしの携帯電話を持っている。そこには〝ママ〟からのメッセージが山ほどはいっているのだ。「父をね」また嘘だ。そう思うとよけいに頭が混乱し、葛藤が増す。これまで数えきれないほどの嘘をついてきたが、この嘘は自分でも疑問だ。

「それは気の毒だ」ダニーは宙でつかんでいたわたしの手を体の横に下ろす。そしてその手からヘアゴムを取り、わたしのすぐうしろに立つ。彼の大きな手のひらが慎重に髪をまとめてポニーテールにするのをわたしは見つめる。

わたしの体は内側から大きくうずく。彼を誘惑するのよ。わたしがすべきことはそれだけだ。彼を夢中にさせ唇を開かせること。信用させること。どれもわたしの得意とするところだ。それをすればこの状況から抜け出せる。

ゆっくり彼に向き直り、薄いブルーの目を見つめながらジーンズのウエストに手をかける。彼はわたしを止めない。静かに、身動きひとつせずに立って、わたしがジーンズのひとつ目のボタンをはずすのを見つめる。彼を誘惑するのよ。わたしの手は彼の平らなおなかをかすめる。手のひらを毛がくすぐる。わたしは震える息を吸い、次のボタンにとりかかる。口が渇き、喉が詰まって唾が呑み込みにくい。神経が脈打つ。さらに次のボタン。彼の鋭い目が暗くなるが、脇に下ろした手は動かない。次のボタン。視界がぼやけてきて瞬きをする。ダニーはわずかに下唇を嚙む。目と目が合う。わたしは彼のジーンズの両側に手をかけてお尻から下に引き下ろす。燃える肌。野性的な目。彼の唇がわたしを求める。彼は唇を舐めながら一歩わたしに近づき、キスしてくれと無言で誘う。このキスは死を招くだろう。文字どおりに。わたしはつま先立ちになり、彼のボクサーショーツのまえに手をやって、硬く勃起した彼自身に軽く触れる。ふたりの唇が触れ合う。ちょっと触れるだけだ。わたしの手は円を描くように太いペニスをさする。わたしは鋭く息を吸う。彼にこんなふうに触れるのははじめてではない。彼のものが立派なのも知っている。それでも、唇からあえぎ声が漏れる。彼がキスでその声を呑み込む。「こんなことしたくないんだろう」彼はわたしの唇に向かってそう言いながら腰に腕をまわす。

「したいわ」ほんとうだ。どれほどの罪悪感と疑念に襲われようと、したい。せずにはいられない。

彼の唇が離れ、手のひらがわたしの腰から移動して手首をきつくつかむ。「いいや、したくない」ボクサーショーツからわたしの手を引き離し、うしろに下がってすべての接触を断つ。目の色が淡くなっている。氷のようだ。「近づいたり触れたりするたびに、肌にまとわりつくようなきみの欲望を感じる」彼は静かに言う。「だが、それはすぐに恐怖に変わる。きみは怖がっているんだ」

わたしは目をそらす。「あなたは〝天使の顔の殺し屋〟だもの、もちろん怖いわよ」

彼は、指が肌に食い込むほど乱暴にわたしの顎をつかむ。「きみが怖いのはおれじゃない。自分が、どうしてもおれに抱いてほしくてたまらないことが怖いんだ。激しく、手加減なしに抱いてほしいことが」彼の唇に邪悪な笑みがうっすらと浮かぶ。「そして、それを自分がとことん楽しむであろうことが怖いのだ」最後はささやくような声で言う。

わたしは彼の手から逃れ、洗面台まで下がる。「シャワーを浴びたいわ」なんとしてでも彼を浴室から追い出して、自分を取り戻し、別の戦術を考えたい。

「どうぞ」彼はシャワー室を手で示して言う。「今さら恥ずかしいなんて言うなよ」

わたしは見せつけるようにローブを脱いで彼の足元に放り、シャワー室にはいって栓をひねる。冷たい水が出る。ちょうどいい。今のわたしには、自分を取り戻すための刺激が必要だ。

「今夜は会合を兼ねたディナーがある」彼は便座を下ろして座り、膝に肘をつきながら、わたしが髪を濡らすのを見つめる。「きみも来るんだ」

「会合の相手はペリー?」さらなる恐怖に襲われてわたしは訊く。ベガスでのあのなんともロマンティックなディナーのような芝居をもう一度我慢できるとは思えない。それに、ノックスが陰にひそんでいるのがわかっている今、何があっても自分の欲望を隠さなければならない。

「アダムズじゃない」わたしがほっとして息をつくと彼は微笑み、立ち上がって浴室を出ていく。わたしはわずかに眉をひそめてその背中を見送るが、しばらくして彼は袋を持って戻ってくる。袋を洗面台に置いて、なかからシャンプー、コンディショナー、それにシャワージェルのボトルを取り出す。「きみがおれと同じにおいをさせているのも好きだが、きみ自身はもっと女らしいのが好みなんじゃないかと思ってね」近づいてきて、ボトルをシャワー室の棚に並べる。「七時には支度を終わらせておけ」濡れたわたしの髪に手を差し入れ、自分の顔にぐっと引き寄せる。「シャワージェルをたっぷり使えよ」とささやく。「恐怖のにおいがしてるから」彼はわたしを見離して出ていき、わたしは脚が震え、息が乱れて膝から崩れ落ちる。彼はわたしを見ている。最初に目が合ったときから。そして彼の言うとおりだ。わたしは怖い。彼に惹かれている自分が怖い。

ようやく脚が言うことを聞くようになると、わたしはシャワーを浴び、彼が置いていったものを使って髪を洗う。鏡に向かって髪を乾かしながら、着るものがないことに気づく。シルバーのドレスはベガスのスイートルームで脱いでから見ていない。さっきまで着ていたジーンズとシャツではディナーに不似合いだ。

ドライヤーを置いて白いバスローブを羽織り、ダニーに服がないと言おうと浴室を出る。ドアに向かいかけて、外のテラスから聞こえる声に気づく。彼の声だろうか？ 興味をそそられて、開いているガラスの扉にゆっくり近づく。隣との仕切りになっているガラスパネルの向こうに彼が見える。大きな籐椅子(とういす)に座り、煙草を吸いながら庭を見ている。ボクサーショーツを穿いている。椅子の背にもたれ、脚をまえに伸ばして足首を組んでいる。髪は濡れていて目にかかっている。つい見とれて、わたしはドアの脇に肩をつけてもたれかかる。見たことのないダニーの姿だ。リラックスしていて……安らいでいるように見える。

「そこにいるのはわかってる」彼は庭を見つめたまま言い、煙草をくわえて深々と吸う。

わたしはローブのまえを合わせてテラスに出る。日差しがまぶしく、目を細める。

「着るものがないの」

彼は煙を吐きながらわたしを横目で上から下まで見る。「それでいい」

わたしは肩を落とす。「この恰好で連れ歩きたいの？」

「連れ歩きはしない。おれに同伴するんだ」

「なんでもいいけど。服を着たほうがいいでしょ」

彼は椅子の横のスタンド式の灰皿に灰を落としてから言う。「ほんとうにそう思うか？」

わたしは頭を傾け唇をすぼめる。「ベガスの執務室で部下に見せたふるまいを考えれば、ええ、そう、わたしを裸で連れ歩きたくないはずだわ」

とたんに彼の顎がこわばり、わたしは思わず笑みを浮かべる。突然自分が強くなった気がする。ダニーは立ち上がってガラスパネルのまえまで来ると、また煙草を吸う。

「クローゼットに服がはいっている」

わたしは驚いて、壁一面のクローゼットを振り向く。彼が服を買い足してくれた？お礼を言うべき？　たっぷり時間をかけて考えた末に感謝の気持ちを伝えても損はないだろうと決めたそのとき、彼のシャツを羽織りながら寝室から女性が出てくる。喉から出かけた感謝のことばは息とともに引っ込み、喉が詰まりそうになる。それを見たダニーは、何がそうさせたのか確認するために振り返る。

女性は美しい顔に好奇心を浮かべてわたしをじっくり見る。天然のブロンドではないが、ものすごい美人だ。彼女から目をそらしてダニーを見ると、いたずらっぽい笑みを隠しきれていない。つまり彼は、勃起した状態でわたしの浴室を出てから、別の女に慰めてもらったというわけだ。この女性に？　なぜ？　なぜわたしじゃないのだろう？　そして、なぜわたしは傷ついているのだろう？

「はじめまして」できるだけさりげなく言い、親しみのこもったと言ってもよさそうな笑みを見せる。だが何も返ってこない。挨拶も笑みもことばも何ひとつ。

「アンバーだ」ダニーがまた煙草を吸う。「アンバー、ローズだ」彼のうすら笑いが次第に大きくなる。

突然アンバーが顔に笑みを貼りつけ、踊るように近づいてくる。「よろしく」ガラスパネルの上から手を差し出してきたので、笑顔のまま握手する。

「こちらこそ」

ダニーがアンバーの肩に腕をまわし、裸の上半身に彼女を引き寄せる。彼女は驚いて彼を見上げるが、すぐに彼の肌に寄り添う。わたしの笑みは頬骨が折れそうなほどこわばる。

「お邪魔になるから消えるわね」背を向けて室内に向かう。

「そうしてくれ」ダニーが言う。ドアのまえで振り向くと、彼はアンバーの髪に片手を差し入れ、もう一方で煙草を持ったまま、彼女とともになかにはいろうとしている。わたしはドアを閉める。そんなつもりはなかったのに、ドアは大きな音をたて、一瞬わたしはガラスが割れるのではないかと思う。「きっと防弾ガラスね」そうつぶやいてからクローゼットのまえに行き、手荒に扉を開ける。中身を一目見て、怒りを忘れる。何十着という服がレールにかかっている。ドレス、セーター、パンツ、タンクトップ。華やかなもの、カジュアルなもの、洗練されたもの。シューズラックにはスニーカーやハイヒール、サンダルなどがいくつも並んでいる。彼はあらゆる種類の服をそろえたのだ。何が起きているのだろう？

一枚ずつ見ていくと、どの服もわたしが自分で選ぶであろうものばかりだ。けばけばしいもの、娼婦が着そうなものはひとつもない。どれも上品で趣味がいい。つまり、ほんとうの自分を隠す鎧になるようなものはないということだ。裾と袖に金のステッチがはいったクリーム色のドレスを選び出す。それに合う金のヒールのパンプスもある。ディナーにふさわしいだろうか？　ふさわしいと思う。

支度をしてから、ドレッサーに同じく用意されていた化粧品で化粧をする。そうしながら、自分がここで彼に同伴する支度をしているあいだ隣の部屋で何が起きているのかが気になってしかたない。そのとき、ドタンバタンという音が何度か聞こえてくる。そして、快感の叫び声。わたしは歯を食いしばり、いささか乱暴に下唇に真っ赤な口紅を引く。ダニー・ブラックに捕まったあの運命の晩に着ていたドレスと同じ鮮やかな赤。売春婦の色。唇をこすり合わせて口紅をなじませると、鏡から離れて立つ。虚ろな目をじっと見つめながら、ゆっくりと髪をピンで留めて整え、仕上がりを確認する。完璧だ。

バッグをつかみ、ハイヒールに足を滑りこませ、一階に向かう。途中で彼のドアのまえを通るが、見ないようにする。彼女はまだあの向こうにいるのだろうか？　頭を振って思いを振り払うと、ヒールを鳴らしながら大理石の階段を下りる。その音が階下にいる男たちの注意を惹き、全員が、手すりを強く握り、顎を上げて階段を下りるわたしを見上げる。下りきったわたしのうしろをリンゴが見つめる。振り向くと、階段の上でダニーがわたしを見つめている。

わたしは口を固く閉じて彼の目を見返す。高級なスリーピースに包まれた長身のがっしりとした体が見事だが、わたしはその事実を無視しようと努める。今日のスリーピースはネイビーで、その色が、ここからでも彼の目を際立たせているのがわかる。彼はネクタイを直しながらゆっくり下りてくる。その目はわたしの目を見つめたまま離れない。わたしも、意地になって彼の目を見つめる。それが彼を楽しませている。彼は下まで下りると、部下たちのまえを通ってわたしのまえに立つ。重い沈黙が流れる。彼はネクタイを締め終え、手を差し出す。ブラッドがその手に何かを渡す。わたしにはなんだかわからない。彼の目から目をそらせないから。彼が近づき、わたしの顔に手を伸ばしてハンカチでわたしの唇をこすって口紅を拭き取る。わたしの顔には怒りが現われているだろうが、わたしは何も言わず、彼が拭き終えると、乾いた唇を舐める。

「赤は嫌い？」

「今日はね」彼はわたしの首に手をかけて向きを変えさせ、そのままドアから外に出る。「ふだんのきみに戻ってくれてうれしいよ」彼は艶やかなメルセデスの後部ドアを開けながら言う。

わたしは動きを止めて無表情に彼を見上げる。「ふだんのわたし？」

彼は笑ってわたしの頰にキスをする。「炎みたいに激しいきみだ」耳の縁を舐めながらささやく。

わたしは音をたてて息を吸う。体がこわばる。肌が粟立ち、気持ちが揺らぐ。

「車に乗るんだ」ダニーは離れ、わたしは動悸を覚えながら後部席に座る。アンバーが今は服を着てドアロに立っているのが目にはいる。不快そうに顔をゆがめていたが、あわててその表情を消す。どういうわけか、それを見てわたしはうれしくなる。

着いた先は、マイアミ中心部に古くからある正統派のイタリア料理店だ。店内はほかに客がおらず、わざとそうしているのか不人気なのか、わたしには判然としない。

わたしたちは一番奥の、厨房と化粧室につながる廊下近くのテーブルに通される。六人の部下が店の入り口近くのテーブルにつく。ダニーは椅子を引き、わたしの手を取って座らせる。「いつもこんなに空いてるの？」わたしは店内を見まわして尋ねる。

彼は四人掛けのテーブルでわたしの右隣に座り、スーツの上着のボタンをはずす。ウェイトレスが水のボトルを置く。「イタリアの標準より時間が早いからな」ワインを注文し、わたしのまえのナプキンを広げてわたしの膝にかける。

「誰と会うの？」

「マイアミの実業家だ」

わたしは一瞬ためらいながら、わたしのために水を注ぐ彼の横顔を見つめる。今日は傷痕がことさら光って見える。どうしてこんな傷を受けたのか、またしても気になる。「仕事の話をするのね」差し出された水のグラスを受け取りながら言う。

「ああ」

「自分が寝ている娼婦がいる場所で仕事の話をしないんじゃなかったの？」グラスを唇まで運び、小さく一口飲む。彼はかすかな笑みを浮かべかけるが、それを隠す。

自分の水を手に取り、肘をテーブルについてわたしに顔を近づける。「おれが言ったのは、〝自分が寝ている娼婦に仕事の話をしない〟だったはずだ」一口飲んでまた小さく微笑む。「それに、あのときおれときみは寝ていない」

わたしは唇を少しすぼめ、彼から目を離して店内を見まわす。彼のことば、口調、目は満足にあふれている。さっき、家の浴室でわたしが近づくと彼は身を引いた。そのあと自分の部屋に戻ってあのアンバーという女性と寝た。それに、わたしを娼婦と呼ばれるのをひどく嫌がる。

「なぜ眉をひそめてる？」わたしはその痕跡を消して彼を見る。

「ひそめてないわ」

「ひそめていた」彼はそう言い張る。ウェイトレスがワインのボトルをテーブルに置き、彼はそちらに向かってうなずく。

「味見されますか、ミスター・ブラック？」伏せてあったグラスを上に返しながらウェイトレスが言う。

「いや、いい」お注ぎしましょうかと訊くまえに彼女は追い払われる。ダニーはわたしに目を戻す。

「ひそめてなかったわよ」彼がまた言うだろうと思い、先手を打つ。

「わかった」

「わかった」わたしは彼を真似る。「服をありがとう」

「気に入ったか？」

「ええ。でも、なぜ？」

「服を着ていなければきみをどこにも連れていけないからだ」

なるほど。やっぱり、わたしが裸で歩きまわるのは問題というわけね。「連れていかなければいいんじゃない？それか、わたしを返すか。正当な持ち……」わたしは口を閉じ、ダニーは問いかけるように頭を傾ける。

「持ち主に」彼は静かに補う。「ローズ・リリアン・キャシディ、今はおれがきみの正当な持ち主だ」

「あなたは何人の女性を持っているの？」どんな返事が来るか身構えながら訊く。

「ひとりだけ」彼はワインのボトルを取ってふたりのグラスに注ぐ。「きみだ」念のためにというようにつけ加える。

「じゃあ、アンバーは？」訊いたとたんに顔をしかめる。なぜこんな質問をしてしまったのだろう？　彼のまえだと、馬鹿なことをしたり言ったりしてしまう。わたしはワインに逃避し、グラスの半分を飲み干す。

彼は最高の笑みを見せる。薄青の目のきらめきがまぶしい。「アンバーは、最近おれが寝ている娼婦だ」

この痛みはなんだろう？「彼女のこと大事に思っているんじゃないの？」

「おれが、女を大事に思うような男に見えるか？」

レストランのドアが開く音に顔を上げると、黒いスーツを着てブリーフケースを持った中年男性が入ってくるのが見える。びくついた様子でダニーの部下に向かってうなずくと、短い脚を忙しく動かしてわたしたちのテーブルにまっすぐ向かってくる。

「ダニー」ブリーフケースを椅子に置き、ハンカチで額を拭きながらもうひとつの椅子に座る。

「ゴードン」ダニーはワインのグラスをさりげなく回し、目のまえの男のうろたえぶりを観察する。「ローズだ」彼はグラスを持った手でわたしを示し、ゴードンは挨拶のしるしに頭を下げるが、わたしの目を見ようとはしない。知らない人が見れば神経質な男だと思うのだろうが、ダニー・ブラックのまえにいるのだからしかがたない。

「おれの金を持ってきたか?」ダニーが尋ねる。

花柄のテーブルクロスの向こうでゴードンの目が泳ぐ。「それがちょっと……」

「ノーということだな」ダニーはグラスを鼻のまえに持ち上げて目を閉じてにおいを嗅ぐ。よそよそしく、偉そうな態度だ。場の空気が、少し気まずい雰囲気から耐えがたいほど気まずい雰囲気へと変わる。ダニーの部下たちのテーブルに目をやると、全員がこちらを見ている。「ゴードン、あんたにはかなりの額を貸している」

「返すよ」彼はここではじめてわたしを見る。予想どおり、その目には恐怖が浮かんでいる。「予定が狂ってしまったんだ」

「ああ、聞いてる」ダニーはグラスをテーブルに下ろし、くつろいだ様子で椅子の背にもたれる。くつろいでいるのは彼だけだ。なぜわたしを連れてきたのだろう?

「スピットルと少しばかり話してね」

ゴードンの目が丸くなり、わたしはますます落ち着かなくなってふたりを見比べる。スピットル?　誰?

「ああ、おれとスピットルが知り合いなのを知らなかったのか？」ダニーは言う。

「まあそうだろう。ＦＢＩの捜査官がおれみたいな犯罪者とつき合うはずがないからな」

「説明させてくれ」ゴードンはもう一度額を拭いて言う。唾を呑み込むたびに喉が大きく動く。

「その必要はない。スピットルが最近のあんたの企てを聞かせてくれたよ、ゴードン」脅すような口調だが、顔にはそれを出しておらず、無表情なままだ。彼がまえに乗り出して顔を近づけるので、ゴードンはうしろに引く。「あんたは、おれの金を医薬事業の拡大に使うと言った。研究に使うとね」

「頼む、ダニー」

「おれの、金を、持ってるか？」一言ずつ区切って言う。

ゴードンは恐怖に満ちた顔で頭を小さく振る。「いいや」

一瞬の出来事で、わたしは顔をそむけることも耳をふさぐこともできない。ダニーが膝から銃を取って発射する。わたしは飛び上がるが、そのあとは動けず、ゴードンが頭をうしろにのけぞらせたかと思うと、椅子に座ったままテーブルに突っ伏すのを見つめる。ゴードンの後頭部から流れる血がテーブルクロスに染み込み、見る見るうちに円形に広がっていくのを見ながら、わたしはただ凍りつく。

「テーブルを替えたほうがよさそうだ」ダニーは静かに言い、銃を横に差し出す。ブラッドがそれを受け取り、リンゴと名前のわからないもうひとりがゴードンの死体を手早く椅子から下ろす。

　ダニーは指を鳴らしてウェイトレスを呼ぶと、血を指差す。「テーブルを替えてくれ」

「もちろんです、ミスター・ブラック。どうぞこちらへ」

　ゴードンが店の裏口から運び出されているのにウェイトレスがまったく動じないことに、わたしは愕然（がくぜん）とする。ダニーに手を取られても、彼に視線を戻すことも立ち上がることもできない。「ローズ？」

　わたしはぼんやり彼を見上げ、彼は微笑む。最後のひとつだったキャンディを食べたとか、乱暴な口をきいたとか、そんな些細なことをしたあとみたいないたずらっぽい笑みだ。だが彼がしたのはそんなことではない。たった今人を殺したのだ。わたしの目のまえで。なんの前触れもなく、なんの謝罪もなく。彼にはよくあることで気晴らしにすぎないのはわかっているが、なぜわたしのまえで？「自分の伝えたいことを伝えようとしているの？」

彼は唇を結び、いかにも偉そうな様子で見つめる。「ああ、そうだ。ゴードンに、取引の条件を破ったこと、破ればそれなりの結果が伴うことを伝えているのだ」

脚の震えは否定できないが、わたしはゆっくり立ち上がる。今見たものにショックを受けているわけではない。これまでも何度も恐ろしい光景を見てきたのだから。ショックなのは、彼がこれを見せるためにわたしを連れてきたことだ。「でも、彼はどうやってその結果を思い知るのよ。死んでるのに」

「そのほうがずっといい」

「なぜ？　もうお金が返ってこなくなったのよ」

「そうかもしれないが、今後おれへの支払いを遅らせる者がいなくなる」

「見せしめというわけね」

ダニーは軽く笑い、わたしの背中のくぼみに手を当てて、入り口近くのテーブルに向かうよう促す。血が飛び散っていないきれいなテーブルだ。「誰かを見せしめにするのはよくあることだが、ゴードンを殺したのはそのためだけじゃない」わたしを椅子に座らせ、新しいワインのボトルを取って新しいグラスに注ぐ。グラスをわたしの手に持たせると、まえにひざまずいてわたしの両膝を両手で包む。わたしはまだショックからさめやらず、彼を見下ろす。「抗がん剤の研究プログラム拡大のために、ゴードンに百万ドル貸し付けた」ダニーは静かな声で説明する。「だが、その三分の二がやつの個人的な借金の返済に当てられたことがわかったのだ。それだけじゃない。その個人的な借金というのは、セックスとドラッグによってかさんだものだった。おれはそのどっちも軽蔑している」

わたしは眉間にしわを寄せながら、今ではやわらかな表情になっている彼の目を見つめる。「セックスを軽蔑してる?」ふと口からこぼれ出たことばだが……彼がセックスを軽蔑? 今わたしの頭にあるのは自分に降りかかった悲劇だけで、申し訳ないが死や流血ではない。彼がセックスを軽蔑しているとなると、情報を引き出すというわたしの任務はひどく難しいものとなる。わたしにとって、体だけが、欲しいものを手に入れるための武器なのに。セックスを軽蔑? でも、確かにわたしは彼の厳しさを見てきた。感じてもきた。彼は修道僧なの?。欲望という名の罪に屈しないよう自身の道徳心と毎日戦っている修道僧。頭が真っ白になる。まさか。修道僧なんかじゃない。つい数時間まえにも、わたしを置き去りにして慰めを得に行ったではないか。

ダニーの顔に笑みが浮かび、傷痕がくっきりと目立つ。真珠のように白い歯を見て、わたしはわれに返る。「ことばを選ぶべきだったな」わたしの膝をぎゅっとつかんで言う。「ゴードンはある種の女性を偏愛していた」

わたしはまた眉間にしわを寄せ、ダニーはそのしわを伸ばすように手でなでる。話がわからない。「ある種の女性？」

「少女だ」そのひとことに、わたしはおなかを岩で殴られたような衝撃を覚える。体がけいれんし、思い出したくない記憶が頭を襲う。今度はダニーが眉間にしわを寄せる番だ。頭に浮かぶシーンのひとつひとつが、わたしの目を通して彼に見えてしまう――そう思ってわたしは顔をそむける。「それなら死んでよかったわ」だめ。口を閉じなければ。

ダニーの手がドレスに隠れた腿を這い上がり、わたしは視界の端に彼を見る。わたしの表情が、何も訊くなと警告しているのだろう、ありがたいことに彼は何も訊かない。わかっているというようにわたしの腿をつかんでから立ち上がり、向かいの席に座る。わたしは、ウェイトレスが店の入り口の鍵を開けるのに気づく。振り返ると、さっきわたしたちが明けたばかりのテーブルはすでにきれいにセッティングし直されている。ここでつい先ほど人が殺されたとは誰も思わないだろう。

「あなたは――」ダニーに注意を戻して言う。飲まずにはいられなくてワインを飲む。「よくここで人を殺すの？」

彼は一瞬ぽかんと口を開けてから急に笑いだし、わたしを唖然とさせる。おなかを抱え、体をひくつかせて崩れるように笑っている。テーブルをはさんだ向かいで、目に涙をためて笑っている。どうすればいいのかわからなくて部下たちのほうを見ると、彼らもわたし同様驚いている。ボスはいったいどうしたのかと尋ねるようにこちらを見る彼らに、わたしは肩をすくめて見せる。「大丈夫？」

ダニーは目を拭き、何度か深呼吸をしてから、また体をひくつかせて笑う。「ああ、ローズ」ワインに手を伸ばすと、飲みながらまた笑う。わたしは驚くと同時に恐れおののく。ダニー・ブラックが笑いの発作を起こしている。わたしがこれまで見てきたなかでももっとも驚くべき光景だ。五分まえには危険な人殺しだった彼が、今は笑いが止まらなくなっている。首を振りながら両腕をテーブルに乗せ、わたしに微笑みかける。「ここでよく人を殺す」

わたしも笑みを隠せない。「オーナーは受け入れてるの？」

「イタリア人には好かれているんだ」

「なぜ？」

「おれみたいな男が好かれるなんて信じられないだろう？」

「そうね」

「彼らの店を守ってるからだ」彼は肩をすくめる。「五年まえリースの契約期間が終わったとき、州政府は店を立ち退かせようとした。この店は一九〇二年からここにあってね。おれはその歴史の重さを尊重して、建物を買った」

「そして彼らは、そのお返しに自分たちの店での殺人を許しているの?」彼はまた肩をすくめ、メニューを渡してきた。

「厳密に言えばおれの店だ」

わたしは料理の説明が書かれたフォルダーを受け取り、一口含んでからワインを置く。「人を殺すのは楽しい?」

彼の笑みが消え、わたしはワインを口に含んだまま一瞬止まったあと、ごくりと飲み込む。「死んで当然のやつを殺すのは楽しい」

へえ。「死んで当然かどうかはどうやって決めるの?」

「事実だとわかっていることにもとづいておれが最終決定する。勘も大いに役立つ」

「よく考え抜かれた手順みたいね」わたしはどれもよだれが溜まるほどおいしいそうなパスタからどれを選ぶか悩む。

彼が手を伸ばし、メニューのなかのシーフードリングイネを指差す。「セックスの相手を選ぶときも同じ手順をとるべきだろうね」

わたしははっとして彼の目を見る。ぎらぎらした目はからかっているかのようだ。

わたしは行間を読む。彼はわたしに対してもその手順を踏んでいるのだろうか？　慎重に考えているのだろうか？「そうね」わたしは彼を見つめる。「自分は簡単だって言ってるの？」

「いいや、おれはすごく難しい」彼は片方の眉を上げ、椅子の上で体を動かす。彼はほんとうにわたしをからかっている。人を殺したあとの息抜きのつもりだろうか？　一休みといったところ？　わたしのなかの、女として憤慨している一面は、彼の思わせぶりな動きを無視したがっている。なんといっても、彼は数時間まえにわたしを拒絶したのだから。けれども、もっとも強い、賢明な一面は、これこそわたしが彼に求めるものだとわかっている。テーブルの下で、足が彼の股間を探りたくてうずうずしている。これはやりすぎだろうか？

「シーフードリングイネをふたつ」ウェイトレスが近づいてくると、ダニーはわたしを見つめたまま注文する。「スターターにまず牡蠣を頼む」

わたしは微笑むのを止められない。思わせぶりなダニーが好きだ。冷血な殺し屋のいたずらっぽい一面が好きだ。「牡蠣は好きか？」ウェイトレスがいなくなると彼は尋ねる。

「いいえ、嫌い。あなたは好きなの？」

「そうでもない。嚙むべきか吸うべきか飲み込むべきか、いつも悩む」

彼はフォークを持ち上げて先端を指で叩きながら唇をすぼめて言う。「嚙む以外は問題ない。心ゆくまで吸って飲み込めばいいが、嚙むのはだめだ」わたしを見てさらに微笑む。

つま先から笑いがこみ上げてきて、わたしは頭をのけぞらせて心から笑う。これまで自分の笑い声を――ほんものの笑い声を――聞いたことがなかった。心が温かくなるような豊かで圧倒的な笑いははじめてだ。笑っている自分が好ましい。顔を伏せてからさらにワインを飲む。ダニーの穏やかな顔につい見とれてしまう。厳しいけれどやさしい顔。邪悪だけれど楽しそうな顔。「陽気なときはいい人なのね」

彼はグラスを上げる。「おれが好きってことか?」

わたしは自分のグラスを彼のグラスに当てる。「好きになることはできないわ。わたしの意志に反してわたしを捕まえているんだもの」

彼の顔から楽しそうな表情が消え、同時にやさしさも消える。まじめな顔で用心深くわたしを見つめる。「捕まえているか?」

わたしは頭を傾けてよく考えてから言う。「立ってここから出ていってもいいってこと?」

「そうしたいか？」

わたしを試しているのだろう。これはゲームだ。今朝同じ質問をされていたら、わたしはとっくに去っていただろう。でも今は？　今、わたしはノックスと連絡がついている。そう思うと、窓の外に目をやり、視界にはいる人々をうかがわずにはいられない。馬鹿げている。たとえノックスが近くにいるとしても、わたしには見えないようにするにきまっている。「そうしたいか？」わたしは新たなターゲットに集中しながら彼の口真似をする。よく考えなければならない。イエスと言えば、彼はほんとうにわたしを出ていかせるだろう。だが、今となっては出ていくわけにはいかない。ノーと言えば怪しまれるだろう。出ていきたかったはずなのに、なぜ、わずか数時間のあいだに出ていきたくないに変わったのかと。どちらの答えを返そうかと考えるわたしを、彼はじっと見つめる。わたしはグラスを置く。「出ていきたい」

「なら行け」一瞬の躊躇もせずに彼は言う。

部下たちの視線を感じながらゆっくり席を立つあいだも、不安に襲われる。言ってしまった。ことばどおり出ていかなければ、疑念を持たせてしまう。わたしにはとどまりたがる理由などないのだから。

ダニーは折れそうなほど強く歯を食いしばり、体をこわばらせ、また冷ややかになった目でわたしを見つめている。わたしはテーブルをまわり、一歩ずつまえに足を運ぶことだけにすべての力を使ってドアに向かう。なぜこんなことになったのだ？とどまらなければならないのに。情報を手に入れなければならないのに。頭は混乱し、体は意志に反して動く。ドアは近くて遠い。だが、そのドアの向こうに自由はない。牢獄の続きがあるだけだ。ドアの向こうにあるのは罰。報い。そして地獄。

ドアに着き、取っ手を引っ張って開ける。だがそのとき、肩のうしろから彼の手が伸びてきてふたたびドアを閉め、わたしは飛び上がる。口から心臓が飛び出しそうだ。

「だが出ていくなら――」彼がわたしの頬に向かってささやき、わたしは目を閉じる。息が苦しい。「歩道まで行くまえにきみは死ぬ」

わたしは息を吐く。全身の緊張が解けるのがわかる。まともではない。たった今、彼に殺すと脅されたのだから。だが、まともじゃないことをしてしまうのはダニー・ブラックがそうさせるからなのだ。

「だから、テーブルに戻ることを勧めるね」

わたしは一瞬ためらう。考えているように見えただろう。彼はわたしが死ぬに値すると思っているのだろうか？　わたしを殺すだろうか？　そうは思えない。でも、わたしがここにいるのが彼を裏切るためだとわかったら……。

わたしは、不吉な様相を呈する彼に向き直る。目に浮かぶ脅し――ほんものかどうかわからない脅し――をわたしにしっかりと見せつけたあと、彼は横にどき、わたしはテーブルに戻る。わたしはふたたび席につき、ダニーも席につく。さっきまでふたりのあいだにあった親しみや明るさはすでに遠い記憶となっている。今、わたしはふたたび真のダニー・ブラックと向き合っている。

それがうれしい。こっちのダニーのほうが扱いやすい。脅しに対処するほうが簡単だ。そして、妙にチャーミングな〝ブリット〟よりも邪悪な彼のほうがはるかに危険が少ないようにわたしには思われる。

わたしはシーフードを選んで食べ、牡蠣には手をつけなかった。会話はなく、重苦しい沈黙だけが流れ、おかげでわたしの思考は好き勝手なほうへと飛んだ。彼は怒っている。出ていけと言ったが、わたしがほんとうに出ていくとは思わなかった。だから、出ていったら殺すと脅した。これも、女をつなぎ留めるためのひとつの手だろう。あるいは、わたしをつなぎ留めるための彼の手だろうか？　どっちにしても、わたしはまだここにいる。ありがたいことだ。実際ここにいるべきなのだから。

店は今や満員で、どのテーブルも家族やカップル、友人グループでにぎわっている。

誰もが食事と会話を楽しんでいる。わたし以外は。この一時間、わたしは彼の目を避け、全身の筋肉をこわばらせ、考えすぎて頭痛まで起こしていた。彼が何を考えているのか、どうやって彼を出し抜いて欲しいものを手に入れるか。そんなことを考えているわたしを、彼はディナーのあいだずっと見つめていた。「ちょっと失礼」わたしはナプキンをテーブルに置いて立ち上がる。「化粧室に行ってくるわ」

ダニーが指を鳴らし、リンゴといっしょにゴードンの死体を店の外に運んだ男が化粧室の方を示す。リンゴほど醜くはないもののいい勝負だ。真っ黒な髪は長く、首のうしろできっちり束ねている。唇はつねに薄ら笑いを浮かべているように見える。

「ワトソンが付き添う」とダニーは言う。

わたしは異議を唱えず歩きはじめる。ダニーの部下はあとに続く。彼が女性用化粧室の外でじろじろ見られているあいだに、わたしはトイレを使い、いくらかでも顔色を取り戻そうと鏡のまえでチークをつけ直す。真っ青な顔で、いかにもトラブルとストレスを抱えている様子のわたしは、まるで幽霊のようだ。

テーブルに戻るとすでに会計は済んでおり、ダニーは立ってわたしを待っている。

「デザートはなしってことね」バッグを脇に抱えながらわたしは言う。

「デザートは帰ってからだ」

「急に甘いものが嫌いになったわ」わたしは背中の真ん中に添えられた彼の手の熱さを無視して店の出口に向かう。

「誰が甘いものって言った?」ドアのまえで、ダニーは三人の男が座るテーブルを見て足を止める。「待て」

すぐにブラッドがわたしたちの横に立つ。リンゴとワトソンもだ。「どうした?」ブラッドが少し戸惑ったように尋ねる。その手が上着の下で動く。

「古い友達だ」ダニーはテーブルに向かい、その横で止まる。男たちは食事を中断してわたしたちを見上げる。近づいてきた人物を見て恐怖におののくかと思ったが、彼らはただぽかんとダニーを見つめている。横目でダニーを見たところ、彼もそれに驚いてはいないようだ。「ペドロか?」ダニーは笑顔で言う。ほんものではない。偽りの笑みだ。危険な笑み。〈アリア〉でわたしを連れ去るまえにペリーに見せたのもあの笑みだった。

「ああ……」男は面食らった様子でビールを置く。「ええと、きみは……」

「ダニーだ」彼はそのペドロという男に向かって手を差し出す。ペドロはその手をとって握手する。

「そうそう、ダニーだ。会えてうれしいよ」ペドロの顔に浮かぶ喜びは、ダニーの笑み同様偽りだ。誰なのかまったくわかっていないのだ。わかってしかるべきなのだろうと、わたしはなんとなく感じる。そして、怯えるべきなのだろうとも。

「マイアミで何をしてるんだ？」笑顔のままダニーは尋ねる。

「家族に会いに来たんだ。来週ロンドンに帰る」皿のハムにフォークを突き刺して持ち上げる。「ここは、マイアミ一のイタリアンレストランだって聞いたよ」

「そのとおりだ」ダニーはわたしの手を取って引き、自分に寄り添わせる。テーブルの三人全員がわたしを見る。わたしは彼らと同じく戸惑いながら、ぎこちなく微笑む。

「おれたちは食べ終わったところだが、最高だったよ」ダニーはわたしを見下ろして言う。「そうだろ、ダーリン？」

顔をしかめちゃだめ。「すばらしかったわ」わたしは彼に倣って偽りの笑みを浮かべながら言う。「これからデザートを食べるために帰るところなの」

ペドロはパスタをほおばりながらうなずく。「会えてよかった」実に礼儀正しい会話の終わらせ方だ。わたしは心のなかでペドロに向かってかぶりを振る。この男は、自分が誰と話しているのかわかっていない。でも、ダニーはなぜ彼を知っているのだろう？

「おれもだ」ダニーは静かだがすごみのある声で言うと、わたしを連れてテーブルから離れる。

「あなたのことわからなかったみたいね」わたしはささやきながら振り返る。いまだにわかっていないペドロが、仲間のまえで肩をすくめている。

「すぐにわかるさ」ダニーはドアを開け、わたしのうなじに手を当てて歩道に出る。

メルセデスに着き、彼の手を借りて乗り込むが、何か嫌な予感がする。ダニーはわたしが乗るとドアを閉め、部下を引き連れて数メートル先の路地に向かう。わたしの手はドアの取っ手をつかんで引く。ドアが開く。彼はなぜロックしなかったのだろう？　逃げたければ逃げられるよう、ひとりで車に残したのだろうか？

でもわたしは逃げられない。

車から降りて路地の入り口まで歩く。ブラッドをはじめ、六人の部下が静かに路地の脇に立っている。ダニーはドレスシューズの足元のコンクリートを見つめ、両手を体の横で握ったり開いたりしている。次第に高まる彼の怒りに、ただでさえよどんでいる路地の空気がさらに悪くなる。彼は目を上げてわたしに気づくと、ゆっくり首を振る。あっちへ行けと言っているのだ。

ブラッドがわたしを見て近づき、路地から連れ出そうとする。「何が起きるの？」わたしは尋ねる。

「知るか。だが、ダニーはきみにここにいてほしくないんだ」

そこに、当惑したペドロを引っ張ってリンゴが現われ、ブラッドはわたしを連れ出そうとする手を止める。「なんだってんだ？」ペドロはよろけながら叫ぶ。

ダニーの目はわたしから古い友人に移る。彼は微笑む。明るい、満面の……そしてどこから見ても危険な笑みだ。ブラッドが空いている手を腰にやり、いつでも抜けるよう銃にかける。

「ペドロ」ダニーは歌うように言い、ハグしようと誘うかのように両腕を差し出す。「会えてどうしようもなくうれしいよ」

まだわかっていない様子のペドロは、不安げな目をダニーと部下たちのあいだに行き来させる。「なんだ？」

ダニーがまえに進み出る。ペドロはあとずさりするが、数歩でうしろにいるリンゴにぶつかる。「おれを覚えていないとはがっかりだよ」そう言って頬に手をやり傷痕をなぞる。「忘れちまったのか、ペドロ？」

わたしは肺から空気が抜け、口を手で押さえて声が出ないようにする。

「クソッ」ブラッドの悪態で、自分の予測が正しいのを知る。彼はわたしのまえに立って視界をさえぎる。だめ。わたしのなかの病んで汚らわしい自分が、見たいと言っている。わたしは横にずれ、ふたたびダニーの姿を視界にとらえる。青い目が喜びと憎しみに踊っている。ペドロもやっとわかったらしく、目を見開き、体をこわばらせて構えの態勢になる。気の毒に。

「お互いまだ子供だったじゃないか、ダニー」

「ああ、まだ子供だった」ダニーはうなずくと、上着のポケットから何かを取り出す。飛び出しナイフだ。刃を出してじっくり見つめる。「おれのナイフのほうがよく切れるだろうね」目を上げてにやりと笑う。

ペドロは両手を上げてあとずさるが、リンゴに押し戻される。わたしは目が痛くて瞬きしたくなるが、ちょっとでも見逃したくなくて瞬きができない。それでも、ペドロの友人たちが路地に駆け込んでくるとそちらを見ずにはいられない。彼らは足を止め、目のまえの光景を見る。ブラッドが銃を取り出すと、彼らは両手を上げてあとずさりする。「店にいればよかったのに」ブラッドはリンゴに向かってうなずき、リンゴはほかの部下数名とともに彼らに詰め寄る。

「いや、待ってくれ」友人のひとりがそう言ってあとずさりしながら、ゴミ容器をひっくり返す。もうひとりは背を向けて走り出すが、路地の終わりまでしか逃られない。ふたりとも捕まる。わたしは黙って、ふたりが壁に押しつけられて額に銃を突きつけられるのを見る。

「こっちに来て、見るか？」ダニーの声で、わたしはそちらに目を戻す。

「すまなかった、後悔してる」ペドロが半泣きで言う。

「おれはしていない」ダニーは静かにまえに進み出ると、ペドロの額にナイフで切りつけて長い傷を作る。

耳をつんざくような悲鳴をあげながら、ペドロは両手を頭に上げる。ダニーはまた切りつける。ナイフは手の甲の筋肉と腱を切り裂き、おそらく骨まで達しているだろう。ペドロの手がだらりと落ち、ダニーの腕が目に止まらぬ速さで正確に動いて、ペドロの顔を顎から鼻、目、額の傷にかけて切り裂く。ペドロは叫び声をあげながら膝をつき、血だらけの手を顔に滑らせる。それでも、わたしはこの凄惨な光景から目をそらさない。ダニーはひざまずいているペドロのうしろにまわる。髪をつかんでぐいと引っ張り、彼を殺そうとしている男の顔を仰がせる。ダニーの顔は邪悪そのものだ。ペドロの顔は恐怖そのものだ。

「頼む」ペドロは泣く。

ダニーの顔をよぎる笑いが、その邪悪さを何倍にも増幅させる。「おれは十歳だったが泣かなかった。おまえはいい年をして、やめてくれと泣きついている」彼は腰をかがめ、ペドロのまえに顔を突きつける。「長年この瞬間を夢見てきたんだ。あらゆるやり方を思い描き、どこを切ってやろうかと考えてきた」ペドロの頭を脇に押さえ込み、ナイフの刃を頬に当てて円形に傷をつける。ペドロは許してくれと叫ぶ。わたしは自分でも気づかぬうちにまえに進むが、ブラッドに腕をつかまれて止まり、彼を見上げる。ブラッドは静かに首を振っている。

「彼は何をしてるの？」そう訊きながらダニーに視線を戻す。彼は円を描き終えてナイフを離すところで、まるで、自分の描いた絵に仕上げに色を乗せているみたいに見える。

「一族のしるしを刻んでいるんだ」とブラッドは答える。

ペドロは静かになっていて、ダニーが離すとコンクリートの地面に顔から倒れ込む。気を失っているのだとわかる。ダニーは血だらけのナイフを、ぐったりした男のジーンズの尻で拭き、ポケットにしまう。そしてスーツの上着を着てから、わたしたちのほうを向き、近づいてくる。「あとを頼む」彼は部下のひとりのまえを通り過ぎながら命じ、ブラッドはわたしを彼に引き渡す。「目撃者も始末しろ」ダニーはわたしの背中に手を添えて車に戻る。わたしは何も言わず、おとなしく車に向かいながら、彼の顔に何かしらの表情が浮かばないかと何度もうかがう。だが何も浮かばない。

ブラッドとリンゴも乗り、ブラッドがエンジンをかけて車は走りだす。遠くから銃声が一発聞こえ、角を曲がるときにさらに二発聞こえる。

「気分はいいか？」ブラッドがバックミラー越しにダニーを見て訊く。

ダニーは答えないが、わたしが膝に置いた手を取って握り、窓の外を見つめる。

自分をひどい目にあわせた相手の命を終わらせるのはどんな気分だろう。

〝きみをレイプしたのは誰なんだ？〟

〝あなたは何もわかっていない〟

〝全部わかっている〟

わたしは、力を取り戻す彼から目をそらせなかった。復讐を果たしたのだ。彼は確かにわかっているのだ。全部ではないかもしれないが、暴力というものをわかっている。破壊もわかっている。憎しみもわかっている。

今夜、彼が憎しみと戦っているあいだ、わたしは心のなかで彼に声援を送っていた。

そして彼がわたしを求めたとき、彼に手を握らせた。彼はわたしから慰めを得たのだ。

13

ダニー

肩の荷が下りた気分だ。長年そこにあった荷は、いくら無視しようとしてもおれを悩ませ続けた。肩に荷を負っていると、問題の存在を意識させられる。おれにとって、それはいつも欲求だった。復讐したいという欲求。あのろくでなしの目を見つめて、何年もまえのあのとき、やつがおれにどんな思いをさせたかったかを知りたいという欲求。まったく怖くなかったことは関係ない。やつがおれを傷つけられなかったことも関係ない。大事なのは、やつがおれを怖がらせたかったという点だ。おれを傷つけること、おれが毎日鏡を見て頬の傷をつけられたときのことを思い出すことをやつは望んでいた。彼が実際に成し遂げたのは、後者──おれに毎日、傷をつけられたときのことを思い出させる──だけだった。やつにとって運の悪いことに、そのせいでやつの死はよけいに残酷なものとなった。

車が家に着いた時点でも、彼女はひとことも発していなかった。完璧なチャンスを与えられながら逃げなかったことは、驚きだった。逃げる代わりに路地に来て、おれが落ち着いてあの男を切り刻むのを見ていた。それが終わったとき、おれは彼女がうっとりとしているのに気づいた。心を奪われていた。彼女の無言の応援が聞こえる気すらした。感じたのだ、彼女の安堵を。おれのために安堵したのだろうか？ブラッドが車のドアを開け、おれは降りて手を見下ろす。手もシャツも赤く染まっている。「シャワーを浴びる」ブラッドにそう告げて、玄関への階段をのぼる。「三十分後に執務室に来てくれ。みんなもいっしょにだ」

家にはいり、階段をのぼりながらネクタイを緩め、廊下を歩きながらシャツのボタンをはずす。部屋まで来たときには上半身裸になっている。脱いだものを全部ドアの横に積み上げ、靴を脱いで浴室に向かう。湯が温まるあいだにズボンを脱ぐ。

これまでになくシャワーの湯が心地よく感じられ、長いことその下に立つ。腕をだらりと下ろし、頭を垂れて、赤く染まった湯が足のまわりで渦巻くのを見つめる。肩の荷の最後のかけらもすっかりおれの体から洗い流され、排水口に流れていく。おれの正体に気づいたときのやつの顔、やつの恐怖。まるで魔法だ。目を閉じて、はじめて会った日の父の顔を思い浮かべる。ペドロの取り巻きに頬を切られても痛くなかったと得意げにおれが言ったとき、父の顔に浮かんだ小さな笑み。おれの目を見つめ、次にペドロに会ったときは殺せと言った。言われたとおりにしたよ、ミスター。父さんがやつをおれのまえに送り、おれは父さんに言われたとおりのことをした。いい気分だった。正しいことに思われた。

片を付けられた。

そうやって考えにふけっているとき、うしろで何が動く音がする。ゆっくり振り向くと、ドアの横に裸になったローズが立っている。服は足元に山になっている。

今日、おれはふたり殺した。ひとりはすばやく手際よく。もうひとりはむごたらしく。彼女はそのどちらも見たが、眉ひとつ動かさなかった。おれの世界に対して免疫ができているのだ。それに、ふたつの殺しのあいだに逃げる機会があったのに逃げなかった。それがどういうことなのか、今のおれには考える元気が残っていない。なんとも謎めいた女だ。

おれはふたたびタイルの壁のほうを向き、降り注ぐ湯を楽しむ。足のまわりの湯はまだ赤みがかっている。「こっちに来ておれをきれいにしてくれるか？」彼女を近くに感じながら訊く。険しくて不愛想な声だ。それがローズの厚い皮膚に突き刺さるとは思えないが。

彼女の手がおれの腰と腕のあいだを滑り、おれのまえの棚のボディーシャンプーに伸びる。彼女がまえに乗り出すとき、頬がおれの肩に触れ、濡れた胸が背中に押しつけられる。シャワー室の温度が〝暑い〟から〝灼けるように暑い〟という状態まで上昇し、おれはまえの壁に手をついて体を支える。

彼女がボトルのふたを開け、手のひらにボディシャンプーを出す音がする。彼女の手がおれの体のあらゆる箇所をなでる。「ボディタオルがある」おれは言う。

彼女は黙っておれの肌にボディシャンプーを塗り込む。彼女を拒むのは、急に空気がどこかに消えてしまったような気がする。そしておれの理性も。これまで経験したことがなかったほど難しい。彼女はおれを求めている。それが明らかにされたのは一度ではない。ことばにはしていないが、彼女はおれにイエスと伝えてきた。なのに、何がおれを止めているのだ？

恐怖だ。

これまでおれには怖いものはなかった。だが彼女はおれに恐怖を与える。立ち直りが早く、怖いもの知らずだ。生まれてはじめて、おれは恐怖を覚えている。彼女がおれを破滅させるかもしれないから。おれのアキレス腱、おれの弱みになるかもしれない。欲望に屈した瞬間、これまで戦って手に入れてきたものがすべて無に帰すかもしれない。欲望というものにどれほどの力があるのか、これまで意識していなかった。女とやりたいという欲望はこれまでもあった。キスをしたいという欲望もあった。だが、女のことを知りたいという欲望は持ったことがなかった、

彼女の手がおれの背中に円を描くように動き、ひとつ描くごとにおれの体温は一度ずつ上がっていく気がする。体のなかが熱く燃え、見下ろせばそのせいでペニスが頭をもたげているのがわかる。それを手で包みたいという激しい衝動に駆られる。最大の敵に向き直りたいという衝動も、それに等しく激しい。だがだめだ。このままえを見つめろ。肌を滑る彼女の手は無視するのだ。おれの部屋から出て行けと言えればなおいい。なぜそれをしないのだ?

「出ていけ」彼女に向き直り、静かに言う。泡まみれの彼女の手は今おれの胸に触れており、人の心をとらえる目はおれの目を見上げている。水滴がまつ毛からいくつか、そして完璧な鼻の先から一粒落ちる。深紅(しんく)に染まった頬。しみひとつない完璧な肌。すっかり目覚めている乳首。一糸まとわぬ濡れた体。

でも……だめだ。

「出ていけと言ってるんだ」

彼女は、珍しく用心深げな様子を見せながらあとずさる。だが何も言わない。彼女は一日のうちに二度、生贄(いけにえ)としておれのまえに身を投げ出した。そしておれは二度、彼女を拒絶した。二度、彼女を拒絶しろと自分を戒(いまし)めた。二度、自分の体の欲求を無視した。二度、彼女を自分のものにしたいという心の欲求と戦った。

三度めは無理だろう。彼女をアダムズに返さなければならない。このゲームはもはや愉快な気晴らしではなく、次第に危険になっている。

おれの家から、おれの人生から出ていけと命じようと口を開きかけたが、そのまえに彼女は背を向けて離れる。ドアのまえで、服を拾い上げながらおれを振り向く。

「あいつの喉も切ってやればよかったのに」そして、おれの反応を見ずに出ていく。

おれの反応——うしろの壁にもたれ、なんとか自分を抑えようと努める。行くなと叫んで彼女が気を失うまでファックしてしまうまえに。

「飲むか？」執務室に行くと、ブラッドが訊く。一時間シャワーを浴びて、やっと気持ちを立て直すことができた。

「酒が要りそうに見えるか？」椅子に腰かけ、濡れた髪に手を通す。それだけで答えになっているのがブラッドにも伝わったらしく、彼は眉を上げる。疲れ切っているのは今夜の殺しのせいだとブラッドが考えているとしたら、それは間違いだ。だが、おれにはそれを正す気はない。「アダムズはどこだ？」

デスクの上の電話が鳴りはじめ、ブラッドはそれを指差す。

「賢明だな」おれは電話に出て言う。「いいニュースがあるんだろう、ペリー？」

「ローズはどうしてる？」おれの質問を無視してアダムズは尋ねる。勇敢な男だ。こいつには、説明させたいことがいろいろとある。だが、おれを殺すと言ったことを指摘すれば、ローズと彼の会話を聞いたことを知られてしまう。それはまずいのだ。ひとつには、新たな出資者がいるのをおれが知らないことにしたいから。もうひとつは、彼にはローズを信用させておきたいから。

「おれは、あんたの娼婦の話をするために電話を取ったわけじゃない」ローズを娼婦と呼んだことへの不信感を隠しきれないブラッドを無視して、おれは静かに言う。「おれはこう訊いた。いいニュースがあるんだろう、ペリー？」

「そうとは言えない」落ち着かなげに彼は言う。「問題が起きたのだ」

「問題は嫌いだ。おれをいらだたせる」

「ジェプソン一家を帰国のためにプライベートジェットに乗せることができた」

「うむ」

「契約に署名するために」

「うむ」

「彼らの乗ったジェットはゆうべ飛び立った」

「うむ」

「そして太平洋に落ちた」

「なんだと」

「彼らは死んだ」

「なんてことだ」ブラッドに目をやると、すでに携帯電話でペリーの話の裏を取っている。どうしてもおれにマリーナを手に入れさせたくない人間がいるようだ。「誰が土地を相続することになるんだ？」

「息子だ」

「じゃあ、息子に署名させればいい」

「そう簡単な話じゃないのだ」

「おれを怒らせるな、ペリー」おれは警告する。今日の殺しで得た高揚感が次第に消えていく。「なぜだ？」

「まず、息子も同乗していた。生きているが昏睡状態だ。ふたつ目に、持ち直したとしても、まだ十歳で、二十一になるまで土地は信託に入れられる」ペリーが言い終えるのとほぼ同時にブラッドがうなずく。ペリーの話は真実なのだ。次々に災難が降りかかってくる。

「クソッたれめ」おれは信じられないという目でブラッドを見る。次々に災難が降りかかってくる。「それなら持ち直さないことを祈ろう」何も考えずに答えてブラッドからあきれた顔で見られるが、それを無視する。「また連絡する」電話を切ろうとするが、ペリーがあわてたようにおれの名を言うのが聞こえる。「ローズは生きている」彼が訊くまえに言う。「なんとかかね」

「彼女に何をしたんだ、ダニー？」怒りと愛情のあいまにいる。なんとも麗しいことだ。彼女が彼に対して同じ気持ちでいないのが残念だ。

「彼女が好きなことや、してくれと頼むこと以外は何もしていない」

アダムズは大きく息を吸い、その音が回線を通じてこちら側にも聞こえてくる。

「ジェプソンの息子が持ち直したらどうなる？」

おれは頭を傾けてキャビネットを示す。酒が必要だ。リンゴがすぐに氷も入れて手渡す。「その場合は何か考えたほうがいいぞ。マリーナがおれのものになるまであんたはローズを取り返せないし、たとえおれが彼女を解放しても、あんたは二度と彼女のあそこを楽しむことができない。死ぬからな」電話を切り、一気に酒を飲み干して息をつく。「墜落の捜査に関してあらゆる情報が欲しい」

「わかった」ブラッドはそう言ってから尋ねる。「アダムズはベガスでの襲撃に関わっていると思うか？」おれは、クリスタルのタンブラーを横から見つめる。

何度考えても答えは出ない。アダムズは窮地に追い込まれており、そこから抜け出すためならなんでもするだろう。だが、ローズを危険にさらしてまで？　いや、アダムズはそんなことはしない。だが、だからといって彼の出資者もそうだというわけではあるまい。アダムズは今身動きがとれなくなっている。おれと、誰かはわからないもうひとりにはさまれて。だが彼は勇気のあるろくでなしだ。ふたりの悪魔のうち怖いのはおれのほうだということを軽く思い出させておくのもいいだろう。「アダムズに彼女の小指を送りつけろ」

おれが自分のことばの持つ意味に気づくまえに、サディスト的傾向のあるワトソンがナイフを取り出す。おれは一瞬、何をしているのだろうかと眉をひそめる。「本気ですか、ボス？」おれの混乱を感じ取ったのだろう、ブラッドがデスクの向こうから探るようにこちらを見ている。

「ああ、本気だ」おれは立ち上がってワトソンに近づき、その手からナイフを取る。

「だが、やるのはおれだ」ブラッドの心配そうな視線を背中に感じながら執務室を出て、手のなかのナイフを回しながら家のなかを歩く。まわりに——おれ自身も含めて——、彼女のことなどなんとも思っていないことを示すのにこれ以上いい方法があるだろうか?

彼女の部屋の外で立ち止まり、ドアノブに手をかけるときには息苦しくなっている。手のひらは汗ばんでいる。心臓は激しく鼓動している。頭は爆発しそうだ。とにかくやるのだ。これで彼女はほんとうにおれを憎むようになるだろう。このまともではない時間が止まり、すぐに現実が訪れるだろう。彼女に、ここにいる理由はただひとつだと思い知らせることができる。おれは心を決めて彼女の部屋に入り、ナイフを構え……そこで凍りつく。彼女が下着姿でベッドに腰かけ、腕にナイフを突き立てている。

今にも爆発しそうだったおれの頭がまさに今、爆発する。おれは怒りに震える。怒りは野火のようにとどまることなく広がっておれの体を駆け抜ける。こんなことははじめてだ。

彼女は入り口で体をわななかせているおれに気づき、あわてて立ち上がって浴室に駆け込む。おれはすぐにあとを追う。彼女はおれの顔のまえでドアを閉めようとするが、ドアはおれの足に当たって跳ね返る。おれは自分が抑えられなくなる。彼女は警戒するようにあとずさりする。目には、これまで一度も見られなかった恐怖が浮かんている。驚くことではない。今のおれは、ふだんよりさらに危険に見えるはずだ。彼女は手をうしろにやって洗面台につく。「ノックのしかたを知らないの？」彼女のふざけた問いは、すでに煮えたぎっているおれの血を溶岩に変える。話すこともできない。怒りで息が止まりそうになり、息をすることに全神経を傾ける。血がタイルの床に落ちる音が、耳をつんざく大きさに感じられる。おれは彼女に近づく。歯を食いしばりすぎて顔全体が痛む。ローズはおれの目を見ることもできない。うなだれて、自分にゆっくり迫ってくるサイコ以外のものに目を向ける。おれは彼女に体を押しつける。これで、おれの心臓がどれだけ激しく鼓動しているかわかるだろう。「手を見せろ」彼女を見下ろして、食いしばった歯のあいだから言う。彼女は首を振り、顔を上げようとしない。「見せるんだ」またしても首を振り、顔を伏せて抵抗する。おれは彼女の顎をつかんで手に力を込める。強すぎるぐらいに。彼女はそれを感じ、ひるんで逃げようとする。これは新しい発見だ。彼女でも、何かを感じることはあるのだ。彼女は動かずに、自分の持つあらゆるものを使っておれに抵抗する。だが、おれが勝つ。彼女は大きくあえぐ。おれは彼女の青い目を見つめる。怒りがあふれる彼女の魂に通じるふたつの穴だ。「手を見せてみろ、ローズ」「ほっといてよ」彼女は唇を嚙みしめたまま言う。

おれは彼女がうしろにやった手をつかみ、まえに出させる。彼女はもうひるまない。声もあげない。振り払おうともしない。握った指のあいだから血がにじみ出ているのを見て、おれは残酷で非情な自分をののしる。

彼女の手をこじ開けると血で光っている剃刀（かみそり）の金属の刃が見える。彼女の血だ。血を見て、見たくなかったと思うのははじめてだ。おれは息を吸って何か言おうとする。何も言えない。この女は何かにつけておれの能力を奪う。彼女の手を傾けると、剃刀は小さな音をたてて大理石の床に落ちる。醜く危険なものなのに、やけに美しい音をたてる。おれは大きく息を吸ってから、彼女の腕を裏返す。美しい肌に切り傷が走り、傷口から血の泡が出ている。そのとき、おれははじめて気づく。灼けた肌には十本以上の白い傷痕が残っている。どれも、故意につけられたきれいな傷だ。彼女の目を見ると、涙が浮かんでいる。痛みのせいではない。自分を傷つけたことの後悔でもない。自傷しているところをおれに見られたからだ。おれに弱さを見られたから。あるいは強さだろうか？　あれが、彼女流のものごとへの対処のしかたなのかもしれない。だが、ものごととはなんだ？　わからないことが一番の脅威だ。それがおれを傷つける。おれは次第に怒りに駆られ、自分がどうすればいいのかわからないことに驚く。行き詰まりだ。今のおれにあるのは本能だけで、おれは無意識のうちに彼女からあとずさりし、ワトソンのナイフを腕に当てる。

彼女の視線がすばやくナイフからおれに移る。「なぜだか教えてくれ」ナイフの刃を肌に当てたままおれは言う。

彼女は首を横に振る。

おれはナイフをゆっくり引き、皮膚を切る。手首に向かって血が流れ、それを見る彼女の口が開く。「なぜだか教えてくれ」もう一度言う。

彼女はまた首を振る。

おれはもう一度、最初の傷と平行にナイフを動かす。「なぜだか教えてくれ」

彼女は唾を呑み、取りつかれたように目を大きく見開く。そしてまた首を振る。

おれは今度は乱暴に切りつけ、三本の傷口から流れる血がひとつになって床にしたたりはじめる。「なぜだか教えてくれ」おれはまた静かに言い、腕の新たな場所にナイフを当てる。

「いや」彼女の目がおれの顔と腕を行き来する。

おれはさらに切りつける。今やおれの腕は血まみれだ。「なぜだか教えてくれ」

「ダニー、お願い」

彼女が拒絶するたびに食いしばっているおれの顎の筋肉はこわばり、顎が割れそうになる。おれはさらに切りつける。

「ダニー」彼女は半泣きになる。

また切りつける。「おれは続ける。痛くないから」さらに二回切ったところで、彼女が飛び掛かってくる。ナイフを奪って床に放り捨て、おれの腕をつかむ。おれはナイフを拾おうとする。彼女はただ怖がっているだけで、やはり理由は教えてくれないだろう。ということは、おれの腕はじきにパッチワークキルトみたいになるということだ。

「だめ！」彼女はおれの手の届かないところへナイフを蹴り飛ばし、おれの体を引き起こす。

「話してくれ」おれは言う。彼女はタオルをつかんでおれの腕にきつく巻く。神経が張りつめているのが見て取れる。だがおれほどではない。

「何年もやってなかったのよ」彼女は手を離しておれから離れる。出ていこうとしているのがわかるが、彼女の視線はおれの腕とドアを行ったり来たりする。だめだ。おれはドアのまえに立ちはだかり、タオルを引きはがす。

彼女はおれを見上げ、またしてもそっと首を振る。言うのを勘弁してほしいという無言の願いをおれが聞き入れると思っているかのようだ。

「なぜ今になってまたやる？」おれはドアを蹴って閉め、背中でもたれる。

「なぜ心配するの？」

彼女の質問におれは戸惑う。いい質問だ。これまで一度も思いつかなかった。「していない」

彼女は静かに笑う。信じられないと言いたげだが、それも当然だろう。「心配してないの？」

「おれが心配しているのは、きみが死んで、おとりとして使えなくなることだ」

「嘘つき」彼女は小声で言ってまえに一歩出る。「あなたは多くの悪を抱えていて――」

「今ではきみもそのひとつだ」おれがそう言うと彼女はたじろぐ。彼女の目に浮かぶ問いかけに面と向かうことができず、おれは目をそらす。

「そうなの？」

おれは床に落ちた血まみれのタオルを見つめ、それを拾ってシャワー室に投げ入れる。「きみは悪魔だ、ローズ」おれは彼女を見て、背後のドアの取っ手に手をかける。「きみがなぜ自分を傷つけているかはどうでもいい。どうでもよくないのは、それをおれの家でやっていることだ。きみが血を流していることもどうでもいい。どうでもよくないのは、おれのカーペットに血をまき散らしていることだ。きみが死にたかろうとどうでもいい。どうでもよくないのは、きみが自殺したらおれの計画が台無しになることだ」ドアを開け、彼女が憎しみで鼻をふくらませるのを見つめる。「きみのことはどうでもいい」おれはとんでもない馬鹿だ。メダルをもらってもいいくらいの馬鹿だ。傷だらけの腕を見下ろして目を閉じる。直観のおかげでひどい目にあった。

おれは向きを変えようとするが、彼女の手が腰にかかるのを感じてやめる。見ると、血まみれの彼女の手のひらがおれのジーンスの腰にかかっている。「わたしがあなたを気にかけていると言ったらどうなる？」

「きみを、馬鹿か、自滅型と呼ぶだろうね」

「その両方かもしれない」

「どうでもいい」彼女を振り払おうとするが、彼女は足を踏ん張り、おれの胸に胸を押しつける。ブラに包まれた胸がおれのTシャツに押しつけられる。おれの自制心はもうほとんど残っていない。

「まさか」彼女はおれの肩に手を滑らせる。「あなたは怖がっている」

「何を？」

「わたしを」

それに反論できない。だがしなければならない。「おれは何かを怖がったことなどない」

「わたしもよ。長いことそうだった」つま先立ちになっておれの頬に唇を押し当てる。彼女の唇が体のどこかに触れるたびに、何か好ましいものがおれのなかにはいり込んでくる。「でもあなたが怖い」

頭から力が抜け、おれは頭を垂れる。彼女の裸の肩に口が触れる。彼女からはまだおれと同じにおいがする。父の怒鳴り声が聞こえる。自分のするべきことを忘れるな。女がもたらす弱さを忘れるな。父自身、一度罠（わな）に陥りかけた。「きみはおれを怖がっていない。おれはそれが怖いんだ」彼女から離れる。その一歩が、ひとりの人間の命を終わらせることよりもおれには難しい。

なんとか力をかき集め、かがんで剃刀を拾い上げると、ティッシュに包んでトイレに流す。それからタオルをつかんで彼女の腕に巻く。彼女が見つめているのを感じながら、おれは自分の手元だけを見る。「馬鹿なことはやめろ、ローズ」ナイフを拾い、彼女に背を向けて浴室を出る。「医者を呼んで傷の手当をしてもらう」おれを引き戻そうとする力を無視して、身を投げ出すように彼女の部屋のドアを出る。

ブラッドと鉢合わせし、彼の視線がおれの腕に下りる。ふつうの人間なら、彼女が形勢を逆転させておれを襲ったのだと思うだろうが、ブラッドはふつうとはちがう。

「縫わないとな」ずたずたの腕を見て顔をしかめる。

「頭も調べてもらったほうがよさそうだ」おれはそう言って執務室に向かう。彼女がしているのはどんなゲームだ？　なぜおれを怖がらないのだ？　それを知りたがってはいけないのはわかっている。だが、いったいなぜ彼女は自分の腕を切ったのだ？あれは自殺未遂ではない。おれから逃げようとしていたわけではない。

自分を罰していたのだろうか？

知りたいという思いを追い払うことができない。その思いの強さは、彼女に対する欲望にもほとんど負けないほどだ。

ほとんど？

とんでもない。かけ離れている。

どちらにしても、おれは詰んでいる。

14

ローズ

罪悪感で頭がきりきり痛む。後悔で胃がひっくり返る。ダニーのことがよくわかっていなかったら、彼がわたしを疑っていると思うところだ。彼のそばにいることが次第につらくなってくる。正気を失うまえにここから出なければならない。彼を誘惑するのは簡単だろう。彼がどれほどわたしを求めているかがわかるからなおさらだ。男性相手に欲しいものを手に入れられなかったことはない。いつだって簡単だった。でも今回はそうはいかない。やるべきことは命じられているが、抵抗にあっている。分別があるのは彼のほうだろう。だが、生と死をまたいでいるのは彼ではない。わたしを信じさせるために彼をだましたくはない。彼の秘密を知りたくない。なぜだかはわからないが、彼を裏切りたくない。裏切ることを考えるたびに胃が痛む。それは、彼に知られたら殺されるだろうからではない。ただ……わからない。たぶん、彼のなかにひねくれた善良な部分が見え隠れするためだろう。あるいは、ついにわたしの頭がどうかしてしまったのか。

でも選択肢はない。わたしの命が、そして息子の命がこれにかかっている。わたしがやるべきことをやっている限り、息子の幸せと自由は続く。命じられたことをしている限り、わたしは息子の成長をたまに写真で見ることができる。写真は息子が生きていることを証明してくれる。息子が幸せで、わたしのいる暗黒世界と無縁でいることを証明してくれる。やるべきことをやると心に決めるのは、難しいことではなかった。

今までは。

何もかもが間違っている気がする。それが、ダニーが人殺しのろくでなしであることと関係ないとしたら……。

「馬鹿ね」テラスのラウンジチェアにもたれながらわたしは口に出す。包帯を巻いた腕を見下ろし、はじめて、自分を傷つけたことを悔やむ。プレッシャーから解放されたくてたまらなかったのにそれが叶わなかったためではなく、彼に見られたためだ。弱さが現われた瞬間を彼に見られたのが嫌なのだ。もっと嫌なのが彼の反応だ。なぜ？　なぜ彼は自分の腕にあんなことをしたのだろう？　そして、これからどうなるのだろう？

唾を呑んで目を閉じる。疲れ切っている。昨夜はさまざまな問いが頭に浮かんで一睡もできなかった。なぜ？　これからどうなる？　人間じみた彼が見えたかと思うと、モンスターじみた彼が見える。ことばの応酬を交わすとき、彼の目には明るさが浮かぶ。それが不意に終わると、彼の目は暗くなる。彼は、矛盾するふたつの顔を持っている。

わたしはため息をついて、肌に当たる日差しを楽しみ、頭がどうにかなるまえにそこにとどまる問いを追い払おうとする。それとも、もうどうにかなっているのだろうか？　明るく暖かい日差しのなかにひとりでいる今のこの瞬間は、ふだんのわたしならおおいに喜んで、最大限に楽しもうとするだろう。わたしの世界では、平穏な時間はそうあるものではない。ひとりの時間となるともっと少ない。もっとも、今のわたしはひとりではないし平穏のなかにもいない。心が自分をののしり、問いと恐怖が頭のなかで渦巻いているのだ。平穏どころではない。「ああ、いやだ」目を開けて雲を見つめる。青い空を自由気ままに流れていく。そのまえには何もない。あるのはただ、果てしない空だけだ。

それなのにわたしはまだとらわれの身だ。相手がダニーであれノックスであれペリーであれ、とらわれていることには変わりない。

下の庭の声がテラスまで聞こえてくる。わたしは肘をついて起き上がり、首を伸ばしてガラスパネルの向こうをうかがう。ダニーがブラッドといっしょにいる。首にTシャツをかけ、スウェットパンツを穿いている姿が、まるでトレーニングを終えた悪の神だ。わたしは嫌悪感を覚えて唇をねじ曲げる。そのとき、彼の腕に目が止まる。わたしと同じように包帯が巻かれている。

「全部下ろして確認した」ブラッドが言う。よく見ると、彼は携帯電話の画面をスクロールしている。「全部マリーナのコンテナにはいっている。いつでも引き渡せる状態だ」

ダニーはしゃがんで片方のスニーカーのひもを結びながらブラッドを見上げる。

「今夜マリーナに行く。ロシア人に渡すまえにおれがチェックしたい」

ダニーが立ち上がってテラスのほうに顔を向けたので、わたしはラウンジチェアに寝そべる。息を詰めてじっとしている。

「憂さ晴らしをしたい」彼が言うのが聞こえる。ふたりの足が砂利を踏みしめ、声が聞こえにくくなる。

それでもブラッドが言うのは聞こえる。「アンバーを呼べ」

「そのつもりだ」とダニーが答える。

「もちろんそうでしょうね」わたしはひとりごちてから、顔を横に向けて彼のテラスとのあいだを仕切るガラスパネルの向こうを見る。わたしはここに残って、彼が憂さ晴らしするのを聞かなければならないのだろうか？　いいえ。ノックスのために何かを手に入れなければならない。それも早く。この場所が耐えられない。彼は今夜マリーナに行く。部下も全員行くのだろうか？　どっちにしても彼の執務室にはいり込まなければならない。

そうすれば、ここを出られる。

起き上がって浴室に行き、引き出しのうしろを探って隠しておいた携帯電話を取り出す。電源を入れてノックスにメッセージを送る。

〝彼のマリーナに荷物が着いた。今夜、確認しに行く予定。

彼が出かけ次第、執務室に忍び込むわ〟

送信ボタンをクリックし、電話をもとの場所に戻す。それから腕を保護してシャワーを浴び、ダニーの憂さ晴らしの音に苦しめられないうちに部屋を出る。

五時になると、わたしはまた落ち着かなくなる。庭を散歩し、家のなかを歩きまわったあと、部屋に戻っても大丈夫だろうという頃になると、部屋に戻った。わたしとダニーの修羅場の痕跡はあとかたもなく消えている。少なくとも血の跡は。傷、特に彼の傷は、癒えるのに数週間かかるだろう。

ダニーはまだ出かけていないはずだ。数時間まえからブラッドがテニスをしているのがテラスから見えるからだ。ダニーがブラッドを連れずに出かけることは絶対にない。だが、今ブラッドはコートを出る。わたしは急いで部屋に駆け戻る。そしてしばらくのち、ダニーが出かける音が聞こえないかと木のドアに耳を押し当てる。

足音が聞こえる。わたしのドアのまえの分厚いカーペットを歩く静かな足音。大変だ。ベッドに駆け込んであおむけになり、目を閉じる。なんて子供じみた真似。ドアが開く音がし、続いていらだった声が聞こえる。

「起きろ」ダニーが命じる。わたしは唇をねじ曲げてみせるか、せめて不機嫌な目で見つめてやりたくてたまらないが、彼があきらめてわたしをひとりにしてくれることを祈ってじっとしている。

だが腕をつかんで揺すられ、はらわたが煮えくり返る。「起きろ」それだけ言ってわたしを立たせる。なんなの、いったい?

「触らないでよ」眠気のかけらもない声で叫び、彼の手を振りほどこうと肘を横に払う。だが、思ったより低いところに彼の顔があり……。

がつん。

肘が彼の鼻に当たり、噴き出した血が唇に流れる。ダニーは不意を突かれてひるみ、目をぱちくりさせる。見る見るうちにその目に涙が浮かぶ。

「クソッたれ」彼は手を鼻にやって、その手を見る。血まみれだ。しまった。今にも大気圏外まで殴り飛ばされそうだ。関節が白くなるほど固く拳を握っている。鼻血がカーペットを染めはじめ、彼は悪態をつき、鼻を押さえながら浴室に向かう。どうしてだかわからないが、わたしはあとを追う。彼はシンクにかがみ込んでいて、血の大きなしずくが小さな音をたてながら磁器のシンクに落ちて、白く輝く表面に飛び散る。

なぜだろう、自分でもまったくわからないがわたしは訊く。「痛かった?」

彼の目が鏡のなかのわたしを見つめる。顔にはなんの表情も浮かんでいない。痛かったにちがいない。彼は驚いていたし、涙ぐんでいるのを見ればわかる。「いいや」彼は唇を動かさず、食いしばった歯のあいだから吐き捨てるように答える。

わたしはこらえることができない。頬がひきつりはじめ、抑えようとするが笑いが抑えられない。笑いがつま先から湧き上がるのを感じながら、鼻をつまむ。笑っちゃだめ。笑ったりしたら首を絞められるだろう。

彼の肩が上がり、乱暴に鼻を拭いたあと彼はゆっくりとわたしのほうを向く。なんの感情も見られない。顔が引きつっているが、それはどうすればいいかわからないからだろう。いや、ほんとうはわかっているはずだ。わたしを殺すのだ。でも彼は殺さない。死んだら彼の役に立たないから。

彼の筋肉が動くのを見て、わたしは自分を抑えてあとずさりする。真顔になり、いつでも応戦できるよう身構える。

彼の鼻からはまだ血が滴っている。顎は固く閉じている。目は荒々しい。そして彼はわたしに向かってくる。わたしは自分の人生——痛みと悲しみとおぞましさに満ちた人生——から守ってくれるいつもの盾を必死に探す。彼は腕をうしろに引きながら近づいてくる。盾は見つからない。わたしは目を閉じて身構える。

「きゃあ」わたしは悲鳴をあげながら宙に飛び、硬いものの上に落ちる。上下に跳ね、自分がどこを向いているのかわからないまま顔にかかった髪を払いのける。自分が彼の肩にかつがれているのだとわかった瞬間、また宙に投げ出され、今度はやわらかいものの上にどさりと落ちる。これは、ベッド?

足首をつかまれ、彼が立っているほうに引っ張られる。彼の顔はまるで狂気の殺人者だが、わたしはおかまいなしに彼を蹴ろうと足をばたつかせる。もう一方の足首もつかまれ、わたしはがむしゃらに身をよじって抵抗する。彼が足首をつかんだまま手をすばやく交差させ、わたしをうつぶせにする。彼の手が首のうしろを押さえ、わたしの動きを止めるツボを圧迫する。わたしは頰を枕に押しつけたまま動けなくなる。

彼の顔が目のまえに現われる。膝をわたしの背中について体全体でわたしを押さえるが、わたしを動けなくしているのは首を押している手だ。血だらけの鼻から今もシーツに血をしたたらせている彼は、殺したばかりの獲物を解体しているかに見える。

「きみを殺してやりたい」彼はさらに顔を近づけ、わたしはそこに殺人者の顔を見る。

こんな脅しを、それもダニー・ブラックのような男から受けて笑う女がいるだろうか？　いる。わたしだ。完全に頭がどうかしている。「じゃあ殺せば？」ささやくように言う。「ゆっくり、痛みを感じるようにね」

「きみはいったいなんなんだ？」彼は啞然としている。

「わたしは鼓動みたいなもの」わたしはそれだけ言って彼を見つめる。「何者でもないのよ、ダニー・ブラック。そしてあなたは神」わたしの首を押さえる手が緩むが、わたしを離しはしない。血をそこらじゅうに――わたしの上にも――落としながら、彼はただわたしを見つめる。「ベッドがだめになるわ」わたしは小さな声で言う。

「ベッドなんかどうでもいい」

「わたしの服も」

「服もどうでもいい」

「わたしがだめになる」固唾を呑んで、そのことばの意味が彼に伝わるのを見守る。正しく伝わったらしく、やがて彼は放心状態から覚めようとするかのように瞬きを繰り返す。紳士らしくわたしから離れると、手を引っ張って起こす。それから、枕をつかみカバーをはがして鼻を拭く。

「すでに壊れているものをだめにすることはできない」彼の声はやさしく、冷淡さはないが、それでもわたしは傷つく。それに彼は間違っている。彼はわたしを完全に壊すことができる。だがそれを彼に言って挑発する気はない。

ダニーはクローゼットを指差しながら、ドアのほうにあとずさりする。「支度をしろ。出かけるから」

「どこに?」

「おれのマリーナだ」彼はドアを開けて出ていく。わたしはその場から動かず、めまぐるしく頭を回転させる。わたしを連れていくの? 急いで浴室に行き、シャワーを出す。それから長いこと引き出しを見つめて迷う。そして、やめておこうと決める。

ノックスに報告できるようなことがあるわけではないのだから。

〝すでに壊れているものをだめにすることはできない〟

彼にわかっていないのは、わたしがどれほど壊れているかだ。

ジーンズとセーター。マリーナにぴったりな気がする。ジーンズはわたしのヒップにぴったりのアルマーニのローライズ。グレーのセーターはイギリス国旗（ユニオンジャック）の柄で、実にイギリスっぽい。彼同様に。わたしのための服選びを任されているのはエスターだとしか思えない。ほかに誰がいるというのだ。

テニスシューズを履き、髪をポニーテールにしながら一階に向かうが、彼の姿を見つけたとたんに階段を転げ落ちそうになる。野球帽をかぶっている。ダニー・ブラックが野球帽？　耳にはまったくなじまないが、見た目にはまったく違和感がない。彼もジーンズを穿いているが、わたしのスキニーとは対照的なゆったりしたものだ。セーターも着ている。ネイビーで、やはりユニオンジャック柄だ。カジュアルないでたちで、リラックスしているように見える。よく似合っている。わたしは彼のほうに向かって慎重に大理石の階段を下りながら、ひそかにセーターの胸部分を引っ張って空気を通す。わたしのクローゼットに用意されたセーターのユニオンジャックは、

〝ブリット〟が何かを伝えるためなのだろうか？　でも何を？　なんだか……ペアルックみたいだ。

ダニーがわたしに気づいたのがわかる。ブラッドが、かすかに腫れたダニーの鼻を指差しながら彼と話している。わたしが近くまでいくと、ダニーはわたしの腕の、セーターに隠れた包帯のすぐ上の部分をつかんで外で待っている車に向かう。「さぞかしロマンティックなデートになるでしょうね」彼がドアを開けると、わたしは皮肉を言いながら後部席に乗る。

彼はわたしのことばを無視して自分も乗り込むと、すぐに携帯電話を取り出し、目的地に着くまで熱心に画面を見続ける。

海はいいにおいがする。風が心地いい。ほつれた髪が顔に当たるのが気持ちいい。わたしは車の横に立って、この小さな港まで走ってきた未舗装道路を振り返る。トレーラーを曳いたステーションワゴンがわたしたちのうしろに停まる。トレーラーにはジェットスキーが載っている。サーファーのような男が降りてきて、左に置かれた大きなコンテナのひとつに向かう。わたしは引き続きマリーナを見まわしながら眉をひそめる。名前の響きから、ぼろい小屋がいくつかあって、桟橋に古いボートがごちゃまぜに係留されている光景を想像していたが、まったくちがう。海に張り出したテラスのある大きなログキャビン。延々と並ぶ巨大な金属コンテナ。砂浜。すてきな入り江だ。美しくてのどか……ただし音はにぎやかだ。

わたしは海の上のジェットスキーに目を向ける。たくさんのジェットスキーが海の上を疾走し、水しぶきをあげながら急旋回する。波打ち際には無数のジェットスキーが浮かび、無数のウエットスーツ姿の人々が動きまわっている。

「通るよ」トラックの窓から体を乗り出した男が、海に向かってトレーラーをバックさせながら叫ぶ。わたしは横にどき、男は親しげにウィンクする。「レッスンを受けに来たの？」トラックを動かしながら訊く。

「おれの連れだ」ダニーが近づいてわたしの手を取り、キャビンのほうに引っ張る。

「やあ、ダニー」男は明るい笑みを浮かべてトラックの側面を叩く。「今日はずいぶんにぎわってるな」

「ヨーロッパの大会シーズンが近づいてるからな」ダニーのことばに、わたしはさらに眉をひそめる。

男のトレーラーが水につき、ウェットスーツを来た男たちがジェットスキーを下ろしはじめる。「ちょっとわからないんだけど」キャビンの木の階段に向かいながらわたしは言う。

「何がわからないんだ、ローズ?」

「ここのこと。あなたのもの?」

「土地以外は全部そうだ」

キャビンにはいると、なかで行なわれていることがつかめず、思わず足が止まる。右手には広いカフェ、左にはウォータースポーツ関連の商品がそろった店、前方には更衣室がある。そして誰もがウェットスーツを着ている。「ジェットスキー」わたしはつぶやき、ダニーはわたしを追い越してカフェのサービスカウンターに向かう。

「ああ、ジェットスキーだ」彼は振り向きながらポケットから携帯電話を取り出す。「何を飲む？」

彼の隣に行って冷蔵庫のなかを見る。「ココナッツウォーターをお願い」

ダニーが注文し、わたしはさらにあたりを見まわす。多くの男女がわたしに気づいてこちらを見ている。わたしはココナッツウォーターのパックを受け取り、ダニーについて海に臨むテラスに出る。見事な風景だが……「ジェットスキー？」

手すりのそばのテーブルから椅子を引き出し、わたしたちは腰かける。ダニーはしばらくのあいだ海を見つめる。ジェットスキーの音は大きいが耐えられないほどではない。「あれで商売しているんだ」わたしのほうを見ずに言い、水のボトルのキャップを開ける。

ジェットスキーで商売？　わたしは戸惑う。荷物。取引。引き渡し。ジェットスキーの話なの？

「ここは湾のなかでも最高の場所だ。水は静かで深さもちょうどいいし、スペースも充分にある」彼は水を飲んで椅子に背をもたれると、野球帽を脱ぐ。「トップ選手がここで練習している」

「へえ」それしか言えない。

「おれたちはここでレッスンの提供、装備の販売、高性能のマシンの輸入をしている」

わたしはひそかに笑う。冷血な殺人者がジェットスキーを売っているなんて。ココナッツウォーターを口元まで上げながら海を眺め、低い位置にある太陽の光を受けてきらめく海面に目を細める。「あれもマリーナ？」わたしは湾の対岸を指して尋ねる。崩壊寸前のマリーナの建物が遠くにかろうじて見える。

「バイロンズ・リーチだ」ダニーは物思いにふけっているような声で言う。「あそこを買う算段をつけてるところだ」

あれが彼が手に入れたがっているマリーナというわけね。「なぜ？」

「ここではもうすぐ開発が始まる。あと二、三週間で立ち退かなきゃならないんだ」

「このロッジはどうなるの？　ビーチやこのテラスは？」

「あそこに再建する」頭を傾けて対岸を示す。「あっちのほうがずっと適している。広くて可能性が大きい。ひとけも少ないし」

「ここだって完璧じゃないの」わたしは肩をすくめて言う。ここがもうすぐなくなってしまうのはもったいない。「全部再建するには時間がかかるわ。そのあいだ、ここを続けられないの？」

「残念ながらだめなんだ」ダニーは立ち上がると、水を飲み干して、空のボトルをテーブルに置く。「おれの望みどおり一カ月まえにバイロンズ・リーチを手に入れられていたらそれも可能だったかもしれない。だが、そううまくは行かなくてね」

「ええ、聞いたわ」彼が眉を上げ、わたしはにやりと笑う。「でも考えてみて。簡単に手にはいっていたら、こんなふうにふたりで楽しめなかったわよ」

ダニーは微笑んで頭を振る。「何を楽しむっていうんだ？」彼は野球帽をかぶり、鳴りだした携帯電話を取り出す。「ちょっとやることがある。遠くには行くなよ」

わたしは目玉をぐるりと回し、椅子に足を乗せる。ここに座って海のにおいを嗅ぎ、新鮮な空気を吸い、日光を浴びられるのがうれしい。楽しむべきではないが、わたしの世界では、平穏なひとときが訪れたら大事にしなければいけないのだ。

それにしても……ジェットスキー？

しばらく経って騒音がやみ、太陽が沈みはじめると、あたりはいっそう美しくなる。穏やかな海に目をやると、不思議と静けさに包まれている気になる。ここに座っているあいだは、いつもの胸騒ぎを感じない。すぐに立てるよう身構えてもいない。この瞬間が終わることや、自分の現実に邪魔されることへの恐怖も感じない。なぜだろう？とらわれの身であることには変わりないのに。平穏など感じるべきではないのに。これまでになく恐怖を覚えるべきなのに。なぜかと言えば、相手が彼だからだ。わたしと同じくめちゃくちゃな人だから、いっしょにいると安らげるのだ。

カフェを振り返ると、もう誰もいない。テラスの下の海岸も同じだ。椅子に乗せた足を下ろして立ち上がり、伸びをする。最高の気分だ。

ウェットスーツが掛かったレールや、ゴーグル、サングラス、スポーツウォッチが並んだガラスケースを見ながらキャビンを歩く。店の奥の作業場に、分解されたジェットスキーがいくつか見える。修理もするのだ。なんていい響きだろう。修理。

新品のように生まれ変わる。

入り口に向かいながら、ひとけのない空間に目を走らせる。誰ひとりいない。何もない。まるでゴーストタウンだ。わたしは思ったよりも長い時間、日光と平穏なひとときを楽しんでいたらしい。階段を下り、彼の車が停まっているところまで戻る。車はあるがダニーはいない。ダニーだけでなく、誰もいない。

誰かいないかと声をかけようとしたとき、コンテナのひとつから大きな音が聞こえる。背筋を伸ばし、何人かの声がするほうに向かう。ダニーとブラッドの声。もっと近づくとリンゴの声も聞こえてくる。全員コンテナのなかにいるのだろうか？　そこで思い出す。荷物が着いたのだ。注文した品を確認しているのだろう。

「どれも問題なさそうだな」ブラッドが言う。

「ああ」ダニーが答える。「いい具合だ」

わたしはのぞき込んで、はっとする。目にしているものが信じられず、喉がつかえる。ダニーがマシンガンを持って調べている。リンゴがジェットスキーの下からライフルを取り出し、それもダニーに渡す。銃？　なんてこと。延々と並んでいるかに見えるジェットスキーに目をやる。数えてみると全部で二十台だ。あのすべてに銃が隠されているのだろうか？

「全部元に戻せ」ダニーはリンゴにライフルを返しながら

命じる。「それをすべてのコンテナに分けて積むんだ」

わたしは見つかるまえにこっそりその場を離れる。銃？

「彼女の見張りは誰がしてる？」ダニーのことばにわたしは凍りつく。

「あんただと思ってた」とリンゴが言う。

コンテナのドアが閉まる音、続いて金属のボルトがかけられる音がする。「見張りと銃のチェックを同時にできるわけないだろ」

わたしはできるだけ静かにキャビンに急ぎ、階段を駆けのぼる。生まれてこのかたこんなに速く動いたことはない。最初に座っていた椅子に座り、息を整えて足を椅子に乗せたところで、急いでカフェを抜けてくる足音が聞こえる。

振り向いて、テラスに出てくる彼を見る。顔が少し赤く、息が荒い。わたしが消えたと思ったのだろう。

「大丈夫？」さっき見たマシンガンが頭のなかで駆けめぐる。マシンガンだけではない。ジェットスキーの底に隠されている銃弾、ライフル、手りゅう弾などのあらゆる武器が、頭のなかを駆けめぐる。わたしの頭はまるで、世界大戦を始めるための武器庫みたいだ。ここは隠れ蓑にすぎないのだ。わかりきったことじゃないの。ダニー・ブラックが所有しているのだから。

彼の上半身から、ほっとしたように力が抜ける。ドア枠に手をかけて体を支え、息を整えてから「ああ」と言う。ダニーはうしろを振り返る。さらに何人かの足音が聞こえるが、彼は首を振って、無言のまま部下たちに問題ないと伝える。わたしを見つけたと。

「どうしたの？」何も知らないふりをしてわたしは訊く。

ダニーはため息をつき、椅子にかけたわたしの脚を見ながら近づく。「ずっとここにいたのか」質問というより、むしろ自分に言い聞かせるように言う。

「ここは平和だもの」深く考えずに言う。「それに、どこにも行くなとあなたが言ったじゃないの」

彼はわたしの両足を持ち上げて椅子に座ると、その足を自分の膝の上に乗せる。何か考えている。何を？「おれの言うことを聞いたのか？」

わたしは唇を嚙む。わたしを見る彼の目は、考えにふけっているようだ。「聞かなかったら、見つかってあなたに殺されるでしょう？」とささやく。

「ああ、そうだろうね」彼は目を細くしてわたしの反応をうかがう。わたしは反応しない。確かに彼はわたしを見つけるだろう。だが殺さない。

「ね、分別があるでしょ？」

「従順なわけではないのか」

わたしは笑みが止められない。「わたしは従順だったことなんかないわ」

ダニーも笑みが止められない。「ジェットスキーに乗ったことはある？」

わたしはゆっくり首を振る。

「乗りたいか？」

マイアミを吹き飛ばせそうなほどの手りゅう弾を積んだジェットスキーなど乗りたくない。ごめんだ。「わたしには向いてなさそう」

「臆病だな」彼は静かに言ってわたしの脛をさすりはじめる。デニムは厚いが、厚さが足りない。わたしはわずかに体を動かして彼の膝から足を下ろそうとする。だが彼はそれをつかんで膝に戻し、自分の手に向かってなにげなく微笑みながら、拷問のようにさすり続ける。なにげなく？　ダニー・ブラックのすることでなにげないことなどひとつもない。すべては、考え抜かれた末の行動だ。それだけは間違いない。

「臆病じゃないわ」わたしはささやく。

彼はわたしを見上げる。笑みが緩み、セクシーになる。「じゃあ証明してくれ」

証明？　これまでに充分証明してきたつもりだけど。「ジェットスキーに乗ることで？」彼はうなずく。「乗り方を知らないわ」

「知らなくてもいい。おれがいっしょに乗るから」

彼の背中にしがみつくということ？　それは無理。「どうも。でも遠慮しておく」

「遠慮？」彼は笑い、やっとわたしの足を地面に下ろす。「何を怖がってる？」

わたしの足の下で手りゅう弾が爆発すること。

いいえ、ほんとうはそうじゃない。あなたが怖いの。

わたしのまえに立って手を差し出す彼の体を見上げる。「おれがきみの面倒を見るから」

そのシンプルなことばは、脱水状態の犬に水を差し出すようなものだ。考えるまえにわたしは彼の手を取っていて、次の瞬間彼は自然にわたしを立たせて胸に引き寄せる。わたしの心臓は早鐘を打ち、それは彼にも伝わったようで、彼はくっついているふたりの体のあいだを見下ろしてひとり微笑む。「確かに怖がっているな」それからわたしの目を見つめる。笑みが消える。「だが怖いのはジェットスキーじゃない。おれでもない」

「あなたが怖い」

「きみの言う〝怖い〟はふつうの意味とはちがう」彼はわたしの頰をなでてから、その手をうなじに滑らせてやさしくもむ。またしても彼の言うとおりだ。彼の暴力的なところも彼のビジネスも評判も怖くない。わたしが怖いのは、彼に触れられるとのぼせたようになること。彼の真っ青な目を見つめると心臓が高鳴ること。彼の囚人でいるのがかえって安全だと感じること。彼のせいでそもそもの目的があいまいになること。自分が間違った理由で彼を憎んでいること。彼が冷淡で非情だからではなく、悪意のあることを言うからでもなく、すべてが見せかけだとわかっているから、わたしは彼を憎んでいる。目を閉じて彼の手に身をゆだねる。「気持ちがいいか?」彼はささやく。

わたしは鼻を鳴らし、彼のマッサージであらゆるものをほぐしてもらう。さまざまな思いも緊張も。彼の手のなかで、わたしは彼の言いなりになっている。小さなうめき声が唇から漏れて、わたしは目を開ける。彼の強いまなざしを見て、一瞬で目をそらす。

だがその一瞬のあいだに、彼のまなざしに浮かぶ理解と満足が見て取れた。「おいで」彼が穏やかな声で命じる。

わたしたちは、部下たちがテーブルについてビールを飲んでいるカフェを通り抜け、店にはいる。ダニーは黒とピンクのウェットスーツを取って、わたしを男性更衣室に案内する。「着てみろ」

わたしはウェットスーツを差し出す彼の手を見る。「男性更衣室よ」

彼は腕を下ろし、愉快そうに笑みを浮かべる。「今になって恥ずかしがってるのか？」

「恥ずかしいわけじゃないわ」わたしはウェットスーツを彼の手から奪い取り、服を脱いで下着姿になる。そのあいだも彼はずっと笑みを浮かべながら、近くのロッカーから自分のウェットスーツを出し、自分も服を脱ぐ。筋肉を波打たせながらセーターを頭から脱ぐと、包帯があらわになる。傷を濡らしてはいけない。「あなたの腕」自分が心配するのも見当ちがいだと思いながらわたしは言う。

「きみの腕もだ」彼はそう言うと、防水カバーを持ってわたしに近づく。わたしの腕が濡れないよう慎重に包んでから、自分の傷も包む。彼の包帯は血が染み出ており、わたしは目をそむける。わたしのせいだ。彼の傷はわたしのせいだ。

わたしはウェットスーツを着て、ジッパーを上げようと背中に手をまわす。

「貸してごらん」彼が寄ってきて、わたしは逃げる。

「大丈夫」わたしは言うが、手探りで探してもジッパーを上げるひもが見つからない。

手が払いのけられ、背中のジッパーがゆっくりと上げられる。「これでいい」彼はわたしのポニーテールの先をウェットスーツの首元から引き出してささやく。わたしは身震いし、一歩下がって彼とのあいだに距離を置く。振り返ると、彼のウェットスーツはまだ腰までしか引き上げられていない。見事な体だ。

「ジェットスキーはいつから乗ってるの？」わたしはまばたきをしてその光景を追い出し、服をまとめてそばのベンチに置く。

「十五年まえに父がここを建てたときからだ」

「お父さんが建てたの？」

「ああ」彼は歩きだし、わたしはあとを追う。むき出しの広い肩から目が離せない。

「じゃあ、ここを離れるのは寂しいでしょう？」わたしは言いながら、彼が野球帽を店のカウンターに置き、ウォータースポーツ用のサングラスをかけるのを見る。

「ビジネスだからな。まともな男はビジネスのことで感傷的にならない」彼はわたしを見つめてはっきり言う。

わかっている。わたしも彼のビジネスの一環だ。「これを全部売るの？」店に並ぶ新品のジェットスキーを指して尋ねる。

「ああ」彼は金属の引き戸のまえに行き、取っ手に両手をかけて引く。また筋肉が波打つ。わたしはそこに集中し、彼の腕を見ないようにする。

「どれに乗るの？」振り返ってなにげない調子で訊くが、内心ではジェットスキーが詰まったコンテナのほうに連れていかれたらどうしようかとはらはらしている。

「このうちのひとつだ」彼は引き戸のなかを指差し、わたしはのぞき込む。トレーラーに二台のジェットスキーがくくりつけられている。どちらも大きく、ピカピカに磨きあげられている。どちらも全体が黒く、サイドにグレーで〝SEA－DOO〟と書かれている。今日見たほかのジェットスキーは、ほとんどがカラフルなものだった。

「こっちがおれのだ」彼が別の引き戸を開けると、ブラッドが古いジープを寄せて停めているところだ。「あれは父のだ」ダニーはもう一台を顎で示す。

「お父さんもジェットスキーに乗っていたの？」わたしは思わず尋ねる。彼はトレーラーをジープにつなぎながら微笑む。

「病気にかかるまではね」

わたしは彼の父親のジェットスキーの横に立ち、黒い塗装をなでる。後部に小さく書かれた文字まで達すると、しゃがんで静かな声で読みあげる。「ミスター」唇を噛んで彼を見上げる。

「そう呼んでたんだ」

「ミスターって？」

「ああ、愛情を込めてね」彼は自分のジェットスキーを指差し、わたしはその後部を見る。「そして父はおれをキッドと呼んだ」

ミスターとキッド。ダニーを見る。またやさしい面が顔を出している。彼がモンスターの裏に隠しているもうひとりの彼。「すてきね」わたしがそう言って立ち上がると、彼は小さく笑う。

ジープがバックで水際に向かい、ダニーはウェットスーツを引っ張り上げる。筋肉が大きく盛り上がり、収縮する。ようやく彼の裸の胸と傷だらけの腕が見えなくなり、わたしはほっとして息を吐く。彼に背を向けて、手を目の上にかざして沈みゆく太陽の光をさえぎりながら海に向かう。

「サングラスが必要だ」彼はわたしの隣に並び、黒いサングラスを渡す。「これをかけろ」

わたしは言われたとおりにして目を保護する。「海にはいるにはちょっと時間が遅いんじゃないの？」

彼は水のなかを歩き、ジェットスキーをトレーラーから水面に移す。「海の上では夕暮れどきが一番いいときだ」サングラスを上げ、首をくいと動かしてわたしを呼ぶ。

ウェットスーツを着た彼は、この世のものとは思えないほど魅力的だ。

「わたしたちだけ？」

彼はあたりを見まわし、わたしにも同じことをしろと促す。周囲には誰もいない。ブラッドも消えている。カフェにはいっていったのだろう。わたしとダニーのふたりきりだ。「おれたちだけだ」そう言う彼の声には、なんとも言えない響きがある。「髪に風を受けて、顔に塩水を浴びる。きっと気に入るよ」

それは間違いない。聞くからに気持ちがよさそうだ。だがこういったものすべてが、銃器が隠されていること以上にわたしを驚かせる。「手に汗握るマリンスポーツも、ダニー・ブラック邸での滞在に含まれているの？」

「手に汗握る？」彼は唇をすぼめる。それがまた、彼の殺人者の顔を感じよく見せる。ふざけているような、茶目っ気のある顔にする。「手に汗握りたいのか？　それだったらもっといい方法があるけど」

わたしはため息をつく。「どんな？　あなたのベッドの支柱を握るみたいな？」わたしはそんな機会を何度も彼に差し出してきたが、彼はそれを受け取らなかった。それが今、ジェットスキーで手に汗握らせようとしている。そして今日は愛想がいい。父親の話までした。まるで二重人格だ。

彼はかすかな笑みを浮かべながら首を振る。「ここに尻(アース)をつけ、ローズ」

〝アス〟を〝アース〟と言うのが彼流だ。彼のこういうところもまた、わたしを熱くさせる。わたしはその熱を追いやり、水にはいる。「うわ、冷たい」息を呑む。水から走り出たくてたまらない。

「すぐに慣れる。おいで」彼に手をつかまれ、わたしは気づくと腰まで水に浸かっている。「そこで待ってろ」プロのようにジェットスキーに乗ると、手を差し伸べ、大きなシートにやすやすとわたしを引き上げる。「いいだろう？」

「どこにつかまればいいの？」わたしはあたりを見まわし、つかまるところ——彼の体以外のつかまるところ——を探す。

彼はうしろに手を伸ばしてわたしの手を取る。「ここだ」そう言って自分の体にまわさせる。わたしは目をぎゅっとつぶって自分の嗅覚を遮断（しゃだん）する。彼の背中はものすごく広い。そして硬い。彼の背中に頬を押しつけながら、腿でシートをしっかりはさむ。「力を抜け」彼が笑いながら言う。

だがわたしはそれを無視して、力を込めてつかまることに集中する。エンジンのうなる音が、彼の愉快そうな声をかき消す。

ダニーはなめらかにジェットスキーを操る。エンジン音は心地よい音に変わっており、わたしは目を開ける。のんびりした速度で走りながら、ダニーは黄色いブイを指差す。「あれを越えたら速度を上げられる」

「すてき」わたしは答え、つかまる手に力を込める。ブイを越えたとたん、彼は一気に速度を最大まで上げる。エンジンが大きな音をたて、わたしは高い悲鳴をあげてシートの上で跳ねる。「ちょっと！」全力で彼につかまりながら叫ぶ。「ダニー！」なんて人。わざとやっているのだ。わたしを怖がらせるために。その目論見は成功している。「スピードを落として」わたしは叫ぶが、彼は意地悪な笑い声をあげながら、相変わらずのスピードで入り江を走りまわる。彼の体が盾になっているにもかかわらず、海水が顔に当たり、髪は全方向にあおられる。これが好きかって？　とんでもない。好きとはいえない。彼につかまる手を緩めたら、まちがいなく落ちてしまうだろう。「ダニー！」彼はおかまいなしに、ひたすら猛スピードで走り続ける。わたしは頭にきて、落ちるのも覚悟のうえで、彼に痛い思いをさせようと決める。片方の手を離して彼の股間に滑らせ、内腿の敏感な部分を探る。そしてゴム製のウェットスーツの上からつねる。力いっぱい。

「おい！」すぐに速度が落ち、彼が振り返る。

「痛かった？」わたしは水の音に負けないよう声を張り上げる。

「ああ」

「よかった」

彼はスロットルを緩め、やがてジェットスキーは完全に停まって海面で上下に揺れる。「女戦士にも怖いものがあると言いたいのか？」と彼が言う。

「天使の顔の殺し屋でも痛みを感じるって言いたいの？」

彼はくっくっと笑う。「不意を突かれたよ」

「わかるわよ、その感じ」わたしは彼のうしろに落ち着く。「わたしをこれに乗せて海まで連れ出したのもそのため？　わたしにわからせたいことがあるから？」水の上を時速百マイルで走るのが好きじゃないことはわかった。悪いけど。

「わからせたいことなんかないよ、ローズ」彼はスロットルを少し動かす。「ゆっくり行こうか？」

「そうして」

「そんなにしっかりつかまらなくていい。落ちそうになるのは曲がるときだ」

「じゃあ曲がらないで」

彼の笑い声。なんていい声。「曲がらないと、キューバまで行ってしまう」

「じゃあ、ゆっくり曲がって」

「ゆっくり曲がるよ」なだめるように言う。「スピードを出しすぎたらつねってくれ」

「いいわ、そうする」わたしは彼の腿に手をとどめる。いつでもつねることができるよう……そしておそらく、心地いいから。ダニーも同じらしく、片手をハンドルから離してわたしの手を上から押さえる。わたしは何度か唾を呑んで顔をそむけ、快適なスピードで走るジェットスキーの上から大西洋を眺める。

海は穏やかでわたしの心も穏やかだ。そしてこの瞬間は、わたしの人生も穏やかに感じられる。彼はわたしの指に指をからめてまさぐる。わたしは美しい景色をあきめて目を閉じ、全身のエネルギーを傾けて楽しむ。彼がすぐそばにいること。彼に触れていること。強要されているのではないこと。楽しんでいること。ふりではなくほんとうに楽しんでいること。ほかの女性は、こういう楽しみをふつうに味わえるのだろうか。これをロマンティックだと思うのだろうか？　わたしの人生では、これは永遠に続くものではない。それはわかっている。でも、今だけは楽しんでもいいはず。そうでしょう？

むしろ、楽しむべき？

「クソッ」ダニーがいきなりわたしの手から手を離し、わたしは驚いて、彼につかまっている手を緩める。それが失敗だった。体がうしろに引っ張られ、次の瞬間宙を飛ぶ。ダニーの叫び声があとをついてくる。わたしは音をたてて水に落ちる。水を蹴って水面から顔を出してあえぎ、手足をばたつかせながら左右を見る。パニックで全身の筋肉にアドレナリンが駆けめぐる。

「ローズ！」

目にはいった海水を瞬きで振り払うと、ダニーが海に飛び込んでこちらに泳いでくるのが見える。わたしのところまでたどり着くと、息を切らしながら、腰に腕をまわして引き寄せる。「何があったの？」わたしは彼の肩につかまり、必然的に脚を彼の腰に巻きつける。なんとしてでも、これ以上エネルギーを消費せずに浮かんでいたい。

「水中に丸太があったんだ」ダニーは沈まないよう静かに立ち泳ぎをしながら言う。「気づくのが遅すぎて、急ハンドルを切ってしまった」彼はわたしのはずれそうなサングラスを頭のほうに押し上げる。

「ひどいじゃないの」彼の胸に胸を押しつけ、肩に頭をもたせかける。それから、彼の首に向かって笑う。ふたりで静かな水のなかで抱き合いながら笑う。少し離れたところで、ジェットスキーが波に揺れているのが見える。お互い離れようとしない。彼の片腕はわたしのお尻の下、もう一方は腰にまわっている。重い頭を彼に預け、目のまえに広がる海を見る――なんて気持ちがいいのだろう。ショックは消え去っていた。あの感覚が戻っている。

平穏。

静けさ。

癒し。

「ローズ？」ダニーの声は不安げでためらいが感じ取れる。

わたしは動かずに答える。「何？」

「すまない」

わたしは眉をひそめ、彼の背中に指を食い込ませる。わたしを振り落としたことを謝っているのでないのだろう。なぜかそんな気がする。「何が？」きらめく水を見ながら尋ねる。

彼は心地よい抱擁をほどき、わたしの頭も彼の肩から離れる。彼はサングラスを頭の上にずらしてわたしを見つめる。そのまなざしにはやさしさも不確かさもない。厳しい、怒りを含んだまなざしだ。わたしは肺がゆっくり縮む気がする。彼は心から後悔しているように見える。訊きたくないが、もう一度訊く。「何を謝ってるの？」

彼の手がわたしの腰を離れて顔に触れる。「これだ」彼の口がわたしの口に重なる。そしてわたしはわれを忘れる。心を奪われ、考えうるすべての感情に襲われる。

これを楽しんでいることへの怒り。

これを感じていることへの心の痛み。

これを止めようとしないことへの罪悪感。

これが終わったあとのつらさ。

急に、自分の使命のことしか考えられなくなる。今わたしは裏切りを働こうとしている。「ダニー」

「何も言うな」彼はわたしの顔を両手ではさみ、濡れた唇でわたしの唇をまさぐる。まるで、何度もそうしてきて熟知しているかのように。わたしは口を開けるのを一瞬ためらうが、彼の舌が唇のあいだに滑り込み、そうなるとわたしももうあと戻りはできない。彼を両腕で囲み、腿を彼の腿にきつく絡ませる。彼の口は塩辛いが最高の味で、唇はやわらかいがしっかりしている。彼の手がわたしの髪に動き、ポニーテールをつかむ。その手に力がこもるが、キスは制御を失っておらず、ふたりの舌はなめらかで落ち着いた動きを続ける。これまで、自分の運命の残酷さを忘れられたことはなかった。情熱に呑み込まれたことはなかった。今わたしは溺れている。空気を求めてもがいている。冷静でいようと努めている。互いを満足させるふたりの大きなうめき声がまじり合う。そのあいだも、ダニーはわたしの下唇を軽く嚙み続ける。息がつけるよう、ときおり離し、わたしが充分に息を吸うと、またわたしの口の細部を探る。

わたしは彼の髪に手を伸ばしてつかみ、彼を自分のほうに引き寄せる。これで勝負がついた――そう感じる。彼はわたしに抵抗するのをあきらめた。わたしの勝ちだ。

それとも負け?

「こんなすばらしいものがあると想像したことはあるか?」よほど唇を離したくないらしく、ことばの合間にわたしの唇をむさぼりながら言う。

「一度だけ」わたしが答えると、彼はキスを止めるが、顔は近づけたままで、手も互いに相手の髪に差し入れたままだ。彼はわたしを見つめている。その目には、わたしが彼に感じているのと同じ称賛がこもっている。この、厳しくて邪悪な殺人マシンがわたしの心を溶かす。わたしの奥深くにある感情を発掘した。失われた感情ではない。最初からなかったものだ。まったく新しい感情、未知だった感情。だが、頭は知らなくても体はその扱い方を知っているようだ。

「一度だけ?」彼は探るようにわたしの顔を見る。「今か?」

わたしはかすかにうなずく。見えないほどかすかにだが、髪をつかんでいる彼の手にはそれが伝わる。

彼は一瞬悲しげな顔になり、わたしの胸に胸を押しつけて息を吸う。「きみをベッドに連れていかなきゃならない」ふたたび唇を重ね、ゆっくりと舌を動かす。

「気が変わるのが心配なの?」

「いいや」片手がわたしの髪から離れて、ウェットスーツ越しに胸を包む。「この続きはどこかプライベートなところでしないと」

「わたしには誰も見えないけど」からかうように言うと、彼は唇を重ねながら微笑んでから、ジェットスキーのほうに泳ぎはじめる。わたしは彼の前面にしがみついたままだ。離れる気はない。彼からも、彼の口からも。

「おれにもだ。それを言うなら、ずっとほかの人間は目にはいらなかった、はじめてきみを――」

爆発音がとどろく。

わたしは悲鳴をあげながら宙に吹き飛ばされる。空が赤とオレンジに光る。体が熱くなり、鋭く甲高い音に耳が痛くなる。方向感覚を失ったのとショックを受けたのとで、何が起きたのか考えることもできず、人形のように宙を舞ってから小さな水しぶきとともに海に落ちる。うなるような轟音にかき消され、何も聞こえない。

体が沈み、やみくもに脚をばたつかせるがさらに深く沈んでいく一方だ。息ができない。何も見えない。肺が空気を吸い込みたいという本能と戦うが、本能が勝つ。息を吸おうとして海水を飲み込んでしまい、咳き込む。体も頭もパニックを起こし、なんとか水から出ようと手足はでたらめに動き、頭は必死になってどうすればいいのか考える。

わたしは溺れるのだ。

奇妙な平穏に包まれ、わたしは生まれてはじめて、生きようとする努力をやめる。体の重さが消えた気がする。これほど体が軽く感じるのははじめてだ。水の流れと重力に身を任せ、穏やかな気持ちで引き下ろされていく。すべてを受け入れて。わたしが死んだら、もうあの子が脅かされることもない。危険はなくなる。自分の人生を幸せに生きられる。本人は知らないことだが、もう、あの子の人生は悪と隣り合わせではなくなる。わたしの死体が海から引き出されるより早く、彼らはあの子のことを忘れるだろう。彼らにとって、あの子は利用価値がなくなる。わたしは死ぬ。でもあの子は生きられる。

目を閉じて両手を両脇に浮かせる。今やパニックは消え、すべてを受け入れられている。

体が何かに当たる。海底だ。それから、動いているのを感じる。引っ張られているみたいだ。目を開けると、濁った水の向こうに彼の目が見えたかと思うと、次の瞬間彼の手で海面に向かって一気に押し上げられる。彼の姿がわたしを生き返らせる。わたしはまた足をばたつかせ、腕で水をかき分けはじめる。肺が悲鳴をあげる。

水面から顔が出て、わたしは思い切り息を吸う。と同時に水を吐き出し、激しく咳き込む。肺をつかまれているみたいだ。吐き気で頭が割れそうで、体が言うことをきかない。太陽の光だろうか、目のまえがぱっと明るくなる。そしてうなるような音が聞こえる。

振り向くと、真っ赤な火の玉が空に向かって飛ぶのが見える。「大変！」わたしは明るく光る水のなかに彼の姿を捜す。「ダニー！」パニックになりながらあちこちを手を伸ばす。またしても未知の感情が湧きあがってきて止まらない。彼が見えない。「ダニー！」息を止め、顔を水につけて水中を見ようとする。だがまだ肺が回復しておらず、彼を見つけられるほど長く息を止めていることができない。ふたたび顔を出し、周囲を見まわして彼を捜す。彼は上がってきていなかった。わたしを水面まで無事に押し上げたあと、彼自身は上がってきていない。「ダニー！」燃えさかる炎に負けじと声を張りあげる。別の何かがうなる音が聞こえ、そちらを振り向く。スピードボートだ。ブラッドとリンゴが乗っているのが見え、わたしは両腕を高く上げる。ふたりはわたしを見つける。その顔にはショックと不安が浮かんでいる。

「ローズ！」ブラッドが叫ぶ。「そこを動くな」わたしから三メートルは離れたところでエンジンを切り、こちらに漂ってくる。ブラッドはわたしを引き上げようと手を伸ばす。

「彼が見つからないの」わたしは泣き声になる。大きくて硬い塊が喉につかえる。「ダニーが見つからないのよ」

「クソッ」ブラッドが限界まで体を乗り出して手を差し伸べる。「つかまれ」

彼の指に触れたちょうどそのとき、うしろから何かが聞こえる。ブラッドの手を離して振り向き、水面に視線を走らせる。何よりも先に彼の目が見える。自分の心臓が感謝を述べるように激しく鼓動する音が聞こえ、続いて彼の咳と水の跳ねる音、そして悪態が聞こえる。彼は両手で髪をうしろになでつけ、水のなかを探る。わたしのなかで何かが大きく動く。深遠で要求の多い何かが。彼と目が合い、この瞬間わたしは悟る。

自分が、思っていたよりも厄介なトラブルを抱えていることに。

わたしにとって死よりも怖いトラブル。ノックスより怖いが、彼がわたしにするであろうことほどは怖くない。だが……それでわたしは無謀な行ないをやめられるのだろうか？

腕と足が自分たちの意志で動きはじめ、安全なブラッドの手ではなくダニーのほうにわたしを運ぶ。わたしは彼に向かって泳いでいる。炎に向かって。熱さに向かって。

危険に向かって。

ダニーも泳ぎはじめ、わたしは彼のところにたどり着くと、手足を彼に巻きつけ、顔を首にうずめて隠す。また沈んでしまいそうな気がする。「大丈夫だ」火が燃えさかっているすぐそばで、彼はわたしをしっかり抱きしめながら言う。「大丈夫だ」

涙がこみあげる。さらなる感情、さらなる狂気が襲ってくる。彼はわたしの命を救ってくれた。わたしの命を、救うだけの価値があると思ってくれたのは彼だけだ。

遠くから、こっちに泳いでこいと叫ぶブラッドの声が聞こえる。「行こう」ダニーは腕をほどいてわたしを促すが、顔をそむけようとするわたしを止める。わたしを見つめ、黙って目の下を拭う。わたしは、それが海水だなどと言いつくろいはしない。彼にはわかっているのだ。

不意に疲れを感じる。アドレナリンが切れたようだ。ダニーは、ブラッドが真剣な顔で待つボートまでわたしを運びながら泳ぐ。ブラッドがわたしの手をつかんで引き上げ、ダニーが下から押し上げ、リンゴがボートに引き上げてくれる。リンゴはわたしの濡れた体を抱き上げてやわらかいベンチシートに下ろす。わたしは震えだす。寒いからではなく、ただ……。

「ショックのせいだな」リンゴはつぶやくと、フリースのブランケットでわたしの肩を包む。「水を飲むといい」水のボトルをわたしの手に押しつけてから、ブラッドに手を貸してダニーを引き上げる。ダニーがボートに乗ると、三人は立って海上の炎を見る。

「また狙われたな」ダニーはそう言ってブラッドを見る。「本気でおれの死を望んでいるやつがいるらしい」

突然思い当たった事実に火山の噴火のような衝撃を覚え、わたしはかつてないほど震える。振り向いたダニーに震えているのを見られ、わたしはいたたまれない思いで目をそらす。頭に浮かぶのは、携帯電話の画面に明るく光るノックス宛のメッセージだ。目を閉じるが、ダニーが隣に座るのがわかる。わたしに腕をまわして抱き寄せる。わたしには、彼に慰められる資格がない。わたしのせいだ。わたしがノックスに、彼がここに来ることを教えた。ノックスは、わたしもいっしょだとは思わなかったのだ。

「寒いだろう」ダニーがささやき、わたしは彼の胸に向かってうなずく。息を吸えるようになるまで、話すことはできそうにない。「ローズ？」

彼を見られない。彼が死にかけた原因を作ったのが自分だとわかっていながら彼と顔を合わせることはできない。彼はわたしの顎を軽くつかんで少しだけ力を込めて、無理強いはしないが自分のほうを向いてほしいという気持ちを伝える。彼のやさしい目を見て、わたしの罪悪感は三倍増しになる。「すまない」と彼が言う。わたしは〝あなたのせいじゃない〟と解釈してくれるのを願いながら首を振ることしかできない。すべてはわたしのせいだ。それを打ち明けることは絶対にできないが。ダニーはわたしを救ってくれた。彼はわたしがここで木の葉のように震えているのを、ショックと恐怖のためだと思っている。確かにショックと恐怖を感じているが、その理由は彼が思っているのとはちがう。彼は微笑んでわたしの頭に顎を乗せ、その硬い体でわたしを抱きしめる。「沿岸警備隊が現われるまえに消えたほうがいい。警察が来たら、ジェットスキーは盗まれたと言う」

エンジンがかかり、ブラッドに詰めるよう言われ、わたしの体はさらに強くダニーの脇に押しつけられる。炎が水平線上の小さな点になるまで、わたしは見つめ続ける。

今日、ダニー・ブラックはわたしの命を救った。

今日、彼は救うべき命を見つけた。

そして今日、彼はわたしの死刑執行状に署名した。

15

ダニー

マリーナからの帰り道、ブラッドは言いたいことが山ほどありながら我慢している。その証拠に、顎をこわばらせながら口を固く閉じている。わかっている。おれの頭にもさまざまな思いが駆けめぐっている。だが主に、リンゴのシートのうしろをぼんやりと見つめているローズに気をとられている。家に近づくにつれて彼女の震えはひどくなる。おれは彼女をしっかり抱き寄せて震えを止めようとする。彼女をおれのほうを見もしない。はじめてローズ・リリアン・キャシディに会った瞬間から、おれは彼女の防御の壁を突き破りたかった。彼女が傷つくということを自分に証明するために、彼女を傷つけたかった。そしておそらく、そこに慰めを見出したいという思いもあったのだろう。今のような彼女を見るのは衝撃だった。おれのせいではないが、それでも自分を責めてしまう。

あわててマリーナをあとにしたため、まだウェットスーツを着ている。車が家のまえで停まっても彼女はぼんやりして動こうとせず、おれは降りるようやさしく説得する。階段をのぼらせ、肩のブランケットを巻きなおしてやりながらなかにはいる。玄関ホールで待っていたエスターが、おれたちを見たとたんに眉をひそめる。

「わかってる」おれはローズの両肩に手をかけ、エスターのまえを通って階段をのぼる。ローズはまるでゾンビのようだ。おれが手を離したら、石みたいに階段を転がり落ちるだろう。

「ダニー?」ブラッドの声に振り向くと、彼は両の手のひらを上に向けている。「執務室で話し合わなくていいのか?」車のなかで抑えてきたことばを吐き出したくてたまらないのだ。待ってもらわなければならない。最近のおれは、彼の話をさえぎってばかりだ。腕の傷のことも鼻血のこともはぐらかしている。おれが何も話さないから、ブラッドは頭にきているのだ。

おれはブラッドをにらみつける。「酒を用意しておいてくれ」あきれた顔で首を振る彼を尻目に、階段を上り続ける。ほっといてくれ。おれはローズから離れたくても離れられないのだ。

なぜかと自問することもなく、彼女の部屋まで行かずに自分の部屋のドアを開けてなかにはいる。足でドアを閉め、彼女をベッドに連れていく。うしろ向きに立たせ、ウェットスーツを脱がせて下着だけにし、続いて、微動だにしない彼女の背中を見つめながら自分もウェットスーツを脱ぐ。彼女をこちらに向かせ、ガラスのような虚ろな目を見ておれは眉をひそめる。あのなかに燃える炎がすでに懐かしい。彼女の頬を両手ではさみ、自分の顔に向ける。目はこちらを向いているがそこにおれは映っていない。

「ローズ?」心配になってきて彼女を軽くゆする。医者を呼んで診てもらったほうがいいだろうか? ショックで麻痺しているようで、なんの反応もなく、瞳孔が大きくなっている。ひとことと、大丈夫だと言ってほしい。せっぱつまって彼女の唇にキスをする。しっかりと、だが控えめに。唇を離して様子を見る。彼女の目に生気が戻る。もう一度キスをする。しっかりと、控えめに。そしてまた離れて、目のなかに炎を探す。青い瞳の奥で炎が燃えているのが見える。

瞳孔が閉じ、彼女は瞬きをしておれに焦点を合わせる。おれはまたキスをする。今度は長めで、キスをしながら彼女の体に力が戻るのが感じられる。小さくうめく声も聞こえる。だが、手はだらりと体の両側に下りたままだ。

「だめ」彼女はあとずさりし、裸足の足元に視線を落とす。「わたしにキスしちゃだめ」

おれはまごつくような男ではない。おれの人生は明確なことばかりだ。誤解がはいり込む余地はない。だが今、おれは少し困惑して尋ねる。「なぜ?」

「ただ、だめなだけ」背を向けようとするが、おれは彼女の手首をつかんで止める。彼女を行かせるべきなのは間違いないが、なぜか、おれには説明を求める資格があると感じる。もちろん簡単に説明はつく。死にかけたのだから。だが、恐怖はローズとは相容れない。それは最初からはっきりしていた。では何が変わったのだ?「離して」彼女は懇願するように言う。おれの疑念はさらに増す。

「だめだ」おれの声には怒りもいらだちもこもっていない。ただ単純にノーなのだ。彼女は唇の震えを抑えようとしながらおれを見上げる。「わたしを追い出すべきよ、ダニー」

「とんでもない」おれは面白味のかけらもない笑い声をあげる。「自分がなぜここにいるのか忘れているな」

「そうよ」彼女は乱暴に腕を振りほどいて叫ぶ。「忘れたわ。だから思い出させて」手のひらがおれの顔に向かってくる。避けようと思えば避けられるが、おれは避けない。彼女に、怒りにまかせて力いっぱいおれの顔を叩かせる。おれには彼女が何をしているかがわかる。おれが叩き返すのを望んでいるのだ。思い出させてほしいのだ。おれは叩かない。叩くつもりはない。だが、彼女の首を軽くつかんで彼女を近くの壁まで押しやる。おれは怒っている。それは確かだ。ただし、彼女が叩いたからではなく、引き返そうとしているからだ。おれがついに屈したというのに、彼女は去っていこうとしている。そんなことは絶対に許さない。

彼女の背中を壁に押しつけ、首に指を巻きつけて目のまえに顔を近づける。うなるような声は心からのものだ。血が熱く燃えたぎる。彼女の喉がごくりと動くのが手に感じられ、顔は怒りにこわばっている。おれは彼女の向きを変え、前面を壁に押しつけて、片手でうなじをつかみ、もう一方の手の親指をショーツの上端から滑り込ませる。彼女は鋭く息を吸うが、抗わない。

「おれが欲しいんだろう、ローズ?」ショーツを引きちぎって脇に放る。彼女は叫び声をあげながら頭をのけぞらせる。おかげで彼女の首があらわになり、おれはそこに口を寄せて喉を舐める。塩の味がする。塩、海、天国の味だ。「ほんとうのおれが欲しいんだろう?」彼女の皮膚を強く嚙みながら胸に手をやり、ブラジャーのカップを引き下ろす。抵抗も、拒絶の声もない。彼女の全身に熱い火が散らばって、おれを受け入れると告げている。ボクサーショーツのなかでふくらんだおれ自身が、生地を押し上げ、硬くこわばる。ボクサーショーツを下ろして解放する。先端が彼女の尻の割れ目に触れ、おれはうめく。「これが欲しいと言え」おれはペニスを持って彼女の尻に横に滑らせる。にじみ出た液が軌跡を描く。「おれの太いこいつをぶち込んでほしくてたまらない——そう言え」

彼女の両手が拳を作って壁を強く叩く。おれはまた彼女の首を強く嚙む。「言え」どうしてもことばによる承諾が欲しくなる。懇願させたい。

「いや」そのかすれた拒絶に従って行為をあきらめなければならないわけではない。だがおれは従うつもりだ。彼女が魔法のことばを口にするまでは。やっとの思いでペニスから手を離し、彼女から手を離し、彼女の首から口を離し、後退する。「いや」おれが触れるのをやめたとたん彼女はまた叫んで壁に体を預け、拳で何度も壁を叩く。

ここまで腹を立てていなければ微笑むところだが、今のおれはそんな気にはなれない。到底無理だ。「おれの部屋から出ていけ。放り出されるまえに出ていくんだ」彼女を放り出さないなら、承諾を得ずに抱くことになる。だがそれはするつもりがない。いくら彼女がしてほしくても。いくらおれがしたくても。

彼女は壁にもたれたままこちらに向き直る。出ていけというおれの命令に従う様子はない。それがおれのなかに火をつける。欲望の火と怒りの火の両方だ。彼女の腕をつかんでドアに連れていこうとする。予想どおり、彼女は抵抗しておれを叩き、指を引きはがそうとする。冷静さを失うのは簡単だ。彼女を一発で殴り倒すのも。だが、おれはこれまで一度も女に激しいことばを投げつけたいという衝動に駆られたことがない。自制心を失っている今でもそれは変わらない。ドアを開けて彼女を振り返る。

そのとたん、顎にパンチを受けてのけぞる。

おれは驚いてよろめく。目のまえに星が飛ぶ。なんとも見事な右フックだ。はずれそうになった顎を動かして正しい位置に戻す。彼女は自分でも驚いたような目をしており、またしても体を凍りつかせている。おれはどうすればいいのかわからない。だから、馬鹿みたいにわかりきったことを言う。「おれを殴ったな」

彼女は目を大きく見開き、用心深くあとずさりする。おれがやり返すと思っているのだ。そうしてやろうじゃないか。おれは彼女に突進し、うしろを向かせる。胸に彼女の背中が当たる。両手首をつかんで彼女の体のまえで交差させ、動きを止める。腕の包帯がほどけ、傷口が彼女の肌に触れて痛みが走るが、それを無視して彼女を壁に押しやる。彼女の耳に口を近づけてささやく。「言え」彼女はうなずく。「イエスと言うんだ、ローズ」彼女におおいかぶさるようにして壁に押しつけながら言う。ペニスがまた頭をもたげる。

「イエス」今にも泣きだしそうな声で言う。おれは息を吐き、ゆっくり彼女の腕を離す。彼女は足を広げて立つ。おれは手を彼女のウエストの両脇に添える。彼女の尻がこちらに突き出されておれを誘う。「イエス」もう一度、今度は淡々と彼女は言う。

おれはペニスを見下ろす。先端から液が滴っている。おれは手を伸ばして彼女の髪のゴムをはずし、濡れた髪をほどく。彼女の頭皮をつかみ、彼女に体を近づける。ペニスの先が彼女の尻の割れ目に当たると、これから訪れる悦びへの期待でおれの体はまえのめりになる。

おれの準備は万端だ。

絶望に導かれての行為だ。「避妊処置をしていると言ってくれ」そう命じながら、指先で背骨をなぞり、途中でブラジャーのホックをはずす。彼女はうなずく。「わたし以前の相手とは、いつも避妊具をつけると言って」

「いつもそうしている。きみもそうだと言ってくれ」

「いつもそうしてるわ」おれは彼女のヒップをつかんで引っ張り、自分の脚の幅を広く取って高さを合わせる。導かれなくてもおれのペニスは行きたい場所を知っている。おれは抑えたうめき声とともに彼女の入り口を通過する。歯を食いしばる。筋肉がこわばる。最初の一突きで、おれの体は快感に震える。

彼女は力が抜けたように、平らな壁につかまろうとしながら上体をだらりとまえに倒す。「ダニー」おれの名を呼ぶ声は悦びでかすれている。おれには、キスをする気も、肌を愛撫する気も、ゆっくり進める気もない。おれと彼女は、互いに野獣のようにただ相手に飢えている。やることはひとつしかない。

一度引いてから、ふたたび腰を押しつける。片手を彼女の首にかけ、うなじから髪に指を差し入れる。彼女があげる叫び声は、まさにおれが必要としているとおりものだ。ペニスで彼女の内部の壁をこすりながら腰を引く。張りつめたおれのものが彼女の液で光っている様子をじっくり見つめる。歯を食いしばり、また彼女のなかにはいって、彼女のうめき声があえぎ声に変わるのを楽しむ。乱暴な動きで彼女は痛い思いをしているにちがいない。おれは微笑む。彼女は絶対にそれを認めようとはしないだろう。目のまえの光景を見ながら、肌が熱くなるのを感じる。おれは非人間的な肉欲に従い、動物のように彼女をそこに留めつける。

紳士らしくふるまい、今からいくと警告するべきなのだろう。だがおれはそうしない。彼女が求めたのだ。激しくやってくれと。海のなかでおれがキスをした弱い女は消え、おれのローズが戻ってきた。

おれは一瞬自制心を失って腰を大きく動かす。彼女は叫び声をあげて壁に額をすりつける。おれは彼女の首にかけていた手で髪をつかんでうしろに引っ張り、彼女のとろんとした目を一目見てうなる。血管が激しく脈打つ。もう充分彼女をじらし、おれの長さと太さに慣れる時間を与えた。

おれは体をのけぞらせて息を吸い、身構える。

手加減はしない。

家が崩れそうなほどの大声をあげながら、おれは彼女を突き、間髪を入れずに引いてからまた突く。玉の汗が肌に浮く。快感のあまり体が思うように動かなくなる。さらなる欲望がおれを支配する。われを忘れて、これまで女としたことがないかのように腰を動かす。これまでないほど強く、速く動かす。フラストレーションと目的が強烈な勢いでおれを駆り立てる。

ローズの体はおれの動きを受け入れ、彼女は一突きごとにかすれた喉から新たな叫び声をあげる。手が、つかまるところを求めて壁を探り、頭は力なく肩に向かって揺れる。おれは突くたびに深さを増していく気がし、引くたびに早くなかに戻りたくて頭がおかしくなりそうになる。そのせいで腰の動きは次第に速くなる。

自分が抑えられなくなっていた。耳のなかで血管が脈打って、自分の叫び声も彼女の金切り声も、遠くにくぐもって聞こえるだけだ。自分が体から抜け出したような、だが一方で体の中心にいるような気がする。

彼女が先に達する。彼女の体がこわばり、叫び声の高さが変わる。そのあと、長いあえぎ声が続き、体から力が抜ける。それがおれを新たな世界に招き入れる。

深く息を吸って目を閉じ、快感に身を任せる。快感が、解放に向けての口火となる。それは少しずつ大きな火となっていき、やがて爆発し、おれが思ってもいなかった速さで広がる。おれはあえぎ、彼女の背中に倒れるように重なる。膝が激しく震える。最後にもう一度、必死でこらえながら引き、ゆっくりと沈み込む。それと同時におれのペニスは爆発し、おれは体を支えるために片手を壁につく。彼女も自分の足で立っていようとしているのを見て、おれはもう一方の手を彼女のおなかにまわす。うなり声は抑えるが、体は抑えられない。

彼女の背中を見つめながら、体を震わせて絶頂に達する。ペニスが脈を打ち続け、高揚感は永遠に続くような気がする。ローズはおれの下で荒い息を吐きながら体を波打たせ、おれの体もそれを追うようにして波打つ。

解放。ふたりとも解放感を得た。だがまだ充分ではない、怒りと憎しみに満ちたセックスはおれを満足させたはずだ。それなのに、おれは空っぽだ。

天国を味わったのに気分は地獄だ。

おれは静かに彼女から出ると、浴室にはいってシャワーの湯を出す。ほっとしていい気分になっているはずだが、そうではない。自分がとんでもないろくでなしに感じられる。背中をタイルにつけ、蒸気を見つめながら、頭のなかで自分を責める。だが求めたのは彼女のほうだ。あんなやり方をさせたのも彼女だ。顎の力を抜くと、彼女のパンチの痛みがよみがえる。包帯を完全にはずして腕を見下ろす。傷口から浸出液がにじみ出ている。クソッたれ。

体を洗いながら、もっと大事なことに頭を向けようとする。誰がおれを吹き飛ばそうとしたかといったことに。歯を磨き、浴室の隅の椅子の背にかけてあるジーンズを穿いてから寝室に向かう。

彼女はいない。

それでいい。

キッチンで包帯を見つけて傷に適当に巻き、執務室にはいる。ブラッドが好奇の目を向けるが、おれは無視する。「氷が溶けちまった」すれちがいざまにグラスを渡しながら、彼はなかなか下りてこなかったことへのあてこすりを言うが、おれはそれも無視して椅子に腰かける。さらにブラッドは、頬についた小さな手形も見逃さないが、おれはその事実も無視する。ブラッドもそれについては何も言わない。「服を着る時間がなかったのか？」

おれはTシャツすら着ていない自分の胸を見下ろす。「黙れ、ブラッド。何が起きているのか教えてくれ」

「それはこっちのセリフだ、ダニー。おまえの腕は傷だらけ、鼻はどうやら折れているらしい。おまけに、どこかの誰かに吹っ飛ばされかけた」

「腕と鼻はおまえには関係ない。おれだけの問題だ」デスクをはさんでブラッドをにらむ。「やつらは近づいている」おれは酒を飲み干し、空になったグラスをすぐさま差し出す。リンゴがスコッチの瓶をつかんでグラスを満たす。ブラッドはおれの向かいの椅子に座り、ほかの部下たちもはいってくる。「いったいどうやっておれのジェットスキーに爆弾を仕込んだんだ？」

「二日まえからモンローが見張っていた」ブラッドはため息をついて頭をさする。頭痛を感じているのだろう。「スタッフと話もしているし、予約や配達についても全部調べてる。監視カメラがなかったのが失敗だな。カメラの設置をもう一度検討するべきだ」

おれは自分の足を感じたくて、立ち上がって歩きはじめる。「監視カメラは得るものより危険のほうが大きい。警察に嗅ぎまわられた場合、見られたくないものを見られてしまうからな」二杯目のスコッチも飲み干して、今度は自分で次を注ぐ。誰がやっているにせよ、近づきすぎている。それを知られたくない。おれはまだ死ぬ気はない。おれたちはマリーナを拠点にビジネスをしている。「誰かがおれたちを監視している」ブラッドを見ると眉をひそめている。「ジェットスキーにはトリガーは仕掛けられていなかった。爆発したときおれは乗っていなかった。ローズを追って海に飛び込んだときにエンジンが自動的に停まったはずだ」

「何が言いたい?」

「おれが海に出るのを誰かが見ていたってことだ。おれは岸から離れたところにいた。やつらは、おれがまだ乗っていると思って爆発を起こしたんだ」ローズが振り落とされたことが、結果的に吉と出た。「メキシコ人とルーマニア人について何か情報はあるか?」

「バッジャーが調べた。メキシコ人はメキシコにとどまっている。ルーマニア人は新しい組織を作ってトラブルを起こしている」

「トラブル?」

「ただの素人だよ。ヤク、娼婦、ケチな犯罪程度だ。ディミトリが死んで、代わりに名を成そうってやつが出てくるのは時間の問題だった」

「危険じゃないのか？」

「乱交パーティーを開くのが関の山だ。心配ない」

おれはため息をついていらだちを吐き出そうとする。それならいったい誰なんだ？

「ところで、親父さんの葬式のことなんだが」

おれは信じられない思いでブラッドを見る。「おれが、親父の葬式の話をしたがってるように見えるか？」おれは部屋を出ようと立ち上がり、スコッチの瓶をつかむ。父が恋しくてたまらないが、立ち止まって悲しむ時間はない。〝誰も信じるな。チャンスは一度きりだ〟。今のこの状況に立ち向かうには、このことばだけでは足りない。大暴れして銃を撃ちまくり、敵を一掃しなければならない。父だってそうしていたにちがいない。ポケットのなかで携帯電話が鳴り、おれはスコッチの瓶を小脇に抱える。画面を見てからブラッドの顔を見る。「アダムズだ」デスクに戻ってスコッチを置き、スピーカーをオンにして電話に出る。「どうした」

「ジェプソンの息子が今日、目を覚ました」

「クソッ」悪態をついて目を閉じる。ほかにもどんな障害がおれのまえに立ちはだかるのだろう？「それで？」

「予想外に軽症だ。一、二週間で退院する」打ちのめされているような声だ。

ブラッドがおおげさに椅子の背にもたれる。おれも座っていればそうしているところだ。代わりに、スコッチを新たに注ぎ、自分のするべきことに覚悟を決めながら飲む。「そうすると、バイロンズ・リーチは彼が二十一歳になるまで信託に入れられるんだな？」行動を起こすまえにもう一度、はっきり確かめたくて尋ねる。

アダムズはしばらく黙り込む。おれだけでなく、彼にとってもまずい状況なのだ。おれがあのマリーナを手に入れるまで、ローズを取り返せないのだから。「十年七カ月後までな」

「解決しろ」

「どうやって？」

「知らん。だが、ローズに会うのに十一年も待てないだろう？」充分に悪意を込めた声でおれは言う。

「彼女をとらえておくことはできないぞ」

「まあ見てろ」ブラッドが承服できないという顔で首を振っている。無理もない。ローズをここに置いておく必要などない。爆弾で吹き飛ばされる必要がないのと同じだ。「すぐに結果を見せないと、三千五百万が四千万になるからな」アダムズがたじろぐのが聞こえるようだ。おれはデスクから離れ、携帯電話の画面をタップして通話を切る。頭のなかでプレッシャーが大きくなっていく。「息子が入院している病院を突き止めろ」とブラッドに命じる。少年を殺し、ローズを返し、マリーナを手に入れ、おれの頭を狙ったクソ野郎を見つけだす。単純なことだ。単純であるべきだ。おれはブラッドを見る。

「何をするつもりだ、ダニー？」

「邪魔になるものを排除する」

「なんだって？　アダムズをここで痛めつけて吐かせればいいじゃないか。誰がやつに近づいたのかを突き止めて、それで終わりだ。彼女を返せ。仕事をしろ」

「誰だかわからないそいつがそれを待ってると思わないのか？　大金がかかってるんだぞ。アダムズがここに来てすべて否定したら、おれはやつを殺さなきゃならない」

〝チャンスは一度きりだ〟「アダムズを監視しろ。レンを送れ。携帯電話を盗聴しろ。口座を調べろ。やつが誰と話しているのか、何に金を使っているのか知りたい。おれを消したがっているのが誰だかわかって、金とマリーナがおれのものになることが保証されたら、そいつは死ぬ」

「女は？」

「彼女もだ。とにかく病院だ。ジェプソンの息子がいる病院を知りたい」

「ダニー」ブラッドが心配そうに言う。「本気か？　子供だぞ」

「あのマリーナがどうしても必要なんだ」おれは穏やかな声で言うが、内心は穏やかどころではない。スコッチをラッパ飲みしながら、おれは執務室を出る。

16

ローズ

彼は空のスコッチの瓶を手に、わたしの部屋の向こう端の椅子にだらしなく座っている。眠っていても、その顔には苦悩が浮かんでいる。一晩じゅうそこにいたのだろうか？　わたしは体を起こしてヘッドボードにもたれ、膝を抱えて顎を乗せる。脚のあいだがひりひりして、ずっしりと重く、不快感がある。珍しいことではない。わたしの仕事につきものの感覚だ。仕事というより日々の苦悩と言ったほうが正しいかもしれない。でも今は、その感覚の源も、まわりの環境も、自分にはふさわしくない気がする。昨夜、ダニーはわたしを憎んでいるかのように、わたしに壁を向かせてうしろから抱いた。それでもわたしは達した。怒りもフラストレーションも罪悪感も、わたしのオーガズムを強めただけのようだった。うしろ向きにされるまえから、わたしは彼のなすがままだった。わたしと彼とのかかわりを取り巻く複雑な状況があろうとなかろうと、わたしは彼のなすがままだ。ダニーは気づいてもいないだろうが。彼にとってわたしはただの娼婦だ。〝まともな男はビジネスのことで感傷的にならない〟。わたしもビジネスの一環だ。

彼は何もわかっていない。

ため息をついて、ベッドの端まで這い、素足をカーペットに下ろす。この厳しく腐った世界のなかで、ふかふかのやわらかいカーペットが足に心地いい。

浴室にはいり、鏡に映る自分を一瞬見て、すぐにそのひどいありさまから顔をそむける。肌はまだ塩のにおいがし、髪はもつれ、目は何かに取りつかれているようだ。ドアを閉めて鍵をかけ、引き出しのうしろに手を入れて携帯電話を取り出す。痛む心を抱えてしばらく画面を見つめる。頭のなかを銃器が駆けめぐり、自分が得た情報がわたしを苦しめる。だが長くは続かない。情報を隠した結果起きることへの不安が、ダニーを裏切ることへの懸念に勝つ。

携帯電話の電源を入れ、声が外に聞こえないようシャワーの湯を出しながら、ノックスにかける。今が、銃のことを伝えるときだ。この天国と地獄が共存する場所から抜け出すときだ。自分の知っている世界、なじみの世界に戻るときだ。ダニー・ブラックの世界はわたしのなじみの世界ではない。

呼び出し音が続いたあと、留守番電話に切り替わる。ノックスの声ではない。一般的な自動応答メッセージだ。留守電を残すときのルールを思い出し、わたしは電話を切る。もう一度かける。手がかすかに震えはじめる。馬鹿なこと——たとえば気が変わるとか——をするまえに情報を伝えてしまいたい。もうあと戻りはできないのだ。すでに、ノックスにダニーの動きを伝えた。その結果が昨夜のマリーナでの惨劇だ。ノックスはもう知っているだろうか？　わたしもそこにいたことを。またしても留守番電話につながり、わたしは通話を切って携帯電話を見つめる。

ドアの向こうに重い音が聞こえ、わたしははっとして顔を上げる。次の瞬間、ドアの取っ手ががちゃがちゃと音をたてる。あわてて洗面台に行き、電話を隠す。「今開けるわ」わたしは心を落ち着け、大きく息を吸ってからドアを開ける。彼は両手をドア枠につき、体重をかけるようにしてまえに乗り出している。気分が悪そうだ。冷たい目でわたしを上から下まで見つめる。「何？」わたしはそっけなく言う。これは彼に合わせた話し方であり、自分がこれからしようとしていることをいくらか耐えやすくしてくれる。少なくともそうであるはずだ。

「おれは出かける」彼はドア枠に手をついたまま体を起こし、その動きで二頭筋が盛り上がる。「夜には帰る」それだけ言うと、背を向けて去っていく。

「どこに行くの？」わたしはあとを追いながら訊く。

「街の外だ」彼は振り返りもせず歩みを緩めもせずにドアに向かう。「エスターと部下の何人かは残るから、何か必要なものがあれば言うといい」

「何が必要だっていうの？」彼を追いながら次第に怒りが募る。

「おれじゃないのは確かだな」そう言った瞬間彼は突然足を止め、わたしも彼の背中にぶつかりそうになって止まる。傷ついているような声だった。言うつもりは、ましてあんなに怒ったように言うつもりはなかったのだろう。でも彼は間違っている。わたしには彼が必要な気がするが、だからといって自分のものにすることはできないのだ。これでいいのだ。

「そうみたいね」そう言って一歩下がる。「いつわたしはここから出られるの？」

ダニーはゆっくり振り向き、厳しい顔をこちらに向ける。「今だ」

予想外の答えにわたしはたじろぐ。今？　今出ていっていいの？　突き刺すような鋭い目が、聞き間違いではないと告げる。「おれが帰ってくるまえに出ていってほしい」彼はわたしの目を見つめたまま、うしろ向きにドアに向かう。胸がひどく痛む。胃がむかむかする。これで終わりなのだ。あれほど望んだことなのに、今わたしは混乱している。それは、ノックスがするであろうこととは関係ない。どのみちわたしはノックスが必要とする情報を持っている。息子は安全だ。でもダニー・ブラックはそうじゃない。これ以上怒らせてはいけない。今度怒らせたら……。

わたしは喉につかえる塊を呑み込み、それが胃に落ちるのを感じる。「わかった」それだけ言って彼から目を引き離し、浴室に向かう。一歩進むごとにつらさが増す。浴室のドアまで来て振り返る。

彼はもういない。

一時間後、わたしはまだシャワー室の床の隅で膝を抱えている。皮膚はふやけ、体はこすったらキュッキュッと音が出そうなほどきれいだ。なんとか立ち上がると、シャワーを止めて体を拭き、濡れた髪を高い位置でひとつにまとめる。髪を乾かす気にはなれない。このままでよしとしよう。

ノックスに電話をかけて、迎えをよこしてもらおう。ここの住所はわからないが、ノックスなら調べられるにちがいない。

身支度をして浴室を出る。ダニーにはじめて会った晩と同じ赤いドレスを着てバッグをつかみ、浴室に戻って携帯電話を出して電源を入れる。歩きながら画面を見て、通話ボタンのうえに親指をさまよわせる。息子の顔が頭に浮かび、わたしは通話ボタンを押して電話を耳に当てる。これまで見てきた息子の画像ひとつひとつが浮かんでは消え浮かんでは消えして、それが一番の戒めとなる。二回呼び出し音が鳴ったあとに彼の声が聞こえる。わたしは反射的に電話を切り、過呼吸を起こして便器に座り込む。

上体を膝につけてうずくまり、前後に揺れる。ここにいては冷静に考えられない。立ち上がって部屋を出て、階段まで走る。階段の下に男がひとり立っている。確かワトソンだ。

「ダニーに出ていっていいと言われたの」靴を床に置いて履きながら言う。

「ああ、知ってる」ワトソンは両手をポケットに入れ、頭を傾けてわたしを上から下までじろじろ見る。笑ってしまうところだ。ダニーのまえだったらこんなことは絶対にできないだろうに。「車で送ろうか?」そのことばに不穏なものを感じてわたしは警戒する。

体を起こし、厳しさをまとって言う。「タクシーを拾うわ」

ワトソンの茶色い下卑た目が玄関ホールをすばやく見まわし、ほかに誰もいないのを確かめる。わたしはあとずさりするが、すぐにそんな自分に嫌気がさし、あとずさりをやめて肩をそびやかす。このドレスを着ていれば、自分の家にいるみたいに強くなれるはず。ドレスが鎧となって、目のまえに何が投げ出されようと、びくともせずにいられるはず。でもここはダニーの家で、今わたしは、彼に出会うまでは感じたことのなかったものを感じている。弱さだ。

「置き土産を残していくってのはどうかな?」ワトソンが近づきながら言う。

「わたしとセックスしたいの?」唇をねじ曲げ、彼を上から下まで見ながら答える。

「遠慮しとく。わたしみたいな娼婦でもそこまで落ちぶれてないわ」ワトソンの手が飛んでくるのが見える。わたしに尻もちをつかせるような平手打ち。これまでもこの強さで叩かれたことは一度や二度ではないが、今回は痛みを感じる。わたしはうしろによろけ、背中から倒れる。「それでもあなたとはやらないわよ」髪を振り払って彼を見上げ、あざ笑う。

「あばずれめ」彼はわたしの傷のある腕をつかんで立たせ、壁に突き飛ばす。わたしは思い切り壁にぶつかり、またしても痛みを感じる。なぜ、急に何もかもを痛く感じるようになったのだろう? わたしは彼の左をすり抜けようとするが、彼の太い腕が壁について逃げ道をふさぐ。わたしは壁に張りついて息をこらし、自分を守ってくれる盾を探す。ワトソンが顔を近づけて息を吹きかけ、ドレスのなかに手を入れて腿の内側を探る。

「やめて」わたしは小さくつぶやいて彼の手を払いのけようとする。自分が汚なく感じられる。間違っているように感じられる。こんなことは——ろくでなしにいいようにされることは——珍しいことではない。いつものわたしなら、大義のために受け入れる。生きるために受け入れる。でも今はちがう。今は、彼以外の男に触れられるほど嫌なことはない。

「恥ずかしがってるのか?」ワトソンがわたしの鼻に鼻をすり寄せ、わたしは胃がむかむかして顔をそむける。「おまえのきれいな体を見たよ、ブラックの執務室で。あのときは恥ずかしがってなかった、そうだろ?」彼の指がショーツの縫い目をなぞり、わたしは少しでも触りにくくしようと腿を固く閉じる。「濡れてないな。まあ見とけ」ドレスが一気に腰までたくし上げられる。「やめて!」

「おまえはここに来たときからおれたち全員をじらしてた。やることをやったら、やめてやるよ」ショーツを乱暴に引っ張られ、昨夜のことがあふれるようによみがえる。ダニーは乱暴だったが、わたしを娼婦のようには扱わなかった。わたしは、自分をこんなふうに安っぽく感じなかった。でもわたしは安っぽい女なのだ。それがわたしだ。それを数時間のあいだ忘れたただけなのだ。

いいえ、ちがう！

精一杯の力を込めてワトソンを押し返し、玄関に向かって走る。ワトソンは怒鳴りながら走ってきてわたしの行く手をさえぎる。わたしは向きを変えて階段を駆け上り、ヒールを履いた足でできるだけ速く走る。そして自分の部屋から浴室に駆け込み、鍵をかけて閉じこもる。

ドアの向こうで、ワトソンが取っ手をがちゃがちゃ言わせるのが聞こえる。一度だけであきらめ、笑って去っていく。

わたしは床の隅で体を丸めながら、たくし上げられたドレスを下ろす。

そして……泣く。

17

ダニー

おれは車から降りて、頭に上げていたサングラスを下ろしながら建物を見上げる。ブラッドとリンゴも続いて降りる。今朝はずっと気がめいっている。昨夜飲み干したスコッチのせいだと思いたいところだが……。

〝おれが帰ってくるまえに出ていってほしい〟

彼女の驚き。心を決めた厳しい目。そして承諾。

おれはフォート・ローダーデールの病院の入り口で足を止める。手が汗ばんでいる。やるんだ。さっさと始末をつけて契約を結ぶのだ。

自動ドアが開き、おれはエントランスホールに目を走らせる。

「ほんとうにこれでいいのか？」ブラッドが、マイアミを出てからはじめて口をきく。

「いや」

「ダニー、彼女のことだが」

「彼女がなんだ？」

「彼女のせいでおまえは混乱して、馬鹿な決断をしようとしている」

「たとえば子供を殺すとか？」おれは病院内を大股で歩く。「部屋はどこだ？」

「子供は今、庭で外の空気を吸ってる」リンゴが庭に出る経路を指して言う。「おれが見張る」角を曲がると、緑が美しく整えられた広い庭に出られる自動ドアが見える。多くの人が庭を散策している。おれは片手を伸ばしてブラッドとリンゴを止める。人が多すぎる。「カメラは？」

「切ってある」ブラッドがため息まじりに言い、おれはリンゴを振り返る。

「テキストメッセージで指示を出す。終わったら車に集合だ」

「了解」おれはレンガの小道をぶらぶら歩き、さりげなく周囲を見まわす。ほどなくして少年が見つかる。池のそばで車椅子に座っており、看護師がアヒルの餌(えさ)にするパンを渡している。おれは足を止めてふたりを見つめる。少年は無表情で、看護師はなんとか笑わせようと奮闘しているがその努力は報われていない。昏睡状態から覚めて、両親の死を知らされたのだ。自分も死にたいと思っているのだろう。その惨めな状況をおれの手で終わらせてやろう。彼のためにもおれのためにも。だが、何かにうしろ髪を引かれる。今は必要ない何かに。

〝ほかに家族はいるのか？〟

〝いいえ、サー〟

〝五十ポンド札二枚じゃたいしたことはできない。そうじゃないか？〟

〝そうだと思います、ミスター。もっとくれますか？〟

〝車に乗れ〟

〝あなたの車に？〟

〝そう、わたしの車に。乗るんだ〟

〝なぜ？〟

〝いっしょにわたしの家に来るんだ〟

そして父はそのことばどおりにした。おれに家を与えてくれた。おれを惨めな状況から救ってくれた。そしてこの瞬間、おれは悟る。あの少年には生きる理由がある。おれは彼のなかに自分を見る。希望も未来も愛も持たない少年を。

おれはいったいどうしてしまったんだ？

ポケットのなかで携帯電話が振動し、おれはリンゴからの電話に出る。「今、子供が見えるところにいる。障害物もない」池の反対側にすばやく目をやると、屋上にリンゴが見える。銃を構えて狙いをつけている。おれの目は少年に戻る。彼は微笑んでいる。かすかにではあるが確かに微笑んでいる。

「やめろ」おれは首を振りながら命じる。

「なんだって?」リンゴの声は戸惑っている。

「やめろと言ったんだ。撃つな。作戦は中止だ。わかったか?」おれはブラッドのほうに体を向け、彼の目を見る。「作戦中止だ」

ブラッドは小さく微笑みながらうなずく。そうとも、おれは正気に返ったのだ。大げさに言うことでもないが。電話を切りながらひとり頭を振る。あの子のことは忘れていい。ローズも同じだ。すでに出ていけと言ったのだから。マリーナを手に入れる方法は別に考えよう。少年の後見人を突き止めて、マリーナを売るよう説得するのだ。脅しなりゆすりなり殺しなり、おれの知る最善の方法で。

おれはしばらく、立ったまま少年を見続ける。どのくらいかはわからないが、リンゴが屋上から下りてくるのに充分な時間だ。アダムズを痛めつけるというブラッドの案を取り入れた新しい計画をふたりに話そうとしたそのとき、鋭い音が鳴り、続いて甲高い叫び声が聞こえる。おれたちはよく知るその音に飛び上がり、身をかがめる。

銃声だ。

「きゃあ！」女の叫び声が響き、周囲が混乱状態になる。誰もがパニックに陥り、病院の入り口に殺到する。

「何ごとだ？」ブラッドが反射的にズボンの尻ポケットに手をやりながらあたりを見まわす。リンゴは彼にとって自然なことを——おれの手をつかんで物陰に引っ張ろうと——する。だがおれはその手を振り払い、立ち上がってすばやく池のほうを見る。

少年はひとり取り残され、車椅子のなかで身をすくめている。

おれはブラッドの怒鳴り声を聞きながら少年に向かって走りだす。少年を抱き上げた瞬間、銃弾が車椅子の金属部分に跳ね返り、おれは身をすくめる。いったいなんなんだ？

「ダニー、馬鹿野郎！」少年を抱きかかえたままブラッドを見ると、銃を構えながら必死に庭を見まわしている。「逃げろ！」

頭が働きだし、おれは少年を抱いて庭を走る。回復途中の体が痛むらしく、少年はおれの腕のなかで何度か体をひきつらせて叫び声をあげる。

リンゴとブラッドに援護されながら建物のなかに駆け込むと、すぐそばのデスクに近づく。「手を貸してくれ」看護師を引っ張るようにして呼び止める。少年を近くにあるストレッチャーに下ろすと、彼はショックのさめやらない目でおれを見上げる。「この子を頼む」そう言って、周囲に目を配っているリンゴとブラッドのあいだをすり抜けてその場を離れる。

ドアの手前で、ブラッドがおれの胸を押さえて止める。「リンゴが裏口に車をまわす」

その慎重さに文句は言えない。このところのおれに欠けているものだ。一刻も早くここを出てけりをつけたいのを我慢して耳を貸す。「わかった」おれは戻り、今の出来事について考えながら、ふたりがやるべきことをやるのに任せる。

家のまえで車が停まっても、おれはしばらく座ったままぼんやりまえを見つめる。何が起きているのか見当もつかず、父が生きていて、突き止めるのを助けてくれればいいのにと考える。そんなことを思うのはこれがはじめてではない。執務室でスコッチの新しい瓶を開けることを考えながら、ドアを開けて外に出る。おれには平穏な時間が必要だ。静けさとアルコールが。それが、このこんがらがった状況を解く助けとなる。

玄関ホールにエスターが現われておれを止める。今まで見せたことのないような表情をしている。

「なんだ？」忍耐力が消耗し、これまでになくそっけなくなる。

「ミス・ローズのこと」エスターはおれのうしろにいるブラッドとリンゴにちらりと目をやり、おれは彼女の顔に浮かんでいるのが恐怖であることに気づく。エスターがここに来て十年になる。十年のあいだ、彼女はおれのそっけなさを何も言わずに受け入れてきた。十年のあいだ、おれが日に日に父に似てくるのを見続け、何も訊かずに受け入れてきた。ここで行なわれていることを彼女が嫌っているのはわかっている。となるとなぜここに居座って見届けているのか、疑問がわく。なぜ、おれのあらゆる要求に応えるのか。なぜ、賞賛と落胆の入り混じった目でおれを見るのか。

「彼女がどうした？」おれは頭に浮かんだ思いを追いやって訊く。すでにかなり頭にきている。「まだここにいるというなら、おれが自分で放り出す」

「まだいる」エスターは唇をすぼめて言う。「彼女の部屋に」

おれはこれ以上ないほどの怒りに襲われる。「彼女の部屋じゃない」

「少しまえに紅茶を持っていったわ」

なんだと？「ここはホテルか？」そう怒鳴ると、速足で階段をのぼり、彼女の部屋に向かう。いや、おれの部屋に。彼女のにおいがする。壁もドアも、おれの体も、どこもかしこもに彼女の甘いにおいがしみついている。後悔しそうなことをするまえに立ち止まって気持ちを落ち着けるのが賢明だろう。だがローズにとって不幸なことに、今日はさんざんな一日で、彼女が今、それに輪をかけた。部屋に飛び込むが、誰もいない。ベッドは整えられていて、テラスのドアは閉まっている。おれは浴室に目を留める。ドアが閉まっている。そこまでの十歩ではおれの怒りはおさまらない。何をしてもおさまらない。取っ手をつかんで押すが、鍵がかかっている。おれは歯を食いしばりながらいったん下がったあと、木のドアに肩でタックルする。ドアが勢いよく開いて壁にぶつかる。

「出ていけと——」隅で縮こまっている彼女を見て、言いかけたことばを途中で呑み込む。顔は涙に濡れ、黒いマスカラが頬に流れ落ちている。はじめて会った晩と同じ赤いドレスを着て、足は裸足、バッグと靴が横に転がっている。おれと目が合うと、その目に涙があふれ、彼女は膝に顔を埋めて隠す。

またたくまに怒りが消える。彼女は声を抑えて泣きながら肩をひくつかせ、どこまでも小さくなりたいとでもいうように、指とつま先を丸めている。おれは野生動物にそっと近づくみたいに、静かに彼女に近づく。うずくまっている彼女のまえにしゃがみ、肩に手を置く。身をすくめるかと思ったが、彼女はそうしない。おれの手を振り払うかと思ったが、それもしない。その代わり、手を動かしておれの手に重ね、おれがここにいるのがうれしいと無言で伝える。どうしたことか、おれも同じ気持ちだ。おれは尻をつき、脚を開いて曲げ、そのまま近づいて彼女を包む。彼女もおれに体を寄せて手足をおれに巻きつけ、おれが経験したことのないほどの強さで抱きつく。そしてそこにおさまる。おれも、今日はじめて、いや、人生ではじめて、自分がおさまるべきところにおさまっているという感覚を覚える。何も訊かずに、硬い床に座って彼女を抱き、彼女に抱かれる。

やがて尻がしびれて感覚がなくなり、おれは片手を床について立ち上がる。ローズはおれにしがみついたままだ。彼女とともにベッドに行き、ヘッドボードにもたれる。そのあいだも彼女はおれの首から離れない。

「話してみるか？」手のひらで円を描くように彼女の背中をさすりながら訊くと、彼女は首を振る。「おれが強制したらどうだ？」また首を振る。次はどんな手を打とうか？　ほかの相手なら、こめかみに銃口を突きつければたいていの問題は解決する。だがローズはちがう。「話してくれ」下手（したて）に出て促すことにする。「頼む」彼女は黙ったまま、おれにしがみついて動かない。彼女の体は温かくてやわらかく、心地いい。だが、何があったのか聞き出さなければならない。おれが出かけるときは問題なかった——出ていけというおれの命令に対して毅然とした態度を取る、ふだんどおりの短気なローズだった。今のローズは、おれが知って愛している彼女ではない。

肩を動かして首から彼女の顔を離し、見下ろす。「話してくれ、ベイビー」

彼女は息を整え、おれのシャツを指でさわりながらゆっくり顔を見せる。「出ていこうとしたの」その声はかすれている。いつから浴室に閉じこもっていたのだろう？ そしてなぜ？

「だが出ていかなかった」まだここにいるのは彼女自身がいたいから——そう信じたいが、それだけではない。そう思うと落ち着かない。彼女は目を落とすが、おれがすばやくその顎を支えたので、またおれの目を見る。「何があった？」

「行こうとしたのよ」おれの顔の傷痕を見つめ、目から唇にかけて指でなぞる。「行きたくなかったけれど、でも行こうとしたの」

行きたくなかったけれど行こうとした。「それなら、なぜまだいるんだ？」

彼女は首を振ってごくりと唾を呑み、顔をそむける。我慢も限界に近づいてきて、おれは乱暴に彼女の顎をつかんで顔をおれの顔に近づける。「何があったのか言うんだ」

「あなたの部下が……」そこでことばが途切れ、おれはぎくりとする。

なんだと？

早くも血が沸騰しかけるが、まだきちんと話を聞いていない。「おれの部下がどうした？」

彼女の下唇が震える。「自分が娼婦なのはわかってるわ。自分がなんなのか、何が得意なのかはわかってる」

おれの息遣いが荒くなり、腿の上の彼女の体が上下に動く。「黙れ。おれの部下がなんだというんだ」

「出ていくならそのまえにって――」

「きみに触ったのか？」ゆっくり息を吸う。めまいがして視界がゆがむ。

ローズは顔をそむける。それで充分だ。

おれは怒りに燃える。唾を呑み込もうとし、息をしようとし、落ち着けと自分に言い聞かせようとする。どれもうまくいかない。立ち上がり、彼女もいっしょに立たせる。「誰だ？」腰をかがめて彼女の顔に顔を突きつけるようにして訊く。「どいつがきみに触ったのか、言ってくれ」おれは必死の形相で彼女の顎をつかみ。彼女はたじろぐ。

「ワトソン」彼女は小さな声で言うと、手を上げて顎をつかんでいるおれの手を離させる。

おれは体を起こし、混乱する頭に落ち着きと理性を見い出そうとする。どちらも見つからない。ローズの手をつかんで部屋を出る。

「ダニー、何をするの？」大股で歩くおれに合わせて走りながら彼女が訊く。おれは話すことができない。足を動かすことにしか集中できない。「ダニー！」

階段に着くと、ブラッドがリンゴとの会話を中断して見上げる。おれからローズに視線を移して、額に深くしわを寄せる。「問題はないか？」階段を下りて曲がるおれたちについてきながら訊く。

「みんなはどこだ？」

「食堂でトランプをしている」おれは怒りに燃えながら食堂に向かい、ブラッドもついてくる。「ダニー、どうしたんだ？」

両開きのドアを押し開けると、五人の部下が扇形に広げたトランプを持ってテーブルについている。おれはまっすぐワトソンを見る。「立て」命じながら、その場の全員が困惑して目を見合わせるのを感じる。ただしワトソンは別だ。彼はわかっている。

ワトソンはトランプをテーブルに放りながらゆっくり立ち上がる。「彼女のほうから頼んできたんだ」唇をゆがめてローズを見るので、おれの怒りはいっそう大きくなる。ローズが身を隠すようにおれのうしろに動く。

「彼女が実際に頼んだのか？」ほかの男たちは椅子の背に背中を押しつけて、部屋から逃げずに、だができるだけおれから遠ざかろうとする。ブラッドはおれのうしろで小さく悪態をつく。

「頼まなくてもわかる」はじめは強気だったワトソンの勢いが弱まる。おれの抑えきれない怒りが伝わっているのだ。

「彼女は嫌だと言ったか？」ローズの手を離してブラッドに近づき、彼の上着からグロックを取り出す。ブラッドはおれを止めないが、その目は、自分のしていることがわかっているのかと尋ねている。もちろんよくわかっている。おれは振り向き、ワトソンはおれの手の銃を見たとたんにあとずさる。「おいおい、ダニー」震える声で神経質に笑う。

「彼女は嫌だと言ったか？」おれは安全装置をはずしながら繰り返す。

ワトソンは降参というように両手を上げる。「どうだったかな」

おれはローズを見る。虚ろな目でぼんやりとおれを見つめている。「嫌だと言ったか？」

彼女はうなずく。

ワトソンが叫ぶ。「十年働いてきたおれより娼婦の言うことを信じるのか?」

おれは銃を上げてやつの脚を狙い、撃つ。ワトソンは金切り声をあげて尻もちをつき、砕けた膝をつかむ。「もう一度娼婦と呼んでみろ。ほら、呼んでみろ」ワトソンは苦痛の叫び声を抑えようとしてよだれを垂らしはじめる。おれは血だらけのワトソンから目を離さずにローズのほうに手を伸ばす。「こっちに来るんだ」彼女がおれの手を取ると、彼女を引っ張っておれのまえに立たせ、ワトソンと向き合わせる。彼女の脇の下から手を差し入れ、彼女のまえで銃を持つ。

「何してるんだ?」ワトソンは立ち上がろうとするが膝が言うことを聞かず、また尻もちをつく。

「ダニー」ブラッドが警告を発する。だがおれは無視する。

「銃を取れ」おれはローズに言い、彼女の片手を取ってグロックにかける。もう一方の手がおれの指示を待たずに上がり、彼女は小さな両手でグロックを構える。おれは直接銃には触れないものの、できるだけワトソンに近づけて狙いを定めさせる。そして手を彼女の手から離して腰に添える。身をかがめて彼女の肩に顎を乗せて言う。

「殺せ」

「ダニー、やめろ」ブラッドが叫ぶ。

「黙れ」おれは言い返し、ワトソンが助けを求めるように部屋の全員に視線を向けるのを見る。「殺せ」おれはもう一度そう言って、彼女の頬にそっとキスをする。彼女のほっそりした体が引き締まり、指に力がはいる。歯を食いしばり、緊張のあまり体を震わせる。怖いのだ。おれは腕を伸ばして彼女の腕に添え、震えを止める。「ローズ、きみは嫌だと言った。ノーはノーだ」

バン！

彼女は撃つとすぐに銃を落とし、こちらを向いておれの胸に隠れる。見られないのだ。ワトソンは耳をつんざくような高い叫び声をあげて倒れる。死の叫びだ。耳がどうにかなりそうだ。

おれはかがんでグロックを拾い、片手は胸にしがみついているローズの背中に広げたまま、狙いをつける。そして引き金を引いて、ワトソンを苦しみから解放し、自分の耳を不快な叫び声から救い出す。

部屋は静まり返る。代わりに、男たちの目がいくつものことばを語っている。

それらを口にするほど彼らは馬鹿ではない。おれはグロックの安全装置をかけてブラッドに放る。彼は受け取り、小さくうなずく。彼はわかっているのだ。だがおれは、ほかのみんなにもわかるようことばで伝える。「誰かがノーと言ったら、それはノーという意味だ」部屋の全員を見まわす。「おれはレイプ野郎とは関わらない」

ローズを抱き上げて部屋を出る。階段の途中でエスターとすれちがう。またしてもおれが見たことのない、だがさっきとはちがう表情をしている。微笑んでいるのだ。かすかにではあるが、はっきりそうとわかる笑みが、ふだんは無表情な彼女の顔に浮かんでいる。おれはうなずいてみせる。「あとで彼女に何か食べさせる」と言う。

「いつになるか教えて」エスターはおれの態度がやわらいでいるのを気にする様子もなく階段を下りていく。ローズが浴室に閉じこもっていた理由を知っているのだ。

「エスター」おれが声をかけると、彼女は振り向いて待つ。

「ありがとう」

彼女は今度は笑みを隠さず、うなずいてからキッチンに消えていく。おれは胸に抱いているローズを見下ろす。弱さは彼女に似合わないが、こういう彼女を好きだと思う気持ちもある。自分が彼女を守れると思うとうれしいのだ。一方で、おれの小さな戦士のここまで無防備な姿を見たくないという思いもある。彼女の盾も、難攻不落の強さも、どう猛さも、なくなってしまっている。

階段を上り、自然と自分の部屋にはいって彼女をベッドの横に立たせる。彼女は不安そうな目でおれを見上げる。赤いドレスは彼女にまったく似合わない。おれはファスナーに手を伸ばして下ろし、ドレスは彼女の体を滑って床に落ちる。このほうがいい。ずっといい。彼女のショーツのレースが破れているのが目に留まる。怒りに目が曇るまえにその怒りを呑み込み、彼女の両手を取っておれのシャツのボタンにやり、はずしてくれと無言で頼む。彼女は何も訊かずにはずしはじめ、そのあいだにおれは上着を脱いでネクタイを緩める。最後のひとつをはずすと、彼女はシャツを開いておれを見上げながら胸に唇を寄せる。おれは顔を天井に向けてひげの伸びかけた頰を両手で一度こする。ああ、神様、お慈悲を。彼女の唇が触れるところの皮膚が熱く燃え、その火はおれの至るところに広がる。広げた指を彼女の髪に差し入れて頭皮をもむ。彼女と触れ合っていることでおれの全身はリラックスしている。おれは頭を垂れて彼女の口を胸から離すと、彼女を持ち上げてふたりの目の高さを合わせる。

「イエスよ」おれが訊くまえに彼女は答える。両手でおれの顔をはさんで唇を重ね、それは互いにとって大事な瞬間となるひとときへと発展する。おれは彼女を抱きしめ、ゆっくりと安定した動きでキスを続けながら彼女をベッドに下ろして自分もその上に重なる。彼女の手がおれのズボンのまえをはずし、おれは腰を上げて彼女がズボンとボクサーショーツをいっしょに脱がせられるようにしながら、靴とソックスを蹴って脱ぐ。脱ぎながらキスを続けるのは難しく、途中、一瞬唇を離す。ゆっくり脱いで全裸になると、おれは彼女におおいかぶさって、片手を拳にしてマットにつき、もう一方を彼女のショーツの上端にかける。彼女は息を吸い、おれは彼女のヒップに唇をつけてそのまま脚に移動させながらレースのショーツをつま先まで引き下ろす。彼女から小さなうめき声がもれ、背中がかすかに弓なりになる。おれの唇の下で静かにもだえる彼女の姿は息を呑むほど美しい。おれは彼女のあらゆるところに唇を移動させる。鼻が脚のつけ根に当たり、おれは彼女の両膝に手をかけて大きく開く。

「ダニー」彼女はそっとおれの名を呼び、髪に指を差し入れる。おれの鼻は彼女の特別な場所を囲むように円を描き、唇は腿のあいだにキスを繰り返す。彼女の息遣いが次第に大きくなり、ヒップが動く。彼女は、これまでかいだことのないようないいにおいがする。血管を流れる血の勢いが一気に増す気がして、おれは欲望に支配される。ペースを落とせ。今回はゆっくり進めたい。彼女のすべてを知りたい。彼女のあらゆる場所を、あらゆる瞬間を楽しみたい。おれの貪欲な舌が彼女の中心をゆっくりと舐めると、おれの髪をつかんでいる彼女の指に力がこもり、背中が今度は激しくしなる。おれはクリトリスを舐め、彼女のにおいを吸い込む。彼女は唯一無二だ。彼女のあらゆるところにキスをし、舌を深く差し入れ、濡れた肉に口をつける。これよりおいしいものがあるとしたら、おれはまだ味わったことがない。舌と口に加え、指でも愛撫する。「ああ、ローズ」クリトリスの先端が欲望にうずいているのがわかる。「まだいきたくない」彼女はかすれた声でいいながら、ヒップをマットレスに押しつけておれから逃げようとする。「あなたをなかに迎えてからがいいの」

おれは彼女のヒップの下に手を滑り込ませて自分の口に向かって持ち上げ、口を押しつけて強く吸う。彼女が叫び声をあげ、それはあえぎ声に変わる。彼女には、おれが両方経験させてやる。「今夜は何度もいかせてあげるよ。一週間、どこに行くにも自力で歩けなくておれが抱き上げてやらなきゃならないぐらいに」

おれを見下ろすローズの目の輝きを見れば、今おれが言ったことが気に入ったのがわかる。「そうしてくれるの？ 抱き上げてくれるの？」

おれは微笑んで彼女の腿の内側にキスをしながら見上げる。「そうさせてくれるか？」おれも彼女も今は自由だ。彼女は小さく、だがはっきりうなずく。「じゃあそうする」おれはそう約束し、また、濡れた美しい肉を味わいはじめる。彼女の体がこわばり、おれは愛撫を続けながら両手を彼女の腿の内側にやって大きく脚を開かせ……。

「ああ……！」彼女は頭を左右に振りながら、おれの髪を乱暴につかんで引っ張る。

おれは顔を引き、息を彼女のクリトリスに吹きかけて目のまえでクリトリスがけいれんするのを見届けてから、とどめを刺す。やさしくキスし、軽く嚙む。深く長く吸う。彼女はこわばり、おれの髪を引っ張り、熱く燃えたぎる目でおれを見下ろす。それからあえぎ、頭を枕にのけぞらせ、腰を上げておれの口に押しつける。おれは舌を平らに広げて彼女の秘所に押し当て、彼女がのぼりつめるのを助ける。おれの腹とマットレスにはさまれたペニスが解放を求めてうずく。

魔法のようだ。

彼女を悦ばせる。

彼女を声を聞く。

彼女を見る。

新しい経験だ。

クセになりそうだ。

やがて彼女は落ち着き、目を開ける。けだるい目でゆっくりおれを見下ろす。おれの髪をつかむ手も緩んでいる。おれを見つめ返している情熱と欲望が、おれの固い心を貫く。

彼女はとても美しい。

とても優美だ。

そして……空っぽだ。

おれは膝をついて彼女の体を這い上がり、途中両方の胸にキスをしながら彼女の脚のあいだにおさまり、ベッドの上の彼女の頭を両腕で囲む。おれは彼女を見つめる。「また誰かに傷つけられたら、ためらわずに殺すんだ。チャンスは一度きりだからな」悦びでかすれた声になっている。

「約束するわ」彼女はためらうことなく言う。「でも自分でする必要はなさそう。あなたが代わりにやってくれるから」

彼女の確信に満ちた様子におれは微笑む。彼女の言うとおりだからだ。「ためらわずにな」腰を上げると、ペニスが彼女の腿のあいだに落ちる。

彼女の呼吸が乱れる。「わたしを傷つけるのがあなただったらどうなる？」

おれは目を閉じて彼女のなかに沈み込む。快感が、おれの筋肉からあらゆる力を奪っていく。腰を回し、おれを受け入れている彼女の感触に、息を吸いながらおもわず咳き込む。「おれは傷つけない」顔を上げて、彼女の口の端にキスをし、唇の合わせ目を舌でなぞる。「絶対に傷つけない」これほど確信を持って何かを言ったことはない。欲望に駆り立てられたぼんやりとした思考のなかでも、これまでなかったことであるのはわかる。父ならおれを愚かだと言うだろう。だが、これが正しいのだ。彼女は……正しい。彼女のうるんだ目と、唇を軽く嚙むさまを見るとほっとする。「一度だけ訊く。おれのものになりたいか？」

「ええ」ためらいも悩みもせず言う。

おれは彼女の口にゆっくり口を重ねる。おれが静かに揺れながらなかにはいっていくと、彼女の手がおれの背中をさまよう。これがいかに正しいことかを思うとおれは目がくらみ、彼女があらゆる方法でおれを受け入れる感触にうっとりする。おれたちの体は互いに合うように作られたにちがいない。彼女の体のあらゆる部分がおれにぴったり合う。魂もだ。ふたりともじっとり汗をかいており、次第に息が切れてくる。情熱、つながり、そのほか女と寝るときに生じる意味のないものを、これまでおれは理解できなかった。だが今この瞬間、一生分の感情がおれに襲いかかり、おれはそれを心地よく感じる。実に心地いい。おれは愛情を持って女を抱いている。はじめてのことだ。彼女にとってもはじめてのことなのがわかる。

前後に腰を動かすごとにおれは身震いし、目を開けておこうとする力にエネルギーを奪われる。続けたい。一晩じゅう続けたい。だがおれの体は別のことを考えている。クライマックスがおれを支配しようとしているのを感じ、ローズを抱いたまま自分があおむけになる。彼女は腕をまっすぐ伸ばしておれの胸につき、深く突かれながら荒い息を吐く。ピンクの乳首がおれに向かってとがり、彼女がいったん落ち着くまでおれは手を伸ばして片方の乳首を円を描くように愛撫する。「ゆっくりでいい」「深いのね」彼女は震え、あえぎながら言い、おれは微笑む。上体を起こして彼女の背中に腕をまわす。膝を曲げて開き、彼女が準備ができたときに動けるようにする。彼女がおれの口を自分の口でおおう。

「おれを操縦できないのか?」彼女がふたりの動きを支配して前後に大きく揺れはじめると、おれは言う。

「できるわよ、わかってるでしょ」

そう、わかっている。そして、おれが彼女にこれほど夢中になっているのもそのためだ。彼女は強く、情熱的で、おれが何をしようといささかも動じない。驚くべきことであり、さっきうちのめされて苦しんでいる彼女を見たことで、彼女を称賛する気持ちはさらに増している。彼女のなかの情熱を燃やし続けるためなら、おれはなんだってするだろう。

彼女はおれの口に向かってため息をつき、けだるく前後に揺れておれのペニスを刺激する。彼女が頂点に向かいはじめるとキスに力がこもり、けだるい動きは性急になる。おれは彼女と同時に達しようと、あらゆる神経をそちらに向けて腰を動かす。歯と歯がぶつかり、彼女の吐息は甘いあえぎ声に変わる。睾丸が引き締まりおれはペースを上げながら彼女の肩をつかむ。彼女が叫んでおれの口から離れ、頭をのけぞらせ、おれは彼女の胸に顔をつけてやわらかい肉に鼻をすりつけ、乳首を強く吸う。「ああ」体が細かく震え、全身の皮膚に電気が走るような衝撃を覚える。「ローズ、行くぞ」

彼女は頭を戻し、おれと目を合わせる。火が見える。真っ赤な火が。彼女は顎を食いしばり、おれの顔をつかまえて額に額を押しつける。彼女のまなざしがおれを燃やす。彼女はうなずき、おれは最後にもう一度腰を突き上げふたりを底なしの快感に投げ込む。彼女はおれの肩に歯を食い込ませ、体を震わせながら大きな声をあげ、おれは必死にしがみつく。「ああ」彼女は大きく息を吐くと、ぐったりとおれに体を預け、おれのうなじの毛をなでる。おれたちは今ひとつになって、汗をかきながら大きく息をついている。

完璧だ。

おれはベッドに寝転がり、彼女はおれの上に重なって、濡れた頬をおれの胸につける。おれは頭の上の枕に片方の腕を投げ出し、もう一方で彼女を抱く。まぶたが重い。一年でも眠り続けられそうだ。

現実を忘れ、目標とすることを忘れ、自分の生活を忘れる。

今おれにあるのはローズだけだ。生まれ変わった気分だ。彼女を救おうとひそかに誓ったにもかかわらず、今のおれはどっちがどっちを救っているのかわからなくなっている。

18

ローズ

彼の行動は男気を見せるためのものではなかった。彼にとって得るものはなく、失うだけの行動だった。部下をひとり失った。そのまえにすでにわたしを勝ち取っており、わたしに銃を渡してワトソンを殺せと言うまえに、心の奥底ではそれがわかっていたはずだ。彼はあれで、わたしに伝えるべきことを伝えた。同時に、部下たちにも。息をし続けたければ、誰ひとりわたしに手を触れられないと。

わたしはうれしかった。自分を守ってくれる人がいることがうれしかった。だがその高揚感は罪悪感を伴う。さらに不安もだ。でも、わたしを苦境から救ってくれる人がいるとしたら、それはダニーしかいない。まずは、彼を裏切ったことを許してもらえるよう祈らなければならない。次に、自分が彼の思っているような人間でないことを打ち明ける勇気を持たなければならない。だがそれは、別の機会に考えよう。たぶん明日。あるいは明後日。時間がわたしだけに味方するわけではないのはわかっているが、彼がわたしを愛撫し、彼の体がわたしを包んでいるあいだは、このひとときを壊す気にはなれない。硬さは失われているが、彼はまだわたしのなかにいる。そして、少しまえからわたしの髪に唇をつけて眠っている。今は朝の七時だ。つい数時間まえまで、彼は繰り返しわたしの世界を吹き飛ばしていた。体はべたついており、室内にはセックスのにおいが重く残っており、全身、とくに脚のあいだがうずいている。これほど落ち着いた気分でいるのははじめてだ。安らいでいる。これから多くのことが待ち受けていることを思えば道理に合わない。

彼の手を自分のおなかに乗せ、その指に指をからませて彼の体に溶け込む気分を味わう。目を閉じて彼の肌をあますところなく感じることに集中する。

「きみの夢を見た」寝起きのしわがれ声で彼が言う。後頭部に当たる彼の息が熱い。わたしは目を開けてまえを見つめ、彼がさらに何か言うのを待つ。だが何も言わないので、わたしは彼のほうに向きを変える。彼の手が離れるとき、小さな舌打ちが聞こえる。

彼の手を借りながら完全に彼のほうに体を向ける。彼はわたしのヒップを探りながら上体を起こして肘をつく。朝の彼はゴージャスで、物憂げな目がセクシーだ。「どんな夢を見たの？」わたしの骨盤に指先で円を描く彼に訊く。かすかな風が肌をうずかせ乳首に達する。硬くなった乳首に彼は微笑み、顔を近づけて片方に軽く唇を触れる。わたしは息を吐いてあおむけになり、彼が上におおいかぶさる。彼は左右の胸に均等に注意を向け、わたしは彼の乱れた髪を手で探る。

「これの夢を見た」そう言って乳首を嚙み、わたしは彼の下で体を固くする。「それにこれも」ふたりのあいだに手をはいり込ませ、長く太い指でわたしの秘所を包んでから楽々となかに指を滑り込ませる。「そしてこれもだ」わたしを指で興奮させながら、唇をむさぼる。至福の瞬間だ。簡単な愛情表現であり、最高だ。「夢のなかで、全部がおれのものだった」

「そうなの？」わたしは尋ねる。「全部あなたのもの？」

「それは間違いないね」彼はいたずらっぽく微笑むと、また左右の胸をむさぼるように吸いながら、一本だけ滑り込ませていた指を二本にする。「父はいつもおれに言っていた。女は男を弱くするって」彼はわたしのおなかまで顔を下げ、鼻を軽く触れてからおなかをじっと見つめる。わたしは両肘をうしろについて体を起こし、下に移動していく彼を見る。期待に血が騒ぐ。

彼の名前を呼びながら、彼のために脚を開く。指を口に代え、舌をそっと走らせて、そのあいまにキスをする。最高。わたしは背中をベッドにつけ、自分を取り戻そうと髪に手を埋める。

「そんなにいいか、ベイビー？」

わたしの内部の筋肉が収縮を始め、わたしは激しく体を震わせる。鼓動が速まり体温が上がる。彼がふたたび二本の指を滑り込ませて興奮と快感を二倍にすると、それがわたしの破滅となる。脚を突っ張り、鋭くうねる波にもまれながら彼の顔に向かって達する。ふくらんだクリトリスの神経に電気ショックのような刺激を感じながら、ベッドに深く沈み込む。頬がふくらみ、激しい勢いで襲う快感に体はぐったりする。彼は指を抜き、肌にやさしくキスをしながら上に戻ってくる。わたしはすっかり満足してほてっている。「おはよう」彼はささやいて腰を動かし、まっすぐわたしのなかにはいってくる。終わりかけていたオーガズムがふたたび始まる。

「おはよう」わたしもささやいて彼にしがみつき、この世界よりはるかにいいところへいざなってもらう。昨夜、数えきれないほどのオーガズムを経験したのに、さらに回数を重ねている。彼の言ったとおり、歩けなくなりそうだ。でも大丈夫。どこに行くにも彼が抱いていってくれるから。そしてその〝どこ〟は彼から離れたところではない。わたしはひとり微笑み、彼の肩に唇をつけて、確かな動きでわたしのなかに自分を埋めている彼の背中をなでる。呼吸が浅く、荒くなっていく。彼は最高のテクニックの持ち主だ。やさしくて献身的で激しい。わたしは彼の、彼のすべてのとりこになっている。彼の倫理観は疑問の余地がある。おそらく、寝た女の数と同じくらい人を殺してきている。冷酷で無情だし、出会って一時間もしないうちにわたしを叩いた。彼に対して憎しみ以外の感情を抱くのはおかしいかもしれない。それでもわたしは彼を憎んでいない。感嘆している。わたしの心を落ち着かせてくれること、わたし同様めちゃめちゃな人生を送っていることに。心のなかにある痛みが愛なのかはわからない。彼がいなくなることを思うと目の奥が痛くなるのが、彼に見られるたびに下腹部がざわつくのが愛なのかはわからない。

けれど、そうなのではないかと思っている。なぜなら、息子の写真を見られたときに感じるのと同じ痛みだから。

目を閉じ、さらに力を込めて彼にしがみつきながら、その首に顔を埋めて汗ばんだ肌のにおいをかぐ。彼のものになりたいと思えばなれるだろう。でもわたしには、彼に話していないことが山ほどある。「ダニー」ささやきかけるが、自分のなかで彼が動いている快感が勝り、声がうわずる。話すのよ。吐き出すの。あとに延ばせば延ばすほど難しくなる。

彼はわたしの顔を見ようと頭を上げる。一瞬、目を見られたらそこに浮かぶわたしの罪を全部知られてしまうのではないかと怖くなる。彼はゆっくり腰を動かし続けて言う。「どうした？」彼はキスをし、唇を重ねたまま、うっとりするような巧みな動きを続ける。

わたしは報いを受けるのが怖くておじけづく。傷つけられることは怖くない。少なくとも肉体的に傷つけられることは。怖いのは、彼に見捨てられること。そうなったらわたしはこの平穏を失う。わたしは唾を呑んで首を振り、はぐらかすために彼の後頭部を両手で包み、口に舌を押し入れて貪欲に探る。火花が散り、世界が回転しはじめる。ダニーがうめき、わたしは自然に彼に向かって腰を突き上げる。爪が彼に食い込む。彼の体が震えだす。「ああ、ローズ」彼の腰がけいれんし、彼は意味のないことばをつぶやきながらわたしの首に顔を埋めてやさしく嚙んで、わたしをさらなる高みに押し上げる。目のまえに星が飛び、耳鳴りがして官能のあえぎ声がひずんで聞こえる。ふたりの体は解放に向けて激しく動き、声は次第に大きくなる。

クライマックスは目のまえだ。わたしがとらえるのを待っている。クライマックスがわたしをとらえ、けれども、とらえられるのはわたしのほうだ。

力の限りわたしを引き裂く。わたしは容赦ない快感に体を占拠され、ダニーの肩に向かって叫ぶ。あえぎ、息を詰まらせ、目を大きく見開く。「ああ、神さま」あえぎ、激しく瞬きを繰り返す。神経がぴりぴりする。彼を包むわたしの肉の壁は止むことなく自然に彼を締めつけ、彼は精を放ちながらうなり続ける。世界がものすごい勢いで回転し、めまいがする。なすすべもなく身を任せるということがこれほどの快感を生むとは。はじめての経験だ。

彼は大きく息を吐きながらわたしから下りてあおむけになり、両腕を頭上の枕に伸ばす。ひんやりした空気に包まれて心地いいが、彼の体に包まれる心地よさとは比べものにならない。横向きになり、彼のおなかに触れ、腹筋を指でたどりながら数える。頭のなかでは何度もしてきたことだ。八つ。ダニー・ブラックの腹筋は、六つどころか八つに割れている。筋肉のあいだの影に指を走らせながらわたしは微笑む。

「ちょっと訊いていい?」

彼はわたしに顔を向ける。「だめだ」

わたしはわざと嫌な顔をして見せて、彼のあばら骨の上の肉をつねる。もちろん彼は微笑む。すてきな笑顔だ。わたしは調子に乗りすぎているのかもしれないが、彼は気にしていないようだ。「なぜエスターに冷たくするの?」わたしがエスターだったら、我慢できずに悪態をつくところだ。「洗濯から掃除、料理まで、なんでもしてくれているのに、あなたは彼女にものすごく不愛想じゃないの」

彼の顔から表情が消える。冷たい顔。わたしにとってはおなじみの冷たさだが、どこかちがう。話すべきか迷っているような感じ。彼は息を吸う。「洗濯、掃除、料理。母親がふつうにわが子にやってやることじゃないか？」

わけがわからず一瞬戸惑う。だが、突然腑に落ちる。わたしは体を引く。手が彼のおなかから離れる。エスターは彼の母親なの？「よくわからないんだけど」混乱とショックに襲われて、素直にそう言う。

「エスターはおれの母親だ」

まさか。聞き間違いにちがいない。「でも、ひどい扱いをしているじゃないの」わたしは言ってはいけないことを言ったらしい。鋼鉄のベールをかぶったかのように、やさしかった目が険しくなる。わたしは警戒し、これ以上彼を怒らせることを言ってしまうまえに口を閉じる。だが、彼のことをよく知るようになった今、目に光った怒りが実際は怒りというより苦しみであるのがわたしにはわかる。

彼は必死にいらだちを抑えようとしており、わたしは意思に反していっそう好奇心を刺激される。ついに、彼は冷たい視線をわたしから離して言う。「母はおれが八歳のときにおれを捨てた」静かな声だが、その端々に燃える怒りが感じられる。この話はほとんど——あるいはまったく——したことがないのではないだろうか。わたしはどうすればいいのかわからず、自然なことをする。彼の手を取って握る。幸いにもそれがいくらか彼の気持ちをほぐしたらしく、彼はかすかに笑みを浮かべて握ったふたりの手を口にやってわたしの甲の関節にキスをする。「カルロ・ブラックは、おれの血のつながった父親ではない」

　わたしはあんぐり口を開ける。「そうなの？」

「おれはイギリス人だ。カルロはアメリカ人だ。どういうことだと思う？」

「簡単よ。お母さんがイギリス人なのかもしれないってこと」わたしは眉をひそめる。

「で、実際そうなわけね」ことばにつまる。

「おいで」彼は体を起こし、眉をひそめたままのわたしを引き寄せて彼の膝にまたがらせる。「おれは救われたという話をしたのを覚えているか？」

「ええ」

「おれを救ってくれたのがカルロ・ブラックだ」わたしがショックを受けているのを見て微笑み、わたしの両手を取って自分のおなかに置く。「おれは十歳だった。母がクズみたいな継父（ちち）のもとにおれを置いて出ていってから二年経っていた。これもその日できたものだ」わたしの手を持ったまま自分の頬を指す。わたしは茫然として彼の右頬に大きく走っている傷を見る。「四年間、殴られ、飢え、レイ……」彼はそこで口を閉ざし、わたしの目から目をそらし、何もないところをぼんやり眺める。

「レイプされた」わたしはその忌まわしいことばを口にしてふたたび彼の注意を惹く。「その人はあなたをレイプしたのね」気分が悪い。すごく悪い。吐き気を呑み込む。このたくましく美しい人がレイプされた？

彼のブルーの目に生々しい復讐心が光る。わたしは納得する。「カルロが継父の頭に銃弾を撃ち込んだとき、おれは涙一滴こぼさなかった。カルロに魅了された。ぴしっとしたクリーム色のスーツ、アメリカ風のアクセント、おれにくれた二枚の五十ポンド札。そして何よりも心を奪われたのは、おれの諸悪の根源を殺してくれたことだ。いとも簡単に。ためらうことなく」厳しい目が一瞬輝く。人の死を喜ぶのは非人道的かもしれないが、そのとき彼がどんなにうれしかったかを思わずにはいられない。わたしもワトソンに悩まされ、ダニーがその悩みの元を殺してくれたとき、重荷が下りた気がした。そして今、わたしはこれまでになく希望をふくらませている。ダニーがわたしの抱えている問題をすべて消し去ってくれるという希望を。

「カルロは、おれのあばらの傷は継父にやられたものかと尋ねた」ダニーは話を続ける。「おれがそうだと答えると、カルロは継父を撃った」少し笑う。「そして、車に乗れとおれに言った。おれは躊躇しなかった。すぐさまその見ず知らずの殺し屋の車に乗って、二度と振り返らなかった。母には捨てられ、いっしょに暮らしていた化け物も死んだ。おれには誰もいなかった。カルロはおれをマイアミに連れ帰り、食べるものを与え、水を与え、清潔にしてくれた。家庭教師を雇ってくれて、毎日おれに、その日習ったことを報告させた。おれにはわけがわからなかったが、文句を言う理由などないだろう？　十一歳になった日、おれはついに勇気を出して、なぜ助けてくれたのかと訊いた」

「彼はなんて答えたの？」彼の話に引き込まれ、先を促す。ダニー・ブラックが生まれたいきさつをもっと聞きたくてたまらない。

「息子が欲しかったと言った」彼は微笑む。「息子は欲しいが女はいらなかった。だからおれを連れ帰ったんだ。実に簡単な話だ。頬の半分を切られながら泣かない少年には自分の息子になる資格がある――彼はそう言った。新しい出生証明書をくれて、おれの苗字をブラックに替え、正式に養子にし、それでおれはアメリカ国民になった。どうやったのかは見当もつかないが、おれは一度も訊かなかった。彼を信頼していた。おれを救ってくれたから」

カルロ・ブラックがどんな人物だったかを考えたら、ダニーが当たりを引いたと考えるのは正気の沙汰ではない。でも実際に彼は当たりを引いたのだ。「お母さんは？なぜここにいるの？」

「カルロが探し出して連れてきたからだ」その声から懐かしむような調子は消え、憎しみが戻っている。「おれは母を見つけたいと思っていた。だが実際にカルロが見つけ出したとき、おれは母に会っても憎しみ以外何も感じなかった。おれよりもクスリと売春を選んだんだ。おれを見殺しにした。おれは絶対に許さない」

でも彼女はここにいる。残酷に扱うと同時に思いやるための、ダニーなりのやり方なのだ。この無慈悲で恐ろしい人殺しは、世間が思うほど厳しい男ではない。だから、母を完全に見捨てることはできないのだ。

わたしは唇を嚙む。何もかもが驚きだが、何よりもわたしに話してくれたことが一番の驚きだ。秘密を打ち明けてくれた。エスターは目的があってここにいる。幼かった息子にしてやれなかったことをするチャンス――彼はそれをエスターに与えているのだ。「そして今、カルロの世界はあなたの世界になったのね」

ダニーはうなずいたが、思ったほどそのことを喜べていないのが表情からわかる。

「きみのほうはどうなんだ？」彼は尋ねる。

わたし？　わたしは黙る。その話はしない。彼の打ち明け話を聞いたあとだけにひどい罪悪感を覚えているが、わたしはそれを無視する。わたしはできるだけ気のない様子で肩をすくめる。「話すほどのことはないわ」

「レイプのことだ」

わたしはそのことばにたじろぎ、自分が殻に閉じこもるのを感じる。なんと言えばいいのかわからないので、何も言わずに彼に握られている手を離そうとする。彼が離すと、その手を彼の裸の胸につき、頬の傷に軽くキスをする。そして、ベッドから下りて立ち上がる。

「どこに行くんだ？」

「歯を磨きに」この部屋を出て気持ちを落ち着かせるには、ほかに思いつかない。ベッドから離れようとすると、彼が手首をつかんで止める。お願いだから無理に話させようとしないで。心のなかで祈る。彼はしばらくわたしを見つめるが、わたしが突然居心地悪くなったのがわかったのだろう。「時間をかけすぎるなよ」そういって手首を離し、またベッドに横になる。

よかった。圧倒されるほどの安堵感に包まれ、わたしは床に落ちている彼のシャツを拾う。「借りていい？」返事を待たずにシャツの袖に腕を通し、それから自分のショーツを見つけて穿く。彼はわたしのあらゆる動きを見つめる。わたしが寝室を出てドアを閉めるまでずっと。ドアを閉めると、わたしは木のドアを見つめながらその場に立ちつくす。頭がずきずきする。今にもすべてを吐き出してしまいそうだ。ただ、どこから始めればいいのかがわからない。

自分の部屋に急ぎ、引き出しのうしろから携帯電話を取り出す。報告することは何もないというメッセージを、迷うことなくノックスに送る。計画達成に向けての第一歩、もっとも簡単な一歩だ。急いで電話をもとの場所に戻し、歯を磨き、ダニーの部屋に戻る。だが、ベッドに彼はいない。ガラスドアのほうを見ると、裸でテラスにいるのが見える。彼の背中を見つめたままこっそり近づき、うしろから腕をまわして抱きつく。「手すりがガラスなのをわかってやってるんでしょ?」

彼の動きはすばやく、わたしはあっというまにヒップを手すりに押しつけて彼と向き合っている。ダニーの体がわたしを囲んでいる。

「ガラスだとは知らなかったな」彼はそう言いながら、わたしのシャツの裾を腰まで上げる。「それは大変だ」

わたしは唇をすぼめて肩越しにうしろを見る。わたしったら馬鹿ね。庭に誰かいたら、ダニーがわたしのお尻をそっちに見せるわけがない。わたしは彼に目を戻して肩をすくめる。彼は鼻にしわを寄せ、わたしの鼻にすりつける。あらゆる出来事——ジェットスキーでの出来事のこと、ワトソンのこと、昨夜のこと、そして今のこと——が正しさの積み重ねであり、わたしが今しているのは最高のことだという気がする。「今夜いっしょに食事できる?」わたしは尋ねる。そのときに話そう。一日かけて、どこから話すか、どうやって少しずつ説明するかを考えるのだ。

彼は顔を離し、問いかけるように首を傾ける。「食事? デートってことか?」

なぜ頬が熱くなるのだろう。「あなたがそう呼びたいなら」

彼の唇が曲がる。彼の病んだ心は、ふつうのデートに対しても猜疑心を働かせてしまうのだ。わたしは自分が馬鹿みたいに思えてきて、一瞬、気持ちが揺らぐ。「デートか」彼は考え込むように言う。

「簡単よ。わたしをディナーに連れていってくれたこれまでの二回と同じことをすればいいの。ただ、誰かを殺したり脅したりはしないで」彼が妙な提案だと思っているのは間違いないので、わざと軽い調子で言う。

「わかった」彼はわたしの背後の手すりに手をついたまま腕を曲げてわたしの首に顔をつける。喉にキスをしてから、また腕を伸ばしてわたしから離れる。もう一度曲げて今度は胸にキスをし、また伸ばす。

「何してるの？」わたしを手すりとのあいだに閉じ込めて腕立て伏せのような動きを続ける彼に訊く。またキス。今度は頬だ。

「今朝はきみのせいでジムをさぼったから」彼が離れ、わたしの目は盛り上がる二頭筋に行く。ため息が出るほど見事な筋肉で、実際、わたしの口からため息がもれる。

「二十回を三セットやればいいんじゃない？」わたしは唇をすぼめて盛り上がった筋肉をなでる。短いトレーニングのあいだ彼を見つめていられるのがうれしい。

「数えてくれるか？」

「一」わたしは数えはじめる。彼はゆっくり体を近づけ、わたしの目を見ながら胸に唇をつける。

「シャツを開けろ」腕を伸ばしながら命じる。わたしは言われたとおりにして、ゆっくり近づいてくる彼の目に胸をさらけ出す。彼の唇は前回より下の、胸の谷間に触れる。

「二」わたしは金属のレールに腕をかけてうしろにそり、彼との距離を広げる。彼は動じることなく、毎回ちがうところにキスをし、彼の鍛えられた腕が曲がるたびに筋肉の盛り上がりは増し、あちこちの血管が激しく脈打つ。わたしは目のまえの彼の姿にうっとりして、いくつまで数えたかわからなくなる。肌に触れる彼の唇のことしか考えられない。腕立て伏せが終わる頃には、わたしの上体や首で、彼の唇が触れていない箇所は残っていない。

最後の一回、彼はわたしの腕に唇をつける。包帯ははずしてあり——傷口を乾燥させなければいけないとエスターに言われた——、彼は傷にそっとキスをする。わたしはまた後悔の念にとらわれ、まだ包帯を巻いたままの彼の腕に視線を落とす。傷はひとつではなく、どれもわたしのひとつだけの傷よりも深い。白い包帯に手をかけて訊く。「なぜこんなことをしたの？」彼はわたしの腕から唇を離し、探るようにわたしの目を見上げる。

「きみは？」

「プレッシャーを逃がすため。それなら自分でできることだから」この告白は、ダニー以上にわたし自身を驚かせる。ダニーの表情は変わらない。「それに、ときどき自分が嫌いになるから」

彼は唾を呑む。「おれがやったのは、おれかきみかのどっちかだったからだ」

「どういうこと？」

「ローズ、きみはこれまで大勢に傷つけられてきた」じっと見つめられてわたしは唾を呑み込む。彼には見当もつかないだろう。「おれは、殺したい人間のリストにきみを載せたくなかった」

わたしを傷つけた人間をみんな殺したいということ？　とてつもなく長いリストになる。希望が湧くが、わたしは弱々しく微笑むことしかできない。

ダニーはわたしの鼻に鼻をつけ、唇を重ねる。「殺しをしないデートのあと、またおれと寝てくれるか？」

「ええ」

「よし。腕立て伏せはおしまいだ」わたしの腰に腕をまわし、息を切らしているわたしの体を抱き上げる。「腿のトレーニングの準備はいいか？」

「あなたの？　わたしの？」

彼は軽く微笑むと、わたしをベッドに運び、端に腰かけさせて脚を開かせる。「きみのだよ」そのしわがれた声だけで、わたしは達してしまいそうだ。「閉じろ」彼が命じ、わたしは力を込める。だが脚は、彼の両手で押さえられて一ミリも動かない。

「もっと強くだ、ローズ」

わたしは歯を食いしばって彼の手に抵抗する。動かない。

「二十回を三セットでいいだろう」

「え？」彼がいきなりショーツを横にずらして脚のあいだに顔を埋め、わたしは息が詰まってマットレスに勢いよく背中をつく。「二十回を三セットなんて」彼がクリトリスの先端を軽く嚙み、わたしは微笑む。じきに、わたしはシーツをつかんで彼の頭に脚を巻きつけてもだえている。シーツを顔の上まで引っ張り、熱い肌を冷やすコットンの感触を楽しむ。わたしは次第にのぼりつめていく。ああ、もう我慢できない。ああ……。

そのとき、遠くから爆音が聞こえる。ダニーは即座にわたしの脚のあいだから出て、酔いと覚醒のはざまで途方に暮れたような顔になる。わたしのオーガズムは不安に変わり、ダニーはあわてて立ち上がってドアに向かう。「そこにいろ」

わたしは急いでシーツにくるまる。ダニーは全裸でドアを開け、廊下をうかがう。そして悪態をつきながらドアを閉め、ショーツを探して穿くと、サイドテーブルの携帯電話を手に取る。「なんなの？」わたしは立ち上がり、自分が着ている彼のシャツのボタンをかける。

寝室のドアが勢いよく開いてブラッドが困惑した顔で駆け込んでくる。そのうしろにはリンゴもいる。「どうしたんだ？」ダニーは息をつこうとしているブラッドに尋ねる。

「正面ゲートの横で爆発があった」ブラッドはリンゴといっしょにテラスに向かう。

ダニーもあとに続く。その目は憤怒に燃え、背中の筋肉が不安にこわばって突き出ている。「クソッ」彼の向こうに目を向けると、遠くに煙が上がっているのが見える。破壊の象徴である、濃いグレーの汚れた雲のような煙。テラスに出ると同時にゴムの焼けるにおいが鼻を襲う。

「みんなを集めろ」ダニーは命令すると、わたしの横をすり抜けて部屋に戻りジーンズを穿く。わたしはブラッドとリンゴとともにテラスに立って、煙が広がるのを見つめる。

テラスの端まで行って手すりのレールに手をかける。ブラッドとリンゴは緊迫した様子で話し合いながら室内に戻っていく。正面ゲートの方向を見つめているわたしには、ふたりの声はくぐもってよく聞こえない。銃を構えた男たちが、パニックに襲われた声で命令や指示を出しながら庭を走るのが見える。

そのときわたしは悟る。立ちのぼっている煙のように陰鬱で破壊的な悟りがわたしを呑み込む。

わたしのせいだ。

ベガスでの襲撃、ジェットスキーに仕掛けられた爆弾、そしてこれ。どれもわたしのせいだ。わたしは唾を呑み込んで、ダニーに話す勇気をかき集めようとする。もう待てない。今話さなければ。振り返ると、ダニーは白いTシャツを頭からかぶっているところだ。ブラッドは携帯電話に向かって話していて、リンゴはダニーの足にブーツを穿かせている。

「ダニー」彼は顔を上げる。今は時間がないとはねつけられるのを覚悟するが、彼はそうせず、わたしのところまで来てキスをする。そして、何もかも大丈夫だと思わせる目でわたしを見つめる。それから、離れていく。「ダニー」彼はドアのところで足を止め、テラスで身動きできずに立っているわたしを振り返る。かすかな口笛のような音がわたしの頭に侵入してくるが、わたしはそれを追い出して、告白の内容を整理するのに集中しようとする。音は次第に大きくなる。ことばが見つからない。ことばはどこに行ってしまったの？　問いかける彼の目を見つめて勇気を出そうとする。

ダニーがわたしのうしろを見て目を丸くする。その目の端から恐怖が忍び入る。口笛の音は耳をつんざく甲高い音に変わり、わたしは眉をひそめてゆっくり振り返り、彼の恐怖の源を見ようとする。

「ローズ、逃げろ！」

何か黒いものが、次第に大きくなりながらこちらに向かって空を飛んでくる。その正体がわかったときはもう手遅れだ。

家じゅうが揺れ、わたしは鼓膜が破れたかと思う。大きな悲鳴を上げながらテラスの手すりをつかみ、目のまえでうねる炎を見る。うしろから抱き上げられて下がるのと同時に足の下のテラスが音をたてて崩れる。「ローズ！」

体が痛いほど震え、腕が関節からはずれたような感覚を覚える。なぜなのかしばらくは理解できないが、やがてわかり、黙って下を見る。足の下にテラスはなく、レンガとがれきと煙の山となったテラスの残骸が地面に見えるだけだ。わたしは片手でダニーの手につかまって、縁からぶら下がっている。死が目のまえに迫っている。

彼の手を離すのは簡単だ。自分の抱える問題と、自分の選択が引き起こす結果を捨てるのは。

息子には危険が及ばなくなるだろう。わたしがいなくなれば安全だ。わたしがこの戦いに耐えられるとは思えないから。戦いは終わりだ。ダニーの手につかまる手が滑る。ノックスだって、わたしを傷つけられなければ、あの子を傷つけることになんの喜びも見い出さないはずだ。

ダニーの目を見上げる。その目は炎と破壊とパニックのただなかでわたしに語りかけている。わたしが今考えられるのは、この手を離さなかったから、さらなる破壊が起きるということだけだ。さらなる死。さらなる痛み。わたしははっきり悟る。どうかしていた。自分の置かれている状況がよくなると考えるなんて。ダニーに自分の罪を打ち明けてすべてうまくいくと考えるなんて。そんなわけがない。ダニーは裏切ったわたしを殺しまではしないかもしれないが、彼に拒絶されるのはわたしにとっては死ぬのと同じことだ。だがノックスはほんとうに殺すだろう。馬鹿だと思われてもかまわない。自分の死に方は自分で決めたい。自分で何かを決めるのは、生まれてはじめてになる。ダニーといっしょにいることはできない。それがわたしの冷たく厳しい現実であり、今わたしは、彼といっしょにいられないなら生きたくない。すでに多くのものを失ってきた。彼まで失いたくない。

「離そうなんて考えるなよ」ダニーは金属のドア枠の残骸につかまっていた手を離して腹ばいになると、そっちの手もわたしのほうに伸ばす。「つかまれ。頼むからローズ、こっちにもつかまってくれ」

わたしは首を振り、彼に握られている汗ばんだ手を離そうとする。

「だめだ」彼は叫んで、わたしのもう一方の手をつかもうとまえに這い出る。「ローズ、死ぬならおれがこの手で殺してやるから」

わたしは彼を見つめる。何も言わない。わたしの世界がまた戻ってくる。

「ローズ、頼むから」彼はあえぎながら言う。「おれが本心や惨めな過去を打ち明けたのは、今ここできみを失うためじゃない。おれの手をつかめ。今死んじゃだめだ」

どっちにしてもわたしは死んでいる。わたしは手を離し、重力が死に向かってわたしを引きずり下ろすのを感じる。

「だめだ！」ダニーはまえに乗り出してわたしの手首をつかむ。ブラッドが彼のジーンズの腰をつかんで、彼がわたしもろとも落ちそうになるのを助ける。

「何を考えてるんだ、ダニー」ブラッドは息を切らしながら怒鳴る。

「いい加減にしろ」ダニーは顔を怒りで真っ赤にしてわたしの目を見つめ、ブラッドの手を借りながらうしろに這ってわたしを引っ張る。わたしは割れたコンクリートの断面に腿や胸をこすられながら引き上げられる。「どういうつもりだ？」ダニーは怒鳴り、わたしをあおむけにしてその上に倒れ込む。彼の荒い息がかかる。わたしはぼんやり彼の顔を見る。ダニー・ブラックの怒った顔は何度も見てきたが、今目の当たりにしている顔はその比ではない。純粋な生の怒りが燃えている。それが怖い。はじめて、わたしは彼を怖いと思う。彼の燃えるような目から顔をそむけるが、強い力でもとに戻される。彼の口はひどくねじ曲がり、傷はふだんより深く、光って見える。

「おれがはじめて女と愛を交わしたのは、彼女にそれを終わりにさせるためじゃない」彼はわたしの顔を押しやる。「だが少なくとも、自分の立ち位置がわかったよ」彼は立ち上がる。嫌悪に満ちた目でじっとわたしを見つめる。長く苦痛な時間だ。

「下に来てくれ」ブラッドがそう言って部屋の外に向かう。

「すぐに行く」ダニーは手を引っ張ってわたしを立たせ、すばやく全身に目を走らせてから、ドアのほうに連れていく。わたしはよろける。頭は今にも破裂しそうで、心はずたずただ。混乱は家全体に広がっており、パニックに陥った部下たちがあちこち走りまわっている。階段の下にエスターがいて、わたしは不用品のように彼女に渡される。「傷だらけだ。手当してやってくれ」ダニーはドアから出ていき、わたしは自分の体を見下ろす。土と煤で汚れている。わたしは、破れたダニーのシャツの上からおなかを押さえる。エスターが手早くボタンをひとつはずして、ひどいすり傷をあらわにする。痛くはない。痛いところはひとつもない。

心を除けば。

19

ダニー

大惨事だ。がれきのなかに立ってゆっくり見まわしながら、はじめておれは自分の目的に疑問を持つ。部下をひとり――ゲートで警備についていたフレディ――を失った。おれの部屋は破壊され、敷地内には警察官がうようよしている。

おれはしゃがんでレンガをどかし、その下に埋まっている布を引っ張り出す。ローズに買ったシルバーのドレスだ。彼女の顔が頭に浮かぶ。テラスの縁でおれの手につかまってぶら下がる彼女の負けを叫ぶ顔。その少しまえには、彼女のなめらかな内部で舌を動かすおれを崇拝するように見つめていた。昨夜、おれたちのあいだの何かが変わった。そしてそれはあっというまにもとに戻ってしまった。おれは彼女に気を取られていた。おれが彼女に夢中になっているあいだに、部下が死に、家は壊されていた。

た。危うく彼女をも失うところだった。

ブラッドが隣にしゃがんでため息をつき、あたりを見まわして誰にも聞かれないのを確かめてから言う。「レンから報告がはいった。それをおまえに伝えにいくところだったんだが、そのとき爆発が……」彼は木の切れ端を拾ってじっくり見てから、ため息とともに横に放る。「アダムズのところに、追跡不可能な使い捨て電話から何度も電話がはいっている。銀行口座はすっからかんだ。どの口座もな」

「病院に行くことはアダムズには話してなかった」おれは唐突に言って破壊の跡を見まわす。問いかけるようなブラッドの視線を感じて先を続ける。「病院にいたのが誰にせよ、そいつはおれを狙ってあそこにいたわけじゃない。狙いは少年だった。あの子は連中にとっても邪魔な存在なのだ。アダムズが組んでいる連中はマリーナも欲しいし、おれ同様アダムズを権力の座につけたがっている。マイアミを自分たちのものにしたいのだ」爆発は空を明るくしただけでなく、おれの思考の闇も明るくした。

「連中はおれがアダムズを手放さないのを知っている。たぶん、おれを追い払うための三千五百万ドルに加えて、アダムズに出資し続けるための金も持っていないんだろう。だから、連中にとってはおれを殺すしか道はないのだ。簡単だし安くあがる。問題は誰なのか、そして、おれのマリーナを経由して何をアメリカに持ち込もうとしているかだ」

「簡単？　おまえを殺すのが？」ブラッドは笑いそうになる。「おまえは今もその足で立ってるじゃないか。かろうじてだが」

最後のひとことで、ブラッドは遠まわしに伝えている。用心しろと。つねに用心しなければならない。父の言うとおりだった。女は集中を妨げる存在でしかない。「アダムズを連れてこい。そろそろ痛めつけて吐かせてもいいだろう」

「そりゃあいいね」ブラッドは勢い込んで家に向かう。

ブラッドにはこれまでずいぶん非道なことをさせてきた。特にこの一カ月は、彼が慣れていないようなレベルのことまでさせてきた。それでも彼は、おれが少年を殺そうと計画したことをまだ怒っている。おれが自分の身を危険にさらしていることにも。そう、ひどく腹を立てているから、この仕事は彼にとって怒りを発散させる機会になるだろう。やってみよう。

「派手にやってくれたな」

顔を上げると、スピットルがテラスの残骸を蹴っている。ぴかぴかの靴が塵で輝きを失っている。彼は家を見上げて言う。「運がよかったな。家ごと吹っ飛ばされてもおかしくなかった」

運がいい？　部屋を破壊され、ローズを失いかけたのに？　おれは立ち上がり、スピットルに背を向けて家に向かう。「誰のしわざか、あんたが調べるのか？」

「誰のしわざかは、あんたがおれに教えてくれるんじゃないかと期待していたんだが」スピットルは招かれてもいないのにおれについてきて、スーツのポケットからハンカチを出しながら家のなかにはいる。階段の最下段に座り、靴を拭く。

「あんたの目にはおれがＦＢＩの捜査官に見えるのか？」とおれは言う。「誰がおれの寝室に爆弾を投げ込んだかわかってたら、今頃おれはここにいないだろ？」

スピットルは黒く汚れたハンカチをしかめ面で見てから丁寧にたたむ。おれは自分を待ち受けているスコッチを思いながら執務室に向かう。瓶とグラスふたつを持って椅子に腰かける。スピットルはデスクをはさんで向かいの椅子に座る。おれがグラスを上げてみせると、うなずいて、注いでくれと促す。スピットルにグラスを渡して背もたれにもたれると、ちょうどブラッドがはいってきて、おれに向かってうなずいてから自分の酒を注ぐ。厄介な午後になりそうだ。

「あんたの家の一部が吹き飛ばされたのは、フォート・ローダーデールでの銃撃と関係あるのか？」スピットルが訊く。「監視カメラは切ったかもしれないが、あんたがあそこにいたのはわかってる」

「おれには関係ない」スピットルはスコッチを飲んで、うまいというしるしにうなずく。「銃撃はそうだな。撃ったやつは数マイル逃げたところで捕まった」

おれは片方の眉を上げる。「それで？」

「何も話そうとしない」

「おれに引き渡せ」おれは命じる。「そうすれば話すだろうよ」欲しい情報を渡すまで痛めつけてやる。

「関係ないだって？　おいおいダニー。なんであそこにいたんだ？」

〝二十の質問〟にうんざりしておれはため息をつく。「あそこにいる少年のことでな。ジェプソンといって、両親は墜落事故で死んだが、その子は生き残った。誰かがその子を殺そうとしている」

「少年？　誰なんだ？　なんのために？」

「とにかくその子を保護してくれ、スピットル、頼む」一から説明している時間がない。「その撃ったやつに会いにいこう」拷問はしなくても脅すことはできる。「そのあとなら、あんたを忙しくさせるような情報を渡せるかもしれない」おれの街にやってきて大混乱を惹き起こしている張本人が見つかり次第、そうしてやれる。

「わかったよ、ブラック。あんたはおれの悩みの種だ」

そうだろうとも。「狙撃犯の名前は？」

「さっきも言ったとおり、だんまりを決め込んでいる。顔、指紋、ＤＮＡ。全部照合したが何も出てこない。まるで幽霊だよ」

ベガスの男たちと同じだ。「ブラッドをそいつのいるところに行かせろ」

「どうしてもと言うなら」

「どうしてもだ」

スピットルはデスクの向こうからおれを見つめる。「爆発と言えば、あんたのジェットスキーが沖合で黒焦げの状態で見つかった。何があった？」

「盗まれたんだ」

「なぜ通報しなかった？」

おれは肩をすくめる。「おれのことはわかってるだろう、スピットル？　もっと大事なことがあるはずだ。ジェットスキーはマリーナに運ばせておいてくれ」

何を訊いても埒が明かないのに疲れたのか、スピットルは見るからに勢いを失う。

「もう修理もできないぞ」

「気に入ってるんでね」

「そうか。携帯電話のほうも調べさせている」

「そっちはもういい」おれは力を込めて言う。「もう一度言うが、もっと大事なことがある」おれは立ち上がる。おれ流の緊急会議の終わらせ方だ。「もういいか？」

「ああ。いつものことだが、時間を取ってくれてありがとう、ミスター・ブラック」

彼は皮肉たっぷりに頭を下げる。「明日会おう」

明日。父の葬儀だ。次から次へと騒動が続くので忘れかけていた。「親父から、FBIが現われたらかたっぱしから撃ち殺せと言われてる」

スピットルは執務室を出ていきながら笑う。「防弾チョッキを忘れないようにするよ」ドアのところで立ち止まり、振り返る。そのいかつい顔に気遣いらしきものが浮かんでいる。「誰かがあんたを始末しようしているのは確かだぞ、ダニー」

「それは、〝気をつけろ〟のあんたなりの言い方か？」とんだ笑い種だ。おれが死ねば、スピットルのストレスに終止符が打たれるのだから。「感動したよ」

スピットルは冗談めいて手を振る。「マイアミじゅうが、いや、アメリカじゅうが、あんたが明日親父さんを埋葬することを知ってる――おれが言いたいのはそれだけだ」

「万事手配済みだよ」おれはそう言ってからスコッチを注ぎ足す。「じゃあな」

ひとりの平和な時間は二秒後の電話で破られ、おれにはそれがありがたい。静かになると考えごとをする余裕が生まれるが、今は考えたくない。携帯電話の画面を見て微笑む。「アダムズか」電話に出て言う。「おれの招待を断るために電話してきたのか？」

「きみはあの子を殺そうとした」

おれはいらだって歯ぎしりをする。「殺そうとなんかしていない。標的になっていたのを助けたんだ」

電話の向こうでアダムズは黙り込む。次の動きを慎重に考えているのだろう。考えているのは確かだ。だが黙り続けているところからすると、何も考えつかないのだろう。「ペリー、おれがことを簡単にしてやろう」おれは座ったまままえに乗り出してデスクに肘をつく。「おれはあんたの彼女をつかまえている。誰がなんのためにおれのマリーナを欲しがってるか話してくれないと、彼女のきれいな顔を切り落として、きれいな箱に入れて送ってやるぜ」

「脅迫されているのだ」かすかな声で言う。

「誰に？」

「わからない。相手はわたしとローズの写真を持っている。用心していたんだが、スタッフのひとりが……」とため息をつく。「給料をもっとはずんでおけばよかった。あの写真が表に出たら大打撃だ。選挙運動も終わりだ」

彼とローズの写真？ 怒りを無視しろ、ダニー。無視するんだ。もっと大事なことがある。「つまり、女房に隠れて女と寝ているのをアメリカじゅうに知られないために、おれを差し出そうとしているってわけか？」

「そういうわけじゃ……」

「誰が写真を撮ったんだ？ スタッフのひとりと言ったな。名前を教えてくれ」まずは点と点を結ぶことから始めよう。

「彼は死んだ」

「なんだって？」

「連中は彼の頭を送ってきたんだ、ダニー。頭を！」その声はひどく震えている。頭とは。アダムズのやつ、それを見て吐いたにちがいない。

「おれだったら全身を送るだろうな」アダムズの無言がしばらく続く。置かれている状況の深刻さが改めて身に染みるのか、

「連中は金を約束した。それできみに返せばいいと。だがきみは金額を三千五百万に上げた。向こうは最初の額以上は払わないと言っている。おかげでわたしは追い

詰められている」ついに彼は自分の無力さに負けて本音を吐露する。「きみから離れればきみに殺される。彼らから離れれば写真を世間にさらされ、それからやはり殺されるだろう」

「おれはいま、あんたの彼女の顔を切ると脅したんだぞ」ローズのことを考えていない彼にあきれて言う。「自分のことばかりで、彼女はどうでもいいって言うのか？」今はアダムズの顔を切ってやりたい。

「きみはそんなことはしない」当然のように言うのが腹立たしい。「写真はわたしとローズのものだけじゃない」

「なんだって？」

「今日、きみとローズの写真が送られてきた。きみのマリーナの海岸でくつろいでいるところだ。彼女の命を脅しの材料にしているわりには、ずいぶん惚れ込んでいるように見えるが」

おれはぼんやりまえを見つめる。頭が働かない。そのあいだもアダムズは話し続ける。

「連中はそれを送ってきて、彼女のことは心配するなと言った。彼女は安全だと。わたしもそう思う。そうだろう、ダニー？　彼女はきみをも惹きつけた。だが、わたしの出資者は彼女のことなどなんとも思っていない。平気で引き裂くだろう。彼女を守るのに手を貸してくれ」

彼女を引き裂く？　やろうとしているところを見たいものだ。「おれだってなんとも思っていない」自分に対する怒りに歯ぎしりしながら言う。がっかりした顔で頭を振る父の姿が見えるようだ。

「ほんとうか？」

「確かめたいか？」

「まあ、無理もないな。自分を責めるな。わたしだって彼女に惹かれたのだから」

「はっきり言ってやろう」はらわたが煮えくりかえり、怒りで体が震えだす。「あのマリーナがおれのものにならなかったら、あんたも女房も子供たちも、それに生きている親族も片っ端から殺してやる。それも時間をかけてな。みんな、自分たちがなぜそんな目にあっているのか知るだろう。あんたの汚らしい取引のせいだってな。それからローズのことだが、彼女のきれいな顔を箱に入れて送ってやるよ。欲しいだろ？」

「いや」

「誰なんだ、ペリー？」

「知らない！　いつも向こうから接触してくる。わたしは相手が誰なのか知らないのだ」

おれはわれを忘れてデスクに拳を打ちつけ、立ち上がる。汗が噴き出る。

ブラッドが駆け込んできて、電話に向かってあえいでいるおれを驚いた顔で見る。

「今度先方から接触してきたら、おれのところに来るよう伝えろ」電話を切り、首に手をやって浮き出た血管に触れる。

「何があったか訊くべきかな？」ブラッドが近づく。ひどく神経質になっているのがわかる。

「アダムズをつかまえて連れてきてくれ」おれは椅子に沈み込む。くたくただ。唯一の慰めは、ローズがおれといっしょにここにいること、おかげでアダムズの出資者が彼女に手を出せないことだ。おれは両手で頭を抱える。だが、ミサイルはすぐそばまで来た。まだわからないことだらけだが、ひとつわかるのは、アダムズの糸を引いているやつは勝つ気でやっているということだ。この調子でいけば、そいつは勝つだろう。

今日一日が終わるまでベッドにもぐり込んでじっとしていられるものならば、そうしたい。それができないのは、寝室が完全に破壊されていることだけが理由ではない。おれが葬儀に現われなかったら、父の亡霊は一生おれにつきまとうだろう。

鏡のまえで黒いネクタイを締め、左右に動かして整える。それから執務室に行き、スコッチをストレートでたて続けに二杯飲む。デスクの一番上の引き出しをわずかに開け、暗がりのなかで緑の目が光る蛇の指輪を見つめる。責めるような鋭い目は父の目にも思われる。父の落胆を思うと胃が痛むが、その痛みを無視して引き出しを大きく開け、指輪を手に取る。しばらく指でもてあそぶが、はめる気になれずポケットに滑り込ませる。

ブラッドが髪と同じくぴしりと決めた黒スーツではいってくる。おれは顔を上げる。

「アダムズは見つかったか？」

「ああ」ブラッドの眉が上がり、おれは一瞬、〝ああ、見つけた、海岸に打ち上げられているのを〟と言うのかと思う。あるいは歩道にはらわたをぶちまけられているのを。頭に銃弾を一発撃ち込まれているのを。「ハンプトンズで予定外の休暇を過ごしているところだった。今、迎えの車を向かわせている」

おれは声を出して笑う。笑いが止まらない。マイアミから逃げれば問題も消えるとでも思っているのか？　愚かなやつだ。

「用意はできたか？」ブラッドが尋ねる。

「いいや」おれは正直に言いながら、足をまえに運ぶ。

おれたちは執務室を出て廊下を玄関ホールに向かい、ブラッドが玄関のドアを開ける。おれは上着の襟を引っ張り、髪を手でなでつける。

肌が熱くなり、おれのあらゆる部分が、その原因を探るなと告げる。だがおれは振り向き、階段の上に立っているローズを見る。ふたりの目が合う。彼女のやさしい目とおれの厳しい目が。

深みに陥らないよう顔をそむける。「行こう」落ち着いた力強い声で言う。心のなかはまるで逆だが。

ブラッドがリンゴとともにおれの車に乗り、別のふたりがレンジローバーでうしろにつく。おれはもう一台のメルセデスにひとりで乗り、五分待ってから車を出す。

街の西側の静かな墓地まで走るあいだ、絶えず父の不満の声が聞こえる。おれのしようとしていることは彼の自尊心を傷つける。だがおれは父の声を無視してハンドルを握り続ける。古い教会付属の墓地で車を停めると、すでに司祭が待っており、父の墓の横に棺が置かれている。おれは唾を呑み込んでから車を降り、墓石が並ぶあいだを歩いて、自分で選んだ美しいバラの茂みの隣に向かう。緑から湧き出ているようなピンクの花は、この墓地で唯一の色で、おれはそれが気に入ってこの場所を選んだ。「人生に色を添えるのに遅すぎるなんてことはないよ、ミスター」静かに言って、これから父を埋める穴の端に立つ。司祭と墓堀人は距離を置いたところにとどまり、おれが合図するまではひとりにしてくれる。おれは棺のふたを見つめる。「怒らないでくれ」おれはそう言ってかがみ、つやつや光る木の縁に手をかける。「手ごわい殺し屋がおれを狙っているんだ。こうするしかなかった」喉につかえる塊が次第に大きくなっていき、おれは必死にそれに呑み込む。「派手に送り出されたかったのは知ってる。だけど、今回はおれのやりたいようにやらせてもらった。おれと父さんのふたりだけだ。いつもそうだったみたいに。父さんとおれだけだ」目頭が熱くなり、おれは乱暴に涙を拭く。「状況は変わっているんだ。父さんの力を維持するのも人を思いどおりに動かすのも難しくなっている。決めたことを守るのもだ。それを知ってほしかった」立ち上がり、ポケットに手を入れて父の指輪を確かめる。「何もかもが不確定だが、ひとつだけはっきりしていることがある」おれはうしろに下がり、司祭にうなずいて合図する。

「いなくなって寂しいよ、ミスター」父がおれを見つけてからの長い年月の末に、はじめておれは悟る。父の頭のなかにはつねに今のこの瞬間があったのだ。おれがいなかったら、誰が父の不在を寂しがるというのだ？　悲しむよう父に仕向けられた気がする。父の目論見は成功だった。だが、おれが死んだときは誰が寂しがるのだろう？　おれは最後のブラックだ。ブラックの精神はおれとともに終わる。それが天恵なのか茶番なのか、おれにはわからない。

司祭が聖書を両手に持ち、白い司祭服の裾を土に引きずりながら近づいてくる。司祭が、神がどうとかイエス・キリストがどうとか、父は安らかに眠っているとかつぶやくのを、おれはぼんやり聞く。おれも安らかな気持ちになりたい。おれのなかの混乱に消えてほしい。棺が暗い穴に下ろされ、おれは穴の縁に近づいてポケットから父の指輪を出す。それにキスをしてから、棺に向かって落とす。「安らかに眠ってくれ、ミスター」おれはそうささやき、司祭にメモの束を渡してからその場をあとにする。

車のシートに沈み込むやいなや内ポケットから酒のはいった携帯用フラスクを出し、中身の半分を流し込みながら、男たちが穴にシャベルで土を投げ入れるのを見守る。終わるまでそこを離れずにいる。

大通りに向かう道をゆっくり走りながら、アーニーおじからの大量の着信を無視してブラッドに電話をかける。

「変わったことは起きていないか？」ブラッドが出るとすぐに訊く。

「レンガが詰まった棺に向かって大勢が涙している以外にってことか?」

「ああ」軽口につき合う気分ではない。

「カルロ・ブラックの息子が父親の葬儀を欠席している。何マイル先まで噂が広がるだろうな」足音、続いて車のドアを閉める音が聞こえてくる。「アーニーは何かおかしいと気づいている。おまえが欠席するなんてありえないことだと知ってるからな」

「アーニーにはおれが話をする。ほかには?」

「おまえを殺しに誰か来てないかってことか?」ブラッドは軽く笑う。「連中が隠れ家を出ておまえを捜しに来るとは思えないね」エンジンの音。さらにドアの閉まる音。ほかの部下たちもブラッドの車に乗ったようだ。「しっかり目を開けて監視していたよ。見える範囲では何もなかった。スピットルも来ておまえの居場所を訊いてまわってたよ」

「スピットルのやつ、死にたいらしいな」大通りにはいってアクセルを踏む。「帰って話そう」電話を切ってラジオをつけ、驚いて首を振る。父のお気に入りの曲が耳に飛び込んできたのだ。オーティス・レディングの歌う『ドック・オブ・ザ・ベイ』。おれは肘を曲げて窓にかけ、リラックスしてシートの背もたれにもたれながらいっしょに歌う。

家のまえで車を停めると、ちょうど新しいゲートが取りつけられているところだ。塀はすでに新しくなっていて、セメントはまだ濡れている。作業員たちが横にどいておれを通す。私道を進んで車を停め、ほっとしてため息をつく。

執務室への最短ルートである裏口への道を歩きながら上を見ると、ローズが自分の部屋のテラスに立っているのが見える。おれのテラスの残骸から数メートルしか離れていない。タオルを巻いた姿で、濡れた髪を高い位置でまとめ、両手を手すりについている。そしておれを見ている。おれは視線をそらし、応接室の庭に面したドアからなかにはいり、執務室に向かう廊下を歩く。前方に、畳んで重ねたタオルを抱えてエスターが立っている。「テラスから離れるようローズに言え」おれはなぜ心配しているのだ？　彼女は自分の命をないがしろにしている。おれが心配する必要がどこにある？

エスターはうなずいてその場を離れる。おれは執務室にはいり、スコッチの瓶をつかんでこのところよくやっていることをする。ネクタイを緩め、一番上のボタンをはずし、椅子にどさりと腰を下ろす。一番下の引き出しを開け、額にはいった父の写真を取り出す。「そんな顔で見ないでくれ」そうつぶやいて自分のまえに置き、瓶を口に当てて飲むべき量以上の量を流し込む。父がおれに失望しているだろうと思うとつらい。父が亡くなってまだ数週間だというのに、何もかもめちゃくちゃになっている。そしてまたスコッチを流し込む。

しばらく経ってブラッドが戻ってくる頃には、おれはスピットルとアーニーおじから山ほどあった着信を無視してスコッチをほぼ一本空けていた。アルコールで感覚が完全に鈍り、体は今日はじめてリラックスできている。ブラッドはそんなおれを一目見てため息をつく。

「なんだってんだ」おれはまた酒をあおりながらつぶやく。「おれは今日親父を埋めたんだ。飲んだっていいだろ」

「どうだった?」ブラッドは瓶のほうに手を伸ばす。おれはしぶしぶ瓶を渡し、彼は少し飲む。

「親父の恨み言が聞こえる気がしたよ」おれはふたたび瓶を受け取る。頭がぼうっとする感覚が心地いい。「スピットルはなんの用だ?」着信記録が光る画面を指差して言う。

「代わりにおれを巻き込んだよ。病院で撃ったのが誰なのか、そいつが誰の指示で動いているのか、おれが突き止める」

「よし」また電話が鳴り、おれは電話を押しやる。アーニーおじの名前がおれを脅すように光る。

「アーニーは何かおかしいと感づいている」ブラッドは、父のいとこを避けられると思ったら大間違いだと言いたげにおれを見る。「もうここに向かっているところだ」ブラッドが言い終わるのとほぼ同時に部屋の外が騒がしくなり、アーニーおじの声が木のドアを通して聞こえてくる。おれはどんよりした目でドアを見つめ、勢いよく開くのを待つ。

「どういうことだ?」アーニーはドアを壁にぶつけながら飛び込んできて怒鳴る。

「今はそういう気分じゃないんだ」おれは落ち着いて言う。「親父に献杯しにきたんだったら、座ってくれ。酒を注ぐよ。そうじゃないなら出ていってくれ」

アーニーの鼻がふくらむがおれは意に介さない。「いったいどこにいたんだ?」

「親父を埋葬していた」おれはとげとげしく言う。部下たちがアーニーのうしろに移動し、追い出せという合図を待つ。アーニーの顔を混乱がよぎる。ふだんは見られない表情だ。

「棺のなかにはいなかったんだな」やっとわかったらしく、アーニーはそう言うと、ドア枠に手をついて体を支える。「最後に別れを言いたかった」

おれは彼の痛みを無視し、ふらつく足で立ち上がると新しいスコッチの瓶を取ってきて、また腰を下ろす。「やらなきゃならなかったんだ」

「どうしてそんなことができたんだ?」

おれは何も考えずに拳をデスクに打ちつける。音が大きく響く。「簡単なことだ。誰かがおれを殺そうしている。今日がその最大のチャンスだった。おれはこの世界の仕組みを知っている。念入りに準備された派手で大胆な殺しほど、満足度が高い。誰よりもよくおれが知っている。おれがまだ息をしていることにむかついているなら、謝るよ」

「おまえはみんなをだました。親父さんを見送りに来たみんなを」

おれは鼻で笑う。その〝みんな〟のなかに、おれほど彼を愛していた者はいない。心から気にかけていた者はいない。大半は、父がほんとうに死んで埋葬されたのをその目で確かめるために参列したにちがいない。

アーニーおじの顔がいくらかやわらぎ、悲しげな笑みがゆっくり浮かぶ。「おまえはほんとうにあの父親の息子だな」頭を振り、足を引きずって歩く。調子の悪い膝が、今日はよけいに調子が悪いようだ。椅子にどさりと座ると、おれが持っている瓶を指差す。「わたしにも注いでくれ」

おれはふたつのグラスに酒を注ぎ、アーニーとブラッドに向けてデスクの上を滑らせる。瓶は自分の手元に置いたままだ。「親父に」そう言ってふたりのグラスに向かって瓶を上げる。ふたりも父へのことばをつぶやき、スコッチを飲む。

「何百人もが空の棺に向かって祈りを唱えたというわけか」とアーニーが言う。

「そうとも言えないな」ブラッドが親指で背後を差しながら言う。おれは説明を彼に任せて、その隙にさらに酒を飲む。「気づいているかどうか知らないが、どこかのイカレ野郎に核爆弾を撃ち込まれたおかげでレンガには事欠かないからね」

アーニーは愉快そうに笑う。「参ったね。で、親父さんはどこにいるんだ?」

「静かで平和なところだ」スコッチを水みたいに流し込むうちに、ことばが次第に不明瞭になり、まぶたが重くなってくる。「落ち着いたら教えるよ」

アーニーは鼻で笑う。「まだまだ爆弾が飛んでくるようならしばらくは無理そうだな」立ち上がって背中を伸ばす。「用心しろよ、ダニー」

「いつもしてるよ」おれは琥珀色の液体をさらに数センチ飲む。アーニーは首を振り、愛情のこもった笑みを浮かべる。「何かあったら連絡してくれ」

おれはでたらめにうなずく。今やスコッチがおれを支配しつつある。けっこう。このままノックアウトしてほしいものだ。

アーニーは帰っていき、おれの電話がまた叫びはじめる。「うるさい」おれは回らない舌で言って携帯電話の電源を切り、よろよろ立ち上がる。「用があるなら、おれは自分の部屋にいるからな」ブラッドが笑いを隠しきれていないのをぼんやり意識しつつ、宝物のスコッチの瓶を口につけながらおぼつかない足取りで歩く。ドアの手前で立ち止まり、眉をひそめて口を拭く。「自分の部屋がないんだった。吹っ飛ばされて」ブラッドを振り返る。「どこのどいつだ、おれの部屋を吹っ飛ばしたのは？」ブラッドが何か言おうとするが、おれは瓶を持ち上げて言う。「まあいい。おれが見つけ出してやる。見つけたら、ケツに銃を突っ込んで犯してから殺してやる」ブラッドは顔をしかめるが何も言わない。「自分が倒れるまでどこまでも追いかけてやる」ドアノブに手を伸ばすが届かず、目を閉じて集中する。ブラッドがうしろで笑っているのが聞こえる。「黙れ、この——」ドアが勢いよく開いて顔にぶつかり、おれはうしろによろめく。背中から倒れ、その衝撃で息が切れ、スコッチの瓶が飛んでいく。

「クソッ」横向きになり、転がっていく瓶をつかもうと手を伸ばす。

「どうしたの？」

甘く懐かしい声がおれの手を止め、おれの体はまたあおむけに転がる。目をぱちくりさせながら見上げると、視界が揺れて体がふたつ見え、頭がぐるぐるする。「ローズ？」おれは視界の揺れを止めたくて、両手で頭をはさむ。

「へべれけだ」うしろからブラッドの声がするが、おれはぼやけたローズの姿から目を離さない。

「親父を埋めたんだ。へべれけになったっていいだろう？　どいつもこいつもクソッたれだ」おれは力のはいらない手でローズを差し、必死に頭を上げようとする。「特にきみだ」頭を上げておく力がなくてまた下ろさなければならないのが腹立たしい。カーペット敷きの床にぶつかり、頭がくらくらする。「クソッたれ」呟き込みながら頭に手をやってぎこちなくさする。完全に酔っぱらっている。こんなに酔ったことはない。酔っぱらうとは無防備になることだが、このところずっと無防備だ。「きみのせいだ」誰かが脇の下に手を入れるのがわかる。「ほっといてくれ」

「どれだけ飲んだの？」ローズの声は心配そうだ。ふざけるな。

「まだ足りない」まだ意識は失っていない。おれは転がってふたりの手を振り払い、スコッチの瓶を床に探す。「どこに隠した？」

「知るか」ブラッドがつぶやく。

おれは急に立ち上がる。とはいえ、しっかり立っているというのからはほど遠い。

重力がなくなる気がし、ローズの叫び声と同時に肩に何かがぶつかる衝撃を覚え、そこではじめて自分が倒れつつあるのに気づく。「クソッ」音をたてて床に落ちる。耳から酔った頭に届いてくる悪態で、ブラッドとローズが辟易(へきえき)しているのがわかるが、知ったことじゃない。気分は最高だ。酔いによる解放感にひたる。

「酔っぱらったあなたはあんまり魅力的じゃないわね」ローズがおれの横にひざまずきながら言う。

生意気な女め。「いいか……」彼女を指さし、宙でゆらゆら動く指先に集中しようとする。彼女はため息をついてその指をつかみ、動きを止める。

「いいかって何が？」

「いいか……」何を言おうとしたのか頭のなかを探るが思い出せない。「ああ、そうだ」鼻をすすり、しかめ面――あるいはそれに近い顔――を作ろうとする。「いいか、おれは、きみが自分の腕を切るのが気に食わない。それから、それできみが痛がらないのが気に食わない。おれは痛いからだ」のろのろとシャツの袖をまくり上げて包帯をはぎ取る。おれの苦しみを彼女に見せつけるかのように。「きみのためにやったんだ」

「まいったな」ブラッドが腰をかがめておれに顔を近づけ、眉を大きく上げる。おれを責めているのだ。「ベッドにはいる時間だ」

「馬鹿め。おれにはベッドがないんだ」おれは腕を伸ばしてローズの腕をつかむ。「彼女の部屋に連れてってくれ」ブラッドはローズに目をやり、それがおれを激怒させる。「なんで彼女を見てるんだ？　言っただろ、おれを彼女の部屋に連れていけ。彼女のベッドに」おれは立ち上がろうとし、ふたりが助けようと差し出した手を払いのける。「ここはおれの家だ。おれのベッドだ。おれのクソ人生だ」よろよろとドアまで歩き、ドア枠に腕を打ちつける。「そして彼女も――」振り返るスピードが速すぎるせいで頭がくらくらし、まえのめりに数歩よろめく。それから体勢を立て直し、目をできるだけ細めてローズを見る。「おれのものだ。誰か文句はあるか？」異議はなさそうだ。といっても、反応をうかがえるほど誰かの顔をはっきり見えるわけではないのだが。とにかくおれは歩きはじめて、ピンボールみたいに壁のあちこちにぶつかりながら廊下を進む。クソッ、もうめちゃくちゃだ。

エスターがトレーを持ってキッチンから出てくるのが見える。「母さん」おれは歌うように言い、彼女は驚いて足を止め、おれのうしろを見る。その視線をたどって振り向くと、ブラッドとローズだけでなく、部下が全員そろっている。みんながエスターの正体を知らないという事実は、今のおれの頭から消えている。おれは肩をすくめて母に注意を戻す。「今日おれは、おれを救ってくれた人を葬った。おれを……だ、大事に思ってくれた、ただひとりの……に、人間だ」まえに大きく揺れ、エスターの顔のまえに顔を突き出す。「あんたはそうじゃなかったからな。おれの母親は、おれを捨てた。お……おかげでおれは、殴られ、犯され、い……痛めつけられた」何人かが息を呑む声がうしろから聞こえる気がする。よくはわからないが。「ありがとよ、母さん」おれは鼻で笑うと、やみくもに手を伸ばし、階段の手すりにつかまる。「寝るよ」

「それがいいわね」エスターは感情のない声で言い、おれは自分に笑いながら階段を見上げる。百万段はあるにちがいない。

まず一段目に挑もうと目を細め、片足を上げ、同じところに下ろす。背後から聞こえる息を呑む声に振り向くが、そのスピードが今のおれの頭には速すぎる。おれは音をたてて階段の縁に尻もちをついて倒れ、百万段かのうちの少なくとも十段分に渡ってあおむけにのびる。「いつのまにこんなに段が増えたんだ？」誰にともなく尋ねる。

「いい？」ローズの声が遠くから低く聞こえる。出ていくのか？　だめだ。

「誰か彼女を止めろ。おれの囚人だ」

「黙りなさい」彼女はすぐそばにいる。彼女の息を頬に感じ、彼女をつかもうと手を伸ばして宙をつかむ。「リンゴ、足を持って。ブラッドは腕。エスター、悪いけどわたしの部屋に水を持ってきてもらえる？」

「おれの部屋だ、クソッたれ」体が持ち上げられる。「それに、自分で歩ける」とんだお笑い種だ。口をきくのだってやっとなのに。「おれの囚人だぞ」体が軽く上下に揺れ、おれの顔のすぐ上で、ブラッドが百万段の階段をのぼりながら笑う。

「何がおかしい」

「見まわしてみると、囚人はおまえひとりみたいだぞ」

「くたばれ、この——」

「今日はもうくたくただ。勘弁してくれ」

おれは何かやわらかいものの上に下ろされ、彼女の甘いにおいがおれの感覚を襲う。うつぶせになって枕に顔を埋め、吸えるところまでそのにおいを吸う。目を開けていられなくなり、口は開けっ放しになってからからになる。

ローズ。ローズ・リリアン・キャシディ。おれを徹底的に懲らしめるんだな。おれはきみを憎んでる。あらゆるものを憎んでいるが、なかでもきみが一番憎らしい。

いや、ちがう。

いや、そうだ。

ちがう。

そうだ。

ちが……。

そう……。

「きみを憎んでいない」舌がまわらず声はいっそうくぐもっている。ベッドの端まで這い、足を下ろして体を起こす。部屋が時速百マイルで回転し、おれは手を上げて頭を抱える。「クソッ」ここはどこだ？　何が起きているのだ？　ドアが閉まる音に、目を細く開ける。すらりとした女性の影が近づき、数十センチのところまで来てやっと視界にはいる。おれはローズを見上げて手を伸ばし、彼女を引っ張っておれの脚のあいだに立たせる。頭を垂れて彼女のおなかに埋める。彼女の手が髪に差し入れられる。おれは彼女に体を寄せる。「おれは、ぜ……全部きみに話した。きみは何も話してくれない」

「あした話しましょう」彼女はそう言っておれをなだめ、髪に差し入れた指を円を描くように動かす。

「いや、今だ」と言いながら体を彼女から離す。「今話してくれ」

彼女は微笑む。おれを心から幸せにする、めったに見られない貴重な笑みだ。おれが彼女を微笑ませた。彼女はおれの頰に手を添え、ぐったりした体に顔を近づける。

「今話してもあなたは全部忘れちゃうわ」

「きみは死のうとした」

「わたしが欲しいものは、手に入れるのが不可能なものなの。だから死にたくなるの」

「不可能なんて何ひとつない。何ひとつな」

「すべてが不可能よ」彼女はおれの頰の傷に唇をつけ、おれは彼女をつかまえていっしょにベッドに転がる。一日の疲れで、彼女を抱きしめるのが精一杯だ。

「いつか、きみが間違っていることを証明してやる」おれは部屋の回転に負けないよう目を閉じる。

「ここで、あなたがそうするのを見られればいいんだけれど」彼女の答えに、おれは闇のなかで眉をひそめる。

「なぜだ？　どこに行くっていうんだ？」彼女はおれの囚人だ。なぜみんなそれを忘れるのだ？　「きみはどこにも行かない、ローズ・リ……リ……リリアン・キャシディ。行くときはおれといっしょだ」

20

ローズ

最高の気分になるはずだが、そんな気分ではない。昨夜は何度も彼の腕を自分から引き離さなければならなかった。服を脱がせ、傷の原因は自分だと思いながら、彼がはぎ取った包帯を巻き直した。それから、眠りのなかで何かつぶやいたり泣き言を言う彼を見つめた。こんな彼を――酔っぱらって正直で無防備な、生(なま)の彼を見るのは……。

つらい。彼は何ひとつ覚えていないだろう。起きたときには、自分の言ったこと、したこと、何もかもさらけ出してわたしにしがみついたことをすべて忘れているだろう。

最高の気分でないのはそのためだ。

そしてわたしの携帯電話に届いたメッセージ。これが理由でわたしは今すぐに出ていかなければならない。

〝馬鹿なローズ〟

わたしの写真。ダニーといっしょに写っている。彼のテラスで。一瞬目を閉じる。どこも安全ではない。ダニーの邸宅でさえも。彼はわたしの胸に唇をつけている。上空から撮られた写真だ。ドローンだろうか？　この写真のこの瞬間のわたしは別の女だ。そしてノックスにとって、わたしは危険な女だ。

彼はテキストメッセージを送ってきた。ふだんはけっして送ってこないのに、危険をおかして送ってきた。それだけで彼の精神状態がわかる。手のなかでまた電話が振動し、わたしを驚かせる。次の写真が現われる。息子の写真を見て、わたしは低い声ですすり泣く。バックパックを引きずり、ひもで結び合わせたサッカーシューズを肩にかけて、スクールバスに乗るところだ。その写真にみとれている時間はない。これは褒美ではない。終わりだ。親指が画面上のキーのあいだを勝手に動く。

〝電話するわね〟

送信ボタンをクリックし、電話が壊れそうなほど強く握る。うまく行くと思っていた。ダニーの手を借りれば、この混乱を終わらせられると思っていた。でもノックスが切り札を持っている限り、何も終わらせられない。誰にも無理だ。

浴室の外をうかがうと、ダニーはまだベッドで正体をなくしている。そっとドアを閉めてノックスに電話をかける。彼は電話に出ても何も言わず、わたしの説明を待つ。

「連絡できなかったの。いつも誰かに監視されていたし、ブラックはどこに行くにもわたしを連れていくから」

「嘘だ。おまえはおれを裏切った。息子も裏切った」

「ちがう」わたしはすすり泣く。「あなたが欲しいものを手に入れるわ、約束する」

ノックスはハミングをしながらしばらく考える。彼は、わたしが彼のものなのをわかっている。わたしは彼を徹底的に憎んでいる。憎くてしかたない。「もう一度だけチャンスをやろう。うまくやれば、今後は標的にしないと約束してやれるかもしれない」

「わたしがテラスにいるのを知っていたの?」ドローンだ。

「ロシア人との引き渡しがいつ行なわれるか知りたい。時間と場所だ。それをつかめないと、次におまえが受け取るのは棺のなかで眠る息子の写真になる。そのあとおまえを殺して、新しい娼婦を探す」

「情報を手に入れるわ。約束する」

彼が通話を切る。口から泣き声がもれ、外に聞こえないよう手で押さえる。わたしはノックスを、彼の餌食のもとに案内しなければならない。銃に弾を込めて引き金を引くようなものだ。これでおしまいだ。鏡に映るわたしは、下唇を激しく震わせている。「止まって」わたしは下唇をこすり、鼻をすすって落ち着こうとする。しっかりしなければ。どうすればノックスが求めている情報を手に入れられるのだろう？　見当もつかない。でも手に入れなければならない。

携帯電話を隠し、肩を回してからドアを開ける。ダニーは両手足を伸ばして大の字になっている。顔も髪もひどい状態だ。そっと近づく。なぜそっとなのかは自分でもわからない。原子爆弾が落ちたって起きそうもないのだから。近づいて傷痕の残る整った顔を見つめると、ふたりで過ごした時間の記憶が頭のなかを駆けめぐる。いがみ合った時間。見つめ合い、理解し合った時間。キスをし、愛を交わし、慰め合った時間。

心を決めてベッドの縁に座る。彼を起こしたくない。彼の眠りを邪魔して、頭がもげ落ちそうな気がするであろう現実に引き戻したくない。わたしたちを、彼を終わらせるようなことを始めたくない。

彼をそっとつつこうとしたとき、誰かがドアをノックし、わたしはあわてて立ち上がってローブを羽織る。「どうぞ」

ブラッドがドアの隙間から頭を突っ込み、ベッドの上のボスを見る。「ウイスキーの蒸留所みたいににおうな」

気づいていなかった。自分の後悔のにおいにしか意識が向いていなかった。「何も問題はない？」

「眠れる森のハンサムに起きてもらわないとならない。十二時を過ぎちまったからな」

わたしは好奇心に負ける。「どこかに行くの？」できるだけさりげなく聞こえるように尋ねる。

「まあそう言っていいね」ブラッドはダニーに近づいて腕をつつく。それを見て、わたしの心の奥底にある彼を守りたいという思いが頭をもたげる。

わたしは彼をさえぎる。「彼のことはわたしに任せて」

「ああ、そうだろうな」

皮肉を無視して、慎重に、さりげなく続ける。「たぶんまだ酔いが抜けていないわよ。今日は回復を待つ以外何もできないんじゃないかしら」

「そうはいかないんだ。大事な用だから」

大事な用。大事な品の引き渡しとか？　今日なの？　ブラッドがまたダニーをつつこうとするが、わたしは彼のまえに立ってさえぎる。ブラッドは好奇の目をわたしに向ける。「わたしが起こす。そっと起こしたほうがよさそうだけれど、あなたはそういう感じじゃなさそうだから」

ブラッドはウィンクをし、わたしは何か不愉快なことを言われそうな気がしていらだつ。

「やめて」そう釘を刺して彼に背を向ける。「あなたが待っていること彼に伝えるわ」そして、ダニーがこの部屋を出たらすぐに、わたしはかけたくない電話をかけるのだ。罪悪感に万力のように心を締めつけられながら、わたしはベッドを見る。

「わかったよ」ブラッドがからかうように答える。「それからローズ……」

わたしは目を上げて、眠っているダニーを見つめる。心の苦しみを見られるのが怖くてブラッドに顔を向けられない。「何？」

「きみがまた自分で腕を切ろうとしたら、心配するのはダニーだけじゃないぞ」

わたしは驚いて振り返る。やさしいことばを打ち消そうとするかのように、ブラッドは無表情ですました顔をしている。「ダニーはわたしのことなんかこれっぽちも心配してないわ」そんなわけがないとわかっていながら言う。みんなわかっている。特に昨夜のあとでは。それでもわたしは続ける。たぶん、ブラッドがわたしの望んでいることを裏付けてくれるのを期待しているのだろう。「わたしをここに置いているのは都合がいいからよ」

「ダニーが自分の腕をナイフで切ったのもそのためだっていうわけだな」反論する間を与えずに、彼はわたしたちのあいだのドアを閉める。

わたしはベッドの縁に戻って座り、ダニーを見つめる。頭が混乱している。心の痛み。胃に感じる衝撃。おなかのなかのざわめき。これは愛だ。わたしはモンスターを愛してしまったのだ。どうしてなのか自分に訊くべきだろうが、答えは簡単だ。彼はわたしという人間を見てくれる。わたしが感じることを感じる。わたしが考えるように考える。それだけに、自分がこれから彼にしようとしていることが許せない。それでも、ほかに選択肢はないのだ。

ダニーが咳き込み、一瞬わたしは彼が吐くのではないかと心配になる。「クソッ」横向きになって枕に顔を埋める。わたしはおかしさと悲しさを同時に感じて微笑み、彼の肩に手を伸ばしかけるが、あわててその手を引っ込める。彼に触れてはだめ。火をつけてはだめ。

「あなた、待たれてるわよ」ささやくような声で言う。それでも、その声は何百万デシベルも増幅される気がして、まるで自分が叫んでいるように聞こえる。

片方の目が開き、細くなる。なぜ自分がわたしのベッドにいるのか、なぜわたしがここにいるのかを思い出そうと、混乱する頭を必死に働かせているのだろう。どうやら思い出せないらしい。不愛想なダニーが現われる。嫌そうに顔をしかめながら、言うことをきかない体を苦労しつつもなんとか起こす。「ここでいったい何をしてる？」「この部屋でってこと？」彼に部屋がよく見えるよう、わたしは立ち上がる。「あなたがそう命じたからよ。わたしはあなたの囚人だからって。ここはあなたの家であなたの部屋であなたの人生だからって」わたしは弱々しく甘い笑みを浮かべるが、彼のせいで顔を出した生来の短気さは、彼に飛びかかって二日酔いの顔を叩きたがっている。「それが理由よ」

ダニーは自分の腕を見下ろし、わたしが愛を込めて丁寧に巻いた包帯を見る。そして、冷たく笑って包帯をはぎ取る。これはメッセージだ。「きみが嫌いだ」彼は吐き出すように言うと、顔をしかめながらベッドの端に移動する。

「わたしもいっしょ。仲間ね」そう言い返してわたしは浴室に向かう。わたしも自分が嫌いだ。ドアを閉めるときに見えた彼の驚いた目は、その隠された意味を正しく受け取ったことを示している。ばたんとドアを閉め、しばらくあえいで息を整える。腹が立って仕方がない。彼はどうしてこんなことができるの？　わたしをここまで怒らせるなんて。不意に、もっと言ってやりたくなる。昨夜あの間抜けな口から零れ落ちた酔っぱらいのたわごとを全部思い出させてやりたい。なぜかはわからないが、そうしたい衝動に駆られる。そして、ダニー・ブラックに関して何かの衝動に駆られると、わたしはそれを抑えられなくなる。

ドアを勢いよく開けて一歩踏み出すと、彼の裸の胸にぶつかる。彼の筋肉がわたしを跳ね返し、彼は反射的にわたしの手首をつかむ。彼の腕の傷にわたしは顔をしかめてから目を落とす。まくしたてようと用意していたことばがすべて忘れ去られる。彼との近さのせいで。わたしの罪悪感のせいで。

彼の手がわたしの顎を強くつかみ、力を込めて自分のほうを向かせる。わたしは力いっぱい抵抗するが、彼が勝つ。つねに彼に勝ってほしい。縁が赤らんだ目から、青い火がわたしに降り注ぐ。彼は苦しそうに息をしており、そのせいで体がさざ波を打っている。今日はわたしが彼に死刑を宣告する日なのに、彼はまだ通常運転にも至っていない。警戒も足りない。彼がダニー・ブラックの能力をフルに発揮するならば、チャンスはあるかもしれない。でもほんとうのところ、出会った瞬間に、彼もわたしも死を宣告されたのだ。

「ごめんなさい」わたしは後悔でぼんやりした声でささやく。

彼は問いかけるように首を傾け、額にしわを寄せる。険しい顔にやさしさが駆け抜けるが、すぐにもとの顔に戻る。「服を着ろ」そう言うと、顎から手を離し、わたしの横をすり抜けながらボクサーショーツを脱いでシャワー室にはいる。

わたしはたちまちパニックに襲われる。「どこに行くの?」

「マリーナだ」

「でもわたしは……」わたしは……のあとは何? 行けない? 「ここにいたい。気分があまりよくないの」嘘ではない。急に気分が悪くなる。行けない。自分のせいだと知りながらすべてが明らかになるのを見ることはできない。彼の死ぬところを見たくない。

体を洗っているダニーの手がおなかで止まり、疑うような顔になる。「気分がよくない?」鼻で笑い、わたしに背を向けてシャワーを浴び続ける。お尻が、完璧な形をした硬くなめらかな岩のように輝いている。「おれもいっしょだよ、ローズ」彼は意地悪く言って、顔にシャワーを浴びる。頬から腕、おなか、腿に両手を滑らせる。

シャワー室から出ると、タオルをつかみ、わたしの目のまえに見事な裸体をさらしながら髪を拭く。「仲間なんじゃなかったのか?」純粋な怒りのこもった声で彼は訊く。わたしに近づき、ローブのまえを開けてわたしの胸をあらわにする。わたしは息を呑み、自分を守るベールを下ろそうとする。だがそれはダニーとともに失われた。永遠に。「残念だ」と彼はささやく。「一日を始めるまえに、壁に向かってファックしてガス抜きできればよかったんだが」わたしは激しい怒りに、興奮することを忘れる。彼はわたしに、自分のことを価値のない安い女だと思わせようとしている。それがうまくいっているのが悔やしい。ほかの男ならわたしも気にしない。でもダニーなら？最高の彼を知ったあとだけに、今、わたしを傷つけようとするその憎らしい顔を平手打ちしたくなる。「アンバーを呼べばいいか」ローブを離し、あとずさりしながらペニスを見下ろす。ひくついている。彼は唇を突き出す。

血が煮えたぎり、その熱で血管が焼きつくされそうだ。「そうしたほうがよさそうね」たまらなくつらいことばだが、食いしばった歯のあいだから言う。愛と憎しみのあいだを揺れ動きながら、ひとりで同じところをぐるぐる回っている気がする。彼から情報を得なければならない。彼の不愉快な態度に仕返しをしていては情報など得られない。でもとにかく腹が立つ。わたしは彼に詰め寄って顔を近づける。そのためにつま先立ちをしなければならないが、そうするだけの価値はある。「ここにいる娼婦はあなたにうんざりだからね」くるりと背を向けてきっかり二歩離れたところで、彼が組みついてきて壁に押しつけられる。わたしは壁に強くぶつかり、思わず声をあげる。

「誰と寝るかはおれが自分で決める」わたしのローブを乱暴に開け、裸の体を押しつけてくる。わたしは欲望に突き動かされたり支配されたりするまいと心に決めて、彼の顔から顔をそむける。だがもう遅い。欲望はすでにスタート位置にいる。でもわたしは欲望を抑えられはず。抑えなければならない。ほんとうはこれを望んでいるけれど。ほんとうは彼を降伏させたい。彼がわたしを非難することばを吐くのは、降伏しているのに等しい。でもだめ。ふたりの結びつきが強まってしまったら、ただでさえつらいのがよけいにつらくなる。引き渡しが今夜なのは間違いない。場所はマリーナだ。電話を入れて逃げなければ。ダニー・ブラックになど出会わなかったことにして。わたしがしたことはわたしの血と肉——たったひとりの息子——のためだったことだけを考えて。

「わたしがいや（ノー）と言ったらあなたはわたしに触れない」わたしはささやいて彼のベルトの下を叩く。彼は汚い手を使い、わたしも汚い手を使う。お互いさまだ。髪をつかまれる、下腹部に当たる彼自身が次第に大きくなる。彼は髪を強く引っ張って彼の顔を見るよう求める。わたしは見ようとしない。「ノー」ひとことではっきり言う。彼はうなり、また髪を引っ張って、わたしの腰に腰を押しつける。わたしは歯を食いしばって涙をこらえ、自分のなかの火を受け入れまいと努める。「ノー」勢いよく頭をのけぞらせる。髪が引っ張られ、頭が壁にぶつかる。

「ローズ……」彼の声は警告を発しており、ペニスからにじみ出た液がわたしのおなかを濡らす。

「ノー」涙を押しとどめながら、彼の目を見つめる。「ノー」いつのまにか両手を握ったり開いたりしている。何度も何度も。自制心の限界を超えてしまいそうだ。

「ノー、ノー、ノ……」

彼の唇がわたしの唇をとらえ、わたしの拒絶は呑み込まれる。それとともに意志の力も。「イエスだ」彼はささやいて、息もつかせずにわたしの唇をむさぼる。スコッチの味がする。そして、むき出しの、ダニーそのものの味がする。

彼はわたしのユートピアだ。わたしの弱みだ。

そしてわたしの破滅のもと？

「言え」彼は欲望を募らせながら怒鳴る。「言うんだ、ローズ」

頭と心がせめぎ合い、別々の命令をわたしに発する。わたしはキスをしながら、そのふたつに引き裂かれる。ノー。イエス。イエス。ノー。助けて！　彼は負けている。

それを感じてか、あえてキスを中断し、両手で頰をはさんだままわたしの目を見つめる。怒りの表情は相変わらずだが、そのどこかにわたしの好きな、ふだんは見せないやさしさも感じられる。それが、わたしのすべきことをよけいやりにくくする。わたしのなかに、このまま進めたいと思っている自分がいる。最後にもう一度だけ、完全に彼にのめり込みたい。だが別の自分が、その思いに全力で抵抗する。今すぐ出ていくのよ。

「アンバーを呼ぶのがいいと思う」決意の固さが伝わるよう、彼の目をまっすぐ見つめて言う。〝最後にもう一度だけ〟なんて無理だ。アンバーが憎い。ものすごく憎い。ダニーが今日死ななかったらわたしが死ぬことになり、そうなれば彼はアンバーのものになる。わたしの愛する男はアンバーのものになる……彼が生きていれば。

彼の鼻がふくらみ、目が氷のように冷たくなる。「アンバーは欲しくない。きみが欲しい」

彼はわたしを求めている。これまで、わたしを求めた人はいなかった。ほんとうのわたしを。喉が詰まって息が苦しくなり、葛藤で心が引き裂かれる。「ノーよ」強くならなければならない。彼が欲しい。とても。でも、もっと欲しいものがある。「ほんとうに、わたしはあなたのものになれないのよ」

「誰がそう言うんだ」

「わたしよ！」われを忘れて叫ぶ。「いいから放っておいて！」彼を押しのけようと、両手で胸を押す。彼がその手をつかもうとし、取っ組み合いになる。わたしは怒りと絶望に駆られてヒステリックに叫び、ダニーはわたしを押さえようとする。手首を強い力でつかみ、全体重をかけてわたしの胸を壁に押しつける。「お願い」わたしは哀れっぽくつぶやいて顔をそむける。「離して」

彼はすぐに離す。

「だめ！」彼にしがみつき、彼はうめき声をあげるとわたしの向きを変えて壁に向かせる。ローブが引き下ろされて放られ、彼の裸の前面がわたしの裸の背面に押しつけられる。腕を使うことを思いついたときにはすでに、彼が全身をわたしに重ねていて、耳元に寄せる彼の口からのゆっくりした呼吸が、わたしの神経を頭と同じく混乱状態に陥らせる。彼の歯が厚い耳たぶを軽く嚙み、いたぶるようにこする。両手が胸を包み、親指が円を描くように先端をさする。わたしはあえぎ、逃げようと腰を曲げるが、彼の勃起に向かってお尻を突き出す形になる。

「感じてるんだろう、ローズ？」

「ええ」声が震える。

彼は両方の乳首を強くつねってから腰を回してわたしのなかにはいってくる。彼はあえぎ、わたしは壁に額をつける。揺れていた世界が静かになった気がする。平穏が訪れる。わたしは恍惚状態となり、ほかのすべてがぼんやりとした雲に包まれる。「きみはおれを感じている」彼は一回突いて、わたしをさらに壁に押しつける。動きを止めてうめきながら、わたしの内部の壁が彼を包み、なで、鼓舞し、懇願するのを待つ。「そうだ、きみはおれを感じている」わたしの胸をつかみながら、腰を引いて、ふたたびわたしのなかに沈み込む。わたしは息が止まり、考えることができなくなり、自分の目的を完全に見失う。壁についた腕を曲げてクッション代わりにし、頭への衝撃をやわらげる。わたしにできることはない。したいことはない。「おれもきみを感じている」彼の動きが速くなるが、慎重さは変わらない。わたしは目を閉じて、受け入れるべきものを受け入れる。

彼を感じる。彼が聞こえる。

なんの因果かわからないが、彼を愛している。

快感に支配されてわたしはヒップを揺らしはじめる。いまや彼の容赦ない動きの言いなりだ。彼の動きが激しくて力任せだからではなく、この親密で理解し合える瞬間が、もうすぐ訪れる殺戮(さつりく)によって失われるからだ。

彼の悦びの声がわたしの絶望的な思いを押し流す。彼の手が胸から離れてヒップに触れる。彼はさらに勢いをつけてクライマックスに向かおうとしているのだ。わたしは次第に興奮が増し、高みへとのぼっていく。

オーガズムが訪れ、わたしを支配する。わたしはその強烈な感覚に呑み込まれ、頭のなかは真っ白で、考えられるのは自分がいかに解放感に浸っているか、それだけだ。声はあげず、ただ体をこわばらせる。ダニーはダニーでクライマックスを迎え、そのエネルギーに導かれてわたしの体にのしかかり、壁に押しつける。

彼は自分の放った精が一滴でもわたしから逃げないよう、しばらくそのままの状態でわたしの首に向かってあえぐ。それからいきなりわたしから出て、あとには裸で壁に張りついているわたしが残される。「支度をしろ」彼は肩越しにそう言って去っていく。

「ろくでなし」わたしが言い返すと、彼は足を止め、振り返って微笑む。わたしは彼に向かって中指を立ててから、ローブを拾い上げて羽織る。自分がこれまでになく汚く感じられる。

ダニーがこちらに向き直って近づいてくるが、わたしはあとずさりしない。するものか。

彼はわたしに手を伸ばす。

歯をむき出す。

そして、叩きつけるように唇を重ねる。

「離してよ、このろくでなし」わたしが突き放すと、明らかにわたしの怒りを楽しんでいる様子であとずさる。なんていまいましい。彼の顔は勝利を叫んでいる。

わたしは浴室に行き、ドアを閉め、携帯電話を取り出す。自分が嫌だ。今、自分が嫌で嫌でたまらない。愛する人に死を宣告しようとしている。涙が目からこぼれ、げっそりした頬を流れる。これで終わり。ノックスが次に何をさせようとしているかわからないのはもちろんのこと、自分が今日を生き延びられるかもわからない。もう疲れた。チェスの駒でいることにうんざりだ。

泣きながらメッセージを入力する。これで終わりだ。そしてわたしも終わりだ。

〝今夜、マリーナで。時間はわからないけれど、もうすぐ出かけるみたい。彼はわたしも連れていく〟

21

ダニー

寝ているあいだに何度も頭を踏みつけられたような気分だ。クソッ、今にも頭がもげ落ちそうだ。スコッチのせいだ。ローズのせいではない。おれ自身のせいでもない。自分が何をしたのかわからない。何を成し遂げようとしていたのか。痛みを伴う、ゆっくりした死なのか？　おれは自分を笑いながら、ブーツのひもを結ぶためにかがむ。これほどのつらさはそう経験できるものじゃない。

体を起こすとめまいがし、ゆっくり瞬きして目のまえの黒い点を消す。「クソッたれ」敏感な頭皮に手をやる。なんというざまだ。スコッチの汗をかき、水を飲むたびに胃がぐるぐると回り、脳は半分の大きさに縮んだみたいだ。数百万ドル分の火器を引き渡すのに理想的な状態とはいいがたい。

浴室に目をやる。ローズが時間をかけて支度をしている。「早くしろ」そう叫び、彼女ののろさをいいことにあおむけに寝転がる。目を閉じると昨夜のことが頭によみがえり、ひとつよみがえるたびに、身がすくむような気がしてそれ以上細かく思い出さないようにする。小さなフラッシュバックだけでも恐ろしい。フル画面でよみがえったりしたら、深みにはまったまま帰ってこられなくなるだろう。だが、そんなふうにおぞましい記憶をつつくなかで、ひとつだけ頭から追いやることができないものがある。彼女が言ったことだ。死についてだった。射精し、彼女の背中にのしかかって壁に押しつけた瞬間、おれは思い出した。彼女は死ぬことをなんとも思っていない。それはすでに証明されている。そして今回、彼女はそれを実際に口にした。

そして、これまでよりも激しくおれに抵抗している。ただ我を張っているだけという気がしないでもないが、それだけではないのではないだろうか? ではなんなのか?

浴室のドアが開くのが聞こえ、顔を横に向ける。おれが買ったユニオンジャックのセーターと、体にぴったりのジーンズという恰好で彼女が立っている。おれは顔をしかめ、愚かにも彼女の顔まで視線を移動させる。化粧をしていない。それならなぜ、あんなに時間がかかったのだ? 髪は湿っていて、間に合わせ程度にまとめてあるだけだ。何もしていない。

それでも完璧だ。

「出かける時間だ」おれは不機嫌に言って、顔をしかめながら立ち上がる。脳みそが頭からブーツのなかに落ちそうな気分でドアまで歩く。なんだかふらついている。うしろから小さな笑い声が聞こえ、振り向くが、速すぎた。部屋が動いた気がして、ドアにつかまる。ローズは腹を抱えて笑いだす。これほど大きく、腹立たしい笑い声でなければ、聞いていて心地よかっただろう。怒りを込めた目でにらみつけると、彼女は笑うのをやめ、体を起こして手をもみ合わせる。

「壁に向かって娼婦をファックしてもお望みの効果は得られなかったみたいね」彼女は表情のない顔で言う。おれの機嫌はさらに悪くなる。彼女はそのまま歩き、おれの横を通り過ぎながら冷たい目を向けて言う。「アンバーとしたほうがうまくいったんじゃないかしら」

それが聞こえたかのように、当のアンバーが別の部屋から出てくる。部下のひとりの相手をしていたのだろう。引き渡しのまえのストレス発散だ。理解できる。彼女の目はこの場の状況を見て取る。おれ。ローズ。おれのではない部屋から出てきたところだ。「ここで何をしてる?」おれはいつものとおり、冷たく尋ねる。

「わたしは……」彼女は出てきたばかりのドアを肩越しに親指で差す。口で言いたくないのだ。自分のあそこがしばらく別の男のものだったことを。おれが気にするとでも思っているのだろうか？　馬鹿な女だ。「あなたを探そうとしていたの」はにかんだように微笑む。

ローズが、そうとわかるほどしっかりと背筋を伸ばす。「ちょっと遅かったわね」彼女はアンバーの横を通り過ぎ、アンバーはその背中を見つめる。「彼は代わりにこっちの娼婦を使ったから」両手を頭の上に上げ、両方の人差し指でローズ自身を差す。「特別なものを逃したわねと言いたいところだけど——」廊下の端について、肩越しに振り返る。「それじゃ嘘になっちゃう」

階段の上から投げ飛ばしてやりたいのを我慢する。当惑しているアンバーをその場に残し、殺せばこれまでで最高の喜びを得られるであろう女を追いかける。一歩進むたびに頭がぐらぐらし、気分が悪くなっていく。階段についたときには、ローズは数段先にいる。彼女はペースを上げていた。何が起きるかわかっているのだ。おれは彼女の手首をつかもうとするが、彼女がすばやく動いたためつかみそこね、バランスを失って最後の数段を転げ落ちる。

クソッたれ！

音をたてて床に落ち、あおむけのまま天井に向かって瞬きをする。気取った笑みを浮かべたローズの顔が現われる。クソ女め。

「大丈夫か？」ブラッドが手を貸して立たせる。

おれの耳は真っ赤にほてっている。蒸気が噴き出すにちがいない。おれは背中を伸ばし、ブラッドは鼻にしわを寄せて後退し、おれを上から下まで見る。「ひどいにおいだな。見た目といっしょだ」

「放っておいてくれ」おれはローズに飛び掛かろうとするが、ブラッドに引き止められる。

「やることがあるだろ」ブラッドは頭を傾けて、今日の仕事が無事終わるまでは女のことは忘れろと警告する。そしておれの電話を差し出し、おれはそれをひったくって電源を入れる。電源がはいると、電話は音と振動で着信があったことを知らせる。

「スピットルだ」十件の着信履歴を消し、留守番電話のメッセージも無視する。今はスピットルの相手をしていられない。引き渡しだけで精一杯だ。「用意はできているのか？」

「ああ。リンゴはおんぼろボートで釣りに出かけた。ほかのみんなは一マイル圏内を監視している」おれはローズも連れて車に向かおうとする。「冗談だろ？」ブラッドが足を止めて彼女を指差す。

「何が？」

「彼女は連れていかないだろう？　連れていく理由があるか？」

おれは立ち止まり、理由を探す。実のところ、あまり考えていなかった。考えないというのは危険信号だ。彼女にいっしょに来るよう言ったあとは何も考えなかった。本音を言えば、見えるところにいてほしいのだ。

返事を考える間もなく、ブラッドが彼女を階段まで連れ戻す。その顔には文句があるなら言ってみろと書いてあるが、今回に限っては、おれも文句は言わない。ブラッドがしていることは道理にかなっている。おれのはちがう。

「あっというまに帰ってくるよ」彼は皮肉たっぷりにローズに言う。

ローズは鼻で笑い、階段を上っていく。「二度と会えなくてもかまわないわ」

「クソ女め」おれは吐き出す。

階段の上にはアンバーがいて、馬鹿にするような目をローズに向けるが、ローズは歯牙にもかけない。足を止めてアンバーを上から下までじっくり眺めてからまた歩きだして言う。「今夜はあなたの番よ。彼は荒っぽいのがしたい気分みたい」

おれは歯を食いしばって、遠ざかる彼女を見つめる。あの女を見ると、おれは怒りと驚きの境界線をまたいでいる気になる。

「行くぞ」ブラッドに腕をつかれ、ゆっくり彼に目を向ける。「ダニー？」

「二分待ってくれ」ローズを追って階段を駆け上がる。今、視界は明瞭で体もしっかりしている。目指すものだけに神経を集中させている。彼女はまるで癇癪玉だ。おれの癇癪玉。行くまえにもう一度彼女に触れたい。

「ダニー、なんのつもりだ？」

「二分だけだ」おれはそう答えて進む。アンバーが驚いておれの行く手から飛びのく。ローズは肩越しに振り返り、おれを見ると足を速める。「逃げるな」おれがそう言うと、今度は彼女は走りだす。「ローズ」

彼女はロケットのように廊下を進み、おれはそのあとを追う。自分の部屋のドアまで来ると、彼女はなかに飛び込んでドアを閉める。おれたちを隔てる木のドアのまえで、おれは荒い息を吐く。つい先日おれが壊し、修理が終わったばかりだというのもおかまいなしに、肩から突進して部屋のなかに転がり込む。彼女が浴室に走るのが目にはいる。彼女はドアを閉めようとするが、浴室のドアはおれのブーツのつま先に当たって跳ね返り、彼女はおれの繊細な脳をチクチク刺すような金切り声をあげる。おれは脚を開き、両手を左右のドア枠について、戸口をふさぐように立つ。「こっちに来い」おれは息を切らしながら言い、彼女はシンクのほうにあとずさりする。

「やめてよ。欲しいものは手に入れたでしょ」

「そうか?」

彼女の視線がおれのうしろに向く。逃げるチャンスをうかがっているのだ。なんて馬鹿なんだ。彼女は逃げたくない。いくらおれに、そして自分自身にもその逆を信じ込ませようとしても、本音では逃げたくないのだ。「じゃあ何が欲しいの?」できるだけ肌をおおおうとしているかのように、手をセーターの袖のなかに引っ込める。そして腕を組む。彼女は自分を抑えている。

「来い」

彼女は首を振る。

「来い」

「いや」

「来るんだ」

「いやだってば」

おれは彼女に突進し、組んでいる腕をつかんで体の横に下ろさせる。「キスしろ」

彼女をはさむようにして両手をシンクにつく。彼女の美しい顔が張りつめ、唇が固く閉じられる。「したくないのか？」

「い……」彼女のことばが消え、おれは首を傾ける。

先に彼女が動く。彼女だけが。

狂気に駆られたかのようにおれをつかんで自分の唇に引き寄せる。彼女がもらすうめき声は、おれを押し戻そうとする手と矛盾する。体の熱さは、冷淡でいようとする態度と矛盾する。彼女は矛盾の塊だ。だが、彼女のせいでおれのなかにも矛盾が生まれていることを彼女にわからせたい。彼女はおれにとって弱さの典型だ。おれの求める弱さだ。彼女はおれからある程度まで力を奪う一方で、力を与えてくれることもある。彼女といるとおれの鼓動は力強くなる。これまでなかったほど目的に向かう意志が強くなる。

片腕を彼女のウエストにまわして引き寄せ、もう一方の手で彼女の顎をぎゅっとつかむ。

「やめて、お願い」彼女は不意に体を離して顔をそむけ、おれから逃げようとする。

「もうやめて、ダニー」

少し驚いて、おれは離れる。彼女の声に、これまで聞いたことのない調子がこもっているからだ。決意がこもっている。急に頭痛がよみがえり、体もまた震えだす。彼女の決意に頰を張り倒された気分だ。彼女の表情は、内面と同じく激しい。「ゲームは終わりか?」質問するつもりではなかった。宣言するつもりだった。おれにとって、少なくとも今のおれにとって、これはゲームなどではない。

「もう全部終わり」彼女はおれを見つめる。目をそらそうとせず、力強く、しっかりした目で見つめる。「あなたとわたし」指でそれぞれを差しながら言う。「ふたりがどうかなるなんてありえない」

「誰が言ってる?」

「わたしよ」彼女は背を向け、目を伏せて鏡越しでもおれが見られないようにする。「わたし自身が有害な存在なの。ふたりがいっしょになったら毒になる」

そして爆薬になる。そして互いにとって完璧な存在になる。彼女に近づこうとしたそのとき、うしろから近づいてくる足音が聞こえる。

「ダニー、遅れてるぞ」ブラッドは場の空気を見てとるが、焦りのほうが勝っている。「行こう」頭をくいと曲げて後退する。「今すぐ」

「まだ終わっていないからな」おれはうしろ向きに歩きながらローズに言う。

「いいえ、ダニー、終わったの」彼女を目を上げる。まちがいない、その目に光っているのは涙だ。「ほんとうよ」

おれはまだ信じられなくて首を振る。「帰ってくるからな」そして彼女に背を向けて部屋を出る。ドアを閉め、ポケットから鍵束を出す。彼女はおれが戻るまえにここを出るつもりでいる——そんな嫌な予感がするから、出られないようマスターキーで施錠する。ふたりでこの状況を打開しなければならないからだけではない。アダムズも言ったように、彼の新しい出資者は躊躇なく彼女を殺すだろうからだ。「何も言うな」ブラッドに警告して階下に向かう。

「わかった」

「報告することは？」

「病院の狙撃犯が死んだ」

「なんだって？」

「今朝刑務所に行ったんだが、門前払いをくらったよ。独房で死んでるのが見つかったんだと。首の二十カ所に刺し傷があったそうだ。しゃべられるのを恐れたんだな」

「よくやるな」おれは首を振る。

「それからアダムズが——」

「やつまで死んだなんて言うなよ」

「いや、やつは隠れている。ハンプトンズのどこかだが、自分のところではない。心配するな、炙り出すから」

玄関ホールまで行くと、アンバーがいる。「帰れ」彼女を見ずにそう言って、玄関の階段を下り、細めた目にサングラスをかける。「二度と顔を出すな」部下たちは別の娼婦を探せばいいだろう。

車に乗ると、ブラッドはエンジンをふかしてアクセルを踏み込み、猛スピードで私道を走る。

おれの心の目にはローズの涙しか見えない。ローズは泣かないのに。いったいどうなっているのだ？

車が停まると、ちょうど店のスタッフの最後のひとりが帰るところで、彼はキャビンに通じる未舗装道路ですれちがいざまにトラックのなかから手を振る。今夜は特別海が静かで、薄気味悪いほどだ。車から降りて海辺に向かい、水平線に沈もうとしている太陽を見つめる。背後から、コンテナの巨大なボルトを滑らせる音、それに続いて扉を開く金属音が聞こえる。振り返って見ると、部下のひとりが操作するフォークリフトがコンテナに近づいている。フォークリフトの伸縮するアームが金属のコンテナのなかに伸び、ジェットスキー一台を持ち上げてふたたび現われる。「準備はできている」彼はそう言って海のほうを示す。

エンジンの低い音が遠くから聞こえてきて、湾の岩がちの箇所からゆっくりとボートが現われる。「冗談だろう?」ボートの側面のロゴが見えてきて、おれは言う。「マイアミ・クルーズ?」

「ただで乗せてやる」ヴォロージャのロシア訛りの声が聞こえ、おれは海から目を離して振り返る。ヴォロージャはロールス・ロイスの開いたドアにもたれて立っている。

「トレーラーはどうした?」

「目立ちすぎる。ジェットスキーを積み込んだ遊覧船ならとくに珍しくもないだろう」

「なるほど考えたな」彼に近づき、差し出された手を握る。

「マリンスポーツにも進出しようかと思っていてね」ヴォロージャは、まだフォークリフトのアームに載ったままのジェットスキーを示す。「商売敵ができてもいいだろう?」

「ああ、そうだな。おれたちがバイロンズ・リーチに移ったらもっとやりやすくなるだろう」

「早くその日が来てほしいものだ」ヴォロージャは大股でフォークリフトに近づき、

ジェットスキーの側面をなでる。「美しいマシンだ。乗ったら楽しいだろうな」

「そのマシンはだめだ。抜け殻だから」

ヴォロージャは笑う。「どうしてた、ダニー？ 死神に狙われていると聞いたが」

「死神はおれだよ、ヴォロージャ」携帯電話が鳴り、おれはポケットに手を入れる。スピットルの名前が画面で光っている。おれは親指で応答ボタンを押す。「仕事の真っ最中だ」ヴォロージャから離れながら電話に向かって言う。

「ああ、知ってる。一日じゅうあんたに電話してた。FBIとマイアミ市警の半分がそっちに向かってるところだ。あんたに残されてるのはせいぜい十分ってところだ」

おれの目はすばやくあたりをうかがいはじめる。「なんだと？」

「十分だ。あんたの運がよければな」

「クソッ」電話を切ってブラッドを探す。「緊急事態発生だ」おれは歯ぎしりをしながら言う。「ヴォロージャ、ボートをUターンさせてここから遠ざけろ」

「どうした？」ヴォロージャは船着き場からフォークリフトの方に向かうおれを見て訊く。

「ご一行がこっちに向かってる。道を半分行くと隠し道路がある。それを進めばハイウェイの本線に乗れるから、見つけてくれ」

彼はそれ以上居残って詳しく聞こうとはせず、自分の携帯電話を取り出して任務中止を伝えると、車に急ぐ。「頼むぞ、ブラック」ロールスロイスは砂利と土を跳ね上げながら走り去っていく。フォークリフトが音をたてながらコンテナに戻り、部下たちは急いでコンテナを閉める。おれはキャビンに走り、最初に目についたウェットスーツを着る。部下たちがカフェに落ち着く音、ビールの瓶を開栓する音、トランプをシャッフルする音が聞こえる。おれはワークショップに飛び込み……黒焦げになったおれのジェットスキーの残骸を見て止まる。悪態をついて店のほうに戻る。「ブラッド、手を貸してくれ」

ブラッドはすぐに来て、ドアに一番近いヤマハのジェットスキーの前面を持つ。

「上げろ」顔を真っ赤にしてうめく。「トレーラーはどこだ？」

「時間がない」おれは彼のほうにそろそろと進み、彼はそろそろと後退する。ブラッドの目は今にも飛び出しそうだ。「変な顔だ」おれはからかう。

「うるさい」

なんとかジェットスキーを海岸に下ろしたところで、サイレンが聞こえてきて、おれたちは振り返る。四方八方から覆面パトカーが現われる。「これは驚きだ」おれは静かに言ってから、ヤマハを引っ張りながら水にはいる。おれに向かって歩いてくるスーツの男は、スピットルの同僚のハロルド・ハイアムだ。気取った表情を浮かべている。「おれのために大所帯で来たのか？」ジェットスキーのシートに座りながら言う。

「ちょっと見せてもらってもいいかね」彼は小さな目であたりを見まわす。部下も同じようにする。

「好きにしてくれ」おれは礼儀正しく言う。うんざりする。「令状があるならね」

「もちろんある」ハイアムは内ポケットから紙切れを取り出してひらひらさせる。おれのクールさが一瞬揺らぐ。「何を探してるんだ？」

「これからわかるさ」

つまり、見当がついていないということだ。おれは歯ぎしりをしてジェットスキーから降り、海岸に向かって歩く。「時間がかかるのか？　夜の一走りを楽しみにしてたんだが」

ハイアムは歯をかちかち鳴らしながら、抜け目ない目でおれを見つめる。「ブラック、自分が賢いと思ってるんだろう？　王にでもなった気分で街を闊歩しやがって。おまえの通ったあとには血と死が残される。だがそいつも終わりだ」

彼の視線を受け止めるおれの目はガラスみたいに見えるだろう。「見当ちがいをしてるぞ」

「今回はちがう」彼は令状を渡す。「おまえも終わりだ、親父さんと同じくな。おしまいだよ」

絶えず自分を抑えていないと、こいつを引っつかんで歯を一本ずつペンチで引っこ抜いてしまいそうだ。「それはずいぶん無神経じゃないか、ハイアム？」おれの声は明らかに怒りに震えている。「昨日父を埋葬したばかりなんだぞ」

「サー」警官が呼ぶ。

ハイアムはおれに歯をむいてみせてから、ひとつめのコンテナに向かう。「開けろ」破壊槌を持った三人の警察官を促す。

おれはその場を動かずに、警官がコンテナのドアに向かうのを見つめる。ドアには鍵がかかっていないと教えてやることもできるが、そうはしない。太ったそいつらは少し体を動かしたほうがいい。おれは近くの岩に座って、彼らがひとつめのコンテナを襲い、やがてハイアムが額に汗をかき、顔をゆがめて出てくるのを眺める。

「きれいなマシンだろ」とおれは言う。「一台買わないか？」

ハイアムは舌打ちをして、大声で命令を下しながら次のコンテナに移る。

「まいったな」ブラッドが口の端でささやく。「うかうかしていられなくなってきた」

「自分たちが何を探しているかもわかってないんだ」ＦＢＩはつねに悩みの種だが、連中はなんの手がかりも持っていない。おれたちに金があることはわかっていてもその出所がわかっておらず、それを突き止めるのが連中の何十年来の使命となっている。おれは足を岩に上げてくつろぎながら、ハイアムが次から次へとドアをぶち破る命令を下すのを見物する。たしかに、実際に荷物が積んであるコンテナを連中が調べていると思うと緊張する。それは否定できない。ブラッドの心臓が激しく鼓動し、彼の足が砂利の上で落ち着かなく動くのが聞こえる。「落ち着け」おれはささやくと、立ち上がってさりげなくコンテナのほうに近づく。おれが警官のまえを通り過ぎるたびに、どの警官もおれをにらんでくる。おれはドアのひとつにもたれかかり、ほんの十分ほどまえまで船着き場の端に吊り下げられていたジェットスキーを示して言う。「もし脚のあいだにパワーを感じたいなら、あれがお勧めだ」

ハイアムは耳から蒸気を噴き出しながらおれに顔を突きつける。「わかってるんだぞ、ブラック」

おれは彼の額に額を突き合わせ、怒りを込めてにらむ。「おっかなくて震えそうだ」

ハイアムは賢明にも、いらだちを見せながらも身を引く。「親父に似て高慢な男だ」

「個人的な話はやめろ、ハイアム。あとで後悔するぞ」おれはまえに進み、そばの警官がホルスターに手をやる。おれはそいつをにらみつける。「落ち着け、ぶっ放し屋」

ブラッドが笑いながら近づき、煙草に火をつけてからおれにも勧める。

「もう終わりか？」煙草を受け取り、くわえながら尋ねる。「ジェットスキー市場に参入するんでもなければ、ここに用はないんじゃないか？」

「ハンマーをくれ」ハイアムはおれをにらみながら手を差し出す。彼の部下のひとりが車まで走り、上司の命じたものではなく斧を持って戻ってくるあいだ、おれはハイアムの目から目をそらさない。

斧を受け取ると、ハイアムは気取った態度で数回振りながら一番近いジェットスキーに向かう。それはたまたま、おれたちがあわててコンテナに戻したものだった。みんなが見守るなかハイアムがそのマシンをばらばらにするあいだ、おれには自分の部下たちが緊張しているのが感じられた。ブラッドは玉の汗をかいている。おれはといえば、笑みを浮かべて、ブラッドから正気かという目で見られる。

「気が済んだか？」ジェットスキーの残骸を投げ散らかし蹴り散らかしして、けっして見つからないものを探しているハイアムに訊く。「それとも、おれの持ってるジェットスキーを全部壊してまわるつもりか？」壊されたものの隣のジェットスキーを手で示す。「遠慮しないでくれ。一台壊すごとに、あんたはおれに借りを作ってるんだからな」

ハイアムは鼻をふくらませ、斧を地面に落とすと、腕を上げて部下たちの撤退の合図をする。「まだ終わっていない」

おれは唇をすぼめ、マルボロに火をつけて深く吸う。「会えてよかったよ、ハイアム」そう言って思い切り煙を吹きかける。ハイアムは咳き込むのをなんとかこらえる。「ああ」そうつぶやいて歩き去っていくハイアムからは落胆がにじみ出ている。

警察が去っていくと、おれは物思いにふけりながら最後に一回大きく吸ったあと、煙草をもみ消す。

「どういうことだ?」ブラッドが隣に来て静かに言う。「銃はどこだ?」

おれはコンテナのひとつに歩み寄り、壁を軽く叩いて彼を振り返る。「つねに最悪の事態も覚悟するべきだ」

「なんてこった」ブラッドは煙草を消し、すぐに次の一本に火をつける。

電話が鳴り、おれは電話を取り出す。「なんだ?」電話の向こうのリンゴに言う。「ヴォロージャのボートとすれちがったが、なんでジェットスキーを積んでいないんだ?」

おれはウェットスーツのファスナーを下ろしながら小屋に向かう。「FBIが現われたんだ」

「なんだって？」

「聞こえただろ」

「誰かおれに伝えようとしたか？」怒り心頭といった様子だ。「おれはこのおんぼろボートで延々釣りをして待ってたんだぞ。釣れたのは死んだタコとショーツとナンバープレートとサメだ。サメだぞ」

おれはウェットスーツを脱ぐ手を止めて、更衣室のベンチに腰を下ろす。そして笑う。頭をのけぞらせて、腹の底から笑う。

「地獄に堕ちろ、ダニー」そうつぶやくリンゴの声の背景にとぎれとぎれのエンジン音が聞こえる。「今度はエンジンがかからないときてやがる。クソ！」大きな爆発音が響き、おれは思わず電話を耳から離す。「エンジンが火を噴いた」リンゴが気が抜けたように言う。「クソエンジンがクソッたれ火を噴きやがった」

おれはまた笑いだす。おかげでおれのなかの怒りの火がおさまる。「沿岸警備隊に連絡しよう」

「どうしたんだ？」ブラッドが笑っているおれを見て訊く。

「いろいろ釣り上げたらしいぞ」おれは笑いながら、膝に手をついて立ち上がる。

「おまけに、たった今エンジンが火を噴いた」

ブラッドは眉をひそめておれから電話を奪い取る。本気でおれのことが心配らしい。それはそうだろう。おれ自身、少しおかしくなっている気もするが、笑いでもしなければ大暴れしそうだ。

ブラッドは救助を送るからとリンゴに話し、おれはそのあいだにウェットスーツを脱ぐ。ブラッドは電話を切っておれを見つめる。「で、どうする——」タイヤが砂利を踏む音、次いで人の声が聞こえてきて、ブラッドはドアに体を向ける。

おれたちは顔を見合わせる。「スピットルだ」声をそろえて言い、外に向かう。おれはブラッドの手の電話を取り返してからキャビンの階段を下り、裸足で砂利を踏む。

スピットルはおれを上から下までじっくり見る。「パジャマパーティーか？」ごつごつする石の上で足を動かしているおれを見て言う。

「さっきのはなんだったんだ？」

「タレこみがあったんだよ」スピットルはおれたちの横を通り過ぎてキャビンに向かう。「ビールはあるか？」

おれとブラッドは戸惑いと不安から一瞬顔を見合わせたあと、スピットルを追う。ブラッドがビール用の冷蔵庫から三本取り出し、ふたをひねり開ける。「タレこみ？」

一本をスピットルのまえに置き、一本をおれに渡しながら訊く。

スピットルはほんとうに喉が渇いているらしく、ゆっくり一口飲むと、音をたてて瓶をテーブルに戻す。「おれはずっとあんたをつかまえようと電話をかけてた。彼らを止めることはできなかった。あんたとロシア人が何をしているかは知らない。おれは首を突っ込まないようにしているからな。わかるだろ?」とんでもないたわごとだ。スピットルはおれが何を扱っているか百も承知だ。彼は真剣な目でおれを見る。「あんたにはスパイがいる」

おれのビール瓶が口元で止まる。「なんだって?」

スピットルは内ポケットから何か取り出すと、手放せてせいせいするといった様子でテーブルに放る。おれは腰を浮かしてその写真を見る。

「畜生」ブラッドが瓶をテーブルに叩きつけるように置く。

おれは動けない。彫像になったみたいだ。だが心のなかでは爆発が起きている。心臓が解放を求めておれの胸の壁にぶつかっているような気がする。血管のなかで核爆弾が破裂したかのようだ。これまで見えていなかったものがはっきり見えてくる。

おれは椅子にどしりと腰を戻し、感覚のない手を写真に伸ばして、写っているものが見えなくなるぐらい近くまで引き寄せる。ジェット機から降りてくるローズ。うしろに男がいるが、見覚えのない顔だ。「誰だ？」

「そいつはな、ノックス・ディミトリだよ」

おれははっとして目を上げ、ブラッドは小声で悪態をつく。「ディミトリ？」過去の記憶がおれを襲い、頭がガンガンする。父がマリウス・ディミトリを連れ出すところ。少年のおれがその息子を連れ出すところ。おれは頭を抱えてブラッドを見る。

「ディミトリは全員死んだ」

「彼以外はな」スピットルが写真を指で叩き、おれは勇気を奮い起こして写真を見る。

「ノックスはマリウスの非嫡出子だ。彼がルーマニアマフィアを再構築した。そしてどうやらあんたに文句があるらしいな。なぜだ、ダニー？」

「なんてことだ」ブラッドが言う。

おれはスピットルを見上げる。その顔にはさまざまな懸念が浮かんでいる。「いつ撮られたものだ？」

「彼女が――」と、ローズの顔を指差す。「ホテルのバーでアダムズを見つけて誘惑する前日だ。あんたがおれに送ってきた電話だが、あれは彼女のか？」

おれは目を閉じて息をしようとする。

「追跡されている」

心臓が締めつけられる。自分の心臓がこれほど痛むことがあるとは思っていなかった。「彼女はルーマニア人のスパイなのか？」血が沸騰しかけ、おれは両手の拳をテーブルについてゆっくり立ち上がる。頭が混乱するなか、おれの脳は少しずつ理解していく。「ノックス・ディミトリ」頭に浮かぶ考えを口にする。「おれの情報を得るために、ローズをアダムズに仕掛けた。そしておれはベガスで彼女をとらえた」ノックスは腹を抱えて笑っただろう。彼女は餌なのだ。罠だ。「そんな目でおれを見るな」ブラッドの非難がましい視線を感じて言う。「そんな目で見るなって」手を開き、指で写真を引き寄せて握りつぶす。「彼女を殺してやる」おれは外に飛び出す。頭がどうかなったみたいで、怒りを抑えようとするあまり全身の筋肉が震える。

車に乗り、ドアを閉めてエンジンをかけ、アクセルを踏み込んで、追いかけてくるブラッドを置いて走りだす。後部のコントロールを失い、メルセデスは大きく尻を振りながら走り続ける。彼女はおれを手玉にとった。このおれを。おれはなんて馬鹿だったのだろう。

怒りに任せて車を走らせ、あっというまに家に近づく。近づけば近づくほど怒りは増す。制限速度を無視し、多くの車を怒らせ、数秒おきにハンドルを殴る。家のまえでタイヤを鳴らして車を停めると、エンジンも切らず、ドアも開けたまま階段をのぼり、猛牛みたいにドアを開けてはいる。

洗濯かごを持って階段をおりかけていたエスターが、足を止めておれをじっくり見つめる。そのときになって、はじめておれは自分がボクサーショーツ一枚なのを思い出す。「彼女はどこだ?」息をつこうとすると喉が痛み、話すのもやっとだ。

エスターがかすかに頭を傾げ、おれは彼女に会ってからはじめて、彼女の気遣いを感じる。元気があったら、その顔に向かって笑ってやるところだ。彼女は階段の上をちらりと見る。

この感覚がパニックってやつか? 心臓が胸から飛び出して足元に落ちそうだ。おれの目はエスターの視線を追って階段の上を見る。足がセメントに埋まったみたいで動けない。階段をのぼって、彼女の部屋が空っぽになっているのを見たくない。鍵をかけてはきたが、ローズのことはわかっている。鍵で彼女を引き止めることはできない。これ以上怒りが増すのはごめんだ。このままではおれは火だるまになってしまう。

なんとか自分を奮い立たせて、ゆっくり階段を上る。山を上っている気分だ。静まり返った家のなかで、彼女の部屋に向かって廊下を進む。部屋まで着いて、ドアが開いているのを見る。一目で何かが欠けているのがわかる。部屋のなかを見渡して誰もいないことを確認する。

ローズはいない。

胸が酸素を求めてふくらむ。クローゼットに近づく。服でいっぱいだが、安心できない。

赤いドレスがなくなっているからだ。ローズのことはよくわかっている。彼女が逃げるとしたら、持っていくのはあのドレスだけだ。

おれはよろめきながら浴室に向かい、すべて残されているのを見る。息苦しさが増し、息を吸おうとするが体が抵抗し、わずかに吸えた息も吐き出してしまう。「クソ」おれは怒鳴り、最初に手が届くものに拳を突き出す。シャワー室のドアが粉々に割れ、手の甲は切れ、おれは怒りにすべての力を奪い取られ、壁にぐったりもたれかかる。

「ダニー?」

顔を上げる。ドアのところに、エスターが洗濯かごを抱えたまま立っている。

「わたしが彼女を部屋から出したの」顎を上げ、悪びれる様子もなく言う。

おれは長いこと彼女を見つめる。なんだか道に迷ったような気分だ。彼女はひるまない。おれはどうするのか? 彼女を罰する? どうやって? 怒鳴るのか? 今は話すこともできない。

頭を振り、彼女の横をすり抜けてあてもなく家のなかを歩きまわる。父が死んだとき、この家から魂が抜けたような気がした。ローズが来てそれがいくらか戻ってきた気がした。この抜け殻みたいなレンガの家が活気に満ちた。そして今、その活気はまたなくなってしまった。

おれは麻痺したみたいに何も感じない。

自分が抜け殻みたいだ。

足取りが速まり、性急さを増し、おれは執務室に飛び込み、途中でスコッチをつかんで椅子に向かう。座り、酒をあおり、飲み込む。それからようやく、瓶の底の先に目の焦点が合う。

おれの視界に赤が広がる。

おれは酒を下ろす。熱い液体を飲み下す。彼女は暖炉の横のソファに脚を組んで座っている。手には自分の分の酒瓶を持っているが、彼女が選んだのはウォッカだった。彼女の美しさにおれの頭は圧倒される。赤いドレスが、はじめて彼女に目を留めた晩におれを連れ戻す。彼女と交わしたあらゆるキス、ふれあい、ことばが頭のなかを駆けめぐる。彼女はおれをとらえ、引き寄せ、目をくらませた。

そして裏切った。

おれは乱暴に瓶をデスクに置き、ゆっくり立ち上がる。おれを欺く彼女の美しい顔を見ていると、おさまりかけていた怒りが再燃する。「ノックス・ディミトリ」おれはそれだけ言う。彼女が眉をひそめ、おれは驚く。視線をおれの顔から自分の手のなかのウォッカに移す。「おれを裏切ったのを忘れたのか？」おれは勢いづけのためにスコッチを持ってデスクをまわる。「マリーナにはＦＢＩがうようよしていた」

彼女の目がすばやくおれを見る。「なんですって？」

彼女が何も知らないことへのいらだちに、彼女の首を絞めたくなり、考えるより先に彼女を引っ張ってソファから立たせる。傷のあるほうの腕を強くつかんだため彼女はあっさり立ち上がるが、痛みに顔をしかめることもなくおれの目をまっすぐ見つめる。おれはそのまま彼女をうしろに押して壁に押しつける。「写真を楽しませてもらったよ。きみとノックス・ディミトリがいっしょにいる写真をね。きみが男を誘惑するエキスパートだってことも聞いた」

彼女の目が丸くなる。「ちが……」

彼女が否定しようとすることにさらに怒りを覚え、彼女をつかむ手に力を込める。「きみはあのルーマニア野郎に情報を流していた。そして今夜、ＦＢＩがおれに忍び寄ってきた」彼女の額にぎりぎりと額を押しつける。「おれの命が狙われているのもきみのせいだ」彼女を傷つけてしまうまえに離れ、安全な距離を取る。「けがらわしい嘘つき女め」おれは自分が感じているとおりにきっぱり言い、傷ついたような彼女の顔を見て内心で笑う。

ローズは彼女らしい強さを見せて顎を上げ、勇敢でしっかりとした足取りでまえに進む。彼女のあのかわいらしい手が振りあがるのが見えるが、おれはそれを止めようとはしない。憎しみのこもった顔で彼女はその手を振り下ろし、おれの頬を思い切りひっぱたく。耳をつんざくようなその音は、家じゅうに響き渡るのではないかと思うほどだ。「引き渡しのことはノックスに話していない」彼女は静かに言う。「話そうと思えば話せたけれど、そうしなかった。あなたがいつどこに行くか、メッセージを入力するところまではやったけれど、送らなかった」

おれは笑う。「へえ。タレこんだのがノックスじゃないっていうんなら誰がやったんだ？」おれは首を一回こきりと鳴らしてから、またスコッチを流し込んで神経を落ち着かせる。

「知らないわよ。わたしはあなたといっしょだった。ノックスがあなたを殺そうとしたとき、いつもわたしはあなたといっしょだった。なぜわたしがそんなことをするのよ？」

「死にたいからだ！」

嘘だ。おれは彼女の喉をつかんで指をまわす。「そりゃ気の毒だな」冷たく笑って彼女の顔に顔を近づける。「きみはおれの手で死ぬんだから」

「あなたはそんなことしない」彼女は瓶を落とし、彼女の首をつかんでいるおれの手に両手をかける。

「死にたくないわ！」

「ほんとうにそう思ってるのか？」

またしても彼女の顔に決意が浮かび、おれの動きが一瞬止まる。彼女はおれの手を自分の首に強く押しつけ、絞めろと促す。

「間違いないわ、ダニー・ブラック」額をおれの額に押しつけて言う。「なぜなら、あなたはわたしを愛しているから」

22

ローズ

ダニーは、頭がおかしくなったのかというようにわたしから手を離し、あとずさる。ショックを受けた顔をしている。「ちがう」首を振るのが、嘘をよけいに嘘らしく見せる。

「ちがわない」わたしは唾を呑み込み喉をさすりながら言う。彼の怒りがこちらにも伝播（でんぱ）したかのようだ。

「ちがう」彼は、わたしの言ったことは世界一のたわごとだと言わんばかりに笑う。悲しいことにそのとおりだ。それが、わたしの怒りをさらにあおる。わたしは彼の裸の胸を両手で押し、彼はうしろによろめく。

「ちがわない」

彼がいらだったように唇を曲げ、それとともに頬の傷が深くなる。「ちがう」「ちがわないってば！」わたしは叫び、また彼に突進して突き飛ばす。今度は彼は執務室のドアにぶつかり、その音が響いてわたしたちを包む。わたしは顎が痛くなるほど歯を食いしばって彼の胸に拳を押しつける。「わたしにはわかるのよ、ダニー・ブラック、あなたのことがはっきりわかる。あなたがわたしのことをわかってるみたいにね」わたしは一歩下がって彼から離れるが、彼は茫然とした様子でドアに張りついたまま動かない。わたしはそのままあとずさりして、わたしの仲間となり勇気をくれていたウォッカを拾い上げる。「好きなだけ否定すればいい。わたしもそうしたわ」わたしは笑う。どうしようもなく笑える状況だから。「でもどういうわけかわからないけれどね、ダニー・ブラック、わたしもあなたを愛しているの。サディスティックでひねくれているあなたを」わたしはウォッカの瓶を傾け、適度な量の勇気を注入する。「今日の引き渡しのことをノックスに伝えなかったのは……あなたを……愛しているから」瓶を持ち上げ、真顔で宙に向かって乾杯する。「それでもちがうっていうなら、わたしを殺して。あなたが殺さなかったら、彼が殺すでしょうから」わたしは最後の数センチを飲み干して瓶を放る。重力に引っ張られるのを感じ、体が大きく揺れはじめる。「わたしはずっと人質だった。言われたとおりにしろ、しなければその結果を受け入れろと脅迫され続けてきた」両腕を天井に向けて上げてから、だらりと下ろす。「背中を殴られたり犯されたり。そうよ、あなたの言うとおり。わたしはノックスに言われるがままに男を誘惑しまくっていた。嫌で嫌で仕方がなかった。すべてが犠牲を伴った。でも、今回は結果を受け入れることにしたの」わたしの声は次第に大きくなり、手の動きも派手になる。「あなたのためよ」そう叫ぶと、彼が何度か瞬きを繰り返す。わたしは誰がＦＢＩに情報を流したのかわからず、混乱している。あのとき、わたしは入力したメッセージを永遠かと思われるほど長く見つめた挙句に削除した。彼がマリーナに出かけたあとにもう一度入力し、また削除した。わたしの頭にあったのは、自分の気づきに至るまでの、ダニーと過ごした時間のことだけだ。できなかった。彼に対してそんなことはできなかった。今回ばかりは、分別ではなく彼を選んだのだ。

ダニーは何も言わずにわたしを見つめている。反応も感情も見せない彼にわたしは叫ぶ。「そんなことをしたんだったら、なぜわたしはまだここにいるのよ？」それでも反応はない。「わたしを嫌っているらしい男を守りたいという馬鹿げた思いのせいで、わたしの命と魂は危険にさらされているの。だからせめて、何か言ったらどうなのよ」

「何か言ってほしいのか」彼はささやく。

「そうよ！　何か言いなさいよ」

「きみを愛してる」

わたしは鋭く息を吸い、口を閉じてあとずさりする。わかっていた。というか望んでいた。けれども実際に彼の口から聞けるとは。「何？」現実ではない気がする。

「きみを愛してる」二度目も、一度目と同じく耳に心地いい。それならなぜ、わたしは彼と距離を置いているの？「愛している」彼はもう一度言い、肩甲骨でドアを押してドアから離れる。「なぜ赤いドレスを着ているんだ？」彼はゆっくりとわたしとの距離を縮めながら訊く。

わたしは眉をひそめて自分を見下ろす。熱い血管のなかを流れる血がウォッカに入れ替わったらしく、頭がふらふらしてくる。「自分が何者かを忘れないため」そう認めて、わたしはドレスの生地に触れる。わたしは娼婦。安い女。

ドレスを見下ろしているわたしの視界に彼の素足がはいってくる。わたしは顔を上げ、彼はわたしの喉にそっと手をやり、彼のデスクに連れていく。唾を呑む込むたびに彼の手のひらが触れている喉ぼとけが動く。彼の冷たい目が、わたしを憎むかのように見下ろす。「きみはおれのものだ。それが、きみが何者かの答えだ、ローズ・リリアン・キャシディ」静かに、きっぱりと言う。「きみには恐れるものはない。おれにも恐れるものはない。怖いのはただひとつ、お互いだけだ」彼は頭を下げ、わたしの喉に軽く手を当ててわたしを上に向かせ、口と口を近づける。「きみの傷はおれの傷、おれの傷はきみの傷だ」わたしの下唇が震え、彼はそこに指を当てる。「泣くな。きみには似合わない」彼の唇が指に取って代わり、彼はやさしいキスをする。愛に満ちたキス。わたしは感情が高ぶり、キスのあいだすすり泣き、最初はぎこちなかった腕をしまいには彼の肩にまわして彼にしがみつく。彼がドレスの裾をつかんで少したくし上げ、わたしは腿を彼の腰に巻きつける。わたしたちを焚きつけるのは、ふたりのあいだの絶えることのない化学反応ではない。絶えることのない感情だ。どちらもこれまで持ったことのない感情。

ダニーはわたしを抱き上げたまま執務室を出る。手をわたしの後頭部にやって、頭を自分の肩に預けさせる。これまでこんなふうにわたしを抱いた人はいない。自分にとって世界のすべてであるかのようにわたしを抱いた人は。頭はアルコールでふわふわしているが、この瞬間のことは、死ぬまではっきりと覚えているだろう。わたしにとってまったくの新しい世界だ。

前方で玄関のドアが開く音がするが、わたしは顔を上げてそちらを見ようとは思わない。それほど穏やかで落ち着いている。酔ってはいるが、自分と、自分の決断に満足している。わたしは彼を選ぶのだ。

ダニーが足を止め、ブラッドの声が聞こえる。「彼女はまだいるのか？」その声にはまちがいなくショックがこもっている。

「彼女は誰にも伝えていなかった」

「でも……」

「彼女じゃなかったんだ」静かだがすごみのある声でダニーが言う。「朝、話そう」

「それまでロシア人にはなんと言っておけばいい？」

「おれは忙しいと言っておけ。引き渡しについては仕切りなおそう」ダニーはそう言いながら階段を上る。わたしは彼の肩で眠たげな笑みを浮かべ、残っている力を振りしぼってさらにしっかりと彼にしがみつく。ベッドに下ろされて、わたしは目を開ける。彼は黙ったままゆっくりわたしの赤いドレスを脱がし、それを縫い目から引き裂いて放り投げ、ベッドにもぐり込んでくる。彼はわたしは横向きにし、体を巻きつけるようにして彼のぬくもりのなかに包み込む。「今きみがしていることをした女は、これまでひとりもいなかった」彼はささやく。「きみが知っているようにおれを知る女はいない。きみが見ているものを見た女はいない。きみが感じているものを感じた女はいない。きみが触れているものを触れた女はいない」わたしの後頭部にやさしくキスをする。「おれはきみのものだよ。全部きみのものだ」温かい息がわたしの髪にかかり、全身の肌に広がる。「愛している。きみみたいにおれを愛してくれた人はいないから」

目が覚めると、すべては夢だったのではないかと一瞬パニックに陥る。それを予測していたのだろうか、ダニーはわたしが目を開けたときに最初に見るのが彼になるよう、わたしの目のまえに横になっている。眠たげな、明るいブルーの目がわたしの目と合う。彼の頭はわたしの枕に乗っており、鼻の先がわたしの鼻に触れている。彼の息はわたしの息だ。昨夜のことが事細かに脳によみがえり、今自分たちがいる場所を思うと、わたしはため息をつく。昨夜の記憶のおかげでわたしはより平穏な気持ちになる。彼の顔に手を伸ばして傷痕の残る頰を包み、美しい顔を見る。この邪悪で残忍な殺し屋はわたしのものなのだ。笑みが浮かんできて、わたしは下唇を嚙む。彼はわたしの手を自分の顔から離し、一本ずつ指の先にキスをする。

「おいで」彼はあおむけに転がる。わたしは彼の上にぴったり重なり、彼の首に顔をつける。男のにおいと自由のにおいがする。わたしのものというにおいがする。

「愛してる」わたしはつぶやき、彼の首に鼻をすり寄せて、ごつごつした危険な手に背中をなでられる感触を楽しむ。

「まだ酔ってるか?」

わたしは彼をつっき、彼のやわらかい笑い声がわたしを包む。「あなたは?」わたしはあおむけになり、ダニーと位置を入れ替わる。彼は強く硬い腕でわたしの頭を抱えてキスをする。「きみに酔ってる」彼はそうささやき、わたしは生まれてはじめて恍惚とする。ダニー・ブラックはわたしを恍惚とさせた。無慈悲で冷血な殺人者がわたしを恍惚とさせた。「話してくれ」彼はわたしの耳を噛みながら言う。

わたしはためらう。そう言われるのも、話さなければならないのもわかっているが、わかっているからといってそれが簡単になるわけではない。「どこから始めたらいいのかわからないわ」彼が首にそっとキスをし、わたしは守られているという安心感を覚える。

「最初からだ」彼はわたしの首から顔を上げようとするが、わたしは彼の後頭部を押さえてそれを止める。

「そのままでいて」静かに言う。彼を全身に感じていたい。そうすれば、自分がなぜこんなことをしているのかを思い出せる。自分がなぜ、この道を選んだのかを。彼は首へのキスを再開し、そのキスひとつひとつが、身の上話をする勇気を与えてくれる。「わたしが九歳のとき、両親が交通事故で亡くなったの。父も母も酔っていた」目を閉じぼんやりする。記憶を押し戻しながらも、先に進むために必要なことばを引き出してロボットみたいに唱える。「ほかに親戚もいなかったから、里親制度で親を探すことになったの。三組試してみたけれど、どこも失敗に終わった。わたしは、言うことをきかない手に負えない子供だったから。自分たちの命を大事にしないでわたしをひとり残していった実の両親にすごく腹を立てていたせいでね」ダニーは一瞬唇を震わせてから、わたしの髪に指を入れてキスを再開する。キスに癒しの効果があるかのように。「学校ではいじめられたわ。わたしの痛みはわたしのものでなかった。ほかの誰もが痛みに自分で対処していた。わたしの両親は死ぬことで。いじめっ子たちはいじめを加速させることで。わたしは自分の腕を切りはじめた。その痛みならわたしにも対処できたから」声は揺るがず、力強いままだが、悲しみが当時の強さでよみがえってくる。「わたしは養護施設に入れられた。いじめは続き、わたしは自傷を続けた。誰かにひどいことをされるたびに腕を切った。それでセラピーを受けさせられた。一回だけセッションを受けて、そのあと逃げたの」わたしは息をつく。これまで誰にも話したことがなかった。一度も。「毎週日曜日に温かいスープをもらいに通っていたホームレスの支援センターで、ある男と知り合った。彼は親切で、わたしをホステルに住まわせた。十人ぐらいの女の子たちがいっしょで、なかには妊娠している子もいたわ。みんな、何か問題を抱えて家から逃げてきた子たちだった。少なくともわたしはそう思ってた」ダニーがまたキスを中断し、今度はわたしの上に乗る彼の体がこわばる。わたしはあきらめの笑みを浮かべる。彼には話の行きつく先がわかっているのだ。わたしも当時気づけばよかったのだが、そのときのわたしは若くて無知で、自暴自棄になっていた。「最初の週はよかった。温かい食べ物に清潔な服をもらって、ちゃんと目にかけてもらった。それから男たちがやってくるようになった。はじめてレイプされたときは、わたしはかたまって、ただ寝転がっていた。幽体離脱しているみたいだった。自分を閉じればそんなに痛くなくなるはず──そう自分に言い聞かせたのを覚えてるわ。孤児だからという理由で学校でいじめられていたときと同じ。抵抗しなければ早く終わるって。そして十四歳のときに妊娠した」ダニーはまたわたしの首から離れようとし、今回はわたしにそれを止めさせない。顔は無表情だが、鋭い目に渦巻く怒りは隠せていない。「それにはいい面もあれば悪い面もあった」わたしは静かに続ける。「ホステルに来る男たちは妊娠した子には用がない。だからわたしはひとり放っておかれた。ある日、ひとりが女の赤ちゃんを産んだの。わたしは赤ちゃんが子宮から引き出されてそのまま連れていかれるのを見た。一カ月後、彼女は仕事に戻った。そのとき気づいたの。わたしが愛するものはただひとつ、わたしのなかで育っている子だということ、そしてその子は最初の息を吸ったとたんに連れ去られるのだって。またすべてを失いたくなかった。だから逃げたの」

ダニーの目が閉じ、胸が大きく息を吸ってふくらむ。顎にも力がはいっている。

「だがつかまったんだな」

「陣痛が来て、抵抗することも逃げることもできなかったの。ホステルに連れ戻されて、男の子を産んだ」はじめて声が揺れ、わたしはなんとかして感情を抑えようとする。「わたしはその子を数分だけ抱いた。わたしの人生で最高の瞬間だったわ。そして、息子は連れていかれた」

ダニーは小さく頭を振ってわたしの顔を見る。「きみはどうやって抜け出したんだ?」

「抜け出したんじゃないの。出産後の大量出血が原因で、子供が産めない体になったの。わたしは用なしになった。でも……」いったんことばを切る。「でも、魂は失っても見た目と体は失われていなかった。ノックスがわたしを気に入って、それでわたしは取引の一部として彼のものになったの。ノックスは若かった。売春とドラッグを商売にしていたけれど、お金を持っていなかった。尊敬もされていなかったし、力もなかった。わたしはそれを変える手助けをしたわ」息をついてからさらに続ける。「彼は脅迫をする。男を惹きつけること。わたしは彼の秘密の武器だった。わたしが得意なのはそれだけだった。男を惹きつけること。男を愚かにすること。男の心を迷わせること。彼は力と尊敬を手に入れたくてたまらないの。彼は悪魔よ、ダニー。危険な人」

「そして、おれの家族は彼の家族を殺した」

「なんですって？」

「十五年まえのことだ。カルロはルーマニアに行った。ディミトリ一家がアメリカ進出を狙っているとの噂を聞いたんだ。それで、ルーマニアに出向いて彼らを殺した。カルロはノックスの父親を殺し、おれはノックスの兄を殺した」彼は唾を呑み、目があちこちを見る。それがわたしを不安にさせる。「彼はおれを殺したいんだ。おれの世界を手に入れたいんだ」

わたしは息を呑む。「なんてこと」思っていた以上に悪い状況だ。ビジネスだけではなく、復讐がからんでいるとは。

「逃げることだってできたのに、なぜそうしなかったんだ？」

「息子に生きていて、幸せでいてほしいからよ」ダニーの目に、見るのも耐えがたいほどの痛みが浮かんでいる。「わたしに自分の立場をわきまえさせたいとき、叩いても殴っても効き目はないけれど、息子の幸せがわたしにかかっていることを思い出させればうまくいく。彼はずっとそうやってきた。息子の写真が見たくてたまらない。元気なのか、無事で幸せでいるのか、この悪の世界と無縁でいられているのか、確かめたいの。あの子の写真は……わたしにとってご褒美だった。それに、わたしが彼に従わなければ、傷つけられるのはわたしだけではないことを思い出させる戒めでもあった。だから、彼に言われたとおりにするのは簡単だった。わかるでしょ？　わたしには望みはなくても息子にはあるからよ」

ダニーは茫然としている。彼に似合わない姿だが、わたしの置かれている状況の深刻さを理解してくれたのだ。わたしが彼といっしょにいるために、どれほど大きな危険をおかす覚悟でいるかも。そして、わたしが彼の助けを必要としていることも。

「おれはここにいる」自分がわたしのあらゆるトラブルを解決する答えになるかのように、彼は言う。

「わたしの息子を探してくれる？　守ってくれる？」

「ああ」

「わたしを守ってくれる？」

彼は体を起こして正座をし、わたしを膝の上にまたがらせる。髪から背中へと両手を滑らせる。「きみをあらゆるものから守るよ、ローズ」わたしの鼻に鼻を押しつけて言い足す。「おれ以外のね」

わたしは小さく微笑んで彼に腕をまわし、目を合わせたまましがみつく。「ダニー・ブラック、あなたのことは怖くないわ」静かに、だがきっぱりとそう言うと、彼の唇に唇を押しつけ、そのふれあいで生じる熱を味わう。

彼の低いうめき声は、わたしが満たしたくてたまらない欲望に満ちている。「きみのトラブルをすべて解決するまでは手を止めない。きみは幸せな夢を見られるようになる。約束するよ」彼は唇を離して真剣な目でわたしを見つめる。復讐への思いがあふれている。「そのホステルはどこだ?」

「街の東側よ。正確には覚えていない」

「そこで何があったか、全部話してくれ」

彼はもっと多くの情報を求めている。わたしがどうやって今のわたしになったかだけでなく、そのあいだのこともすべて。わたしは唾を呑み込んで目をそらすが、ダニーは促す。

「何もかもだ」

わたしは勇気を振り絞る。「ノックスに引き取られたあと、ルーマニアに連れていかれた。わたしは若くて、まだ体もできあがっていなかったから、はじめの数年は、ノックスは自分だけの楽しみとしてわたしを使った。十八歳のときに、チャリティイベントに連れていかれたの。当時のルーマニア大統領が出席していて、ノックスは大統領がわたしを見る目に気づいた。彼が求めるものを手に入れるのは簡単だったわ、とても。そして、彼が息子の写真をくれたとき、もっと簡単になった。そして数年まえ、ノックスはわたしをアメリカに連れてきたの」

「男の名前は？」ダニーは折れそうなほど歯を固く食いしばっている。「きみをノックスに渡した男だ」

わたしは首を振る。「〝サー〟としか呼ばれていなかったわ」

ダニーのいらだちは目に見えるほどだ。「何か覚えてないか？ そいつを見つける手がかりになるような何かだ」

わたしは顔をそらして記憶を探る。「指輪。緑の目をした恐ろしい蛇の指輪を小指にはめていた」あのおぞましい指輪が脳裏によみがえり、わたしはダニーの膝の上で体を震わせる。やっと落ち着いて指輪の記憶を振り払ったところで、彼も震えているのに気づく。彼の目を見る。催眠術にでもかかったみたいに、わたしを通り越した先を見つめている。顔は紙みたいに真っ白だ。「ダニー?」彼はわれに返るが、目が泳いでいる。「指輪?」額に何本ものしわが寄る。「いつのことだ?」

「十年まえよ」あの時間はどこに行ったのだろう? セックスと虐待と絶望の日々。

「それからずっとノックスといっしょなのか?」

わたしはうなずきながら、わたしを引き渡されたときの彼の顔を思い出す。悪魔の顔だった。あの瞬間、わたしは人生が終わったことを知った。

「ほかに何か覚えているか?」

ダニー同様に眉をひそめながら、わたしは首を振る。「大丈夫?」

彼はわたしの首に顔を埋めてきつく抱きしめる。「聞いていてつらいよ。つらい経験をしてきたのはきみなのに、おれがこんなことを言うのはおかしいが」

「あなたが昔の話をしてくれたとき、わたしもつらかったわ」彼の気を楽にするために言うが、それはほんとうだ。わたしたちは恐ろしいものを見聞きし、体験してきた。それが、今のわたしたちを形作った。わたしたちはねじれた人間だ。これからはふたりでいっしょにねじれ合って、ひとつにより合わさることができる。でも、この家が襲撃されたときに彼を困らせた理由を説明しなければならない。彼を置いて死にたかったわけではなく、ただ絶望したためだと。「あなたの手を離して死のうとしたのは、あれはあなたが欲しくなかったからじゃない。逃げる方法がわからなくなったから。わたしたちふたりが逃げる方法が。そして息子を守る方法が。あなたの身に何か起きてほしくなかった。わたしがもたらしたのは破壊と危険と——」

「ローズ」わたしの名前をささやく彼の息が首に熱い。「おれたちが共に生きる未来が、過去の埋め合わせになるさ」

わたしは微笑むが、ダニーの言うとおりになるという確信は持てない。わたしのなかにはつねに空っぽの空間が残るだろう。わたしはつねに、息子はどこにいるのか、元気にしているのか考え続けるだろう。こんなふうに考えるのは異常かもしれないが、ノックスから離れるのを寂しく思う気持ちもある。もう息子の写真を見られなくなるからだ。ご褒美がなくなるのだ。「彼はわたしに未来を与えたくないのよ。わたしは彼の所有物なの」

ダニーはわたしを離してベッドにあおむけにし、自分も隣に寝転ぶ。「やつは死ぬ」彼の繊細な指先がわたしの胸のあいだからおへそにかけてまっすぐな線を引いてからゆっくり円を描いて、彼の宣言によって飛び出した氷の弾丸を止めてくれる。「来週の今頃にはノックスはいなくなっている」

そんな恐ろしい宣言にほっとしてはいけない。平穏と希望を感じてはいけない。でも、感じてしまう。

一生、息子に会うことはないだろう。でも、少なくともあの子は安全だ。やっと危険がなくなるのだ。

わたしはおなかに置かれた彼の手を見下ろす。天賦の才能を持った手。殺し屋の手。わたしの命はその手にかかっている。

彼を押してあおむけに寝かせ、その上に乗って股間に手を伸ばしてさすり、極限まで勃起させる。彼は両腕を力なく頭の上に伸ばし、わたしがゆっくり体を沈めると大きく息を吐く。体を沈めるに連れわたしの平穏は増し、ついにはダニーとでしか得られない至福のときを迎える。わたしはまたしても、残酷な人生がわたしに与えてきた感情に打ち勝つ。そこにあるのは絶望ではなく希望。苦しみではなく満足。喪失ではなく獲得。そこにいるのはダニーだけだ。

そして彼のものになることが、わたしの身に起こりうる最善の出来事だ。

23

ダニー

彼女のなかに進みながら、おれは気持ちを落ち着かせ、これ以上怒りの炎を燃え上がらせまいと努めた。やさしく丁寧なセックスを野蛮なセックスに変えたくなかった。彼女がおれのものだということを彼女に、自分に、世界中のあらゆる人に向けて主張したいという原始的で動物的な欲望をなんとか抑えた。彼女はおれの顔に向かってあえぎ、その小さな風が、内側から燃えているおれをさらに熱くした。おれの名を呼ぶ鼻にかかった声にこめられた欲望に、おれは実際に痛みを感じた。無防備でもろいおれの兵士。もう強くなる必要はない。でも、おれは彼女に強くあってほしい。

おれたちはともにクライマックスを迎えた。地球が動き、おれの上でローズが叫びながら爆発し、その叫び声におれは一時的に怒りを忘れ、彼女に集中した。彼女の顔が悦びにゆがむのを見つめ、彼女の意味をなさないつぶやきが聞こえるよう、歯を食いしばってうなり声を呑み込んだ。彼女を引き寄せ、汗で光る首に鼻を滑らせながら汗のにおいをかぎ、彼女のすべてを楽しんだ。

おれの人生は一瞬にして大きく変わった。今、おれの人生にはふたつの目的がある。

復讐。

そしてローズを愛すること。

彼女の眠たげなまぶたにキスをして自分の横に寝かせた。五分もせずに、彼女は静かで落ち着いた呼吸をしながら眠りに落ちた。彼女の温かい体から離れるのは彼女の皮膚から皮膚をはがすようなつらさだったが、なんとか離れ、ボクサーショーツを穿くと、部屋を出てそっとドアを閉めた。

そして今、おれはまだ彼女の部屋の外で壁にもたれて体の震えを抑えようと努め、怒りの塊を喉に詰まらせながらなんとか酸素を取り入れようとしている。息ができない。その場にしゃがみ込み、頭を抱えて混乱する思いと戦う。

誘拐。

レイプ。

赤ん坊。

人身売買。

蛇の指輪。

蛇の指輪。ローズの命は、蛇の指輪をはめた男によってノックス・ディミトリに渡された。取引の一部として。

おれは息を吐き出して立ち上がり、足元がふらつかないのを確かめてから執務室に向かう。ドアを閉め、引き出しから父の写真を取り出し、父の小指を見る。おれはずっとあの指輪が嫌いだった。そして今は？

頭がカオス状態に陥っている。

「ここにいたか」いきなりブラッドがはいってくる。「アダムズが見つかった。じきにここに――」

「この世界から足を洗いたいと思ったことはあるか？」おれはブラッドを見る。ブラッドはためらって一歩下がる。おれの怒りは、世界中の誰が見てもわかるよう、皮膚に埋め込まれているにちがいない。

「なんだって？」

「聞こえただろう」父の写真に目を戻す。

「考えたことがなかったな」

「じゃあ今考えろ。この世界から出られるなら、出るか？」

「ダニー、なんだか――」

「おれの質問に答えろ、ブラッド」おれの忍耐力はほぼ限界だ。「出られるなら、この世界から出るか？」

「おれは……知るか」視界の隅に、ブラッドが両手を上げるのが見える。「とにかく、すぐに答えが出る問題じゃないんじゃないか？」おれの隣に来ておれの手の写真を指差す。「親父さんがおまえに残した力と名声。おまえにはそれを守り続ける義務がある」

「おれもそう思っていた」写真を戻して引き出しを閉めながら言う。「だが、おれの義務は別に移った」

「彼女にか」ブラッドはため息をつく。

「彼女は、いろいろなものの見方を教えてくれる」

「馬鹿を言うな、ダニー」

「おれは足を洗いたい」そう宣言してブラッドを見る。ブラッドは勇気をかき集めようとするかのように目を閉じる。

「この世界からただ出ていくことはできないぞ」

「誰がそんなことを決めるんだ？」

ブラッドは半ば笑いながら言う。「おまえの死を望む何十人というクズどもだよ。これまで多くの死人を出してきたっていうのに、全部なかったことにして出ていけると思ってるのか？」

「死んで当然のやつらばかりだ」

「おれも同じ意見だ。だがいつだって、誰もが同じ意見を持ってるわけじゃない。たかが女のせいで判断を誤るな」

ブラッドの顔に一発お見舞いするのをすんでのところで思いとどまる。「彼女はFBIにタレこんでいない」

「それは聞いた。じゃあ誰だったんだ？」

その質問を無視する。「ロシア人に電話しろ。明日会うと言え」そう言っておれは椅子に座る。「それで用は終わりだ」

ブラッドは明らかにショックを受けている。「だけどまだ――」

ドアをノックする音に続いて、リンゴが顔を出す。「アダムズだ」

おれはうなずく。「それで用は終わりだ」もう一度きっぱり言って、レーザービームのように鋭くブラッドを見つめる。ブラッドは戸惑いと不安の面持ちで出ていき、代わりにアダムズがリンゴに放り込まれる。

アダムズはすっかり意気消沈している。「休暇を過ごしていたんだろ。もっとくつろいだ顔をしてるかと思ってたよ」

彼は絶望したように目を閉じる。「座っていいか？」

「もちろん」デスクをはさんでおれと向き合う椅子を指差す。「見るからに座ったほうがよさそうだ」

彼は大きくため息をついて腰を下ろし、眼窩に指を当てて強くもむ。「早く終わらせよう」そう言うと、目を開けておれを見る。

「ローズはあんたをスパイしていた」

「そんなわけがない」

馬鹿な男だ。七年カレッジに通い、二十年弁護士として働いてきたくせに、ことあるごとにおれを失望させる以外、何もしていない。その彼が、もっとも人気のある次期マイアミ市長候補だと？　簡単なこともできないのに。なぜおれは気づかなかったのだ？　結局は役に立たない男だということに。「ノックス・ディミトリという名前に心当たりはないか？」

「いいや。誰だ？」

「ルーマニア人だ。ルーマニアのマフィアの息子で、組織を再建している。あんたを脅迫していたのはそいつだ」おれは椅子から立って室内を歩きはじめる。「父親と同じことをしている。女や赤ん坊の人身売買、麻薬、レイプ……。やつが父親から引き継いだ得意分野のほんの一部だが」

「なんだって？」アダムズは息を呑む。

今朝はじめて、おれは小さく笑う。「ああ。そいつに比べれば、おれなんか法に忠実な一般市民に見えるだろう？　やつはおれを殺そうとしている」

「なぜマリーナを手に入れたがってるんだ？」

「スキューバダイビングのビジネスを始めるためだよ」おれは皮肉る。「あんた、馬鹿か？　女たちを密輸するのに、どこよりもひとけの少ない海岸が欲しいんだよ。おれを殺し、完璧な密輸ルートを確保する。一石二鳥ってわけだ。やつはおれの情報を得るためにローズをあんたに送り込んだ。あんたがおれと取引しているのを知ってたんだ」

「あの雌犬め！」

おれの正気を保っていた最後の糸が切れる。おれはアダムズに詰め寄り、頭を蹴り上げるのをかろうじて我慢する。彼は警戒するように椅子に深く座りなおす。「おれを怒らせるなよ、アダムズ。ただでさえあんたをじわじわと殺してやりたいんだからな」

「ほんとうに彼女に夢中なんだな」

「そんな単純なことじゃない」おれは彼から離れて椅子に戻る。

「待て」アダムズが不意に言う。「そのルーマニア人だが、パートナーの話をしていた。ひとりで動いているとは思えない。ほかにもいるはずだ」

「ああ、ほかにもいた」

「いた？　どういうことだ？」

おれは父の写真がはいっている引き出しに目をやる。「死んだ」おれはそれにふさわしいきっぱりした口調で言う。それからアダムズに、そして自分がするべきことに注意を戻す。「おれの話を聞く気はあるか？　あんたにやってほしいことがあるんだ。やってくれたら、あんたを殺そうっていうおれの気が変わるかもしれない」

「きみに殺されなくても彼に殺される」

「こっちが先にやつを殺せばそうはならない」

「なんだって？」

「聞こえただろ。あんたは選挙活動を続ける。あんたとローズの写真は消える。おれへの借金もちゃらになる」

「金も？　借りがなくなるのか？」

「おれがこれから頼むことをうまくやり遂げてくれたらな。そうなったらあんたはあんたの人生を取り戻し、おれへの借りもなくなる。そして女房への裏切りも終わる。聞いてるか？」

ほとんど間を置かずに彼は答える。「ああ、聞いている」

「よし。おれはあんたに残されたただひとつの希望だからな」

アダムズに何をすれば名誉を回復できるかを詳しく説明し終えると、おれは何人か――会計士もそのひとりだ――に電話をかける。電話を切り、大きく息を吐いて天井を見つめる。おれはなんでも知っていると思っていた。実際は何も知らなかった。理解が雨のようにおれに降りかかってくる気がする。まだ理解しがたいところもあるが、すべてのつじつまが合う。二十年もこの世界にいて、知るべきことは全部知っているつもりでいながら実際は何も知らなかったとは。なぜ考えもしなかったのだろう？

キッチンに向かいながら、アーニーおじからの電話を受ける。おれはエスターに短くうなずいてから、コーヒーを入れはじめる。「おはよう」

「まだ生きてたか」

「おれは不死身だよ、アーニー」

アーニーは笑う。その声が、父とアーニーがテラスで葉巻やブランデーをいっしょにやっていた昔を思い起こさせる。「食事をしよう」妙な提案だが、アーニーに会って話さなければならない。

「そうしよう」アーニーがあっさり承知したので、おれはいくらか気が楽になる。

「親父さんもわたしたちが近しいつきあいを続けることを望んでいるだろう」

「厳密に言って、あなたはおれのただひとりの家族だ」

「厳密だろうとなんだろうと関係ない。わたしには子供がいない。おまえはわたしにとってもっともわが子に近い存在だ。わたしたちが疎遠になったら、親父さんが化けて出てくるだろうよ」

おれは一瞬ためらってから、ふたつのカップをトレーに置く。「明日の夜はどうだ?」

「うちにしよう。邪魔がはいらない」

邪魔がはいらない。それはいい。おれが話そうとしていることは誰にも知られなくないから。「楽しみにしているよ」電話を切ると、カウンターの端に手をついてしばらく考える。論理的に考えれば、おれは虹を追っているようなものだ。希望は、この世界から離れてもいいと言う。罪悪感は、おれの血管を切り裂き、それに続いて父の声が聞こえる。黙ってくれ。

おれはトレーを持って二階に上がる。ローズはまだうつぶせになって手足を伸ばして眠っている。脚にかかるシーツは、ヒップのちょうど下までをおおっている。おれは微笑みながらなるべく音をたてないようにしてトレーを置くと、ベッドの端にそっと横になる。彼女の腕は頭の上に伸び、枕に沈んでいる。赤い唇は開いており、黒く濃いまつ毛がまぶたに広がっている。頰は赤く輝いており、髪は枕の上で広がっている。おれは彼女の肩甲骨のあいだに指を触れ、目で追いながら背骨にそって軽く直線を引く。彼女のヒップの上のふたつのくぼみにたどり着くと、片方ずつ丸くなぞってから、手を広げ、あざが消えかけて黄色くなっているそこをそっとなでる。怒りの涙がこみあげるのをこらえ、いまや自分のものとなった彼女を静かにあがめるこの瞬間を楽しもうとする。どうやって？　どうやって、彼女は長年の拷問のような日々を生き延びたのだ？　彼女の人生はおれのとそう変わらない。だがおれには、介入し、安心と住むところと目的――今ではその目的もクソみたいに思えるが――を与えてくれる人がいた。彼女は幼い頃からひどい目にあい、誰も助けてくれなかった。つねに悪夢を生きてきた。つねに恐怖と痛みを感じてきた。それでも、出会った瞬間から、この天使の顔をした恐ろしい殺し屋に、ひるみもせずに楯突いた。彼女は何があろうとも生き延びる生存者だ。そして今、おれはそんな彼女を勝者にしようとしている。そろそろ彼女が勝ってもいい頃だから。

拳をマットレスについて上半身を支えながら、ヒップのくぼみのひとつに口を近づけて軽くキスし、そのまま唇を隣のくぼみに移動させ、眠そうなうめき声をもらす彼女を見上げる。ひそかに微笑んでから、彼女の太腿にまたがり、背中全体にキスを浴びせる。彼女はおれと同じにおいがする。おれのにおいが彼女の肌に染み込み、彼女のにおいと混ざり合っているのだ。おれと彼女は、強いカクテルのような完璧な組み合わせだ。彼女の背中が、おれの口が触れるたびに波打ちはじめ、おれは手を伸ばして彼女の髪を脇にやり、首をあらわにする。

彼女はおれを選んだ。

そして今おれは、彼女の選択が間違っていなかったという事実を確かなものにしなければならない。車輪は動きだし、次の動きも慎重に計画してあるが、今はまだ直感に基づいて動いている。彼女がおれの人生に飛び込んできてからずっとそうだ。

胸を彼女の背中につけ、片腕を彼女の頭の横に伸ばしてもう一方の手をおなかの下に滑り込ませ、天国の入り口の真上の茂みまで下ろす。彼女の尻が上がって、おれの手がはいり込む隙間を作り、彼女の舌は唇を舐めて濡らす。

おれの指は熱くふくらんだ肉に触れる。

おれは唇を開き、彼女も脚を開き、おれの指とペニスがはいる隙間を作る。痛いほど張り詰めたおれ自身が彼女の腿のあいだに姿を消し、いったん位置を変えたあと、おれは彼女の内部に沈み込む。ゆっくりと前後に腰を動かしながら、同時に指も動かす。

彼女の吐息は平穏に満ちていて、彼女ができるだけ顔を横に向けて目を開けると、おれはその息をとらえる。おれの体は快感にうずき、一回動くごとに新たなうずきが生まれる。彼女がおれを受け入れ、引き入れる感覚、彼女の内部の壁がおれを深く迎え入れる感覚はエクスタシーにも勝る。彼女のとろんとした目が多くのことばを叫ぶ。

おれたちはふたりとも動きが何よりも雄弁な世界に生きてきたが、今ほど雄弁なことはなかった。おれの腰の突きと指による愛撫で、おれたちは危ういところでバランスを保っている。

汗が吹き出て血が沸き立ち、心臓は激しく打つ。彼女の野生の目におれの動きは一段と速くなる。彼女は絶頂の入り口にいる。両腕を枕の下から出し、目いっぱい上体を持ち上げて片腕で支え、もう一方の腕をうしろにまわしておれの首にかける。おれを自分の唇に引き寄せ、おれの腰の動きに合わせて叫び声をあげる。

おれの目は閉じ、頭のなかには混沌とした、だが美しい幻影が駆けめぐる。どれもローズの姿だ。

ペニスの先端がふくらみ、衝撃の波がペニスを襲い、おれは快感にとらわれて、彼女と唇を重ねながら息を詰まらせる。そして解放とともに麻痺するような感覚を覚える。平穏。平和。快感にそういったものを見出すことができるとは思ってもいなかった。

おれは彼女をベッドに押さえつけたまま、彼女の上にぐったりと崩れる。彼女は苦しげなうめき声をあげる。彼女の首に顔を埋め、指の力を緩めて脈打つ彼女の秘所にそっと円を描く。

「これからどうなるの？」彼女はおれの頭を片腕で抱えてうなじの髪をなでながらささやく。

おれは彼女に、男が愛する女にするようなキスをする。「これからおれがきみを救う」

「輝く鎧を着た騎士みたいに？」彼女が寝返りを打とうとし、おれは体を上げて彼女があおむけになるのを待ってからまた下ろす。おなかと胸のやわらかい曲線がおれの体に密着する。

「むしろ、錆びついて変色した鎧を着た騎士だな」彼女の唇の端にキスをし、彼女の手に髪をなでられながら、下のほうに移動する。自分を止められない。唇が彼女のあらゆる部分に触れたがっている。

「錆びついて変色しているのが好きよ」

彼女の胸から口を離し、眉を上げて彼女を見上げる。「そして、錆びついて変色した鎧の騎士はきみを愛している」おれは彼女の体の上を這いのぼり、激しくキスをしながら転がり、彼女を上にして自分があおむけになる。シーツがおれたちの脚にからまる。「明日、食事に連れていく」彼女の舌に向かって言うと、彼女は驚いて顔を離す。

「メインコースは殺し？」

思わず微笑みながら、彼女の上体を押し上げておれの腰にまたがる恰好にさせる。赤く、硬くなった乳首がおれのほうを向く。おれはそれがよく見えるよう、組んだ手を枕にして頭を高くする。「おれのおじに会ってもらいたいんだ。厳密にはおじじゃなくて、父のいとこだけど」

彼女は興味を示して頭を傾ける。「わたしを家族に会わせたい？」

「〝家族〟のほうがそうしたがっているんだ。おれの家族は彼だけなんでね」

「で、わたしを彼に会わせたいのね？」

「ああ」驚きつつも喜んでいるのがわかる。

彼女は唇を噛んでおれの胸を見つめてから言う。「いいわ」

「すまない、もっとはっきり言わなきゃいけなかった。質問じゃなくて決まってることなんだ」

ふざけて顔をしかめて見せてから、彼女はおれの胸に手を置く。「何を着ていけばいい？」必要もないのにあわてている様子のその声がほほえましい。

おれは脚をベッドから下ろし、ローズを抱いたまま立ち上がる。「きれいな服がい い。特別な機会だからね」浴室に行き、シャワー室の外で彼女を下ろしてからシャワーを出す。振り向くと、彼女がその場でそわそわした様子で考えにふけっている。そんなに不安なのだろうか？ そう考えると心が張り裂けそうになる。今日は、おれたちの真の人生を探す第一歩を踏み出す日なのだ。「ローズ？」

彼女は返事をせずに洗面台に近づき、引き出しの裏に手を入れて何かを取り出す。携帯電話だ。しばらく見つめたあと、ひっくり返しておれのほうに差し出す。「ベガスで使っていた銀色のバッグにはいっていたの。どうやって入れたのかはわからない。

気づいたのはこっちに戻ってから。よければメッセージを見てみて。盗聴もされてる」

彼女をじっと見つめながら手を伸ばして電話を取る。「ＦＢＩにタレ込んだのはきみじゃないと信じてる」

「わかってる」彼女は肩をすくめる。「でも、誰なの？」

おれは唇を一文字に引き結び、電話の画面に目を落とす。「おれには敵がたくさんいる」

「わたしもよ。ノックスはわたしが裏切っているのを知っている。このまま黙ってるはずがないわ」

「おれもだ」おれは電話を持って彼女に一歩近づく。美しい顔が恐怖にゆがんでいるのを見たくない。この世で彼女が恐れるのはおれだけであってほしい。おれは、彼女を傷つけることのできるただひとりの男になりたい。それが、彼女を愛することのできるただひとりの男になるということだからだ。ほんとうの痛みは人の内部から生まれるものだということをおれは知った。誰かを愛することでしか生まれないのだ。彼女の頬に手を滑らせ、指先を髪のなかに差し入れる。「きみにはもう、ほかの誰かを無駄に恐れないでほしい。わかるか？　おれはきみの主人であり神であり、すべてだ」彼女の唇に固くキスをする。「もうやつはきみを支配できない。きみはおれのものだから。わかったか？」

ローズはぎこちなくうなずく。

「よし」もう一度最後にキスをしてから、彼女の向きを変えさせてシャワーの下に送り込む。「何本か電話をかける。終わったら昼食にしよう」ローズをそこに残し、スウェットパンツを穿くと、携帯電話をポケットに入れてジムに向かう。

おれが殺す最後の男との会話が楽しみでならない。

24

ローズ

　次の日の晩、わたしは着るものが決まらなくて焦る。何を着てみてもピンと来ない。どの服も、家族に会うのにふさわしく思えない。マフィアのボーイフレンドの唯一の家族に会うのに。

「ボーイフレンド？」口に出して言ってみる。鏡のなかで左右に向きを変えて、オフショルダーのシンプルな黒のドレスを吟味する。堅苦しいだろうか？　短すぎるだろうか？

　ベッドわきの時計を見て、悩んでいる暇はないと知る。バッグをつかみ、スエードのパンプスを履いて階段を下りる。玄関ホールに誰もいないのでキッチンに向かう。エスターが鼻歌を歌いながら食器を拭いているところだが、わたしに気づくと深皿を拭く手を止める。「ハーイ」わたしはぎこちなく手を振り、すぐにその手でスカートの裾を引き下ろす。「短すぎる？」背中を押してほしくて訊いてみる。馬鹿げている。ダニーが破いた赤いドレスは、みだらなんてものではなかった。あれと比べたらはるかにましだ。

「とってもすてきよ」彼女の目には、これまで見られなかった思いやりが浮かんでいる。エスターはタオルと皿を置くと、おなかのまえで手を組み合わせる。「ちょっと話してもいい、ローズ？」

わたしは不意を突かれ、ドレスを直す手を止める。彼女とのこの時間は逃がしてはいけない。これまでなかったことなのだから。「もちろん」好奇心が渦巻く内心とは裏腹に、ぶっきらぼうに答える。

「彼には心穏やかでいてほしいの」

無意識のうちに眉間にしわが寄る。「ダニーのこと？」

「彼の頭は恨みでいっぱいになっている。わたしがしたことを考えれば無理もないわ」わたしが驚いて目を見開くと、彼女は微笑む。「彼から聞いてるのはわかってるわ。話す相手が彼にできたこと、あなたには想像もつかないぐらいほっとしているの。一生自分のことを許せないと思っているのよ。彼を捨てたこと。あのモンスターのもとに置いてきたことを。絶対に許せない」彼女はごくりと唾を呑む。「でも――」

「じゃあなぜやったの？」我慢できずに訊く。

「何？」

「なぜ彼を置いていったの？」

「世の中には、見た目ほど単純じゃないことがあるものよ。わたしは若かった。何もかもが不可能に思えたの」

「わたしは十五歳だった」わたしは何も考えずに言う。「息子と離れずにいられるならなんだってしたわ」

エスターは驚いてあとずさりする。そう、わたしには息子がいた。だから、わからないなんて彼女に言わせない。わたしにもわかるのだから。「じゃあ、あなたはなぜそうしなかったの？」彼女はわたしのことばをそのまま返す。ダニーの母親を見つめるうちに急に息ができなくなる。彼女は非難や嫌悪の目でわたしを見ているのではない。純粋に答えが欲しいのだ。

「わたしは……」

「ここにいたか」ダニーの声が聞こえ、わたしは錆びついて変色した鎧とは似ても似つかない恰好の騎士を振り返る。上等な黒のスリーピースを着て、黒い髪をなでつけ、ひげもきれいに剃ってある、彼の刺すような目がわたしを上から下までじっくり見つめ、その視線が通った跡が熱くなる。「大丈夫か？」

わたしはわれに返り、エスターをちらりと見ながら背筋を伸ばす。彼女はわたしに微笑みかけてから仕事に戻る。「大丈夫よ」わたしは弱々しく微笑んで彼に近づき、彼が差し出した腕に腕を組む。車まで行くと、ブラッドとリンゴが一台目のメルセデスに乗っており、ダニーはそのうしろに停まっているメルセデスにわたしを導く。

「あのふたりもいっしょなの？」

ダニーは助手席のドアを開け、手を取ってわたしをシートに座らせる。「あのふたりなしでは遠くまで出かけないことにしている」

ダニーのように大きな的を背負っているも同然だったらわたしもそうするだろう。おそらく今、わたしも背負っているのだろう。だからふたりがいてくれて安心していいはずだ。ダニーは運転席に座り、わたしをじっと見ながらエンジンをかける。

「何？」わたしはシートベルトを締めながら訊く。

「今夜……今夜はいい晩になるだろう」彼は手のひらを上にしてわたしのほうに伸ばす。

わたしは眉をひそめながらその手に手を乗せ、何を言いたいのかと彼をうかがう。

だが彼はわたしの好奇心を満たしてはくれず、ただまえを見ながらわたしの手をぎゅっと握る。

街の反対側に向かって三十分走ったのち、車は装飾が施された鉄のゲートのまえで停まる。ダニーの家に負けない広大な邸宅で、ダニーの家同様、ゲートの横にはスーツ姿の男たちが立っている。「レストランに行くのだと思ってたわ」ブラッドがドアを開け、わたしは車を降りる。ブラッドは車のルーフ越しにダニーを見ている。おそらくわたしのことでだろうが、腹を立てているようだ。彼の視線を追ってダニーを見ると、こちらも冷たい目でブラッドを見つめている。仲たがいをしたのだろうか？わたしのことで？

「アーニーがここで食事をしようと言うんでね」ダニーがわたしの側まで迎えに来て、わたしたちはいっしょに玄関の階段を上る。「外にはおれの命を狙っているやつがいるから、その申し出を受け入れた」

「あの人たちは？」私道のなかほどにさらにふたりの男がいて、わたしはそちらを示して訊く。

「アーニーはカルロ・ブラックの関係者だ」ダニーは皮肉を込めた笑みを見せる。

「父は、アーニーにも警備をつけると言い張った。アーニーは不満みたいだけどね」

アーニーの不満は理解できるが、必要なのも理解できる。「ブラッドは大丈夫？」

振り返って尋ねる。ブラッドとリンゴはわたしたちから離れてあとをついてきている。

「ぴりぴりしているみたい。わたしのせいでしょ？　わたしを信用していないんだわ」

「それは彼の問題だ。自分の問題にするな」有無を言わさぬそのことばは、無視するならしてみろと言っているみたいだ。ブラッドが周囲を高いところから低いところまで見まわす。それからその厳しい目がわたしに止まり、わたしは身をすくめる。身をすくめるなんてわたしらしくない。だが、彼に嫌われるのは困る。これ以上のことを望んではいけないのだろうが。

家にはいると、メイドが出迎え、お辞儀をしてワインを勧める。ダニーがグラスを取って渡し、わたしは微笑んで受け取る。玄関ホールは真っ白で、白と黒のタイルがチェス盤のように足元に敷かれている。冷たく、空虚な感じがする。スーツ姿の男たちだけが唯一の家具であるかのようだ。ダニーは彼らにあいさつ代わりに頭を下げ、わたしの背中に手を置く。「テラスを見せてあげよう」書斎を通って、見事なテーブルに三人分の食器が用意されているダイニングルームにはいる。そして、大きなドアのひとつから、手入れの行き届いた、池のある広い庭に出る。

池の縁からのぞくと。大きな金魚がジグザグに泳いでいるのが見える。「大きいのね」

「小さな池に大きな魚ってこと？　それとも大きな池に小さな魚ってことか？」

わたしは小さく笑いながら彼をつつくと、繭（まゆ）のような形の籐のハンギングチェアに向かい、そこに座って静かに揺らす。「すてきなところね」

「おじを探してくるよ」わたしの鼻にキスをしてから、ダニーは家のほうに戻り、わたしはワインを飲み、コオロギとカエルの声を聞きながらゆったりした気分で揺れに身を任せる。心のなかを圧倒的な平安で満たされ、一瞬ノックスに思いを馳せる。どこにいるのだろう？　何をしているのだろう？　わたしに答えられる疑問ではないが、ひとつだけはっきり言えることがある。彼はもうすぐ死ぬ。あるいはすでに死んでいるのかも。

「ローズ」ダニーに呼ばれて目を上げる。彼はドアのところから手招きしている。わたしは椅子から下り、少し落ち着かない気持ちで彼のほうに向かう。彼はこれまでに、家族に女性を紹介したことがあるのだろうか？　わたしはひそかに微笑む。答えはわかっている。

彼のところまで行くと、彼はわたしの頭を両手ではさんで下を向かせる。そして、頭のてっぺんにキスをする。「愛してるよ」わたしの髪に向かってそう言うと、そのことばを裏づけるかのように痛いほど強く両方のこめかみを押す。ふたたびキスをしながら言う。「ローズ、アーニーおじだ」ダニーは手を離し、わたしの向きを変えさせる。わたしは挨拶しようと、愛想のいい笑みを浮かべながら床から目線を上げる。広い胸と空のスコッチグラス、それを持つしわの寄った太い指が目にはいる。血が氷のように冷たくなり、なんともいえない不安が体のなかで波となって広がる。それを振り払おうとするができない。さらに顔を上げて相手の顔を見て、その理由がわかる。

足の下の地面が消える。

胸のなかで心臓が暴れる。

あとずさりしてダニーにぶつかる。息が乱れ、心臓は、心拍数が一気に六十上がったかのように痛いほど激しく鼓動する。

「ローズ?」ダニーはわたしの腰に腕をまわし、うしろからしっかり抱きしめてわたしの震えを受け止める。

「ごめんなさい」わたしは落ち着くようにと自分に言い聞かせながら、静かに首を振る。「短い時間のあいだにワインを飲みすぎたみたい」長年夢に現われてわたしを苦しめてきた顔を見つめながら、うわの空で言う。また体が大きく震える。ワインのせいだというふりをしようとする。ダニーのおじが微笑む。悪意がにじみ出る笑み。わたしに気づいているのだ。実際、わたしを見ても驚いた様子はまったく見られない。

わたしはこみ上げる吐き気を何度も呑み込む。

わたしの腕から息子を奪った男。利用価値がなくなると、無情にわたしをほかの男に渡した男。わたしはこの野蛮人のせいで、この十年地獄のなかで生きてきた。

胃がよじれる。

頭ががんがんする。

目が刺すように痛む。

ダニーの家族？

「ローズ」アーニーは両手を差し伸べて甲高い声で言う。わたしをつかまえて胸に抱きしめて息を詰まらせる。「何か言ったら殺すからな」耳元でささやく。「わたしの甥とおまえの息子を」

わたしはパニックで動けなくなり、脳がけいれんする。醜悪な抱擁からわたしを解放すると、彼は慎重に言う。「ここに連れてくるとは、わたしの甥にとってよほど特別な人なんだろうね」

わたしはただ茫然と瞬きを繰り返すことしかできない。

「ああ、そうだ」ダニーはまたわたしを引き寄せ、わたしの背中に手を添える。「だから会ってほしかったんだ」

「うれしいよ、ローズ」アーニーは、さっきよりもましな笑みを見せる。「さあ、食べよう」彼はダイニングルームを示し、わたしはダニーの手で導かれながら目を上げる。〝何か言ったら殺すからな〟。ホールにはふたりの男がいる。ゲートでもふたり、私道でもふたり見た。まだいるのは間違いない。彼を守るために。だがダニーは、彼の父がアーニーに警備をつけたと言っていた。アーニーの身に危険が及ぶのは、父の関係者だからだと。

アーニーは大きな地球儀のところに行ってふたを開ける。なかから何本もの酒の瓶と氷入れが現われる。彼は自分のグラスに氷をふたつ入れる。

「ブラッドとリンゴはどこなの？」パニックを隠し、いかにも知りたいのだというように静かにダニーに尋ねる。

「食事をしに出かけた」

ダニーが引いてくれた椅子に腰かけながら、さらに恐怖が増す。「彼らなしではどこにも行かないんだと思ってたわ」

彼は微笑み、紳士らしくわたしの膝にナプキンを広げてくれる。「おじの家だぞ。

安全だろう」ダイニングルームの外にいる武器を持った男たちのほうを示す。

安全？　安全どころじゃない。「ダニー――」

「ローズ、もっとワインをどうだ？」正体を明かしてやりたいというわたしの衝動を感じ取ったかのようにアーニーが言う。「それとも水がいいかな？」

「お水をお願い」わたしは唾を呑み込み、自分も椅子に座りながら何か問いたげにわたしの横顔を見つめるダニーの視線を無視する。メイドが注いでくれた水を震える手で持ち、グラスを見つめたまま一口飲む。

「どうやって出会ったのか聞かせてほしいね」アーニーはさりげなく会話を進める。

わたしは頭のなかが真っ白でダニーを見る。言えることがあったとしても、口がからからで話せない。そもそもアーニーは訊く必要がない。ダニーとわたしがどうやって出会ったか、百も承知なのだから。いったい何が起きているの？「ローズは、おれがポーカーで勝負したときの幸運のお守りだった」ダニーはわたしの手を取って握りながら言う。「ベガスで出会ったんだ」

アーニーが大声で笑いだし、わたしは椅子のなかで飛び上がる。わたしはびくついている。体が熱くて汗が出てくる。「カードゲームは苦手じゃないか」

「ほっといてくれ」

ショックと恐怖が抑えきれなくなってくる。知っていることを何もかもぶちまけてダニーとふたりそろって殺されるまえに、冷静にならなければ。愛はわたしを弱くした。どうしてこんなことになってしまったのだろう？　いつものわたしなら、脅しなんか笑い飛ばすのに。惨めな思いと恐怖を隠して、振り返ると、玄関ホールにはまだ男たちがいる。「お手洗いに行きたいわ」震える足で立ち上がり、ナプキンをテーブルに置く。「ちょっと失礼します」

アーニーはグラスを口に運びかけていた手を止めてわたしを見つめ、ダニーは椅子から立ち上がる。「場所を案内しようか？」

ためらいながらアーニーを見ると、強烈な脅しを目にたたえて小さく首を振っている。

「外に出て右側のふたつ目のドアだ」彼は椅子にもたれながら指で示す。

「ありがとう」ロボットみたいに言って、バッグをテーブルに置いたまま、感覚のない足で歩きはじめる。廊下にひそんでいた男のひとりがあとをついてくるが、わたしは驚かない。浴室に滑り込んでドアを閉めると、ドアに背中をつけてもたれる。「ああ、神さま」周囲を見まわしながら脳に活を入れる。どうすればいいのだろう？　頭のなかを整理して、思い出すべきことを思い出そうと努める。ダニーのおじさん？

いや、いとこと言った？　とにかく、あの男はノックスと手を結んでいる。わたしは額に手をやって指で押す。頭のなかに湧いてくる情報が多すぎて整理がつかない。

ドアをノックする音に飛び上がる。「早くしろ」男が言う。

わたしは鏡に駆け寄って顔を見る。赤くほてっている。目にはストレスが現われている。なんとかこの状況を打破する方法を考えようとするが何も考えつかない。ブラッドとリンゴはいない。わたしには、息を詰めて祈ることしかできない。冷静になるのだ。そうすれば、生きてここを出られるかもしれない。これまでもさまざまな状況を切り抜けてきた。嫌悪感や恐怖や怒りを抑え込み、自衛本能と自分の置かれている状況への憎しみを自信と勇気の燃料にして、切り抜けてきた。それこそ、今わたしが向かうべき方向だ。

心を落ち着かせて浴室を出て、ふたたびアーニーの部下をうしろに従えてテーブルに向かう。ダニーはグラスを回しながら笑っている。わたしは席につきながら、彼の無頓着さにがっかりする。頭のなかでは彼に叫び続けているのに。すべて無駄だ。悪魔だと噂される殺し屋が、なぜ自分の目のまえの男に潜む悪に気づかずにいられるのだろう？　なぜなら、ダニーは悪魔じゃないからだ。

笑みをたたえた目をわたしに向け、ダニーはおじを示して言う。「思い出話をしているんだ」

「そうなんだ」アーニーが言う。「ダニーがダウンタウンでパトカーを盗んだときの話をしていた」

トマトスープの皿がそれぞれのまえに置かれ、わたしは笑顔を作る。わたしにはトマトには見えない。血にしか見えない。「気分がよくないの」絶望が理性に勝ち、わたしはダニーに顔を向ける。「ごめんなさい、家に帰りたいんだけど」

ダニーは顔に失望を浮かべ、額に大きくしわを寄せながらわたしを上から下まで見る。「今か？　今すぐ帰りたいのか？」

「ええ、今」

「それはおかしいよ」とアーニーが笑う。「今来たところじゃないか」

「顔が真っ青だ」ダニーはスプーンを置いてわたしの額に手を伸ばす。額に触れてすぐに手を離す。「ひどい熱だ」彼はわたしの手をつかんでいっしょに立ち上がる。「悪いね、おじさん。連れて帰るよ」

「座れ」アーニーが冷たく言ってダニーの注意を引き戻す。

「なんだって？」

「聞こえないのか？　座れと言ったのだ」

　ダニーは困惑して中途半端な笑みを浮かべる。「どういうことだ？」

「座って」わたしはささやき、ダニーを引っ張りながら座る。「いいから座って」

アーニーは、今夜わたしたちを帰す気がなかったのだ。最初から。

　ダニーの混乱した目がわたしとアーニーを行き来し、それからうしろを振り返る。その視線の先で、ふたつのピストルがこちらに銃口を向けている。

「いったいどういうことだ？」ダニーの混乱はすぐに怒りに取って代わられる。

「これはな、坊主、おまえの終わりのはじまりだ」アーニーはさげすむようななにげない調子で酒を飲む。「乾杯」彼がわたしたちのうしろに向かってひとつうなずくと、それが命令らしく、安全装置がはずされる音が聞こえる。「殺せ」

　心臓が跳ね上がる。

「なんなんだ？」ダニーが叫ぶ。

　最初の銃声が響き、わたしは身をすくめて目を閉じ、痛みが襲うのを待つ。すぐに二発目が発射される。銃声は、これまで聞いたことがないほど小さい。サイレンサーだ。

　そして痛みは感じない。

　椅子に座ったまま振り向くと、ロビーにいたふたりがうつぶせに倒れていて、ブラッドとリンゴがそれを見下ろすように立っているのが見える。彼らはわたしたちを通り越してその先を見つめている。冷たい目で。いったい何？　わたしはまえに向き直り、目に飛び込んできたものの衝撃にあやうく気を失いそうになる。「なんてこと」あわてて椅子から立ち上がり、テーブルにつかまる。ダニーが、アーニーの喉にステーキナイフを突きつけている。今、彼の顔には混乱は浮かんでいない。怒りもない。そこにいるのは、狂気を目にたたえた、穏やかで落ち着いたサイコパスだ。

「実際のところはな、アーニーおじさん」とすごみのきいた声で言う。わたしは脚の力が抜けてふたたび椅子に腰を下ろし、テーブルの向こう側で残忍な顔をしているダニーと、ショックと怒りがないまぜになったアーニーを見る。「これはあんたの終わりのはじまりになるのだ」ダニーはアーニーの喉にナイフで線を描く。深くはないが本気であることは充分伝わる。彼はアーニーを離すと、ナプキンを手に取ってナイフの刃を拭き、わたしの隣の椅子に座る。何をしているの？　彼はスプーンを持って目のまえのスープをかきまぜながら、パンに手を伸ばす。「おれを殺す計画について、全部話してくれ。今のおれには笑いが必要だ」

アーニーは冷たく笑うとナプキンで喉を拭いてから、そこについた血を見つめる。そして酒をあおる。その動きで喉が引っ張られて傷口が開き、血が滴ってシャツの襟につく。「おまえはどこの馬とも知れないただの人でなしだ」アーニーは吐き出すように言う。

ダニーを見ると、スプーンを握る手に力が入って甲の関節が白くなっている。「ノックスとはいつからのつきあいなんだ？」と彼は尋ねる。「十年か？　それとも、ローズを街頭から〝救出〟して慰みものにしたあとノックスにくれてやるまえから、やつとつながっていたのか？」ダニーはアーニーを見つめたまま、パンに歯を食い込ませて嚙みちぎる。

「彼はおまえが消えるのを望んでいる。わたしはあのマリーナが欲しいし、やはりおまえが消えるのを望んでいる。完璧なパートナーシップだ」彼はわたしのほうを示して邪悪な笑みを浮かべる。「おまえの下半身が頭を支配したおかげでやりやすくなった」

「二丁のピストルで頭を狙われているのがあんただってことを除けばね」

アーニーは塵を見るみたいにわたしを見る。「娼婦にしてはなかなかいい女だ」

ダニーがテーブルに身を投げ出すようにしてアーニーにつかみかかって椅子から引きずり下ろし、背中から床に叩きつける。手にはまたナイフを持ち、おじの喉に突き刺す。「親父はあんたを恥ずかしく思ってるだろうな」ダニーはアーニーの顔に向かって言う。「このけがれたクソ野郎め。ずっと善人のふりをして。法に忠実な聖人、一家の尊敬すべきメンバーを演じてきやがった」

「彼はおまえの父親じゃない。おまえは血縁ですらない。わたしのいとこは弱くて情けない男だった。子供が欲しいならおれのところに来ればよかったのだ」アーニーは笑い、わたしは椅子のなかで身をすくめる。「ロンドンの街頭で浮浪児を拾ってきて、そいつにすべて譲り渡すとはな。正気の沙汰じゃない」アーニーはわたしを見る。

「それに、ノックスはおまえを思いどおりにできると断言した」

ダニーは微笑み、ナイフをアーニーの目から唇にかけて深く走らせる。「これでおれとおそろいだな」

「おまえはここを生きて出られない。わたしが死んだとたんに部下たちがおまえを追うからな。殺してみろ。わたしを殺せ」

「はらわたを引きずり出して切り刻んでやりたいところだが、おれは殺さない」ダニーは立ち上がり、もう一度ナプキンでナイフをぬぐう。殺さない？　何を言ってるの？

彼女がやる？　ダニーはわたしを指差す。「彼女がやる」

「何ですって？」わたしはブラッドとリンゴが男なのを忘れたみたいに助けを求めて彼らを振り返る。「わたし？」

「今夜はいい晩になるって言っただろう」

わたしは息を呑んでふたたび椅子に座り、腕を組んで指を食い込ませる。「知ってたの？」アーニーのほうを見ながらダニーに訊く。「彼がノックスと組んでいたこと。あなたを殺そうとするということも知ってたの？」言ってくれてもよかったのに！「彼が、わたしの息子を連れ去った男だということも？」

ダニーはアーニーの首に手を伸ばし、シャツのなかに隠れているチェーンを引っ張り出す。そこに下がる蛇の指輪を見てわたしは息が止まりそうになる。蛇の緑の目は、記憶にあるとおり、邪悪な光を放っている。

わたしは椅子のなかでさらに身を引く。「ああ、なんてこと」

「きみはこれのことを話してくれた」ダニーはチェーンから手を離す。「おれの父も同じものを持っていた。ふたりの祖父からのプレゼントだ。アーニーは指が太ってはめられなくなったから、数年まえからチェーンに通している」ダニーは不潔なものを見るような目でアーニーを見る。「あんたはつねに親父の影になっているのが気に食わなかった。そうだろ、アーニー？」

「だまれ、人でなし」

人でなし。このことばが、これまでも何度もそうしてきたように、ダニーのなかの何かを変えるのがわかる。だが彼は怒り狂いはしない。その代わり、黙ってひざまずいてアーニーの手を取り、小指を切り落とす。アーニーは豚のような金切り声をあげ、わたしは胃がむかついて顔をそむける。耳をつんざくような金切り声がいつまでも続くので、ダニーはアーニーの口にナプキンを突っ込んで音を消す。ブラッドとリンゴは、アーニーの部下が様子を見に来るのを予期して見張りにいっそう身を入れる。

わたしはダニーに目を戻す。「さよならを言えよ、アーニー」ダニーは立ち上がる。その体は震え、汗をかいている。彼はわたしにナイフを差し出し、わたしは唖然として彼を見つめる。「自分を傷つけた人間を殺すのをためらっちゃいけない」彼のことばは人生と目的を的確に表わしているようで、わたしはゆっくり立ち上がって彼らに近づく。アドレナリンで血が沸き立つのを感じながら、ダニーの手からナイフを受け取る。「首か胸。好きなほうを選べ」ダニーはうしろからわたしの腕に手のひらを滑らせ、手まで到達すると、震えないようしっかり支える。彼の唇がうなじにそっとキスをする。「愛しているよ」

わたしは一瞬目を閉じる。彼はさっきも言っていたのだ。わたしの頭を下げさせて髪に向かってささやいたとき、彼はわたしに伝えていたのだ。自分がすべて掌握していると。わたしはまえに進み出てナイフを振り上げる。

アーニーはナプキンを吐き出す。「わたしを殺したら、息子の居場所は一生わからないままだぞ」

腕が凍りつき、肺から息がすべて抜けていくような気がする。希望の光がわたしの世界を明るくするかもしれない。「居場所を知っているの？」

「当然だ。売った赤ん坊の情報はすべて整理してある。ディミトリがどうやって写真を撮ったと思っているのだ？」

振り返ってダニーを見ると、静かに頭を振っている。わたしは一歩下がり、ダニーはアーニーに向かって唇をねじ曲げて言う。「彼女の気持ちをもてあそぶな」わたしの手からナイフを奪ってアーニーに詰め寄る。「彼女を見るのもやめろ」ナイフがアーニーの顔を突き刺し、わたしは胃がひっくり返りそうになって手で口を押さえてうしろを向く。「絶対にだ」ダニーは叫ぶ。ナイフを突き刺す音が繰り返し聞こえる。抑えた泣き声が口からもれ、わたしはおそるおそる振り返る。アーニーはもはやアーニーとはわからない。ダニーは怒りに震えながら体を大きく揺らしている。わたしは吐き気を覚え、アーニーの部下の死体を飛び越えながら廊下に向かって走る。

「ローズ！」ブラッドがかすれた声で叫ぶがわたしは無視する。限界だ。もうたくさん。ほんとうにたくさん。これまでもいろいろなことを見てきた。多くの恐怖にも耐えてきた。けれどもこれには……これには耐えられない。

玄関まで来てドアを開ける。だが足を踏み出すまえにうしろからわたしの肩越しに伸びた腕がドアを閉める。「賢くなれ、ローズ」リンゴがそう言って、わたしをやさしく横に押しのけてドアのまえに陣取る。

賢く？　ダニーはたった今、自分の家族をめった刺しにした。敷地内には、武器を持った男たちがうようよしている。ダニーは、わたしの息子の居場所を知るただひとりの男を殺した。

死を約束されたような顔をした血まみれのダニーが現われる。「おれから逃げたいのか？」彼は大きく息をつきながら、ナイフをタイルの上に放り捨ててナプキンをつかむ。「きみという人間をちゃんと見る男はおれだけだ。きみのために殺しをするのもおれだけだ」一歩まえに出て、目を見開いてわたしを見ながら手の血を拭く。「きみを――ほんとうのきみを――大事に思っているのも、きみを理解できるのも、きみのためなら命も惜しくないと思っているのもおれだけだ」彼の目は恐ろしいほどの熱を帯びている。「そのおれから、きみは逃げたいというのか？」彼は力まかせにナプキンを床に投げつける。わたしは壁に張りついている。ブラッドとリンゴがそばで用心深く見守るなか、ダニーはわたしを憎んでいるかのように唇をねじ曲げてわたしに詰め寄る。「だめだ」わたしの頭の横の壁に拳を打ちつける。「どこにも行ってはだめだ。絶対に。おれのものになりたいと言ったとき、きみは血の署名をしたのだ。おれの心に」彼がもう一方の手のひらを壁に叩きつけ、わたしは彼の両腕にはさまれて逃げ場を失う。彼の顔が近づいてくる。額に張りついている湿った髪。これまでなかったほど深く見える傷痕。取りつかれたような目。「きみを愛している」彼の額がわたしの額を押し、頭を壁に押しつける。「だからローズ、ひとつだけ自分の心に訊いてくれ。きみはおれを愛しているか？　おれを信頼できるほどに」

「ええ」ためらうことなく、体の力を抜いて、彼の顔に向かって答える。

「ならおれから逃げるな。聞いてるか？　二度とおれから逃げるな」

今、彼に力を与えているのは憎しみだ。邪悪な人間——彼から大事なものを奪った人間——を殺したことで湧き出たアドレナリンだ。彼は怒って当然だ。そしてわたしは恐れて当然だ。けれども恐れるのは彼のことではない。わたしは深く息を吸い、同時に、わたしを取り巻いている鉄のような苦い血のにおいも吸い込む。彼はわたしへの約束を果たしている。わたしを愛しているから。わたしの人生ではじめての、ほんとうに自分のものといえるもの。はじめての、わたしを心にかけてくれる人。わたしを大事にしてくれる人。そんな人から逃げる必要がある？

わたしは彼に体を投げ出し、彼はわたしを受け止めて互いの呼吸が落ち着くまでそのままでいる。それから、彼は振り返る。「準備はいいか?」ブラッドとリンゴに尋ね、ふたりはぶっきらぼうに、いいと答える。「ローズ、きみには自分の足で歩いてもらわなきゃならない」彼はわたしを下ろし、ブラッドから銃を受け取ってわたしの手に持たせ、自分の銃をリンゴから受け取る。

「なんのため?」わたしはそれを手のなかでひっくり返して見つめながら尋ねる。

「ここから車まで行かなきゃならない。躊躇はするな」消えかけていたパニックがまた襲ってくる。彼はドアのまえに立ってのぞき穴から外の様子をうかがう。「何人残っている?」

「おれの知る限りでは四人だ」ブラッドが自分の銃を装填しながら言う。「ゲートにふたり、ここととゲートのあいだにふたりだ。用意はいいか?」

「ああ」ダニーはドアを開け、すぐさま発砲して、こちらを振り返った男を倒す。銃声を聞いたもうひとりがすかさずベルトに手をやるが、その手が銃把に触れるか触れないかのうちにブラッドに撃たれる。わたしは引っ張られながら車まで走り、さらに銃声が二発響くなか後部席に押し込められ、ダニーがそれに続く。ブラッドとリンゴが前に飛び乗り、この場の状況にしては静かすぎるほど静かに車が走り出すと、ダニーは窓を半分まで下ろしてその上にピストルの銃身を乗せる。彼が発砲し、わたしは飛び上がって耳をふさぎ、ブラッドは車の速度を上げる。

「あとひとりだ」リンゴが前方のゲートを指差しながら振り返って言う。銃を連射しながらこちらに走ってくる男が遠くに見える。弾がフロントグラスに当たる。「クソッ」リンゴが首をすくめながら言う。「殺せ、ダニー」

バン。

男はうしろに飛び、前方の道に倒れる。車の真正面だ。車はそのままがたがたと揺れながら男の上を通過し、わたしは目を閉じて顔をしかめる。「ゲートは?」とブラッドが訊く。

「どうでも」適当な返事に、ブラッドはアクセルを踏み込む。わたしはシートに背中をつけて衝撃に備えるが、実際に体がシートに打ちつけられると悲鳴をあげる。一瞬、車の制御が失われ、後部が大きく揺れるが、ブラッドがすぐに立て直す。彼は大声で悪態をつき、わたしは目を閉じ、呼吸をすることだけに集中する。

思い切って目を開けたときには、車はフリーウェイを走っている。「おいで」ダニーがわたしを引き寄せて膝に乗せる。「デートはどうだった?」ユーモアを込めて訊く。

何を言いだすの？　わたしは彼の胸に向かって瞬きをする。ショックを受けているのだと思う。「前菜は殺しだったわ」彼の体のぬくもりを受け入れながらぼんやりと言う。

「きみに殺してほしかった」

「彼はわたしの息子の居場所を知っていた」静かにそう言うと、ダニーがさらにしっかりと抱きしめてくれる。

「どうせ話す気はなかったよ。きみを殺していただろう」

「まだノックスがいるわ」鼓動がまた速くなるのを感じながら指摘する。

ダニーはわたしを自分の首から離して上を向かせ、目と目が合うとささやく。「おれもいる」

25

ダニー

心の奥底ではわかっていた。ローズが蛇の指輪の話をしたとき、それは父のことではないと。だが、すべてのつじつまが合うとしても、確実なことが知りたかった。自分の心の平和のためにも。アーニーが怒ったのは、父に最後の別れを告げられなかったからではなく、葬式でおれを撃ち殺すという計画を台無しにされたからだったのだ。おれのジェットスキーに爆弾を仕掛けるのにも一役買っていた。おれの家にミサイルを突っ込んだのにも関与していた。すべてはおれを排除するためだったのか？　ロシア人を追い払い、おれを排除して、マイアミを掌中に収める気だったのか？　ヨーロッパから大量に女を連れてきて高い値で売ろうとしていたのだ。すべて計画してあったのだ。父も草葉の陰で泣いていることだろう。

ローズをアーニーのところに連れていくのも、彼と顔を合わせたとき彼女の目に浮かんだ恐怖を見るのも、好きでしたことではない。だが彼を殺すのは喜びだった。何よりも大きな喜びだった。あの男はおれたち全員を手玉に取った。彼に対するローズの反応がとどめとなった。あれでアーニーは終わった。

ローズから渡された携帯電話を見下ろし、煙草を吸いながらゆっくり〝ママ〟宛のメッセージを入力する。

〝ゲームは終わりだ〟

送信ボタンを押し、煙草の火をもみ消して二階に向かう。蒸気に満ちた浴室にはいり、裸の彼女のシルエットを見ながら、血で汚れた服を脱ぐ。彼女は体を洗う手をおなかのところで止め、水しぶきの向こうからおれを見上げてかすかに首を傾ける。おれはシャワー室の入り口で待っていると、彼女が近づいてきて片手を差し出す。おれは彼女の指から目を離さずにその手を取り、自分の手が彼女の手に絡まるのを見つめる。彼女は石鹼を持っておれについた血を洗い流しはじめる。おれをきれいにする時間を慈しむかのようにゆっくり、慎重に洗い流す。おれの汚れを。死を。過去を。彼女の手がおれに触れている……。

肌が熱くなり、おれは目のまえのタイルの壁に両手をついて下を向き、排水口に向かう赤い湯が透明になるまで見つめる。彼女の手が離れると、おれはゆっくりと彼女に顔を向ける。彼女はおれを引き寄せ、おれの肩に腕をまわしてキスをする。おれたちは壁に体を押しつけて、うめき、あえぎながら激しくキスを交わす。熱い湯が銃弾のように背中に当たる。おれは彼女のヒップから腿へと手を滑らせ、脚をおれのウエストに巻きつけさせる。彼女の抑えた叫び声がおれの抑えたうなり声とまじわるなか、彼女の秘所がおれのペニスの先端をかすめる。彼女のなかにはいりたい。それしか考えられない。彼女のなかにはいることしか。ペニスをつかんで彼女のほうに導き、彼女がおれの首に顔を隠そうとすると、そうできないよう押し返す。「おれを見ろ」かすれた声で短く言い、無慈悲に彼女のなかにはいる。彼女の体が壁を滑り上がり、彼女は声をあげる。歯を食いしばり、彼女とひとつになろうとするおれの動きに合わせて体を沈ませる。「遊びたいか?」おれはからかい、腰を引いてからうめき声とともにまた突き出す。

彼女は歯ぎしりをし、また体を沈ませて脈打つ太いペニスを受け入れる。「あなたは?」おれの髪に指を絡ませて乱暴に引っ張りながら言う。

おれは残酷とも取られそうな笑みを浮かべる。彼女の太腿の裏側に指が食い込む。

「きみとか? いつだってそうしたいと思ってる」おれはふたたび彼女のなかにはい

り、彼女はおれの髪をさらに強くつかんで声をあげる。

「じゃあそうしましょう」彼女はおれの口に口を押しつけ、おれの背中に手をまわして肩甲骨に食い込ませた爪を下に引く。おれは貪欲に動く彼女の舌に合わせてキスをしながら身をよじり、こわばらせ、体をまえに突き出す。容赦なく腰を動かして彼女から叫び声を引き出す。最高の気分だ。ふたりともこれを必要としている。自分たちではどうにもできない狂気。おれたちを支配する狂気だ。

おれの体が彼女をタイルに押しつけ、おれは手を彼女の髪に伸ばす。髪をつかんで彼女の頭を壁に押しつけ、その目を見つめながら、ふたりそろって果てしない快感の空間に転がり落ちる。底まで落ちれば、痛みが生じる。おれの激しい動きは性急さを増し、ローズの叫び声がさらにおれをあおる。

クライマックスが訪れ、おれたちはわれを忘れる。おれは床に膝をついて叫び声をあげ、ローズはそのおれにしがみついている。肩に彼女の歯が軽く食い込み、彼女の体はおれに向かってうねっている。彼女の腰を抱いたままおれは床にあおむけになる。熱い蒸気のせいで、乱れた呼吸がなかなか整わない。「今のがデザート?」ローズはおれの上に横たわり、胸に頬をつけて息を切らしている。

「メインとデザートだ」彼女が顔を上げておれを見、おれは微笑む。完璧な美しさだ。

「マダムは満足されたか？」

「いいえ」彼女はため息をつき、頭をおれの胸に戻す。「永遠に食べ続けても満足できない」

「欲張りだな」

彼女はしょうがないでしょというように肩をすくめる。「で、次はどうするの？」

次に起きることを伝えて彼女の重荷にしたくない。今日の出来事は彼女へのプレゼントだった。悪趣味かもしれないが、彼女は自分の不幸の根っこである男の死をその目で見届けたいはずだ――おれはそう思ったのだ。今度は、茎のほうを殺さなければならない。「もう何も心配するな」彼女を立ち上がらせ、腹立たしげな顔を無視して彼女をシャワーの下に立たせる。そして彼女の髪を洗い、すすぎ、コンディショナーをつける。そのあいだも彼女が頭を働かせているのがわかる。彼女をきれいにし終えると、今度は自分をきれいにする。シャワーから出たとたん、彼女が大量の質問を浴びせようとしているのがわかる。開きかけた彼女の口を手でおおう。「おれはなんて言った？」彼女の目が細くなる。おれは彼女がしゃべれるよう手を離す。

「あなたが何をしようとしているか知りたいの」

「いや、知らなくていい」そう言って彼女から離れる。「きみはやつに近づくな」

「あなたにも近づいてほしくない」彼女は寝室までおれを追ってくる。「彼はわたしの息子を傷つけるわ。それが彼の切り札よ、アーニーから渡された」

彼女に背を向けたまま、気持ちを落ち着けようと一瞬目を閉じる。「やつはきみの息子を傷つけない」

「どうしてわかるの？」彼女はおれの肩をつかんで引っ張り、自分のほうを向かせる。「彼はやるわよ。いつもそう言っているもの。わたしに、自分の立場や、自分が誰のものかを思い出させたいときに」

もう我慢ができない。「きみはおれのものだ」顎が言うことをきかず、わなわなと震える。彼女の顔に浮かぶパニックにも我慢がならないが、抑えきれない怒りは別の人間に向けるためにとっておこう。彼女の手首をきつくつかむ。「おれを信じろ」頼みではなく命令だ。

彼女にもそれが伝わる。唾を呑み、卑屈に見えるほど小さくうなずく。おれの小さな戦士は引き下がっている。面白くないが、今はそうであってもらわないと困る。おれは彼女のうなじに手をやり、自分のほうに引き寄せて額にキスをする。「いい子だ」とささやく。「おれを愛していると言ってくれ」

「あなたを愛してる」

「信じていると言ってくれ」

「あなたを信じてる」

「幸せだと言ってくれ」

「とても幸せよ」

おれは微笑む。おれも幸せだ。「おれと結婚すると言ってくれ」

「え？」彼女はあわてておれから離れ、その顔はショックにおおわれている。

「おれの望んでいた反応じゃないな」

「あなたと結婚？」

「そんなに驚くことか？」

彼女は両手を上げ、そのせいで体に巻いていたタオルが床に落ちる。彼女はそれを拾おうともしない。「ある意味そうだわ、ダニー」

「ローズ、そんなふうに裸で立っていられたら真剣な話し合いができない」おれはタオルを拾って思いもよらないことをする。凍りついたまま立ちつくし、自分からは動こうとしない彼女を、やわらかい白いタオルでふたたびおおったのだ。終わると彼女に手が届かないところまで下がり、驚いている顔に目を向ける。彼女はすっかり面食らっている。いとおしいが、少し心配でもある。「どうだ？」とおれは訊く。

「わたしと結婚したいの？」

「ああ」

「なぜ？」

「きみを憎んでいるから」おれが言うと、彼女は信じられないといった顔で笑う。

「心から」

彼女は唇をすぼめる。「わたしもあなたが憎い」

おれは自分のものである彼女に触れるのをこれ以上我慢できず、彼女の腰に腕をまわして引き寄せる。彼女はおれの胸に手を当てて体をうしろにそらし、おれの目を見つめる。「じゃあ、お互いぴったりってことだな」おれはささやくと、彼女の唇を端から端へと舐める。「そう思わないか？」

「あなたは頭がどうかしていると思う」

「きみはおれのものだと思う」

「あなたは殺人者だと思う」

「きみはおれのものだと思う」

「あなたは邪悪だと思う」

彼女のうなじに手をやって力を込め、彼女は鋭く息を吸う。「きみはおれのものだ

「おれと結婚してくれるか？」

唇の端が小さくカーブする。

「わたしに選ぶ権利があるの？」

燃える目で彼女を見つめてささやく。

と思う」

「どう思う？」

「わたしは、頭がどうかしていて人殺しで邪悪な夫が欲しい」

「ダニー・ブラックという名の？」

「ダニー・ブラックという名の」彼女はそう宣言すると、おれの腰に脚を巻きつけて抱きつき、思い切り唇を重ねてくる。「選択権を与えられなかったことがこんなにうれしいの、はじめてよ」

期待しうる最高の返事だ。おれのものになるというなら、あらゆる意味でなってもらう。「おれの尻を叩いたな、ミス・キャシディ」おれはキスを返し、夫婦の契りを結ぶ気満々で彼女をベッドに運ぶ。彼女を下ろして自分も隣に寝転がると、彼女の顔にかかる髪をうしろに払い、サイドテーブルの引き出しから箱を取り出す。

それに気づくと、彼女は動きを止めて唇を嚙む。「何それ？」

おれは眉を上げ、箱を顎で示して、開けるよう促す。彼女はおれと黒い小さな箱を交互に見て、唇をさらにきつく嚙む。「早くしろ、ローズ。この指輪をつけたきみを抱きたいんだ」

彼女は噛みしめていた唇を歯から離して大きく微笑み、ためらいがちに箱に手を伸ばす。そしてゆっくり息を吸いながら少しずつふたを開ける。おれはその光景をうっとり眺めるが、下腹部のほうはじっとしていられなくなる。手を伸ばして一気にふたを開け、指輪を取り出して彼女の指にはめる。「これで結婚の契約完了だ」彼女の体からタオルを引きはがし、脚を開く。彼女は笑うが、おれがなかに滑り込むと笑いはため息に変わる。ああ、これ以上の気持ちよさがこの世にあるだろうか？　筋肉を緊張させて彼女から出ようとする。

「待って」彼女が言い、おれは顔をしかめて動きを止める。待ってだと？　彼女は満足げに微笑みながら、目のまえに手をかざしてプラチナの枠にはまるスクエアカットのダイヤをしげしげと見る。彼女の笑みは最高だ。

「マダムは満足しているか？」おれは皮肉めかして言う。まともな女性なら誰だっておれが選んだ指輪を気に入るはずだ。それは金額だけの問題ではない。

「マダムはとても満足しているわ」

「よし。じゃあ、マダムはもっと脚を開いて夫を迎え入れるといい」

「喜んで」彼女はいたずらっぽく目を細め、おれの髪をつかんで引っ張る。「わたしたちは何を待っているの？」

そう言ったのを彼女は後悔するだろう。おれの最初の一突きで、彼女は家じゅうに響き渡る叫び声をあげる。

これまで、おれの人生に女がはいり込む余地はなかった。少なくとも、そう思っていた。余地はつねにあったが、誰かを愛することによる責任を負いたいと思ったことがなかった。誰かを守ること、自分の人生の一部にすることによる責任を。ローズを愛するのは簡単だ。自分でもそうと気づかぬうちに愛していた。そして、愛する人を守りたいと思うのは本能だから、それも簡単だ。簡単じゃないのは、おれの世界のなかで人を愛することだ。対処するのが簡単じゃないのは、おれの人生と、それをどう生きてきたかが、彼女を守りたいというおれの思いに勝ってしまうかもしれないという恐怖だ。彼女の人生と、彼女がそれをどう生きてきたかについても同じだ。彼女の今の居場所が自分で選んだものではないにしてもだ。おれは自分から喜んでこの世界にはいったが、彼女は無理やりそうさせられたのだ。

今、ローズの脚はおれの腿の上に乗り、顔はおれの首のそばにあり、おれの腕は彼女を抱きしめている。おれは自分の胸に乗った彼女の手を見つめる。おれの呼吸に合わせて胸が上下すると、そのたびにダイヤの指輪がきらめく。あの指輪が彼女の指にはまっているのを見るだけで、自分でも説明できない感覚に襲われる。おれたちは、互いに想像もしなかったことをしており、それによって、互いに想像もしなかったものをすべて手に入れる。愛する人。ずっといっしょにいる人。自分の命を賭けてもいいと思える人。平和。

サイドテーブルでおれの携帯電話が震え、おれはそれを手に取る。ジムに来ないかというブラッドからのメッセージだ。トレーニングをしたいとは思わない。ここにいたい。だが、ブラッドと話し合って最新の情報を伝えなければならない。すぐに行くと返信してから、そっとローズを離す。眠りながらしがみついてくる彼女に、思わず笑みが出る。

「戻ってくるから」彼女の顔から髪を払い、頰に軽くキスをする。エスターがおれの服をそろえてくれたクローゼットからトレーニングウェアを出して着ると、ブラッドの待つジムに向かう。階段の途中でローズの携帯電話が鳴り、画面に〝ママ〟の字が光る。足を止めて階段に座り、電話に出る。だが何も言わない。彼も同じだ。脅しと危険に満ちた息遣いが電話の向こうとこちらを行き来する。相手の息遣いを聞くだけで鳥肌が立ち、怒りがこみ上げる。

「〝ブリット〟と呼ばれているらしいな」沈黙の果てに強い訛りで彼が言う。

「〝天使の顔の殺し屋〟のほうが好みだ」

「おれの好みはおまえが死ぬことだ」

「多くの人間がそう思っている」やつの声を聞くだけで募る怒りを抑え、息が乱れないよう努める。「残念ながら彼らを失望させることになるがな。おまえは三度おれを殺そうとして三度失敗した。おれは無敵だ、ディミトリ。おまえでは歯が立たない」

彼は息を吸う。「おまえはおれの父を殺した。兄もだ」

「気にすることがあるか？ おまえは非嫡出子だ。父親がファックした娼婦の子供だ」

「ああ、たしかにおれの母は娼婦だった。たしかに父はおれのことを知らなかった。だが通じ合っていたんだ。父は、おれが自分で気づくまえにおれの能力に気づいた。感傷的だと言われるかもしれないが、父と関係を築く機会をおまえに奪われたのが悲しくてたまらない」

おれはあきれて目玉を回したいのをこらえる。復讐のためだというのか？ 自分の名を上げると同時に、父親の名声も守りたいというのか？ 「涙を誘われるね」

「彼女は――」彼はうなる。

「彼女は渡さない」

「彼女には選択肢はない。息子を生かしておきたければ」

呼吸に集中する。「おれが彼女を手元に置いておきたいと言ったら？」

「理由を聞きたい」

話す必要はない。やつは知っているのだから。「おまえはマリーナが欲しい。アダムズが欲しい。ロシア人が欲しい。おれの銃とその窓口が欲しい」向こうは無言だ。

「おまえは力を持つことを望んでいるんだ。だが、自分が望んでいないことがなんだかわかるか？」

彼は黙っている。何かと訊くのはプライドが許さないのだろう。

「おれに捕まることだ。おれの提案を受け入れなかったら、おれはおまえを捕まえる」どんな賢明な男でも無視できないほどのすごみをきかせて言う。「そして、これまでもっとも残酷な殺し方をする。アーニーは死んだ。彼の金は手にはいらなくなった。おまえの選択肢は限られているぞ」この卑劣な男と取引きをすると思うと反吐が出そうだが、事実に向き合わなければならない。この男はローズの息子の居場所を知っている。彼女の言うとおり、それがやつの切り札だ。彼が持っているのはそれだけだが、それだけで充分なのだ。「今はおれかおまえかロシア人だ。おまえが正しい選択をすれば、おまえひとりになる」

「彼女のためか？」

「彼女のためだ」そう言って、おれが正気を失っているのだという彼の推測をあと押しする。「おれは抜けたい。おまえは参入したい。どうだ？」

「条件は？」

足音が聞こえてきておれは目を上げる。軽い足音はエスターのものだ。彼女は階段に座っているおれを見て足を止める。青い目は、おれがのぞき込むたびに後悔の色が深まっていく。「一時間後に電話をくれ。そのときに話す」電話を切って立ち上がるが、足が大理石の階段に根を張ってしまったかのように動けない。

「アーニーが死んだの？」エスターが体のまえで手を落ち着きなく組みながら訊く。

「あなたが殺したの？」

おれは驚く。質問の内容ではなく、彼女がおれに質問をしたこと自体に。おれから話しかけない限り、彼女のほうから話すことはない。父がここに連れてきた日からずっとそうだった。「ああ」自分に関係ない話に耳をそばだてていたことを咎める代わりに、短く答える。「なぜ訊く？」

彼女は一目でわかるほどリラックスし、こわばっていた肩がわずかに下がる。「もうわたしを傷つけないのね？」

おれは眉をひそめ、階段を最後まで下りる。「なんのことだ？」

彼女は長いこと目を閉じて力をかき集める。「彼はわたしを捕まえたの」

おれは混乱して動きを止める。ことばが出てこない。彼女を捕まえた？　誰が捕まえたって？

彼女は目を開ける。そこには、これまで見せたことのない表情が浮かんでいる。勇気だ。おれは警戒して一歩下がる。「あなたを置いていった日、わたしはそのままいなくなるつもりなんかなかった。ただ酔っぱらって、ちょっとクスリでハイになりたかったの。殴られた痛みを忘れるために。それに、帰ればまた殴られるだろうから、酔っていれば痛みを感じずにすむとも思ったわ。でも家までたどりつけなかった。彼に見つかったから」

おれは鋭く息を吸い、瞬きをしてショックを抑える。アーニーが彼女を捕まえた？　ロンドンで？　徐々に理解しつつあることを認めたくなくて、首を振りながらあとずさりする。理解したくない。「やめろ」それしか言えない。

「裏通りのパブで感じのいい男性に出会った」

「やめろ」

「次に気づいたときは不潔なアパートにいた」

「やめてくれ」

「何カ月ものあいだクスリで意識朦朧にさせられて、何人もの男の相手をさせられた」

おれの手が上がり、耳をふさぐ。それで真実の攻撃が止むかのように。

「三年間、暴行に次ぐ暴行に耐えた挙句、放り出された。妊娠しなかったという理由でね」彼女のことばは、はっきりと、淡々と語られる。彼女は冷静だ。ずっとこの機会を待ち望んでいたのだ。おれに真実を話す機会を。最初の再会のあと、二度とあのときの話はしなかった。捨てる気はなかったと言われたとき、おれは彼女の哀れっぽいことばを無視し、その後は彼女が話しかけようとしてもはねつけた。彼女はここで、ただ料理をし、掃除をし、おれの世話をしてきた。感謝も評価も受けることなく。それが罰だった。

おれがことばを探そうとしているのがわかるのだろう、エスターは先を続ける。

「フラットに帰ったけれどあなたも彼もいなかった。知らない人が住んでいたわ。それから二年、路上生活を続けた。そしてカルロがわたしを見つけたの。どうやってかはわからない。彼の指輪を見て死ぬほど怯えたけれど、目を見たら、そこにあるのは悪意じゃなくてやさしさだった。わたしをパブから連れ出した男ではなかった。彼は、いとこがしたことを知らなかった。わたしの過去についていろいろ訊いて間違いなくあなたの母親であることが確認できてから、あなたのことを話してくれたの。どうやってあなたを見つけたか、あなたの継父に何をしたか。あなたが、わたしがどこにいるのか、なぜ消えたのか知りたがっていることも教えてくれた。わたしはあなたに会って、あなたのそばにいて、説明したかった」

おれは恥ずかしさと困惑、怒り、苦しみに襲われてエスターから目をそらす。「なぜ話してくれなかったんだ？」

「あなたに会うまえにアーニーに会ったの」おれが驚いて顔を見ると、彼女は微笑む。悲しげな笑みだ。「アーニーはわたしのことを覚えていて、何か言ったらあなたを殺すと脅した。わたしは危険をおかすことができなかったわ。毎日あなたを見られるだけで幸せだった。いくらあなたに憎まれていても」

恐ろしい痛みに心臓を貫かれ、思わず顔をしかめる。これまでローズにしか感じたことのなかったのと同じ痛みだ。それと、父が死んだときだ。そして今度は母。おれは頭が混乱して床を見つめる。

「わたしはローズが好きよ」とエスターは続ける。「いろいろな意味でわたしに似ている。ふたりとも困難を生き延びてきた」彼女があとずさりし、おれは目を上げる。

「彼女は愛されるに値するわ」そして、背を向けてキッチンにはいっていく。最後のことばに隠された意味があとに残る。ローズが愛されるに値するならば、おれの母親も同じだ。胸の痛みが倍になり、おれは拳を胸に押しつける。できることならアーニーを生き返らせて、もう一度殺してやりたい。今度はもっとじわじわと。痛みを与えながら。そして、もっと満足感を覚えたい。アーニーはエスターをだまらせるために、おれには想像もつかないほどの恐怖を長年に渡って彼女に植えつけてきたにちがいない。ローズに対しても同じことをしていた。ノックスの言いなりにさせるために。暗い過去を誰かに打ち明けさせないために。それとも彼は、ローズの羞恥心をあてにしていたのだろうか？　どちらにしても、アーニーは彼女を甘く見過ぎた。おれをも甘く見過ぎた。おれとローズのあいだの信頼感を甘く見過ぎたのだ。

ここに父がいて、この異常事態の説明をしてくれればいいのだが。

「大丈夫か？」

顔を上げると、首にタオルを巻いてブラッドが立っている。顔が濡れている。おれは咳ばらいをして、キッチンの入り口を振り返る。「ああ」頭がぐるぐる回る気がする。おれは大丈夫だ。何もかも大丈夫だ。ブラッドに目を戻し、自分がこれから受けるであろうショックに身構える。「ローズに結婚を申し込んだ」

ブラッドは目を丸くしながらも何も言わない。が、しばらくして笑いだす。「なんだって？」

「聞こえただろう」おれは彼の横を通りすぎてジムに向かう。この怒りをトレーニングで発散させよう。アーニー。おれの母。おれの彼女。ショックが次第に大きくなり、おれは息を吐く。

ブラッドがあわててあとを追う。「聞こえたと思うが」

「聞こえたはずだ。おれは足を洗いたい。朝目覚めて、今日は誰がおれを殺そうとするか考えずにすむ生活をしたいんだ」

「そんなのは無理だ」ブラッドはまた笑う。「敵がいるあいだは」

おれは立ち止まり、ブラッドも止まる。彼はおれを見て待つ。「手を打っているところだ」そう言って、困惑と不安を顔に浮かべるブラッドを残してまた歩きだす。

不安に思うのは当然だ。

おれもそうだから。

26

ローズ

シャワーから出ると、テラスにダニーがいる。うしろ向きにした椅子にまたがって背もたれに腕をかけ、庭を眺めながらもの思いにふけっている。わたしは何が彼の頭のなかを駆けめぐっているのかが気になり、トレーニングウェアに包まれた汗ばんだ体を鑑賞するのも忘れてただ彼を見つめる。やがて、彼は自分がひとりではないのに気づき、わたしを見て微笑む。だがその笑みは彼の目を明るくはしない。背もたれに手をついて立ち上がり、椅子をまたいでいた脚を戻して椅子をテーブルの下に収める。

彼はわたしに近づく。頬にそっとキスをする。それから、黒いタンクトップを脱ぎながら浴室に向かう。何かがおかしい。彼は無口で、考え込んでいる。なぜ突然気分が変わったのか訊きたい気もするが、やめておこうという思いが勝つ。自分を信じてくれと彼は言った。わたしは彼を信じている。

彼のシャワーの音を聞きながら、グレーの薄手のスウェットパンツとユニオンジャックのセーターを着る。鏡を見ると、指にはめた大きな石がカジュアルな服装には似合わないと思わずにはいられない。手を上げて指輪を見つめる。いつまでも眺めていられそうだ。美しいからだけではない。この指に指輪をはめているのが信じられないのだ。そしてダニー・ブラックがくれたことも。だが、この世でわたしが永遠にいっしょにいたい人がいるとしたら、それは彼だ。

「まだ気に入ってるか？」

振り向くと、ダニーがドア枠にもたれながら髪をタオルで拭いている。ほかの部分はどこも布でおおわれておらず、わたしはその見事な裸体に見とれないよう努める。これから、いつでも見とれることができるのだから。「気に入らないわけがないじゃないの」

彼は微笑んで近づき、わたしの額に軽くキスをしてから自分も黒いTシャツにグレーのパンツというカジュアルな服を着る。足は裸足だ。力強い上腕二頭筋でTシャツの袖がはちきれそうだ。服の上からでも、どこの筋肉もまえよりも盛り上がっているように見える。「いいトレーニングができた？」わたしは髪をポニーテールにしながら訊く。

彼は軽くうなずいて返事をするが、なんとなく、それほどよくなかったのだろうという気がして、濡れた髪を顔からかき上げる彼を見つめる。「支度はすんだか？」

「これから何をするの？」

「テレビを見る」彼はわたしの手を取って歩きはじめ、わたしはためらいながら彼の横顔を見る。「ふつうのことがしたいんだ」

「何を見るの？」

「『ゴッドファーザー』だ」

彼はにやりと笑ってわたしの肩をつつき、わたしはあきれ顔をしてみせる。「しゃれにならないわ」

彼は軽く笑うが、携帯電話が鳴ると、画面を見ながら足を止める。「先に行っててくれ。これに出てからおれも行く」

「シアタールーム？」

彼はうなずき、そのまま進むよう促してから、わたしに背を向けて寝室に戻る。ぶっきらぼうに「もしもし」と言う声が聞こえ、そして寝室のドアが閉まる。わたしは、ドアに耳を当てて盗み聞きしたいのを必死にこらえる。彼を信じるのよ。深く息を吸ってあとずさりしてから、ドアから目を離してまえを向く。大理石の冷たい感触を素足に感じながら階段を下りる。硬い大理石に足を打ちつけるその感覚が心地いい。シアタールームに着き、テレビのリモコンを探すが見つからない。

「何かなくしたの？」

驚いて振り向くと、部屋の入り口にアンバーが立っている。ブロンドの髪を小さなシニヨンにまとめていて、それが彼女の顔をとげとげしく不愛想に見せている。濃い色のリップと黒いパンツスーツがそれに輪をかけている。「そうじゃないけど、ええと……」わたしはそう言いかけてから、なぜ彼女がここにいるのだろうと思う。なぜまた戻ってきたのだ？「ここで何してるの？」

彼女の不愛想さは敵意に変わる。「同じ質問をあなたにしてもいいけど」

「それは馬鹿げてるわ。だってあなたは答えを知っているんだもの」そして、万が一知らなかった場合に備えて、あるいは見せつけるためか、手を上げてほつれている髪を耳にかけながら、ダイヤの輝きが彼女の目をくらませるのを祈る。彼女が目を見開いたのは間違いないが、体は動かず、顔も無表情のままだ。「で、あなたはなぜここにいるの？」もう一度、今度はまえに進み出て、彼女のことなど恐れていないところ――いくら彼女がセクシーな恰好をしていてこちらが地味な恰好をしていても――を見せながら訊く。「ダニーか、彼の部下のひとりと寝るため？」「彼はわたしのことが好きなの、わかるでしょ？」彼女の顎が少しばかり上がる。わたしの自信はまったく揺らがない。彼女は間違っている。「あなたが来るまえはうまくいっていた」

「そうでもないみたい」彼女の敵意に惑わされまい。彼女の嘘で不安になったりするまい。これまで多くのものを奪われてきた。ほかの女にダニーを奪われるぐらいなら死んだほうがましだ。「出ていったほうがいいんじゃない？　ここにはもう用がないでしょ？」

彼女の色の濃い唇がねじ曲がる。「娼婦以外の何者でもないくせに」

「そうかもしれないけれど、ダニーはこの娼婦が欲しいのよ」今にも怒りを爆発させてしまいそうだ。彼女相手にむきになってはいけない。「それに、彼はこの娼婦を誰かに渡す気もないわ」

彼女はショックを隠せない。「あなたがスパイだって言っても、彼はまだあなたを欲しがるかしら？」

わたしは抑えることができずに微笑む。彼女は勝つつもりでいる。残念ながらすでに負けているのだけれど。「好きにすればいいわ、アンバー」わたしはダニーがどこにリモコンを隠しているのか探しに行こうと、彼女の横をすり抜ける。
が、二、三歩歩いたところで背中に爪を立てられる。彼女の爪が分厚いセーターを突き抜けてわたしの肩をつかみ、引っ張る。何やら聞き取れないことを叫びながら、彼女はわたしを近くのキャビネットに叩きつける。わたしは彼女が暴力を振るったことに驚いて一瞬茫然とするが、われに返り、力を込めて彼女を押し返す。女同士の取っ組み合いなんてする気はない。彼女はいったいどういうつもりなのだろう？

「見苦しいわよ、アンバー。プライドを持ったらどうなの？」

「あなたが誘惑しなければ彼はわたしのものだったのに」彼女は背後に手を伸ばして銃を取り出し、わたしに向ける。

「冗談でしょう？」わたしはあっけにとられて彼女の手のなかの黒い銃を見つめる。

「わたしを撃つの？」

「娼婦を殺すぐらいなんでもないわ」

夢でも見ているのだろうか？　そう思ってわたしは瞬きを繰り返す。銃に見えるのはほんとうは口紅か何か害のないものにちがいない。だが五回瞬きをしたあとも、直径九ミリの銃口はまだわたしの胸を狙っている。彼女の冷たい目を見つめ、信じられない思いに首を振る。「彼が愛する女を殺せば彼が自分のものになると思ってるの？」

彼女はまえに進み出る。手はしっかり銃を構えている。「あなたがいないほうが、彼がわたしを愛する確率は格段に上がる」彼女は安全装置をはずす。「わたしには彼が必要なの。あなたよりも。彼がいなかったら生きていけない」

「どうかしてるわ」

「ひとりの男を長く思い続ければそうなるわよ。彼をわたしのものにする。誰にも止められないわ。あなたにも彼にも、それに――」最後まで言い終わらないうちに、横から突き飛ばされ、彼女は音をたてて床に転がる。銃が落ち、誰かがそれを蹴飛ばす。わたしはダニーだろうと目を上げるが、そうではなかった。

立ち上がろうとするアンバーをエスターがにらんでいる。いつもはつややかな顔が、軽蔑心に曇っている。「出ていって」ダニーの母は、ドアのほうを腕で示して怒りもあらわに言う。「長居しすぎだわ」

アンバーは怒りに燃えるエスターを用心深く見つめたまま、額にしわを寄せながら立ち上がる。「なぜ彼女を気にかけるの?」アンバーはわたしを見ながら言う。

「わたしの息子が彼女に安全でいてほしいと思うなら、わたしもおなじことを思うからよ」

アンバーのショックが、全身の毛穴という毛穴に埋め込まれる。「息子?」

エスターはゆっくり、威嚇するように彼女に近づき、隅に追いつめる。「気をつけなさいよ、この金目当ての尻軽女。今すぐこの家から出ていかないと八つ裂きにするわよ」

「あなた、彼の母親なの？」

「出ていきなさい」エスターはあとずさりしながら言う。「出ていかないならわたしが——」

「どうした？」ダニーが現われる。わたしは息を呑み、修羅場を見る覚悟を決める。彼は額に一本、まっすぐなしわを寄せながら、わたしたち三人のあいだに視線を走らせる。わたしは黙っている。エスターはいつもの使用人らしい態度に戻ってさらにあとずさりする。アンバーは……。

彼女は即座に自分に都合よく態度を切り替える。その場でへなへなとくずおれ、涙を流す。必要に応じて涙を出せるらしい。「ダニー」いかにも絶望したかのように首を振る。見事なものだ。「わたしはただ——」

「黙れ、アンバー。出ていけと言ったはずだぞ」嘘をつくチャンスを与えずに彼は言う。落ち着いて部屋のなかを歩き、しゃがんで銃を拾い上げ、手のなかで何度かひっくり返してよく調べる。それを見る人は、彼がはじめて銃を目にしたのだと思うだろう。しゃがんだまま顔を上げ、銃を高く上げる。「誰のだ？」

わたしは黙っている。わたしは密告者ではない。エスターも黙っているところを見ると同じスタンスらしい。ふたりとも黙ったまま動かず、自分たちから情報を提供したり介入したりすることなく成り行きにまかせる。ダニーにはわかっている。何もかもわかっている。

彼はゆっくり立ち上がってアンバーに近づく。今や彼女は壁に背をつけて震えている。「おれの母に銃を向けたのか？　それともおれのフィアンセにか？」

フィアンセということばの美しさもわたしを温めはしない。わたしはすっかり冷え切って、慎重になっている。アンバーは嘘の涙に代わって恐怖を目にたたえ、さらにしっかりと壁に張りつく。

ダニーは銃口をアンバーの胸に押しつけ、怒りに顎を震わせる。「これで最後だ。おれの家から出ていけ」

「彼女はスパイよ」アンバーはせっぱつまって言う。「あなたを誘惑してだましていたのよ」

「ああ、彼女に誘惑された。おれにとってきみは、気兼ねなくセックスしたいときに利用する尻軽女でしかない。さっさとおれの家から出ていけ」

「でも、ダニー、わたしは――」

バン。

悲鳴があがる。「なんてこと！」わたしは叫び、続いて床に倒れる音が聞こえるのを覚悟する。だがその音は聞こえず、アンバーの悲鳴で急に耳鳴りが始まる。

「行け」

彼女は逃げだす。ほんものの馬鹿でない限り、ダニー・ブラックが相手の場合、チャンスは一度きりだということはわかっているはずだ。

ダニーはしばらく銃を見つめてから、安全装置をかけてコーヒーテーブルに置く。そして、平然とした顔でわたしを振り返る。たった今、天井に向けて発砲したのがなかったことのように。「テレビの時間だ」ソファを指差す。「そこに座れ」

わたしはいそいそとソファに座り、脚を曲げてお尻の下に敷く。

「何か持ってきましょうか？」エスターが出ていこうとしながら尋ねる。「夕食とか」

ダニーはしばらく考える。わたしはそのあいだ、母と息子に交互に視線を向ける。

「そうだな。きみもいっしょだ」

「なんですって？」エスターのことばはわたしの心の声と同じだ。といっても、わたしは反対するつもりはない。「いっしょに食べよう」ダニーは感情を見せずに言う。

「休んでいてくれ。おれがやるから」

わたしは、悩んでいる様子の母を見つめる彼の横顔を見る。何が変わったのだろう？　彼はわたしの好奇の目に気づいているはずだが知らん顔をしている。わたしはエスターに目を移す。とまどっているようだ。「料理は誰がするの？」と尋ねる。

ダニーはどうってことないと言いたげに肩をすくめる。「おれだ」

わたしは驚く。彼女も驚く。「あなたが？」

「自分の人生に関わる女性の面倒を見ない男は男じゃない」なんの感情も込めない声で言うが、込める必要などない。

エスターの目に涙が浮かび、ダニーは彼女に近づいて抱きしめる。わたしは喉につかえる塊を呑み込み、エスターが彼の腕のなかで、体を震わせて静かに泣くのを見つめる。

「すまなかった」彼女の髪に向かって彼は言う。「何もかも」

「わたしも」彼が離すと、彼女は乱暴に涙を拭き、悲しげな笑みを浮かべる。そして彼女は静かに出ていき、わたしはソファに座ったダニーのほうを向く。わたしを見返す彼の目には安らぎが浮かんでいる。「何が変わったの？」

「何もかもだ」彼はそう言って、わたしの肩に腕をまわして引き寄せる。

27

ダニー

許し。おれが知ったばかりの薬だ。これまで味わおうとしなかった。これまで一度も。

BGMが流れるなか、おれはテーブルについてぼんやりと自分が作ったパスタ料理を食べる。エスターとローズは楽しげにしゃべっている。どちらもおれにとってははじめて見る姿だ。自分の人生に訪れた大きな方向転換を理解しようと努める。おれは奮闘している。これまで思ってもみなかったものが、今のおれの最優先事項となっている。おれには愛する女性がいる。そして母がいる。

このおれが、良心を持つようになった。

それに、心も。

もはや、おれの人生において力はどうでもいい。自分が強いとは感じない。だが、生きていると感じる。ローズのおかげで弱くなったが、生きていることを実感できる。ふつうに考えたら、今こそ強くあるべきときだが。

「もういいの？」

おれはフォークに乗せたパスタから目を上げる。エスターが空の皿を持って立っており、ローズはワインを飲みながらおれを見つめている。もういいのか？ 自分の皿を見下ろす。ほとんど手をつけていない。だが食欲がない。欲しいのは自由だけだ。フォークを置いてエスターに皿を渡す。「ありがとう」

「ほとんど食べてないじゃないの」ローズはグラスを置いてグラスの脚をつまみながら言う。「もうちょっと食べればいいのに」

おれは意味ありげに眉を上げて見せてから自分のワインを飲み、椅子の背にもたれる。「たしかにおれは結婚を申し込んだが、だからっておれに、あれこれうるさく言っていいってわけじゃないぞ」

彼女のしかめ面は実に魅力的だ。そして、食べ終わった皿を食洗機に運ぶエスターのくすくす笑いも。ローズは唇を閉じるが、そのねじれ具合から、言い返したいのを必死で我慢しているのがわかる。

「料理ができるなんて知らなかったわ」エスターがキッチンの向こう側から言う。

「わたしもよ」とローズも言う。

「おれもだ。人生は驚くことだらけだ」咎めるような目をローズに向ける。またしても、魅力的なしかめ面が返ってくる。おれのなかで何かが騒ぐが、それは今すぐ彼女を連れて寝室に駆け込みたいという衝動ではない。おれは椅子をうしろに引き、無言で膝を叩く。ローズはしかめ面のままゆっくり立ち上がり、おれに近づく。彼女が腰を下ろした瞬間、おれは彼女にキスしてしかめ面を追い払う。「難しい顔をするのはやめろ」そう言って彼女の腰に腕をまわし、彼女もおれの頭に腕をまわす。

「あなたは女性をすごく幸せにしてる」彼女が静かに言う。

「礼はいらない」

「わたしのことじゃないわ」彼女は幸せそうに食洗機に食器を入れているエスターのほうを見やる。「目がきらきらしてる」

実際そのとおりだ。それに、鼻歌を歌いながら軽い足取りで歩きまわっている。さらに若返って見える。これまでよりもはるかに、四十七歳という実年齢に近く見える。

「きみはどうなんだ？」おれはローズをつついてこっちに注意を戻す。「おれはきみのことも幸せにしているか？」

彼女の目は問いかけるようで、笑みは自信がなさそうだ。「馬鹿げた質問だわ。結婚を承知したところじゃないの」

おれは肩をすくめる。「怖くてノーと言えなかったのかもしれない」

「むしろ、イエスと言うのが怖かったわ」

その気持ちがわかって、おれは小さくうなずく。お互い、自分が慣れ親しんだ領域の外に出ている。「おれは申し込むのが怖かった」彼女の手を取り、指輪のダイヤにキスをする。「おれはこれまで何も恐れたことがなかった。ローズ、きみに会うまでは」

「わたしを怖がることはないわ」彼女の指がおれのこめかみをやさしくもむ。「わたしは混乱のなかにいる男性を愛するただの女なんだから」

「そしておれは、混乱のなかにいる女を愛するただの男だ」彼女のうなじに手を置き、引き寄せて唇を重ねる。「いつもおれのために強くいてくれ、ローズ」彼女が眉をひそめるのがわかるが、おれはまたそれをキスで追い払う。称賛を込めたおれのことばの意味を訊き返されたくない。彼女の強さだけが、おれたちにこの悪夢の終わりを見させてくれるのだ。

「わたしは退散するわね」エスターの声にふたりの時間を中断され、おれたちは離れる。「夕食をごちそうさま」そう言って彼女は微笑む。「あと片付けをありがとう」簡単な感謝のことばだが、おれが口にしたのははじめてで、それが彼女をこのうえなく喜ばせているのがわかる。「おやすみなさい」彼女は頭を下げてから静かに出ていく。

そしておれたちふたりが残される。

おれたちと欲望が。

おれは立ち上がり、ローズの脚をおれの腰にまわす。彼女はおれの顔のすぐそばで微笑む。家じゅうのスピーカーが音楽で耳を満たしてくれるなか、おれは寝室に向かう。曲が替わり、ザ・エックス・エックスの『イントロ』が流れる。ローズをベッドの端に下ろし、胸を押してあおむけになるよう促すと、彼女はすぐに従う。もちろんすぐに従う。耳に心地よいセクシーなビートに、欲望が高まる。彼女のスウェットパンツを引き下ろし、床に放る。それから、彼女の秘所を隠しているレースの生地を脱がす。残るのはセーター一枚になるが、それは脱がさずに押し上げ、ブラジャーをしていない胸をあらわにする。傷は治りかけている。それが消えたら、二度と彼女が傷を作ることはないだろう。

彼女の胸を左右の手で包み、そっともむ。彼女は両腕を頭の上に上げ、吐息をもらす。その美しい音はいつまでも続く。おれのなかの火はぱちぱちと音をたてて燃え上がり、おれは手を止めて彼女の顔をぼんやり見る。この世に、はじめからいっしょになるよう運命づけられているふたりがいるとすれば、それはおれたちだ。それは間違いない。これまでの人生は、今となっては戦場での強制遠征に思える。おれが征服しなければ逆にこっちが征服されてしまう世界を生き抜くための戦争だ。その世界から足を洗おうとしている今、皮肉なことにおれは背後に気をつけなくてすむ人生をこれまでの人生以上に恐れている。血や罪や死と無縁の人生を。ローズを愛すること、ローズに愛されることは、それらよりもはるかに怖い。だがもう止められない。おれたちふたりがいっしょになれば力となる。何ものにも負けない力、危険な力となる。だがふたりだけ、苦しむかもしれない者がいる。

おれと、そして彼女だ。

「何か問題があるの?」重いまぶたの下からおれを見上げて彼女が訊く。それでおれはわれに返る。そして彼女の質問について考える。何の問題があるというのだ? せっかくの軽い気分が、おれの嫌いな重い気分で台無しになっている。

答える代わりにスウェットパンツを脱いで横に蹴り、Tシャツを頭から脱ぐ。ローズの腿のうしろに手をまわし、ベッドに座らせる。「問題はない」彼女の足を持ち上げ、足首に軽くキスをする。彼女は緊張し、深い呼吸に合わせて胸が大きく上下する。おれはひざまずき、彼女を引っ張ってベッドの縁に尻が乗るようにし、彼女の足首をつかんでおれの肩に乗せる。「きみはここにいる。おれもここにいる。問題など何もない」彼女の脚の内側にキスをしながら上へと移動する。彼女は体をこわばらせ、おれの唇が内腿まで達すると、頭をのけぞらせてあえぐ。「気持ちいいか？」おれは彼女の肌を軽く噛み、左右の腿に鼻を触れてそのにおいを楽しむ。そして、わずか数センチ先の甘い蜜のにおいも。

「音楽が」彼女が言う。

「セクシーだろう？」

「ええ」

彼女のにおいに、重いレンガで殴られたような衝撃を受け、おれはうなる。腿を両手で開かせて、彼女のクリトリスが脈打つさまを見つめる。彼女は長く持ちこたえそうにない。おれがうるおいにキスをすると彼女は背中を大きくそらし、おれの予測が間違っていないことがわかる。少し熱を冷まさないと、彼女はすぐにいってしまうだろう。「起きろ」彼女の腕をつかんで、手を貸す。セーターを頭から脱がし、彼女をベッドからおれの膝に引きずり下ろす。

焼けるような肌の熱さを感じながら、彼女の髪をなで、唇にキスをする。彼女の上半身がおれの胸に押しつけられ、おれは血管がどくどくと脈打ってめまいがしそうになる。激しくキスをしながら、彼女の口を余すところなく探る。今は息をする必要もない気がする。息を吸っても意味がない。ローズにすべて奪われるからだ。

うめきながら唇を離し、膝の上で彼女を少しだけうしろに押す。彼女の視線がおれの手からペニスに移り、おれは手のひらでペニスをさする、そして、目を閉じ、息を詰めて彼女の甘いぬくもりのなかに滑り込む。彼女の爪がおれの肩に食い込む。彼女のあえぎ声はかすれ、喉に引っかかる。「愛してる」おれはささやいて目を開ける。目のまえの光景を見ると、予定を中止して一晩じゅうここにいたくなる。マリーナになど行きたくない。だが、これが最後だ。最後の取引だ。これが終わったら、これまであえて夢見ることもしなかった人生に全速力で向かうのだ。実際に出会わなければ幻想だと信じて終わっていたであろう女性とともに。

おれは彼女のやわらかい体から離れ、歯を食いしばって腰を引いてから、彼女のウエストを引き寄せる。おれの体は震え、肩をつかんでいるローズの指に力がこもる。「ああ、ローズ。最高だよ」おれは彼女を持ち上げてゆっくりと沈み込ませる。頭をのけぞらせるが目は彼女の顔から離さない。汗ばんでほてった、息を呑むほど美しい顔。「もっとゆっくりがいいか？」ペースを速めてそれを保ちながらおれは訊く。腰を動かすたびに、稲妻のような鋭いうずきがおれの背筋を駆け抜ける。「それとももっと激しいのがいいか？」彼女を持ち上げてから、いきなりおれの上に戻し、激しく突く。彼女は大きな声をあげる。欲望に溺れているのを如実に示す声だ。「それが答えか？」おれはまえに動きながら言う。彼女はあえぎ、背中をそらして胸を押しつけてくる。「どうやら彼女もこれが好きみたいだ」彼女の胸骨に手を当て、胸のあいだを通っておなかまで滑らせる。「言ってくれ、ローズ。激しくか？」腰を押しつけて深く突き、彼女を悲鳴とともに飛び上がらせる。「それともゆっくりか？」ゆっくりと数回動く。彼女はおれの肩をつかんでいた指を離し、拳骨（げんこつ）でおれを打つ。

「言ってくれ、ローズ」

「激しくても――」彼女はあえぐ。「ゆっくりでも、どっちでもかまわない」欲望が浮かぶ眠たげなまなざしがおれの動きを止める。彼女はからかうように腰を回し、おれは奥歯を嚙みしめながら、彼女の奥深くまで引き込まれる。彼女はおれをしっかり抱きしめて、頰の傷にキスをする。

　おれは顔を動かして彼女の唇をとらえ、シニヨンをつかんで彼女の顔を引き寄せる。彼女のあえぐ息が次におれが吸う息になる。「きみを傷つけたのなら謝る」とささやく。

「わたしも、あなたにそうさせたことを謝るわ」彼女の温かくやわらかい胸がおれの胸に押しつけられる。「でもそうでもないかも。だって、傷つかなかったら今のあなたはいないもの」

これほどうなずけることばはこれまで聞いたことがなかった。彼女の首をつかみ、これが最後であるかのようにキスをする。おれのペニスはまだ彼女に包まれており、おれは彼女を抱いたまま立ち上がってふたりいっしょにベッドに寝転がる。それから少し上に這い上る。あと戻りができないところまで上りつめながら、おれはペースを保つが、キスは次第に激しさを増す。おれのペニスの鼓動は震えとなり、彼女の内部の壁はおれを包みながら震えている。「強いのが来そうだ」おれは彼女の唇を嚙み、下腹部の熱を感じながらうなる。おれの解放は止められない速さで近づいてきて、頂点に達した瞬間、おれは感覚を失い、体がショック状態になる。「クソ……」「ああ」ローズもおれのに負けない強さのオーガズムを迎えて、叫び声をあげながらおれの下で体を震わせる。顔は横を向き、おれを包んでいる筋肉が想像を超える強さで締めつける。「ああ、神さま」

それは絶え間なく繰り返される電気ショックのようで、その強さは激しい痛みをもたらすほどだ。「最高だ」これほど容赦ない快感に襲われるのははじめてだ。

彼女がおれの下で力を抜いてため息をつく。「あなたが憎い」

「おれはもっときみが憎い」おれは言い返す。まぶたが重い。おれはあきらめて目を閉じ、彼女の肩に顔をうずめる。「傷つけてくれてありがとう」

「傷つけさせてくれてありがとう」彼女はおれをきつく抱きしめる。おれの彼女への愛はさらに強くなる。


「どこに行くのよ?」濡れたままの全裸で浴室からクローゼットまでおれのあとを追いながらそう訊く彼女の声は、明らかに心配そうだ。ふたりで浴びたシャワーは、おれが意図したとおりの濃厚なひとときとなった。その後おれは出かけると彼女に告げ、それから彼女はおれにまとわりついている。

ボクサーショーツを穿きながらおれは言う。「心配するな」

彼女は冷たく笑う。さんざん愛し合った挙句にこれだ。彼女はおれのまえから離れず、ナイフのように鋭い目でおれをにらむ。「教えて」胸に押しつけるように腕を組み、胸が高く押し上げられる。おれは唾を呑んで目をそむけ、ジーンズに手を伸ばす。手が届いたとたんにジーンズをひったくられる。「ダニー」おれの名が、警告に満ちた声で短く呼ばれる。

おれはため息をついて彼女と向かう。「返してくれ」

「いやよ」彼女は、それでおれがあきらめると思っているかのように、ジーンズを背中のうしろに隠す。

おれは彼女の腕をつかんでうしろ向きにさせ、背中からきつく抱きしめる。「ジーンズを返してくれ」無理やり奪いたくない。彼女のほうから返してほしいのだ。

「どこに行くのか教えてくれたらね」

「だめだ」意地を張り合ってる暇はない。ジーンズを奪い返して彼女を離す。ジーンズを穿いてから、Vネックの薄手のセーターを頭からかぶる。

袖に腕を通しながら、彼女が頬の内側をきつく嚙むのを見て楽しむ。怒っている彼女は最高にセクシーだ。「いいわ」彼女は指から指輪を抜く。「指輪を戻せ」

その捨て鉢な行動に、おれは思わずあきれ顔になる。「指輪を戻せ」ブーツを履きながら言う。

「恋愛とは妥協することよ」近くのドレッサーに指輪を置きながら彼女が言い返す。

本か何かで見たのだろうか？　わからないが、彼女はおれをいらだたせている。おれはドレッサーから指輪を取り、彼女の手を持ち上げて指にはめる。そして彼女の頬を手で顔をぐっと近づける。「二度とはずすな。次にやったらおれも黙ってないからな」彼女の唇にキスをすると、彼女の体から力が抜けるのがわかる。ローズはおれの肩に腕をまわしてしがみつく。魂胆（こんたん）はわかっている。おれが出かけるのを引き延ばしたいのだ。あるいは、出かけること自体をやめさせたいのだ。彼女はあえぎ声をもらす。すぐにキスをやめなかったら、彼女が勝つところだ。「もう充分だ」彼女の口から口を引き離し、きらきらした目と赤く腫れた唇を見る。彼女は息を切らしており、おれの手のひらの下の肌はほてっている。

「心配なのよ。ノックスに会いに行くんでしょ?」

「言ったはずだ、きみは心配するなって」おれは彼女を自分の足で立たせようとするが、彼女は全身の筋肉を使っておれにしがみつき、離れようとしない。「ローズ……」おれは警告しようとする。

「約束して」

「何をだ?」

「無事帰ってくるって」

彼女らしくない不安な様子が気になるが、おれは微笑む。「約束する」静かに答えて彼女を抱きしめる。うなじの濡れた髪がおれの鼻をくすぐり、おれは彼女のにおいを吸い込む。

「あなたが憎い」彼女の声は感情に震えている。

おれは目を閉じてさらに固く彼女を抱きしめる。「おれもきみが憎い」

「帰ってきてね」

「いつだって帰ってくる」おれは意を決して彼女から離れ、目的と闘志を持って寝室を出る。


「おれをからかってるのか？」ブラッドは信じられないと言いたげに顔をゆがめる。

「それはないよ、ダニー。絶対にだめだ」玄関のドアを出るとまえを向いてまっすぐ車に向かい、有無を言わさず運転席に乗り込む。音をたててドアを閉め、乱暴にエンジンをかける。

リンゴがポケットに手を突っ込み、のんびりした調子で言う。「あんたの計画が気に入らないみたいだな」

「あいにくだが——」おれはブラッドを追って運転席のドアを開ける。「もう決めたんだ」

「どうかしてる」

「ルーマニア人にひとりで行くと言った。おまえがいっしょなのを見られたら、車から降りるまえにふたりとも殺られる」ブラッドはリンゴを手で示しながら言う。「おれたちふたりは森に隠れることにする」

おれはため息をつき、冷静さを保とうと努める。「ノックスがあらゆる方角を部下に見張らせていると思わないのか？」

ブラッドは歯ぎしりをし、茶色い目はサイコのような目になりつつある。「敵が待ち構えているところにひとりではいっていくんだぞ。誰が援護するんだ？」

「援護はいらない」彼の腕をつかんで車から降ろし、代わりに自分が乗る。「それに、連中は素人同然だと言ったのはおまえだぞ。乱交パーティーを開くのが関の山だって。忘れたか？」

ブラッドは顔をしかめる。「計画を教えてくれたときになぜひとりで行くつもりだと言わなかったんだ？」

「どうせ耳に痛いことを言われるなら最小限にしたかったんだ」おれはドアを閉めて走りだす。バックミラーを見ると、ブラッドは砂利の上で両手足を振りまわして、まるでブレイクダンスを踊っているように見える。愉快な光景だが、彼の怒りと心配は理解できる。おれは危険のなかに飛び込もうとしている。それもひとりで。ふだんけっしてひとりでは行動しない。だが欲しいものを手に入れるために、これだけは自分のやり方でやらなければならないのだ。

ラジオをつけて背もたれに背中をつけ、リラックスしようと努める。リラックスして、冷静でいなければならない。無事に、そして過去にとらわれる心配なしにこの世界から足を洗うための、一度きりのチャンスをふいにすることはできない。これしか道はない。ブラッドは、おれひとりで行くことがわかるまえから反対していた。

おれは、ハイウェイのはるか前方まで見つめる。道は、晩の八時にしては驚くほど空いている。遠く地平線に沈みかけている太陽が、琥珀色の光を投げかけている。マイアミの一番きれいな瞬間だ。おれはローズを思う。おれの勝ち取った宝物。彼女に計画を話したら、絶対におれを行かせようとしなかっただろう。なんとしてでもおれを止めようとしたにちがいない。

ハイウェイを下りてマリーナに続く未舗装の道路を用心しながら進む。穴だらけの道を走っていくと、茂みのなかのあちこちにたむろする数人のグループが、少なくとも十二、三組は見られる。皆が武器を持っている。おれを監視している。おれがひとりで来ていることをノックスに報告しているのだろう。

車を停めると、エンジンを切るまえにドアが開けられ、背の高いスキンヘッドの男がおれを運転席から引きずり降ろす。別の男がメルセデスのトランクを調べ、もうひとりがおれを叩いて武器を持っていないか調べる。おれは、そいつに頭突きをくらわせたいのを必死に我慢する。やつの手からマシンガンをひったくって弾を撃ち込んでやりたいのを必死に我慢する。

「武器は持っていない」男は振り返ってルーマニア語で言う。「車は？」

「空だ」もうひとりが答え、おれはメルセデスの側面に押しつけられる。唇がねじ曲がり、拳を握った手がうずうずする。

「〝天使の顔の殺し屋〟か」ノックスがコンテナの陰から現われる。スーツにブーツという恰好で、頭はきれいに剃ってある。その薄ら笑いを見ると、骨ばった拳がローズを殴るところが頭に浮かび、おれは憎悪に燃える。こいつか、おれの世界に混乱をもたらしたのは。

「もっと手厚くもてなせと部下に命じろ」セーターを直しながら言う。「いや、いい。こっちはおまえら全員をずたずたにしてやりたくてたまらないからな。おまえの父親や兄貴にしたように」

ノックスは手のひらを上に向けて静かに笑う。彼の動きは、何か大事なことを語っている。彼の目的は復讐というより、この世界に居場所を見つけることなのだ。死んだ家族のことはどうでもいいのだろう。「おまえが取引の条件を守ってるかどうか確かめないほどおれは馬鹿じゃない」訛りは強いが英語は完璧だ。

「気づいてたよ」おれは、おそらく、隠れるのが下手な彼の部下がまだ残っているであろう道を指差す。「部下に見張りをさせるなら、もっと茂みの奥に隠れるよう言っておけ。十三組は見たぞ。全部三人ずつだった。さぞかしよく見張れただろう」

「おまえはいつも一歩先んじているな、ブラック」

「話を進めようじゃないか」クズをまえにして、鳥肌が立ってくる。

「ずいぶん急いでるみたいじゃないか」

「新しい人生を始めたいからな」おれは冷ややかに言って、武器が詰まったコンテナのひとつに向かう。コンテナひとつ分で、ノックスは権力と富の階段を一気に駆け上ることになるばかりか、数年は安泰だろう。ポケットから鍵を出すが、鍵穴に差し込むまえにノックスの声が聞こえて手を止める。「なんだ?」

「ほんとうに、女ひとりのために帝国を手放すつもりなのか?」おれはコンテナの扉を見ながらうなずく。ノックスはさらに続ける。「確かにローズはとびきりの女だ。おれほどよくそれを知っている者はいない」おれは彼を見ることができないが、満足感にひたった顔をしているにちがいない。だから見られないのだ。見ればこのサディストを殺さずにはいられないだろう。「おれが彼女に何もかも教えた。おまえが、おれの教えの恩恵に浴することを祈るよ」

やつを殺すな。やつを殺すな。「二度と彼女の名前を口にするな。それも取引の条件に含まれる」鍵穴に鍵を差し込んで回す。「新しいビジネスがうまくいくのを祈ってるよ、ディミトリ」おれはドアを、コンテナの側面に当たるまで大きく開けて、その陰に隠れる。

銃弾の当たらないところに。

一発目の銃声が聞こえ、おれは微笑む。

コンテナの奥から大勢の男が駆けだしてくる。その靴が床を踏む振動でコンテナが揺れるのが背中に伝わってくる。マシンガンが火を噴き、甲高い音とともに宙をミサイルが舞い、花火大会さながらの光景が繰り広げられる。パニックの声があがる。ノックスが部下たちに逃げろと叫ぶのが聞こえる。続いて爆発音。おれは目を閉じて、ゆったりとコンテナにもたれる。葉巻とブランデーを手にオペラを聞いている気分だ。ただひとつ残念なのは、コンテナで待ち受けていたのが銃ではなくロシア人だったと知ったときの、ノックスの顔が見られなかったことだ。

「もっといるぞ」ロシア人が叫ぶ。茂みのなかに隠れていたノックスの部下たちが、騒ぎに気づいて道に出てきたのだろう。さらに銃弾が飛び交い、爆発が起きる。

おれはポケットから携帯電話を取り出してローズにメッセージを送る。

〝しばらく執務室を離れる。

来週結婚しよう。

きみが憎い。

XXX(キスキスキス)〟

28

ローズ

ずっと歩きまわっていたので足の裏が痛む。二階、一階、キッチン、ダニーの執務室。ブラッドとリンゴを見て、わたしはいっそう落ち着きを失う。ダニーはひとりで行った。ブラッドもわたし同様怒り狂っている。だが、ダニーがどこに行ったか、何をしているかを言おうとしない。ノックスに会いにいっているのはわかるが、ひとりで？どうしても教えてくれないブラッドに腹を立てて彼のシャツの襟元をつかみ、リンゴにその手を引き離される。それでもブラッドは教えてくれない。

今、わたしはダニーからのメッセージを見る。興奮のあまり心臓が早鐘を打ってもおかしくないのに、そうはならず、神経質な鼓動を続ける。何かがおかしい。わたしはおなかを空かせた動物のように、親指の爪を嚙みながら考え込む。考えに考える。

階段の上から、ブラッドとリンゴが黙ってキッチンに向かうのが見える。

わたしは急いで、だが足音をたてずに階段を下りてダニーの執務室に向かう。なかにはいるとまっすぐ彼のデスクに行き、引き出しを開けてなかを探る。何かあるはず。ダニー・ブラックのような男はこういうところに……。

冷たく硬いものに手が触れ、わたしの思考は途切れる。書類の下からそれを引き出し、息を詰まらせる。わたしは銃を見つめる。重いそれが、はじめて見るもののように感じられる。でも、今はそれに慣れている暇はない。廊下に出てキッチンに向かい、銃の安全装置をはずしながらなかにはいる。その音に、キッチンは静まり、ブラッドとリンゴとエスターがこちらに顔を向ける。ショックと嫌悪感のいりまじったその顔を、わたしは一生忘れないだろう。「何をしてる?」

「ピストルをベルトからはずして床に置いて」ブラッドの胸に狙いをつけ、真剣な目で彼の顔を見る。「早く」

「おれを撃つ気か?」彼は笑う。

「そうしなきゃならないならね」

「ローズ、馬鹿なことは——」

わたしは彼の頭の上を狙って発砲して彼を黙らせてから、また胸に銃口を向ける。

彼の目が丸くなり、三人とも首をすくめる。「銃を」わたしは促す。

男たちは片手を上げて降参の合図をしながら、もう一方の手をゆっくりとベルトにやる。わたしにこんな冷血なことができるとふたりが信じていることに少し傷つくが、ありがたくもある。彼らはまだわたしを信じていない。今はそのほうがいい。

ふたりはゆっくり銃を床に置く。「落ち着け、ローズ」リンゴが自分の銃を脇に蹴りながら言う。

わたしはふたりの武器を拾い上げて自分のバッグにいれる。「じゃあ、連れていって」

ブラッドがリンゴを見、リンゴはブラッドを見る。

わたしの我慢は限界にきつつある。「彼がどこでノックスと会ってるか、あなたたちが知っているのはわかってるのよ。何かがおかしい。わたしにはわかるの」

ブラッドは間を置く。首を振り、ため息をつく。そして、ポケットから携帯電話を取り出して何度か画面をタップしてからしまう。そして、わたしの横をすり抜けてまえに進む。「どうせおれも行きたかったんだ」

わたしは思ったよりはるかに簡単だったことに驚いて瞬きを繰り返す。「いいの？」

わたしは彼のあとを追い、リンゴがわたしのうしろからついてくる。

ブラッドは玄関ホールのテーブルからキーを取り、玄関のドアを開ける。「ああ。だが銃は返してもらう」わたしの肩からバッグを取ってなかを探り、自分の銃を出してからリンゴにも彼のを放って渡す。「何が待ち受けているかわからないからな。車に乗れ」

わたしはすぐに車に乗る。ふたりのどちらかにあっさり銃を奪われて家のなかに連れ戻されたらわたしの計画は失敗に終わるとわかっているから。だが、ブラッドがわたしと同じくらい心配しているのだということもわかっている。彼は速く、だが慎重に車を走らせる。沈黙がひどく大きい音に聞こえる。

「彼がテキストメッセージを送ってきたの」わたしはフロントシートのあいだに乗り出して、ふたりに画面を見せる。「心配だわ」

ブラッドは道路に注意を戻す。

「彼、なんだかおかしかったのよ」とわたしは続ける。「考え込んでいて、もう二度と会えないみたいなことを言っていた」

「たとえば？」

「おれのために強くいてくれとか。なんでそんなことを言うの？　なんでそんなことが必要なの？　アーニーをだましたときも、あんな感じだった。彼、何をするつもりか言ってた？」

バックミラーに映るブラッドの目がわたしの目と合う。彼はスピードを上げ、わたしはまえに乗り出すのをやめてシートに背中を預ける。不安が十倍増しになっている。今、彼がわたしに強くいてほしいと言ったことを考えれば考えるほど、その理由が知りたくなる。ブラッドは黙っているので助けにならない。彼は知っているのだろうか？　それとも、わたしと同じく彼の頭にもさまざまな思いが駆けめぐっているのだろうか？

残りの道中は沈黙が続く。フリーウェイを下りてはじめて、わたしはどこに向かっているのか気づく。マリーナだ。だが、マリーナに続く道との分岐点に来ても、ブラッドは曲がらずにまっすぐ進む。リンゴが、マリーナへの未舗装道路を見る。「何も見えなかった」と彼は言う。

「どっちにしろ裏道から行く」さらに数マイル走ってから、ブラッドは速度を落として右折する。とたんに穴や岩だらけの道との格闘が始まり、メルセデスは大きく上下に揺れる。「何か見えるか？」

「茂みの向こうが見えない」リンゴは窓に顔を近づけて外を見ながら言う。

ブラッドは車を停め、彼とリンゴは車を降りてドアも閉めずにあたりをうかがう。

わたしはしばらくシートに座っているが、やがてどうするべきかを思いつき、車を飛び降りる。音をたてないようドアは開けておく。緊張しながらふたりのあとを追う。

「車に戻れ、ローズ」ブラッドが振り返って小声で言う。

「いや」

「戻れ」

「絶対にいや」

「ダニーが最近ストレスに悩まされていたのも無理ないな」

「クソッ」リンゴが腕を伸ばしてわたしを止める。リンゴとブラッドはあたりを見まわしはじめる。ふたりの上着の下から銃がのぞいている。

わたしは少し下がってやはりあたりを見まわす。そして、ふたりを緊張させたものを見る。「なんてこと」リンゴがわたしに手を伸ばして自分のほうに引き寄せる。パニックを起こして叫んでしまいそうなのを予測するように、わたしの口を手でおおう。

「もうひとりいる」ブラッドはすぐそばの木を銃で指し示す。喉をかっ切られた死体が幹に寄りかかっている。わたしは目は大きく見開き、次第に息がしづらくなる。口をおおわれているからだけではない。死んでいる男に見覚えがある。少しまえに、わたしの部屋まで息子の写真を持ってきて、みぞおちを殴った男だ。

わたしは手を上げてリンゴの手を口からどかそうとする。「静かにしてるんだぞ」そう警告して彼はわたしに勝ちを譲る。

わたしは振り向いて彼と向き合う。「ノックスの部下よ」それから、数フィート先のもうひとりの死体を見てあえぐ。まるで墓場だ。茂みには男の死体が寄りかかっている。

「そいつはちがう」リンゴは、脳が飛び散った茂みを銃で差す。「そいつはロシア人だ」

ロシア人? ロシア人がここで何をしているのだろう? ノックスはロシア人を嫌っている。

わたしは恐怖にとらわれる。どこを向いても死体がわたしを見つめている。わたしは手で口をおおってあとずさりし、誰かの胸にぶつかって飛び上がる。

「落ち着け」ブラッドがわたしを支えてささやく。彼らに銃を向けたときの勇気は消えてなくなっていて、地面に倒れ込みそうだ。ブラッドはわたしの手を取り、リンゴの先導で木々のあいだを進む。ふたりとも警戒し、気を張り詰めている。さらなる死体、さらなる血。さらなる殺し。一歩進むごとに最悪の悪夢が現実となり、涙が出そうになる。何マイルも歩いている気がして力が抜けてくる。ようやくマリーナへの道に出ると、そこは共同墓地と化している。息を詰まらせ、ひとりひとりの顔を注意深く見ながら死体のあいだを歩く。このなかにダニーの顔があったら自分がどうなるのかわからない。

頬を濡らし、小さな岩につまずきながら、ブラッドとともに進む。心臓が鼓動するたびに痛み、もう鼓動することをやめてくれればと思う。何十人という男たち。対するダニーはひとり。まったく。彼は何を考えていたのだろう？

「ローズ」ブラッドがわたしを自分のまえに引っ張り、両肩に手を置く。「見ろ」

わたしは周囲に転がる死体から目を上げる。視線の先の光景に、わたしはうしろに倒れかけ、ブラッドの胸に受け止められる。低いすすり泣きがもれる。ダニーがこちらに背を向けて立っている。誰かと握手をしている。相手はわたしの知らない男だが、そんなことはどうでもいい。彼は生きている。新たな力が湧いてきて、わたしはブラッドの手から離れようとする。彼のところに行かなければ。

「待て」ブラッドが引き戻す。「終わるまで待て」

「何をしているの？」

「悪魔に魂を売り渡しているのだ」

「どういうこと？」

「あれはヴォロージャ。ロシア人マフィアだ。ダニーはたった今、ルーマニア人を彼に引き渡したんだ」

わたしは大きく息を吸う。ダニーの足元からそう遠くないところに倒れている体に、目が磁石のように引き寄せられる。その体はまだ息をしている。「ああ、神さま」ダニーがロシア人の手を離し、ノックスのぐったりした血まみれの体に向き直るのを、わたしはうっとりと見つめる。彼はしゃがみ、ノックスに顔を近づけて笑みを浮かべる。それから近くの男にうなずいて合図をすると、男はノックスをダニーの足元まで引きずる。ノックスは血だらけでぼろぼろだが、生きている。少なくとも今は。

ダニーは彼をとっておいたのだ。自分の手でとどめを刺すために。ノックスはダニーに向かって唾を吐くが、その動きはのろく、唾は顎から垂れる。「最後に言いたいことはないか？」ダニーは立ち上がり、手を差し出しながら訊く。その手に鉈(マチェーテ)が渡される。きれいに研がれたその刃は輝きを放っている。

「クソッたれ」ノックスはかすれた声で言う。

ダニーは微笑む。これほど邪悪な笑みを見たことがない。彼だけでなく、どんな人の顔にも。マチェーテを上げると、なめらかで正確な一振りでノックスの頭を切り落とす。わたしはブラッドの胸に顔を埋めて、こみ上げる吐き気をこらえる。ダニーの顔は満足にあふれている。わたしは何年ものあいだノックスの死を望んできたにもかかわらず、ショックと吐き気に勝利の高揚感をそがれる。

「ローズ」ブラッドが胸からわたしを離し、わたしは涙を流しながらダニーのほうを見る。ロシア人はダニーからマチェーテを受け取り、ダニー同様に満足げな笑みを浮かべる。ふたたび握手を交わしてから、ダニーがこちらを向く。わたしに気づくと、彼は動きを止めて遠くからわたしを見つめる。そして小さくうなずき、拳を胸に当てて心臓の上を叩く。「きみのためだ」彼の口がそう動くのが見える。

わたしは感情的になっている自分が急に恥ずかしくなり、涙を拭く。弱い自分が、こんな姿を彼に見せている自分が恥ずかしい。でも彼が生きていること、ノックスが死んだことの安堵感は……とてつもなく大きい。

ダニーがわたしに向かって歩きはじめる。近づくにつれ、表情のない顔に次第に笑みが浮かんでくる。わたしのまわりのものがすべてぼやけ、やがて消える。音もなくなる。わたしの世界には、わたしの人生には、ダニーしかいない。

だが、ブラッドの怒鳴り声で、わたしは心地よい世界から引き戻される。「やめろ！」まわりの音と光景が戻る。男たちが走り、叫んでいる。わたしはわけがわからずコンテナのほうを見る。

ロシア人がダニーの背中に銃を向けている。

「ダニー！」わたしは叫び、彼は眉をひそめて振り返る。

「お別れだ、ブラック」銃声が空気を貫き、ダニーの体がうしろに飛んでから砂利の上に落ちる。

「クソッ！」武器を持った男たちがほうぼうから現われ、ブラッドは抵抗するわたしをつかまえたまま撃ちまくる。

「いや！」わたしは彼の腕から逃れ、叫びながらダニーに向かって走る。足の感覚がない。心臓が激しく鼓動しているはずなのに、それも感じられない。「ダニー」彼の横で膝をつき、彼の胸に両手を置く。「ああ、お願い」

「大丈夫だ」顔をしかめ、苦しそうに息を吐きながら彼は言う。「大丈夫だから」

「ローズ」ブラッドが横から来てわたしを立たせる。

「ダニーが撃たれたわ！」

リンゴがダニーの腕を取って立たせる。「行くぞ」

ダニーはふらつく足で立つ。顔は、見るのがつらいほど痛みにゆがんでいる。「クソ野郎」と喉を詰まらせながら言う。リンゴが、こちらに走ってくる男に狙いをつけて撃つ。

「ボートだ」彼はダニーを海岸のほうに引きずりながら叫ぶ。「ボートに乗れ」

わたしはブラッドに引っ張られながら走る。彼とリンゴが発砲を繰り返して追っ手を阻む。だが、わたしの耳にはその音はぼんやりとしか聞こえず、目は、リンゴに支えられてよろめきながら走るダニーの背中をひたすら見つめる。「ローズ、伏せろ！」ブラッドが叫んでわたしを押し倒す。わたしは音をたてて地面に倒れ、頭を近くの岩にぶつける。痛みが走り、わたしは悲鳴をあげる。熱い血が顔を流れ、わたしは混乱して顔を上げ、瞬きをする。まだ銃撃が続いている。ダニーが振り返り、わたしが倒れているのを見ると、リンゴの手を振り払ってわたしのもとに駆けてくる。手を取り、重さがないものみたいにわたしを立ち上がらせる。

「走れ、ローズ」

彼のことば、彼の声、わたしの手を握る彼の手。わたしは力を取り戻し、周囲で銃声が響くたびに身を縮めながら走る。水際に着き、水をかき分けて歩く。そしてダニーに担ぎ上げられ、ボートに下ろされる。リンゴが、追っ手に向けて発砲しながら、同時にボートを動かそうとエンジンをかける。エンジンがうなりをあげ、わたしはダニーを引き上げようとボートの縁まで這って手を伸ばす。だが彼は、ブラッドが投げた銃を受け取ると、向きを変えて海岸に戻っていく。

何をしているの？

「来い！」とリンゴが叫ぶ。

「ダニー！」わたしは恐怖を募らせながら、ダニーとブラッドが腰まで水に浸かって銃を撃ち続けるのを見つめる。海岸の男たちがバタバタとハエみたいに倒れる。銃声と叫び声が空気を貫き、夕暮れどきの空が明るくなる。

ブラッドが向きを変えてボートのほうに戻りはじめる。ダニーがそのあとに続くのを見てわたしの心臓は跳ね上がる。水中での歩みは遅く、わたしは急いでと心のなかで祈る。早く、早く。

ブラッドが先にボートに着き、リンゴの手を借りて体を引き上げる。「ダニーを」彼は苦しそうな声で言う。「ダニーを引き上げろ」

リンゴが、泳いでくるダニーに向けてボートから身を乗り出して手を伸ばし、そのあいだにブラッドはボートに乗り終えて銃を装塡する。近づいてくるダニーを見つめる時間が永遠に続くかと思われる。あと数メートルというところで、ブラッドがまた銃を撃ちはじめる。「急げ、ダニー！」

わたしも体を乗り出し、ダニーはわたしの目を見つめる。そして微笑む。リンゴの手に向かって手を伸ばしながら、暗い笑みを浮かべる。わたしは絶望と怒りのはざまで、ただ彼に向かって頭を振ることしかできない。殺してやりたいわ。無鉄砲で馬鹿なことばかりする彼を。彼の目に宿る光はまぶしく、わたしのパニックは落ち着きはじめる。彼の指がリンゴの指に触れる。

「出せ!」リンゴがダニーの手をつかんで引っ張り上げると同時に叫び、ブラッドがボート後部の操縦席に移る。

ボートがまえに飛び出し、わたしの体が跳ねる。ダニーが目を見開く。リンゴが尻もちをついて悪態をつき、ダニーは水中に取り残されてボートの縁につかまる。「クソッ」彼は手が離れないようしっかりつかまる。

「ダニー!」ブラッドが叫ぶ。

わたしはアドレナリンに力を得て、さらに乗り出して彼の腕をつかむ。「戻れ、ローズ」彼は叫んで振り払おうとする。「落ちるぞ」

「いいから!」わたしは彼を引き上げようと全力を尽くすが、彼の体が重すぎる。

「水を蹴って!」彼の目を見て叫ぶ。

彼はわたしを見つめる。ただ見つめる。そして、また微笑む。そのときこれまでにない大きな爆発音が響き、彼の体が揺れ、笑みが消える。わたしは頭が混乱し、何が起きているのかすぐには理解できない。ダニーの体がさらに重くなり、わたしの手から離れていく。「だめ!」わたしは彼の青い目を探る。今度は……何も見えない。光も氷も、笑みも。何も浮かんでいない。「ダニー？」

彼は目を閉じ、ボートの縁をつかむ手が滑り落ちる。わたしはその手をつかみ、速度を上げるボートに彼を引き上げようとする。

「リンゴ！」わたしは必死に彼をつかみながら叫ぶ。「リンゴ、彼がまた撃たれた！」だがリンゴは返事をせず発砲し続ける。顔を上げると、複数のジェットスキーが追いかけてきているのが見える。

「大変！」わたしはダニーを引き上げることにまた集中するが、彼の手はどんどん滑っていく。

彼の目は閉じ、体はぐったりしている。「お願い、ダニー」わたしは懇願するが、ついに手が離れ、彼の体は海に沈んでいく。「いや！」彼が次第に遠ざかっていく。

「ダニー！」心が張り裂ける。

「だめだ！」ボートの縁によじのぼろうとするわたしにブラッドが叫ぶ。「やめろ、ローズ！」わたしは引き戻されて床に強く体を打つ。「彼が消えた」わたしは泣きながら四つん這いになって海を見る。「戻って、ブラッド」銃弾がボートの側面に当たり、わたしは反射的に首をすくめて耳をふさぐ。銃声に耐えられない。「戻らなきゃ！」

「全員殺される」ブラッドが叫び、わたしは涙を流しながらくずおれる。

リンゴが悪態をつき、わたしの体にぶつかる。肩を手で押さえており、指が血に染まる。「クソ」彼はわたしを見る。悲しみと憐憫(れんびん)に満ちたその目を、わたしは一生忘れないだろう。

泣きながら膝立ちになり、暗い海に必死に目を走らせて彼を探す。そして彼が見える。浮かんでいる。うつぶせで、ただ浮かんでいる。「いや！」

「ここを離れるぞ」ブラッドが叫びながら、さらに二台のジェットスキーを倒す。

ボートが猛スピードで波の上を進み、わたしは絶望に満ちた叫び声をあげながら、上下に揺られる。だがいくら揺られても、目は、命を失ったダニーの体から離さない。次第に小さくなり、やがて海に呑み込まれるまで。

彼が見えなくなる。

だがわたしには、これからもつねに彼が見えるだろう。

わたしは手のなかの剃刀を見つめる。解放。わたしには解放が必要だ。この痛みを支配しなければならない。刃を腕に当てる。目を閉じ、息を吸う。そして吐きながら、皮膚に刃を走らせる。全身から力が抜ける。

「ローズ！」

わたしははっとして目を開ける。顔に嫌悪感を丸出しにしたエスターが、剃刀を床に払い落とす。わたしは剃刀をぼんやりと見つめる。エスターは何も言わない。剃刀を拾いもしない。彼女が黙って寝室から出ていきドアを閉めたあとも、わたしは長いことドアを見つめる。そうするうちに腕から流れる血がカーペットに滴り落ち、わたしは贅沢なカーペットに赤いしみができるのを見つめる。

喪失感。

さまざまな光景が脳裏によみがえり、それを押しつぶしたくて頭に両手をやる。でもつぶせない。生きて、呼吸をしている限り、あの光景から逃げられない。マリーナはまるで共同墓地だった。

あの光景。

血。破壊。音。手が離れる直前のダニーの顔。

のろのろと立ち上がり、静まり返った家のなかをあてもなく歩きまわる。キッチンで、エスターが食洗機に食器を入れている。彼女は手を止める。わたしの腕を見る。そして、落ち着いた様子で食器棚まで行って救急箱を出す。わたしはアイランド型のカウンターのまえに座り、カウンターに腕を乗せる。

空っぽ。

彼女は無言のまま、確かな手つきで慎重に包帯を巻く。終わると、わたしを見上げ、わたしの頬に手をやる。彼女が何を言おうしているのかがわかるが、わたしにはそれを聞くのが耐えられない。だから小さく首を振る。三日経っている。三日間、わたしは彼の家でゾンビのように座って、彼が玄関からはいってくるのを待ってきた。だが彼は帰ってこず、時間が経つにつれて少しずつ希望が消えていく。

「最悪を覚悟しておかないといけないわ」彼女は静かに言い、わたしはさらに首を振る。

「彼は強いわ」むきになって言う。「簡単には死なない。わたしのもとに帰ってくるにきまってる」

彼女は大きく息を吸って唾を呑み込むと、救急箱をしまう。彼女があからさまにわたしに調子を合わせようとしているのが気に障る。彼女は信じていないのだろうか？

「彼は帰ってくるわよ、エスター」現実的になれという――わたしはひとりぼっちだという――頭のなかの声を無視してもう一度言う。

玄関のドアが閉まる音で、わたしはスツールから飛び下りて玄関に向かう。ブラッドが誰かをダニーの執務室に案内するのが見えて、あとを追わずにはいられない。執務室まで行くとドアが閉まっているが、わたしはノックをせずにはいっていく。ブラッドは知らない男といっしょにいる。ふたりは憐れみの目でわたしを見る。

「どなた?」一度も見たことのない顔だ。

男はバッジを出して見せ、わたしはあとずさりする。「FBIのスピットルだ。少しのあいだ、ふたりにしてもらえるかね?」

「いや、彼女はここにいていい」ブラッドはわたしの腕の包帯を見てから、汚いものでも見るような視線を向ける。わたしは気にしない。彼は酒のキャビネットに行き、ふたつのグラスにスコッチを注ぐ。

「お好きなように」スピットルはダニーのデスクの椅子に座り、ブラッドは彼に片方のグラスを渡す。

「わたしももらったほうがよさそう?」ふたりの口元のグラスを示してわたしは訊く。

スピットルはためらい、グラスをデスクに置く。「今朝、入り江で死体が上がった」わたしを見ながら事務的に言う。

足の下の地面が消えた気がして、わたしは必死に近くのキャビネットにつかまる。

スピットルはブラッドに目を戻す。「おれはダニーを知っているが、正規の手順で誰かに確認してもらわないとならないんだ」

わたしはむせび泣きながら、体を、そして世界を真っ二つに引き裂かれた気がしてひざまずく。スピットルはわたしを見もしない。だがブラッドはちがう。彼の唇が震えていることに、よけいに現実を思い知らされる。〝おれはダニーを知っている〟。スピットルはそう言った。すでにダニーを確認したのだ。

「おれがやる」ブラッドが震える声で答える。酒を飲み干し、空になったグラスをデスクに乱暴に置く。グラスを握る手は甲の関節が白くなっている。彼は怒っている。悲しんでいる。喪失感を覚えている。「おれがやる」もう一度言って、床にひざまずいているわたしを見る。わたしは涙で彼の顔が見えないが、彼も泣いているのがわかる。「きみがやりたいなら別だが」とそっけなく言う。

わたしは頭が爆発しそうになる。これからどうなるのかわからない。わたしはどこに行くのか？　どうやって生きていくのか？　でもひとつわかっていることがある。そんな状態のダニーは見られない。絶対に。

わたしは立ち上がって部屋から走り出る。死んだ。彼は死んだ。家のなかを走りながら、見えるのは頭のなかを駆け巡る彼の思い出だけ。聞こえるのはわたしの名を呼ぶ彼の声だけ。そして嗅げるのは海と流木とダニーのにおいだけだ。

階段を駆け上り、廊下を走り、自分の部屋に駆け込んでドアを閉める。床に落ちている剃刀を拾う。腕に当てる。そして何度も切る。叫びながら切る。

自分を罰しているのではない。

彼を罰しているのだ。

「ローズ!」エスターが剃刀を払い落とし、わたしは床にくずおれて、体を震わせながら大声で泣く。

これまでわたしには感情がなかった。息子を奪われてからダニーに出会うまでの長い年月のあいだ。

だが、ここまで何も感じないのははじめてだと思う。これほど心が張り裂けるのも、これほど希望を失うのも。つねに心のどこかで、息子に再会できる日が来るのではないかと思っていた。それも今では不可能になった。息子がどこにいるか、どうやったら見つけ出せるかを知っていた三人がみんな死んでしまった。本来なら自由を感じるはずだ。ノックスが死に、蛇の指輪の男も死んだ。だがダニーも死んだ。そして今わたしは、これまでよりいっそう強く、闇のなかにとらわれていると感じている。そして、何も感じないなかで苦しみだけを感じている。

雨が降っている。ブラッドが遺体安置所から帰ってスコッチのボトルを二本空けた二週間まえから、ずっと降り続けている。灰色の厚い雲が空をおおっている。地面はぬかるんでいる。あたりの空気は悲しみに満ち、落ちてくる大きな雨粒が体に当たって痛い。リンゴが傘を差し出してくれたが断った。ずぶ濡れになりたい。あざになるほど強く雨に打たれたい。

わたしは、地面に口を開けた穴にダニーの棺が下ろされるのを見つめる。棺が見えなくなると唾を呑み込み、目を閉じる。喉に詰まった塊は大きくなって呑み込めなくなる。呼吸が乱れ、わたしは鼻から息を吸おうとする。あえぎながら、ブラッドの黒いスーツの袖につかまろうと手を伸ばす。彼はすぐにわたしを支えるが、舌打ちをし、歯を食いしばって自分の肩を押さえる。

「おいで」彼はわたしを引き寄せる。エスターがまえに進み出て棺の上に土をかけるのを見ていられず、わたしはブラッドの肩に顔を埋める。エスターはダニーの死が確定してからの二週間、目には大きな悲しみを浮かべながらも、表情には出さずに来た。「ローズ」ブラッドが促す。わたしは手に持った二枚のユニオンジャックのセーターを見る。指輪に目が留まる。ダイヤの輝きが鈍っている。まえのような輝きは放っていない。

わたしは力を振り絞ってゆっくりとまえに進み、墓穴の縁で止まる。涙がとめどなく流れ落ちてセーターに染み込む。最後にもう一度鼻に近づけ、目を閉じてにおいをかぐ。彼が見える。野性的で美しい彼がそこにいる。「けっしてあなたを忘れない」そうささやき。セーターを穴に落とす。

背を向け、感覚のない足でそこから離れるが、これからどこに行くのか、わからない。わたしはずぶ濡れで、体の芯まで冷え切っている。取り乱している。メルセデスのドアの取っ手に手をかけてドアを開ける。「ローズ?」

聞き覚えのある声に、わたしは眉をひそめて振り返る。ペリー・アダムズがうしろにいる。「ペリー?」

わたしには理解できないが、彼の顔には同情がこもっている。一歩近づいて封筒を渡す。「ダニーに頼まれたんだ」

わたしはさらに眉をひそめ、おそるおそる封筒を受け取る。「なんなの?」

「何も訊かずに読め」そう言うと、背を向けて去っていくが、自分の車の手前で立ち止まる。そして振り返って小さく微笑む。「彼はほんとうにきみを愛していた」

そのことばはわたしを慰めはしない。ただ、ダニーがいなくなってしまったことを思い出させるだけだ。ほんとうにわたしを憎んでいてもいいから、ここにいてほしい。生きてここにいてほしい。抑えた涙で喉が詰まり、わたしは首を振る。「選挙戦の成功を祈ってるわ」そう言ってから、封筒が雨でびしょ濡れにならないうちに車に乗る。封筒を開けて、なかにはいっている数枚の紙を取り出す。一番上にダニーの手書きの文字が見えて、わたしは手で口を押さえる。

ローズ
きみがこれを読んでいるとしたら、おれがふたりのためにたてた計画はうまくいかなかったということだ。だが、きみのためにはまだうまくいくだろう。きみに、強くいてくれと頼んだ。今、どうしても強くいてほしい。おれはきみといっしょにはいられない。それがとてもつらい。セント・ルシアへの片道航空券を同封した。そこに行ってくれ。神に見捨てられた街から出るんだ。海沿いに家がある。支払いはすべて終わっている。きみのものだ。必要なら売って、その金をきみのものにしてくれ。だが、しばらくはそこに滞在して自分が誰であるかを思い出すと約束してほしい。きみはおれの戦士だ。おれが心から愛した人。きみはおれを失った。自分をも失ってほしくない。いつまでもおれの死を嘆くな。きみはこれからも生きるのだ。自由な人生を。
だが、そこに行くまえにきみに会ってほしい人がいる。飛行機のチケットといっしょにはいっているものがある。

愛しているよ。
これからもずっと。
ダニー

わたしは瞬きをし、唾を呑み、また瞬きをする。彼のにおいがする。彼が見える。手紙の下にはいっている航空券は明後日の便のものだ。さらにその下の紙を出し、それが何かわかるとわたしは眉をひそめる。出生証明書だ。「何？」ざっと目を通し、ダニエル・クリストファー・グリーンという人物のものであることがわかる。さらに戸惑って、わたしは頭を振る。わたしにはなんの意味もない。カルロ・ブラックに出会うまえのダニーの名前だろうか？　出生日に目が留まる。まさか。この人物は生まれたのは十年まえ……。

「ああ、なんてこと」混乱した頭にその日付が染み込んだ瞬間、わたしは紙を落としそうになる。一生忘れないであろう日付。でも名前は？「ダニエル」そう口にしてみてから、喉をなでてそこにできた悲しみの塊をほぐす。あわてて残りの紙をめくり、住所を見つける。わたしは体を震わせながら、口からもれそうな泣き声を手で押さえる。彼はわたしの息子を見つけてくれたの？　住所はカリフォルニア。そこまでの航空券もはいっている。

急いで車から飛び降りる。「ペリー！」ペリーは、車のドアを閉めかけていた手を止める。わたしは手紙を高く掲げ、なんとか声を出す。「ありがとう」

彼はまた微笑む。今度は無理に作られたのではない、ほんものの笑顔だ。だがことばは発せず、彼はドアを閉めて走り去る。

そのとき、突然雨が上がる。

雲が切れる。

わたしは空を見上げる。

ダニーが亡くなってからはじめて、太陽が顔を出す。

家は完璧だ。白くて汚れひとつなくて完璧。前庭の芝生は信じられないほど完璧な緑で、それを囲む白いフェンスは、まるで完璧な家を描く絵本から飛び出してきたみたいだ。

「ほんとうに大丈夫？」タクシーの後部席からその家を見つめるわたしにエスターが訊く。「いっしょに行ってもいいわよ。向こうがあなたにどんな反応を示すかわからないし」そう言って自分も家を見る。「先に電話をかけたほうがよかったかも」

わたしは首を振ってタクシーのドアを開ける。「行くことを先に知らせたら、先方にわたしを止める時間を与えることになる。断られるのは避けたいの」彼女の頰にキスをする。「わたしは別のタクシーをつかまえるから、待っていないで先にホテルに帰っていいわよ」わたしは車を降り、黒いパンツを手で払いながら家に向かって歩く。何を着ようかこれほど迷ったのははじめてだ。内心はともかく、できるだけ落ち着いて、見苦しくなく見せたかった。ダニーの手紙は大きな衝撃をわたしに与えた。読みはじめると、彼が死んだとは思えなくなった。読み終えると、やはり死んでしまったのだと実感した。でも、わたしに希望をくれた。救済を。生きがいを。

ドアをノックして一歩下がり、ドアの向こうの音に耳を澄ます。何も聞こえない。と思ったら、何か聞こえてくる。足音だ。心臓が倍の速さで激しく鼓動しはじめ、ダニーの声が頭に響く。

〝強くいてくれ。強くいてくれ。強くいてくれ〟

ドアが開き、目のまえの女性を見たとたん、用意していたことばがすべて頭から抜け落ちる。ブロンドの髪に茶色い目をした、三十代半ばの魅力的な女性だ。プリーツスカートとシフォンのブラウスの上にエプロンをつけている。料理中なのだ。母親なのだ。ふつうの母親。きわめてふつうに見える。わたしは咳ばらいをし、混乱した頭のなかからことばを見つけようとする。「こんにちは、わたしは――」

「言わなくてもわかるわ」彼女の手がドアから離れて落ち、目が光る。「あの子はあなたにそっくり」

わたしは鋭く息を吸い、よろよろとあとずさりする。

「危ない」ヒールが階段からはずれてうしろに落ちかけるが、彼女がつかまえてくれる。

彼女の手を借りて体勢を立て直しながら、ますます混乱した頭で、思っていたのとちがう方向に向かった会話をもとに戻そうとする。目のまえの女性は、このときが来るのを覚悟していたにちがいない。「わたしを見ても驚かないみたいね」

「ええ」

「なぜ？」

「いつ現われるかってずっと思っていたから。どうやってわたしたちを見つけたの？」

わたしはバッグから手紙を取り出す。「フィアンセがくれたの」またしても、ダニーが何もかも用意してくれたという思いに胸を突かれる。彼はわたしを救うために進んで死に向かったのか――信じたくはないが、あらゆるものがそれが真実だと告げている。アーニー、ノックス、そして今度はわたしの息子。彼はわたしのために進んで自分の身を犠牲にした。そんなことをした彼が憎い。「ヒラリー」わたしが呼びかけると彼女は眉をひそめる。「ダニエルの出生証明書に書いてあった。証明書は偽物だと思うけれど、あなたの名前はヒラリーで正しいんでしょう？」

彼女はうなずく。「あなたは？」

「ローズよ」

考え込むように家を振り返ってから、彼女はドアを示して言う。「はいって」

「ダニエルはいるの？」

彼女はドアに向かいながらわたしを振り返る。「サッカーの練習に行ってるわ」

妙な感覚だ。わたしのなかに、ほっとしている自分と落胆している自分がいる。息子に会いたいと思う反面、会いたくないとも思う。だが会いたくないのは、ダニーがほんとうにわたしの息子を見つけてくれたことをこの目で確かめることで、すべてが終わってしまうからにすぎない。

ヒラリーのあとから風の通る明るい玄関ホールにはいる。彼女はキッチンに案内する。大きな正方形の部屋にソファ、ダイニングスペース、そして広い庭に出られるドアがある。庭の奥にはサッカーゴールが置かれ、そのまえにボールがいくつか転がっている。わたしはボールを見つめながら、テーブルの椅子に座る。

水のはいったグラスが差し出され、喉の渇きを覚えて一口飲む。「それで、どうするの？」彼女は自身も腰を下ろして尋ねる。

わたしはグラスから目を上げる。「わからない。でも、息子と知り合いたいの」

「知り合いたい？」

「ええ。あなたたちは違法にわたしの息子を買った。あの子は生まれて数分でわたしの胸から引き離され、それ以来わたしはあの子に会っていないの。一分一秒だってあの子を忘れたことはないわ」

ヒラリーはごくりと唾を吞む。長年心の奥にしまい込んできたであろう罪悪感が彼女の顔にうかがえる。彼女は健全でいい人に見える。でも、わたしが失ったもののことを考えるのを自分に禁じ、自分が得たもののことだけを考えるようにしてきたのだ。

彼女は頭を振って言う。「そういう意味じゃないの。わたしは、あなたが銃を持ってここに来て、あの子を連れていくと脅すんじゃないかと思っていた。それなのに、あの子と知り合いたいですって？」

銃を持って。頭のなかに広がる火花を追い払おうと、首を振る。「ヒラリー、わたしは幻想はしていないわ。彼にとって母親だったことはないんだもの。正直、どこから始めればいいのかわからないんだけれど、でもとにかくやってみたいの」彼女から息子を奪い取ることもできる。わたし自身そうされた。ほんの数分おっぱいを飲ませたあとでさえも地獄のようなつらさだった。ヒラリーは十年という年月をダニエルとともにしている。すべて心得ている。完璧だ。一方の自分を振り返ってみれば、完璧とはほど遠い。息子が愛情にあふれた人のもとで過ごしてきたと思うとほっとして、彼の人生をひっくり返す気にはなれない。「あの子はわたしのことを知ってる?」ヒラリーは恥じるように目を伏せる。「話そうと何度も思ったわ。でも……」目に涙を浮かべる。「もしあなたが現われなかったら?」「あなたが亡くなっているのを願ってた」彼女は手で口を押さえる。「もし亡くなっていたら?」彼女は声を詰まらせ、わたしはうなずく。妙だが理解できる。自分でも、死んでいればと思った。彼女は不意に立ち上がると、冷蔵庫に向かい、白ワインの瓶を出す。「いいでしょう?」

わたしはひそかに微笑む。「つき合うわ、あなたがよければ」

彼女はふたを開けながらためらい、用心深くわたしを見る。「ずいぶん落ち着いているのね」

「嵐は去ったから」ふたつのグラスにワインを注ぐ彼女に言う。「今はそのあと始末をしているところ」

「ごめんなさい」ヒラリーは唇を震わせる。「ほんとうのことを言うと、あなたのことは考えなかった。わが子を愛せないどうしようもない人なんだって自分に言い聞かせたの。役立たずの麻薬中毒者だって。あなたを母親とは考えなかった。人間とすら考えなかったわ。そのほうが気が楽だったから」椅子に腰を下ろし、一気にグラスの半分を空ける。「わたしは母になりたくてたまらなかった。流産を六回、死産を一回経験したの。養子縁組は役所の手続きがなんだか複雑で。断られたのよ、わたしたち」信じられないというように笑い、懇願する目でわたしを見る。「わたしはただ、母になりたかった」テーブルの上でわたしの手をぎゅっと握る。「お願いだから、あの子をわたしから奪わないで」

「わたしも母になりたくてたまらない」わたしは答え、彼女ははっと息を吸う。わたしが言いたいのはそれだけだ。言わなければならないのは。

「それならなれるわ」彼女は涙をこらえて唾を吞み込む。わたしの息子は、自分を愛するこの女性しか知らない。彼からこの人を奪うことはできない。

短い沈黙が流れ、ふたりはそれぞれ考え込み、ワインを飲まずにいられない。「怖いの」とわたしは言う。

「怖い？」

「彼が受け入れてくれなかったらと思うと」

彼女の顔に、わかっていると言いたげな笑みが浮かぶ。「ダニーは、わたしが知るなかでも一番分別があって、頭がよくて思いやりのある十歳よ。とてもやさしいの。あなたを拒絶したりしない」

ダニー。ダニーと呼ばれているのだ。心の痛みがわたしを切り裂く。ダニーと呼ばれていることだけではなく、彼女がわたしの息子のことをよくわかっていることがつらい。そして自分が息子のことをまったく知らないと思うといっそうつらい。

車が停まる音がして、わたしはヒラリーのうしろを見る。「ふたりが帰ってきたわ」彼女はあわてて立ち上がり、エプロンをなでおろす。

「ふたり？」

「ダニエルと夫よ」

わたしは立ち上がる。「大変」ワインを置き、服を直しながらヒラリーのあとを歩きながら言う。「帰らなきゃ。今はまだだめよ。あなたが先にじっくり説明して」逃げ道がないかと周囲を見まわす。

ヒラリーはわたしが逃げないよう手首をつかみ、わたしは驚いて彼女を見る。「せめて夫には会って」彼女の背筋が伸び、内面の強さを見せる。「ダニエルは二階に行かせて、これからどうするか話し合いましょう。ふたりを待たせすぎちゃったわ。ここにいてくれる?」

わたしに選択権を与える気はないらしく、彼女は玄関に向かう。わたしは椅子に腰を下ろし、ワインを自分のまえから押しやって代わりに水を飲む。ドアが閉まる音がする。男性の声が聞こえ、続いて、ヒラリーにキスをしているにちがいない音が聞こえる。

「シャワーを浴びてきたらどう?」ヒラリーがダニエルに言う。「泥だらけのユニフォームを全部脱ぎなさい。まずは靴ね」

「わかった」幼くかわいいダニエルの声に、わたしは感情を揺さぶられる。スパイクシューズが床を歩く音が聞こえる。写真のなかで肩にかけていた靴だ。そして、足音は階段を駆け上っていく。

わたしは体が震えだし、木のテーブルを見つめる。玄関ホールのほうからひそひそ声が聞こえる。ヒラリーが夫に事情を説明しているのだ。緊張して待っていると、やがて彼がキッチンにはいってくる。白髪交じりで、昔風の眼鏡をかけている。ダニエルの父親。彼は何も言わない。ただ頭を下げ、息を大きく吸ってからまたキッチンから出ていく。その目には涙が浮かんでいた。自分の目でわたしを見て確かめたかったのだろう。

それからの十五分、わたしの頭のなかをさまざまな疑問が駆けめぐる。ヒラリーの夫が妻ほど友好的ではなかったり、わたしを歓迎しなかったりしたらどうしよう？彼はわたしを追い払うだろうか？ ダニエルにいつ、どうやって話すつもりなのだろう？ あとどれだけ待てばダニエルに会えるのだろう？ 彼の声を聞いて、心の痛みはよけいに強くなった。息子はわたしをまったく受けつけないだろうか？ もし抱きついてきたらどうしよう？ 心の準備が全然できていなかった。できているつもりだったのに。それなのに、今わたしは緊張し、神経をすり減らしている。だから、ドアの開く音が聞こえたとたん、稲妻のように立ち上がる。ストレスで汗が噴き出し、心臓は激しく鼓動して胸骨を打つ。ヒラリーと夫がはいってきたのだろうと思うが、そうではない。「ああ、神さま」わたしは鼓動を整えようと努める。

少年がキッチンにはいってきて、わたしは息ができなくなる。何に興味を惹かれるのか、彼はわたしをじっと見つめ、わたしはテーブルにつかまって体を支える。何か言えと頭が命じるが、またしても何も言えない。茫然とし、圧倒されている。目のまえに立っているのが自分の子供――十年間毎晩夢に見てきたわが子――であるからだけではない。地球上の誰ひとり、この子がわたしの子であることを否定できないであろうからだ。写真は見ているが、どれも遠くから撮ったものばかりだった。これまで、彼の外見に目を見張る機会はなかった。どこをとってもわたしにそっくりだ。濃い色の髪。深いブルーの目。肌の色合い、顎のライン、鼻。まつ毛も長くて女の子のようだ。まるで、わたしがひとりでこの世に生み出したのではないかと思うほどだ。それがありがたかった。この子にはモンスターの片鱗(へんりん)も見られない。

耐えられなくなって膝ががくがくする。今立ち上がったばかりの椅子にまた腰を下ろす。「座ってもいいかしら?」会ったらなんと言おうかと、何度も何度も考えてきた。息子を見つけて腕に抱き、頭にキスをしながら愛していると言うのを夢見てきた。だがそのなかのどれひとつとしてできないし、今考えるとどれも適切ではない気がする。両親はどこにいるのだろう? それを尋ねることばも見つからない。彼は何を考えているのだろう? それもあえて尋ねない。彼は、『スター・ウォーズ』のキャラクターが描かれた赤いパジャマに着替えている。髪は濡れていて、肌は透き通っている。これほど美しいものは見たことがない。「お父さんとお母さんはどこ?」

彼は肩をすくめ、わたしは迷いながら彼のうしろを見る。ふたりを呼んでくるべきだろうか? ここを去るべきだろうか? 「あなたは誰?」と彼が訊く。

わたしは口のなかがからからになり、唾を呑み込む。「ローズよ。お母さんの友達」

「会うのはじめてだね」

「『スター・ウォーズ』が好きなの？」わたしは話をそらそうと必死になって言う。

彼は小さな口をわずかに曲げると、裸足で歩いて椅子を引き出す。椅子の脚がタイルの床をこする大きな音にわたしは身をすくめるが、ダニエルは気にならないようだ。

「ママは、ぼくのことスター・ウォーズの達人って呼ぶんだ」

ママ。彼は、自分を買った女性をママと呼んでいる。それを聞くのがとてもつらい。わたしなのだ。わたしがママなのだ。わたしをママと呼ぶべきなのだ。「ほかには何が好き？」

彼はわたしをじっと見ながら考える。「あなたは何が好き？」

わたしは不意を突かれる。彼は腕をテーブルに乗せてくつろぐ。「わたし？」頭が真っ白になる。わたしは何が好きだろう？「顔に太陽の光を受けること」わたしは言い、小さな額にしわを寄せる彼を見て微笑む。

「『スター・ウォーズ』は好き？」

残念。『スター・ウォーズ』は一度も見たことがない。馬鹿げているが、それを認めることで彼との関係が始まるまえに壊れてしまう気がして怖い。「見たことないの」

彼は驚いた顔になる。「一度も？」

　わたしはうなずく。「いつか見せてね。いっしょに見ましょう」彼の顔が興奮に輝く。

「いいね」彼は答える。遠くで女性がすすり泣くのが聞こえる。ダニエルは振り返り、わたしは椅子のなかで身を縮める。また、ことばが出なくなる。はじめて、ヒラリーが感じているであろう動揺を理解しようという気になる。どんなに赤ちゃんが欲しかったか、どうやって手に入れたか、それが今自分を苦しめていることをどう感じているか。

「ママはなんで泣いてるの？」

　わたしは彼に目を向ける。「わからないわ」嘘だ。でも、わたしは彼にその理由を話す立場にはない。つらいことだが、それはわかっている。

　ダニエルはテーブルの上で手を組み、その手を見つめる。「ぼくといっしょに『スター・ウォーズ』を見てくれるの？　ママもパパも飽きたって。同じ映画をそんなに何度も見られるものじゃないって言うんだ。でもぼくは、死ぬまで毎日見たって平気だ」

「わたしも、死ぬまで毎日見るわ」わたしは本気で言う。

「ほんとう？」

「ほんとうよ」

「でも、まだ、好きかどうかもわからないでしょ?」

「あなたが好きなら、きっとわたしも好きになる」

彼は微笑み、わたしはそれを見て泣きそうになる。「クールだね」

「わたしのこと好きって意味?」

「うん、好きだよ」

荒い息がもれる。今の息子のことばに匹敵(ひってき)することばは、これまで一度しか聞いたことがない。はじめてダニーに愛していると言われたときだ。「わたしもあなたが好きよ」わたしはテーブルの上で彼のほうに手を差し出す。彼はためらわずにその手を取る。彼に見られる資質は、すべてわたしのなかにもあるのだろう。やさしさ、温かさ、正直さ。わたしははじめて、身もだえするような痛みを覚えることなく自分の人生を振り返る。なにしろ、わたしがあるべきだった姿がわたしのまえに座っているのだから。今なら自分の悲惨な人生を受け入れられる気がする。

わたしは彼の手をぎゅっと握る。そこにヒラリーと夫がはいってくる。ヒラリーの目は赤く腫れている。夫は厳粛な顔をしている。

「ダニエル、宿題をしてきたらどうだ?」父親が言う。

彼はすぐに椅子から下りる。宿題に対してこんなに意欲的な子供は見たことがない。

「代数なんだ」得意げに言う。「手伝ってくれなくていいからね」

「こっちが教わりたいね。ローズにさよならを言いなさい」

わたしの時間は終わりだ。少なくとも今のところは。「さようなら、ダニエル」身を切られるような痛みをこらえて言う。感謝しなさい、ローズ。

彼はテーブルをまわってわたしのところに来て手を差し出す。わたしはためらいながらその手を握る。「会えて楽しかったよ」

胸が張り裂けそうになる。

「いつか、ぼくの持ってる『スター・ウォーズ』を一気見しようね」

「楽しみだわ」心が温まる。楽観的な気分になる。不思議な気分だが、心地いい。

「ハグしてもいい、ダニエル？」

「うん」なんでもないことのようにわたしに飛びついてくる。なんでもないどころか、わたしにとってはすべてなのに。小さな体が、わたしには最高の薬に感じられる。命を救ってくれる薬だ。わたしは彼を抱きしめながら、まえに一度だけこの子を腕に抱いたときのことに思いを馳せる。愛してる。心のなかでそう言いながら、目を閉じてこの一瞬を慈しむ。「代数をやりに行ったほうがいいわ」

彼は飛び込んできたよりも速くわたしの腕から出ていき、猛スピードでキッチンから出ていく。

あとにはわたしと両親が残される。ふたりの顔は不安に満ちている。「ごめんなさい。ここにはいってきたものだから」

「あの子に話したの?」

「まさか」気を悪くしたのが、声だけでなく顔にも出ているにちがいない。「あなたがたの生活を壊すためにここに来たわけじゃないわ。来なければならなかったから来たの。時間をかけてゆっくり進めなきゃならないのはわかってる」

ヒラリーは緊張を解く。「ありがとう」

「どうやって連絡を取る?」夫が自分の携帯電話を差し出して訊く。わたしは自分の番号を伝え、彼がわたしの電話にかけてくると、感謝をこめて微笑み、彼の番号を登録する。「デレクだ」

わたしはうなずく。「わたしはアメリカを離れるの。でも連絡は取れるから。無理にとは言わないわ。でも、わたしが死んでいないことは知っていてほしい。今までなかったほど、生きていると実感しているの。わたしはここにいるわ」

ふたりは恥ずかしそうに一瞬目をそらす。わたしが死んでいることを祈っていたのだろう。
「ありがとう」静かに言って立ち上がる。「彼を育ててくれて」厳粛なひとときが終わり、わたしはこみあげる涙をこらえることができない。「わたしはただ、あの子を知りたいだけなの」

ヒラリーが飛び出してきてわたしを抱きしめ、わたしには、彼女がこれほどまでにいい母親である理由がわかる。彼女の腕に抱かれているだけで、癒しと平穏に包まれるのだ。「ほんとうにごめんなさい」

「わたしも」そう言ってから、彼女から体を離して涙をぬぐう。「連絡をくれる?」

彼女はうなずき、わたしは微笑んで、ふたりの横を通り抜けて玄関ドアに向かう。ドアまで着くと、階段の上を見上げてもう一度、愛していると心のなかで言う。また会いましょうねと。

きれいに整えられた小道を道路に向かうと、エスターの乗ったタクシーがまだ停まっている。彼女はわたしの涙を見て微笑み、わたしも笑みを返す。彼女が待っているであろうことはわかっているはずだった。「大丈夫?」わたしがシートに座ると、彼女は尋ねる。

「大丈夫よ」わたしは家に顔を向け、『スター・ウォーズ』のカーテンがかかった二階の窓を見つめる。「あの子に会ったわ」エスターの目が飛び出しそうになり、わたしは微笑む。「まだわたしが誰なのかはわかっていないけれど、でもあの子に会えたの。これまで見たことがないほど美しい子だった」ダニエルの顔がはっきりと脳裏によみがえり、声が震える。

エスターの手がわたしの手をやさしく握る。「見つけられてよかったわ」

彼女のことを思うと胸が痛む。彼女は息子を見つけたが、ふたたび失った。わたしは彼女のほうに乗り出して抱きしめ、彼女の温かさに緊張を解く。何も言わない。言う必要はない。わたしたちはふたりとも、彼女の息子を失って絶望している。ダニーが遺してくれたプレゼントがなかったら、わたしはどこに向かっていたかわからない。いや、わかる。闇に落ちていただろう。エスターの肩を涙で濡らしてしまわないうちに、わたしはそんなことを考えるのをやめる。

彼女は体を離して訊く。「どこに向かう?」

「空港へ」わたしはシートにもたれ、窓の外を見る。言われたとおりにしなければならない。自分が誰であるかを思い出すのだ。わたしは強くて激しくて、そして願わくば、じきに母になる。

29

ローズ

クリスタルみたいに透明な海。金色の砂。何マイルにも渡る空間。平穏と静寂。ここは楽園だ。ダニーが遺してくれた海沿いの家は、家というより広大な別荘だ。寝室が八つ、客間が四つ、浴室が五つある。八つもの寝室で何をしろというのだろう？

今日、タクシーがゲートの外に停まったとき、わたしはあっけにとられた。驚きと混乱でぼうっとしながら、部屋から部屋へと歩きまわった。庭はビーチになっていて、今、わたしはそこに立って太陽が沈みゆく水平線を眺めている。ほつれた髪がそよ風に揺れて顔に当たり、つま先は濡れた砂に沈み、足のまわりには水が溜まっている。空には雲ひとつなく、わたしは目を閉じて顔を上げ、海のにおいがする空気を吸い、顔に当たる夕日を楽しむ。

長いことそうやって海を見ながら、夕日の光と平穏にひたる。ここは色が鮮やかだ。わたしの世界はもう黒一色ではない。それが彼の狙いだったのだ。

誰かがうしろから近づいてくるのが聞こえ、わたしは穏やかに息を吸い、髪をポニーテールにまとめながら振り返る。白いユニフォームを着た背の低い男が立っている。「ミス・キャシディ?」

「ええ」

彼はそれ以上何も言わずに、封筒を渡して帰っていく。わたしは封筒を見下ろして考える。なんだろう? なぜかわからないが、ビーチを見まわす。わたしはただ……驚いている。親指で封印をなでてから封筒を開けて、なかの便箋を出す。これもまたダニーからの手紙だろうか? そう思うと心臓が高鳴る。そうだとしたら読みたくない。わたしが死ぬまで、彼はわたしに取りつき続けるだろう。

息を詰めて便箋を開くと一番上に彼の字で書かれたわたしの名前が見え、ぎゅっと目をつぶる。「この人でなし」彼がここにいて、このことばに激怒してくれればいいのにと思いながら、声に出して言う。座って読んだほうがいいだろうと、水際から離れ、乾いた砂の上に腰を下ろす。

ローズ

きれいだろう？　よく冬に父に連れてきてもらった。今きみが座っているところは、おれがはじめてウェットスーツを着たところで、きみの目のまえにあるのは、おれがはじめてジェットスキーに乗った場所だ。おれはここが好きだ。きみも好きになってくれればと思う。二、三マイル先の格納庫にプライベートジェットが置いてある。パイロットの連絡先はロビーのテーブルの上にある。頻繁にダニエルに会いに行きたいだろう。そのうち、向こうからこっちに遊びに来ることも両親が許してくれるかもしれない。飛行機も格納庫もきみの名義になっている。家もそうだ。必要なら売ってくれてもいいと言ったが、ほんとうは売らないでほしいと思っている。おれの生きる場所がなくなってしまうから……。

指がこわばり、わたしは便箋を握りつぶす。読み返しながら目が痛くなる。〝今きみが座っているところ……〟砂を見下ろす。頭がくらくらする。なぜ彼はわたしが今座っているところが正確にわかるのだろう？　脈が一気に速くなり、わたしは彼のことばを見つめたまま立ち上がる。手紙が指から離れて足元の砂の上に落ちる。わたしはそれを見つめる。震えながらただ見つめる。涙がとめどなくあふれて視界がぼやける。わたしったら頭がどうかしちゃったの？　勘違いしているのだろうか？　

〝必要なら売ってくれてもいいと言ったが、ほんとうは売らないでほしいと思っている。おれの生きる場所がなくなってしまうから……〟

息ができなくなりながらわたしはその場で一周する。涙のせいではっきり見えず、喉の塊のせいで息ができない。すべてが黄色と青のもやに見える。ひとつを除いて。

ダニー。

「まさか」筋肉がばらばらになったかのように、わたしは砂に膝をつき、理性と祈りと戦う。幻影だ。ダニー恋しさに、わたしの頭が幻影を見せているのだ。だが、上半身裸でショートパンツのポケットに手を入れ、素足で海岸を歩いてくる男の姿は次第に大きくなる。

間違いなく彼がここにいる。

彼が近づいてわたしのまえに立ち、わたしは顔を上げる。彼は真顔でサングラスをはずす。肌は日に灼けている。黒い髪は伸び、目は青さを増している。そして生き生きしていて穏やかだ。体は引き締まっている。わたしの目は鎖骨のすぐ下の包帯に留まる。銃創。

彼はわたしのまえでしゃがみ、頰に手を伸ばして涙のあとをそっと拭く。「きみを

見ると、かつて知っていた誰かを思い出す」やさしく微笑みながらささやく。ほんものな
わたしはこらえきれず、両手で顔をおおって泣く。ほんものじゃない。ほんものの
わけがない。夢を見ているのだ。悪夢かもしれない。鼻をすすり、指のあいだからの
ぞく。彼はまだそこにいる。

驚き。

そして怒り。

わたしはいきなり立ち上がり、その勢いで彼は尻もちをつく。わたしは彼を見下ろし、彼はわたしを見上げる。「この人でなし」声を詰まらせ、彼に飛びついてキスをしながら、懐かしい感触と懐かしいにおい、彼のすべてを味わう。手と口が味わえる限り彼を味わおうと激しく動き、頭は告げる——今にも夢が覚め、彼は消えてしまうだろうと。

「おれはここにいる」彼はわたしの口に向かってささやきながら、砂の上を転がってわたしを下にする。体を離し、わたしの顔から髪を払って、しばらく黙ったまま見つめる。そしてこれまでわたしが味わったことのないようなキスをする。深くて熱烈な、わたしたちらしいキスを。「すまなかった。ほんとうにすまなかった」

「どうして?」頭のなかは訊きたいことでいっぱいだ。わたしは海に浮かぶ彼を見た。

FBIの捜査官のことばを聞いたときのブラッドを見た。身元確認から帰ってきたときのブラッドを見た。

「ローズ、おれはきみといっしょに人生を生き抜くことは絶対にできないと思った。つねに誰かに命を狙われる人生だからね。ボートにつかまってきみを見たとき、自分がすべきことがわかったんだ」

わたしは頭を振る。頭は今にも爆発しそうだ。幸せと安堵で。「それで死んだふりをしたのね」

「ちがう。永遠に息を止めて、クソ人生から泳ぎ出たんだ」皮肉たっぷりに言う。なんということだろう。わたしは地獄にいるみたいだった。数えきれないほど泣き、苦しんだ。何度も何度も苦しんだ。「言っておいてくれてもよかったのに」

「きみは悲しんでいるところを周囲に見せなければならなかった」

「でもブラッドが……」

「ブラッドは、おれが生きていることを知っている」

「どうやったの？」どんなふうにやってのけたのか、話してもらわなければ。

彼は微笑む。「海岸にたどり着いたあと、死んだ男と服を交換して、そいつをおれのジェットスキーに乗せた。それで海に出て、死体を捨てた。それからスピットルに連絡して、いくつか約束させたんだ」

「約束?」

「やつの写真をいくつか持っててね」彼は肩をすくめ、わたしはどんな写真なのかを察する。「スピットルは捜索を指揮して死体を見つけた。そしてブラッドに会いに行った。きみも知ってのとおり」彼はわたしの顔に手を伸ばし、謝罪を込めて頬をなでる。「ブラッドのやつ、遺体安置所で待っていたおれを見て、幽霊を見たみたいな顔になった」

わたしはあきれてことばも出ない。帰ってからブラッドがスコッチを二本空けた理由は、ひとつではなかったのだ。

「知ってる。だが、それ以外は誰も、おれが生きていることは知らない」彼はわたしを見つめる。「簡単だったよ。実に簡単だった。ひとつを除いて」

「何?」

「きみに会いたくてたまらなかった」そうささやいてキスをする。「きみがいないことがつらくてたまらなかった。きみに会えないことが」わたしの目を探るように見る。「きみに触れられないことが」彼の手がわたしの腿のあいだに触れる。わたしは息を呑み、彼は微笑む。「きみの声を聞けないことも。やらなきゃならないことが山ほどあるな」

わたしも微笑み、彼の髪に手を差し入れながら、目を閉じて傷痕の残る頰に鼻をすり寄せ、懐かしい彼のにおいを吸う。「あなたが憎い」

彼は息を吸ってからゆっくりと吐く。「おれも愛してるよ」

訳者あとがき

ともに壮絶な子供時代を過ごした男女。男は長じてマフィアのボスとなり、女はスパイとして権力者たちを誘惑する日々を送っています。暗い世界に生きるそんなふたりがふとしたことで出会い、複雑な感情に翻弄されながらも惹かれ合い、敵と戦い、数々の困難を乗り越えて過去を払拭するさまを描いたのが本書です。著者のジョディ・エレン・マルパスはこれまでにも多くの作品を世に送り出していますが、日本では本作がデビュー作となります。

母に捨てられ、継父からの虐待を受けながらロンドンで暮らしていた十歳のダニーは、ある出来事をきっかけにマイアミマフィアのトップの養子となり、アメリカに渡ります。その養父が亡くなり、ダニーがトップの座を引き継ぐところから物語は始まります。

言うことを聞かないビジネス相手、アダムズを脅すためにその愛人ローズを人質として捕えたダニーですが、次第に、どこか自分に似たところがある彼女に惹かれていきます。一方ローズは、十五歳だった十年まえに出産したものの、産んだ直後に息子と引き離されてしまいました。それでも息子への愛情は揺らぐことはありません。今、彼女は息子が元気に暮らしているところをたまに写真で見せてもらうことと引き換えに、ノックスという男の言いなりになって彼のスパイを務めています。アダムズに近づいたのも、ノックスの命令によるものでした。ダニーから逃れてアダムズのもとに戻らなければ任務を遂行できなくなる。任務を遂行しなければ息子の写真を見られなくなるばかりか、息子に害が及ぶかもしれない。焦るローズですが、その思いとは裏腹に、彼女もまたダニーに惹かれていきます。息子の身の安全とダニーへの思いのあいだで揺れるローズ。そんななか、ダニーを標的とした襲撃が繰り返されます。敵はアダムズなのか、ノックスなのか、あるいはそれ以外の誰かなのか？　敵との戦いはどうなるのか、そしてふたりの恋の行方はどうなるのか？　事態は次々と展開していき、最後まで目が離せません。

また、本書ではロマンス小説でおなじみのセクシーなシーンもふんだんに描かれています。官能的な大人の愛の描写をお好みの読者にも充分満足していただけることと思います。本書の原題“*The Brit*”は英国人のことであり、ダニーのあだ名でもあります。イギリスを離れて二十年になるダニーですが、いまだにことばの端々にイギリス英語が残っていたり、英国旗(ユニオンジャック)をあしらったセーターを着たりするあたりに、つらい思い出ばかりでありながらも、祖国への愛を捨てきれないダニーの思いが隠されているようです。

著者のジョディ・エレン・マルパスはダニーと同じくイギリス生まれ、現在も家族とともにイギリスで暮らしています。二〇一二年に処女作である“*This Man*”を電子書籍で自費出版し、それが話題となって、“*This Man*”を一作目とする三部作の三作目“*This Man Confessed*”が『ニューヨーク・タイムズ』のベストセラー第一位となりました。その後もコンスタントに作品を発表しつづけており、高い評価を得ています。作品は世界各国で刊行されており、今回、日本もそこに加わることになるわけです。つねに書くことを考えているというジョディのモットーは、人が読みたいであろうものを書くのではなく、自分が書きたいものを書くこと。そうでなければ作家はつねに苦しむことになると語っています。本作は“*Unlawful Men*(法に反する男たち)”と名づけられたシリーズの第一弾となり、シリーズは現在四作が刊行されています。二作目では別のヒーロー、ヒロインが登場し、三作目、四作目では本作のヒーロー、ヒロインと二作目のヒーロー、ヒロインが総出演します。さらに五作目も執筆中とのことで、今後のシリーズの展開が楽しみです。

二〇二三年四月

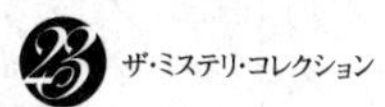

愛の迷路にさまよって

2023年 6月20日　初版発行

著者　ジョディ・エレン・マルパス
訳者　寺下朋子

発行所　株式会社 二見書房
東京都千代田区神田三崎町2-18-11
電話 03(3515)2311［営業］
03(3515)2313［編集］
振替 00170-4-2639

印刷　株式会社 堀内印刷所
製本　株式会社 村上製本所

落丁・乱丁本はお取り替えいたします。
定価は、カバーに表示してあります。

ISBN978-4-576-23063-4
https://www.futami.co.jp/

＊の作品は電子書籍もあります。

女優エヴリンの七人の夫
テイラー・ジェンキンス・リード
喜須海理子［訳］

隠遁生活を送る往年の大女優エヴリン・ヒューゴの独占取材を任された雑誌の新人記者モニークは、スキャンダラスな遍歴の裏に隠された真実の愛を知ることに…

メイドの秘密とホテルの死体＊
ニタ・プローズ
村山美雪［訳］

モーリーは地元の高級ホテルで働く客室メイド。ある日清掃のために入った客室で富豪の男の死体を発見。人づきあいが苦手で誤解を招きやすい性格が災いし疑惑の目が

わたしの唇は嘘をつく
ジュリー・クラーク
小林さゆり［訳］

10年前、新聞記者だったキャットはある事件を追っていたが、女からかかってきた一本の匿名電話のせいでレイプ被害にあう。その日からキャットの復讐がはじまる

プエルトリコ行き477便＊
ジュリー・クラーク
久賀美緒［訳］

暴力的な夫からの失踪に失敗したクレアは空港で見知らぬ女性と飛行機のチケットを交換する。だがクレアの乗るはずだった飛行機がフロリダで墜落、彼女は死亡したことに…

そして彼女は消えた＊
リサ・ジュエル
氷川由子［訳］

15歳の娘エリーが図書館に向ったまま失踪した。10年後、エリーの骨が見つかり…。平凡で幸せな人生の裏でじわじわ起きていた恐怖を描く戦慄のサイコスリラー！

マイ・ポリスマン＊
ベサン・ロバーツ
守口弥生［訳］

1950年代。愛し合うトムとパトリック、それを知らずにトムと結婚したマリオン。それぞれの人生を描くLGBTQ小説。ハリー・スタイルズ主演映画原作！

誠実な嘘＊
マイケル・ロボサム
田辺千幸［訳］

恋人との子を妊娠中のアガサと、高収入の夫との三人目を妊娠中のメグは出産時期が近いことから仲よくなるが…。二人の女性の数奇な運命を描く戦慄のスリラー！